和氏璧

附·完璧歸趙

新銳歷史小說家·劇作家
吳蔚
作品集09

好讀出版

如果《和氏璧》是濃縮的孤獨

文／廖彥博
美國維吉尼亞大學歷史系博士班
著有《愛新覺羅‧玄燁》
《一本就懂中國史》等書

和氏璧是孤獨的縮寫

吳蔚的小說《和氏璧》，說的是戰國時代一塊曠世寶玉所引發的懸疑故事。小說的前七卷和後三卷可以分開閱讀，各自形成獨立故事，但其中的角色連貫，而引起各方爭奪、陰謀匯聚的焦點「和氏璧」，則從頭至尾貫穿全書。許多成語典故如「卞和獻璧」、「完璧歸趙」，都與和氏璧有關。這塊寶玉日後更被雕刻成傳國玉璽，千餘年來引發無數王朝的爭奪搜尋。

先從「卞和獻璧」說起。和氏璧這個名字，起於發現者楚人卞和。傳說，卞和偶然在荊山之麓看見一塊石頭，認定其中必有絕世美玉，他興沖沖地抱著石頭去見楚厲王，但玉工鑑定後，說這只是一塊普通石頭，楚王便以欺君罪名剁去卞和的左腳。厲王薨，武王即位，卞和又抱著玉石來獻，玉工卻再次認為那只是普通石頭，武王砍去了他的右腳。失去雙足的卞和，在紀山下哀哀痛哭，一連三天三夜，眼淚哭乾，眼角滲出血來。此時武王也已經薨逝，文王即位，聽說卞和泣血的事情，很是好奇，派人去取來玉石，劈開一看，裡面果然是絕世珍寶——這塊璞玉不但光彩照人，而且冬日發暖，夏季生涼，能自避塵埃，觸手生潤。卞和的眼光果然不錯，為了嘉許卞和，這塊玉就被命名為和氏璧。

我小時候讀到這則故事，只覺得大惑不解，想不通為什麼卞和要為了一塊璞玉，不惜生死，如此執著。長大之後，稍有了一些閱歷，慢慢明白——和氏之璧，代表著一種不被世人了解的孤獨與悲哀。卞和徒有辨別美玉的眼力，卻沒有劈石見玉的本領；他兀自認定石中確有曠世美玉，可是卻無法對世人證明。這就像是抱持的理念不被了解，只能飲恨吞聲一般。原來，石中隱玉是人世間各種孤獨的隱喻，那種說不出的痛苦，遭到誤解的不甘心，無法自力證明的氣惱，紛紛化作卞和泣血的堅持。

一塊玉璧背後的陰謀

吳蔚老師的這部《和氏璧》，一本她先前其他歷史小說著作的穩健節奏，以史詩般的格局開場，先是進行一段像高空俯瞰鏡頭般的敘述，介紹戰國群雄爭霸的態勢後，便將畫面拉近，進入一場發生在雲夢大澤畔的刺殺行動。刺客的弩箭射出，楚王寵妾華容夫人登時香消玉殞，原本熙熙攘攘、春意盎然的雲夢之會，頓時大亂。經過一番探查，種種跡象顯示，原來華容夫人並非刺殺的對象！那麼，刺客原本想狙殺的對象是誰？是當時的國君楚威王嗎？刺客雖被當場逮捕，卻口風甚緊，一聲不吭。誰才是主使這場刺殺行動的影武者？背後又有什麼深不可測、攪動歷史的大陰謀？可說，《和氏璧》一開篇就毫不含糊，以一連串謎團緊緊揪住了讀者的目光。

負責解謎的主角全由真實歷史人物擔任，在真實可信的史實當中，創造出意料之外的精彩故事，解開千古疑雲——這，已是吳蔚小說最令讀者期待的特色。《和氏璧》第一階段負責帶領讀者解謎的偵探，赫然是大詩人屈原（屈平）！對屈原再沒有印象的人，大概也都曉得他就是我們為什麼在端午節要吃粽子的由來。稍有一些深入了解的讀者，會知道屈原從小就是神童，滿懷著對楚國的抱負，卻眼睜睜看著摯愛的國家一步步走向毀滅，自己無力挽回，因此將悲痛的千般情思化為筆下流傳千古的詩篇。在從前我們的印象裡，屈原只該出現在文學經典選讀（例如《離騷》），出現在《楚辭》的背景介紹裡，萬萬想不到屈原做為一名解謎神探，竟也能撞出精彩火花。

這時的屈原年僅十五歲，還沒寫出《離騷》，日後的大詩人於本書中暫時跨界出任偵探，與楚國第一勇士孟說聯手查案，看看能不能在陰謀的幕後主使現形之前，及時阻止他（或她）的計畫？而和氏璧又與這掀動亂事的主謀有著什麼關係？此人究竟是誰，是楚威王的太子熊槐，還是意外喪母、卻顯異常冷靜的公主江羋？還是在盛會現場的外國貴賓？……謎團被屈原、孟說等人層層剝開之前，每個出場的角色都可能是嫌疑犯，請各位讀者不要錯過任何一位，哪怕他／她在歷史上多麼著名（或多麼不起眼），哪怕她／他看起來多麼清純、無辜。

本書最有趣的看點，就是跟著主角人物們一起探案，看看這些人如何運用才智膽識揭開層層謎團，過程就像一部絕無冷場的電影，再搭配考據詳實的場面以增說服力，讓小說情節更加精彩、好看。

心之憂矣，如匪浣衣

一塊玉璧，連番爭奪，陰謀詭計，盤算殘殺。「得和氏璧者得天下」的讖語，不過是種種陰謀詭計表面的包裝而已。玉璧無辜，真正可怕的，當然還是人心。

本小說的後三卷，佚失多年的玉璧領著大家進入另外一個故事——時間發生在前七卷故事的四十餘年後；前篇的許多角色繼續登場，不過，負責破解謎團的偵探主角，則從屈原換成趙國名將趙奢、名相藺相如；主要的活動場景，改換到日漸強大的秦國；故事的主軸，則是成語「完璧歸趙」臺前幕後的各種秘辛。

在前七卷故事中，當年還是嬌媚少女的公主江羋，此刻已年過六十，成了實際執掌秦國大政的宣太后。而消失了四十多年的和氏璧，突然在趙國出現，引來各國覬覦。秦王以十五座城池為代價，迫使趙國交換和氏璧。但其實雙方都知道，趙國衰弱，秦國強大，十五座城池只是幌子。趙國正使藺相如、副使趙奢來到秦國都城咸陽，面對著強大的獻璧壓力，攜來的重寶和氏璧卻在連番風波後宣告失蹤了……

而發生在藺相如身上的故事，更是中國史上多個成語典故的由來，像是「完璧歸趙」，像是廉頗與他之間的「負荊請罪」。趙奢就比較冤枉，他是一代名將，可惜有個名頭比他更響的兒子——秦、趙長平之戰的趙軍主將趙括。但名頭響不一定是好事，因為趙括是個被貼上紈綺少年標籤的敗軍之將；「紙上談兵」，不一定合乎這場慘酷敗仗的歷史真實，但趙奢的名號從此被兒子遮掩，則是讓人無奈的事實。

當然，此時長平之戰還沒開打，「紙上談兵」也無從說起，我們的重點，還是要回到已經成為宣太后的江芈身上。她不但是《和氏璧》這部小說的女主角，也是謎團的中心，人心的體現。四十年過去了，當初在楚國發生的種種恩怨情仇不可能淡忘，這四十年的時光放在電影裡，如同鏡頭閃接，可以幾秒帶過，但在現實的人生要怎麼熬過？我們每天度過的時光，事後可以選擇遺忘，或在腦海特別珍藏，但是當你正處於當下的時候，無論你當時是心痛如絞，還是神清氣爽，一分鐘就是一分鐘，時光在當下，並沒有相對論。

詩人楊牧在〈延陵季子掛劍〉裡這樣開頭——「我總是聽到這山崗沉沉的怨恨。」其實，怨恨沉藏人心，怎麼會發自山崗？消失四十年又復出的和氏璧，正好就是人心之中那沉沉的怨恨。只有熬過那漫長而瑣碎的時光，沉沉的怨恨才能成為具象的玉璧。

我個人特別喜歡《和氏璧》小說卷三的篇名，那是屈原的一句詩「心之憂矣，如匪浣衣」，意思是心中所寄掛、焦灼的煩惱，如同見到未洗的衣服那樣，無計可施，無法排遣。真正的人生瑣細漫長，戲劇性的畫面在其中猶如快閃鏡頭，一瞬即逝。既然難以像屈原那樣自沉汨羅江，在魚蝦腹中成就千年傳奇，那麼接下來的漫漫人生路，我也用本書大偵探屈原的千古詩句，為這篇文章與讀者的閱讀路暫且做個小結——「路漫漫其修遠兮，吾將上下而求索。」

目錄

引子

西元前一〇四六年，周武王姬發[1]率大軍攻滅商朝，殺死著名暴君商紂王，占據江山，開創了周王朝。為了鞏固統治，周天子設立了公、侯、伯、子、男五等爵位，將全國分成若干個侯國，按功勞大小分封給姬姓王族和有功之臣。先後受封的功臣有姜太公、周公旦、召公奭等人，分封的諸侯國有魯、齊、燕、衛、宋、晉、虢等七十一個。各諸侯世代承襲，還可以在封國中分封與自己有血緣或親屬關係的下一級貴族，稱「卿」或「大夫」。卿或大夫又再委派一批下級貴族治理自己的封邑或封地，稱「士」或「家臣」。如此一來，諸侯國布履星羅，四周於天下，輪運而輻集，合為朝覲會同，離為守臣捍城。

儘管諸侯可以擁兵，但普天之下，莫非王土；率土之濱，莫非王臣，周天子依然具有至高無上的權力，賞罰予奪、禮樂征伐都由周天子說了算，諸侯們必須隨時聽從調遣，定期納貢朝賀，稍有不慎，就會受到周天子的嚴厲懲治。周夷王生病時，諸侯們無不在本國舉行盛大的祭典，為他祈禱免災。有人告發齊哀侯不懂禮法，只知田獵遊玩，周夷王便召集諸侯，當眾烹殺齊哀侯於大鼎之中，其餘諸侯們戰慄不敢言。

時光流逝，物換星移，幾百年過去了，周王朝最終走到了日薄西山的一天。而諸侯們羽翼已成，形成尾大不掉之勢。泰山腳下的孔子飽覽時代風雲激盪，吞吐成文道：「天下有道，則禮樂征伐自天子出；天下無道，則禮樂征伐自諸侯出。自諸侯出，蓋十世希不失矣；自大夫出，五世希不失矣；陪臣執國命，三世希不失矣。天下有道，則政不在大夫。天下有道，則庶人不議。」

事實證明了孔子「禮崩樂壞」的論斷。諸侯始而星羅棋布，繼而強兼弱削。天下乖戾，再無君君之心，九鼎傾覆，宗廟荒廢，王權旁落，名存實亡。野心和慾望日益膨脹，幾百個諸侯為了擴大本國的地盤，不斷相互征伐廝殺，戰爭越演越烈，中原擾攘不安。

春秋時期，諸侯國中以晉、齊、楚、越四國最為強大，形成「四分天下」的局面。四國之中，又以晉國實力最強，且占據了中原腹心之地。然而晉國自驪姬之亂後[2]，國中不再立公子、公孫為貴族，史稱「晉無公族」，晉公室的力量由此衰微，晉國政局被異姓卿大夫控制。到春秋末期，趙、韓、魏三氏大夫瓜分晉地，史稱「三家分晉」，強大一時的晉國就此滅亡，分化出趙、韓、魏三個國家。

正所謂「道德三皇五帝，功名夏後商周，英雄五霸鬧春秋，頃刻興亡過手」，楚國見晉國滅於內亂，欲趁虛而入，卻被趙、韓、魏聯兵打敗，只好放棄爭奪三晉之地的企圖，改與東面的越國爭鋒。兩國你征我伐、刀來劍往，圍繞吳國舊地展開長期爭鬥，各自消耗大量實力。

烽火何洶洶，兵戈亂浮雲。到了戰國時期，經過列國兼併，逐漸形成了秦、楚、齊、燕、趙、魏、韓七國爭雄的局面。

最初，七國之中以魏國實力最強。魏文侯最早任用李悝進行變法，「盡地力之教」，國力大增——向西進攻秦國，奪取了河西之地[3]；向東攻入齊國，俘虜了齊康公；向南多次擊敗楚國，奪取了不少土地，可謂盛極一時。魏國國君「廣公宮，制丹衣柱，建九斿，從七星之旟」，儼然擺出了天子的場面來。

可惜，人無千日好，花無百日紅。魏國傲視中原群雄的格局，很快被一個名叫孫伯靈的人所改變。

這孫伯靈是著名軍事家孫武的後人，與龐涓、張儀、蘇秦等人同拜在衛國奇人鬼谷子門下，孫伯靈和龐涓學習兵法，張儀和蘇秦則學習縱橫術。龐涓最先下山，回到魏國後受到魏惠王賞識，拜為將軍。魏惠王久聞孫伯靈才識過人，便令龐涓派人迎其入魏，欲拜為副軍師。龐涓忌才，設計陷害師弟，使人誣陷孫伯靈私通他的母國「齊國」。孫伯靈由此受到臏刑，被截去膝蓋骨，從此癱瘓，再也無法行走；時人憐其無辜受刑，稱他為孫臏。龐涓卻假做好人，幫孫臏包紮傷口，意圖得到孫臏的祖傳兵法後再殺了他。孫臏偶然得知真相後，裝瘋賣傻，以求避禍，最終在齊國使臣的幫助下逃到齊國，成為齊國大將田忌的座上賓。

西元前三五四年，魏國起兵伐趙，龐涓任大將，率魏軍主力長驅北上，兵圍趙國國都邯鄲。趙國向齊國求救。齊威王以田忌為將、孫臏為軍師，率兵馳援。孫臏認為魏國攻趙，精銳之師一定都在前線，內部必然空虛，如果率兵直搗魏國國都大梁，避實擊虛，攻其所必救，定能迫使魏將龐涓回救本國。田忌採納了孫臏的計謀，在龐涓回兵必經之地桂陵設伏[4]，大破魏軍，「圍魏救趙」遂成為歷史著名戰例。

十年後，魏國發兵攻打韓國，連戰皆捷。韓國屢屢向齊國求救告急，孫臏仍然率軍直撲魏都大梁。魏王令太子申為上將軍、龐涓為將軍，率十萬大軍東出大梁，迎擊齊軍。孫臏採取「減灶誘敵，設伏圍殲」之計，誘使龐涓自率精銳兼程追趕齊軍。傍晚時分，龐涓到達了地勢險要的馬陵道[5]，隱約看見路旁大樹下有一木牌，便命士兵點燃火把，只見木牌上面寫著「龐涓死於此樹之下」，這才明白已中了孫臏之計，忙率軍撤退。只是為時已晚，埋伏在兩旁的齊軍，萬箭齊發。龐涓見失敗已成定局，不願當眾受辱，遂拔劍自刎。齊軍乘勝追擊，俘虜了魏太子申。

魏國兩次敗於齊國，遭受前所未有的慘敗，從此一蹶不振。而西面的秦國經商鞅變法後逐漸強盛起來，趁魏齊爭霸之機，出兵奪回河西地區，完全控制了黃河天險。魏國無力與秦國抗衡，只得轉而依附齊國，齊國由此取代魏國稱雄關東[6]，號稱「張袂成陰，揮汗成雨」。

而西方的秦國自任用衛國人商鞅變法以來，鼓勵人口增殖，重農抑商，廢除世卿世祿制度[7]，獎勵軍功，編制戶口，不但經濟力大大增強，軍隊士氣亦極為旺盛，有「虎狼之師」之稱，一躍成為最先進的第一強國，虎踞關中，覬覦中原，有囊括四海之意、併吞八荒之心。

天下遂成齊、秦兩大強國東、西對峙的局面，地居其間的韓、趙、魏大國，以及衛、宋等小國則成了兩強爭奪的中間地帶。除了偏踞南方的楚國和北方的燕國，中原三晉之國均有身為砧上肉之慼，惶惶不可終日。

出人意料的是，秦國選擇了韓國做為首要進攻目標。

在七國之中，楚國疆域最大，其次是秦國，國土面積最小的是韓國，國力也最弱，地處中原腹心，國境北臨魏、趙，東有齊，南有楚，西有秦；四面受敵，處於被列強圍欺的困境。但韓國亦有保命立身的根本，那就是國境之內多巧匠，能製作利器弓弩，所謂「天下之強弓勁弩皆從韓出」，韓國的弓弩不但射程遠，且力道強，遠者括蔽洞胸，近者鏑弇心。除此之外，韓國出產的刀劍也異常鋒利，陸斷牛馬，水截鵠雁，當敵則斬堅甲鐵幕，可謂劈堅斬銳，無堅不摧，為各國所畏懼。

然而，即便有名震天下的神兵利器，韓國還是沒能擋住秦國的虎狼之師，韓軍節節敗退。韓國本與楚國結盟，互相遣送有質子，但當秦大軍壓境之時，楚國卻僅僅按兵不動，坐觀其變。韓國相國韓侈對此甚感憤慨，決意將秦國的鋒芒引向楚國，便向韓宣惠王韓康[8]獻計——將韓國的一座名城和大批兵器獻給秦國以求議和，然後兩國再一起向南出兵攻打楚國，如此一來，韓國不但能轉危為安，還可從楚國撈回失去的土地。

但韓侈還來不及動身出發前往秦國談判，境內的楚國細作便將韓國的計畫星夜馳送回楚國。楚威王熊商年老多病，正為改立太子一事而煩惱，聞報大驚失色。楚國雖在諸侯國之中疆域最廣、人口最多，但連遭變亂，國力已然衰弱。尤其自楚悼王任用吳起變法失敗之後，更是每況愈下，屢次被秦國打敗，史稱「楚不用吳起而削弱，秦行商君而富強」。如果秦、韓果真聯兵進攻楚國，後果簡直不堪設想。

在這生死存亡的危急關頭，楚國令尹[9]昭陽獻上了緩兵之計，即——告示全國，調兵遣將，大肆宣揚楚國要出兵救韓國，並派遣使者攜帶貴重禮品獻給韓王，以阻止秦、韓合兵。

韓宣惠王對地處關中的秦國一向沒有好感，聽到楚國願意發兵相助，喜出望外，於是拒絕再派韓侈向秦國求和。秦軍遂出盡全力攻打韓國，但楚國終究未發一兵一卒相救，韓軍大敗，被迫割地求和，又送太子韓倉到秦國當人質，從此完全臣服於秦國。

恰在這個時候，傳聞有巫師占卜道——「得和氏璧者得天下。」

這和氏璧是楚國鎮國之寶，觸手生溫，不染塵埃，能在黑暗中發光，因此又稱「夜光之璧」，是舉世公認的稀世奇珍，最近才被楚威王賜給獻緩兵之計有功的令尹昭陽。戰國時期巫風盛行，巫師有著極高的地位，沒有人會懷疑他們的占卜之語。天下人的目光，立即轉而投向南方的楚國，正是——和氏之璧傾九州，戰國群雄逐兕鍪。

1 姬發死後諡號「武」，史稱周武王。因本小說先後出現多位國君，便採諡號稱呼，以為區分。

2 驪姬之亂：指晉獻公寵愛驪姬（驪戎族人）及其所生之子奚齊，為此逼死太子申生，逼迫重耳等諸公子逃亡（國君之子稱「公子」，公子的後代稱「公孫」）。

3 河西之地：今陝西東部與山西的邊界，乃黃河西岸的畜牧和戰略要地。

4 邯鄲：今河北邯鄲。大梁：今河南開封。桂陵：今河南長垣縣西南。

5 馬陵道：今河南范縣西南十五里的馬陵集。

6 關東：戰國七雄之中，除了秦國，其餘六國均在崤山、函谷關以東，因此該六國又稱「山東六國」或「關東六國」。

7 指國君將各級官職依血緣關係遠近，分封給自己的親族，也包括部分的旁姓貴族。此制度基本特色是世襲，本質屬性是任人唯親。

8 戰國時期，七國國君稱王時間有先有後，如韓康始稱韓威侯，稱王的時間（西元前三二五年）略晚於本小說故事發生的時間。但為避免混亂，本書一律以「王」來稱呼。

韓康，姬姓，韓氏，名康。先秦時期的貴族有姓有氏，賤者則有名無氏。姓者，統其祖考之所自出；氏者，別其子孫之所自分。男子稱氏，女子稱姓。

國君之子以「公子＋名」稱呼，其後代以「公孫＋名」稱呼，如果有了官職，往往以「官名＋名」稱之，後來就可能以官名為氏。

9 令尹：文官中的最高長官，等於「相國」。楚人以苗族先民為主體，因而楚國的官制、文化、風俗等均有別於中原諸國，但又與中原有著千絲萬縷的聯繫。

【卷一】有女同行，顏如舜英

雲夢之會為大眾提供了一個定時定點的公開性社交節日，上自王公貴族，下到黎民百姓，青年男女擇偶野合，盡情縱慾狂歡。在溪澗邊，在山林中，情人們或秉蘭以遊，或相贈香草，歡歌曼舞，幽會交合。

「桃之夭夭，灼灼其華。之子于歸，宜其室家。」《詩經．國風》中的這首〈桃夭〉，說的是周王室的一位王姬[1]要下嫁一名大夫，「歸」意為出嫁，詩中祝福她生活美滿，家庭幸福。因桃花花色最豔，故以喻王姬，開千古詞賦詠美人之祖。

紀山桃花足春風，滿谷仙桃照水紅。

「紀山桃花」是楚國的著名美景；紀山位於楚國王城郢都[2]正北二十里處，是郢都北邊的天然屏障。這所謂的「山」並非崇山峻嶺，而是一大片綿延的丘陵，崗巒起伏，林木蔥鬱。每到春季，漫山遍野的野桃樹競相綻放，粉嫩瑩潤，紛披陸離，迎霞沫日。花枝臨風招展，柔美多姿，遠遠望去如霞似錦，光彩秀美。

花笑芳華，草豔春色。野生的桃花有一種不可遏制的旺盛野性生機，那種含情脈脈的嫵媚鋪天蓋地，勾魂攝魄，令人窒息。在它的映照下，周圍一切景物黯然失色，輕拂的楊柳和萋萋芳草全成了點綴。

佳期紀山東，顏色桃花紅。

桃花盛開的季節，也正是楚國一年一度「雲夢之會」的時節。「夢」是楚語，意為原野，兼有丘陵和沼澤、叢林和水草，禽獸孳生，適於出遊，宜於行獵。雲夢[3]是楚國國君的狩獵區，也是楚國桑林之祭所在地，地域極為廣闊，紀山也屬其範疇。裡頭除了山林、川澤等各種美景，還有一名為「雲夢澤」的巨型湖泊，是中原面積最大的湖泊；位於紀山東部，煙波浩渺，一望無際。

雲夢之會則是楚國的一種傳統習俗——每逢仲春，楚國國君都要在雲夢紀山的高唐觀[4]舉行盛大的桑林之祭。桑林，是一種國家級的大規模祭祀活動，性質與祭社[5]相同，因祭祀時要演奏《桑林》樂舞，由此得名。

楚人自認是火神祝融的後裔，崇拜太陽和紅色，座向東為貴，這高唐觀因而建在紀山上極東之處，坐西朝東，東面的山腳下即是水波蕩漾的雲夢澤。此處居高臨下，視野開闊，不但是歷代楚王喜愛的遊樂場所，更是楚國祭祀先祖的高媒廟所在地，理所當然成為雲夢之會的舉行地點。

高唐觀臺座前的廣場正在表演「桑林之舞」，數十名舞者穿著紅黑相間的絲製錦衣，戴著華麗面具，伴隨強勁有力的音樂，輕捷地穿梭，矯健地起舞，頗似軍陣。場面壯觀，獨具魅力。

領頭的巫覡[6]儀態不凡，戴著獸角形的頭飾，各舉一面旌旗來回揮舞，與擊拊的石磬聲相應和。男覡阿鉞手中的旌旗繡著人首蛇身圖案，這是楚國王室「龍」的標誌。巫女阿碧手中的旌旗則繡著人面鳥身，人有九首，這是楚國的圖騰「九頭鳳」，被認為是「太陽之精」。兩面旗幟的杆首均飾以五色雉羽，在陽光下熒熒閃爍，詭異魑魅，妖冶邪氣，令人望而生畏。

楚威王熊商與他最寵愛的華容夫人，端坐在廣場西首臺座正中央。臺座是個以夯土築成的大平臺，受山勢所限，不及半人高。左邊[7]坐著故王后所生的太子槐、公子蘭及眷屬。右邊則是華容夫人所生的公主江芈、公子冉、公子戎幾人[8]。再往下便是楚國的王公貴族，令尹昭陽、司馬屈匄（讀作「概」）、大夫景翠等文武大臣則依官職大小分坐在兩邊。而在楚國為人質的諸國公子如齊國丞相田嬰之子田文、魏國魏惠王之子魏翰、越國太子無彊等，也是座上之賓。

楚地湖泊星羅，水網密布，天氣潮濕，群臣均坐在矮腳的床榻上，只有在室內時才會像中原諸國那般席坐在地。每個人面前皆擺有銅製的長方形酒禁，上面擺滿了各色酒具和食物。

案具之所以名為「酒禁」，是因為周人認為夏、商兩代滅亡的根源是由於君主嗜酒無度。有了前車之鑑，周王朝特意頒布了〈酒誥〉，規定——王公諸侯只有在祭祀時才能飲酒，不准非禮飲酒；百姓聚飲，押解京城處死；不照禁令行事執法，同樣治以死罪。這也是中國最早的禁酒令。到了春秋戰國時期，禁酒令雖然跟共主周天子一樣已然有名無實，但承置酒器的案具確實烙下了中國第一個禁酒時代的印痕，名曰「酒禁」。

楚國地廣物博，礦產豐富，冶煉水平很高，其中「失蠟法」[9]為楚國所獨有。楚威王面前那只酒禁即青銅器中的精品，長約六尺、寬約三尺，禁的四周飾有多層透雕的雲紋，玲瓏剔透，彷若天空中飄浮的朵朵白雲；雲紋底下由數層粗細不同的銅梗支撐。銅梗分為三層，最內一層最粗，乃骨幹梁架；中間層梗稍細，由上而下向兩側伸出後上彎，猶如古代建築的斗拱；外層銅梗最細，呈相互獨立的捲草狀。

銅梗相互盤繞，卻又互不連接，多層重疊，錯落有致；酒禁的上部四周攀緣了十二條龍形怪獸，前後各四條，左右各兩條，凹腰捲尾，探首吐舌，面向酒禁中心，形成群龍騰雲駕霧、拱衛中心的畫面，靈動活潑，十分壯觀；禁的下部則是十二條虎形怪獸，兩長邊各三隻，四角及兩短邊各一隻，蹲於禁下為足，撐托著器身，看上去霸氣十足。整座酒禁構思奇特，造形奇巧，工藝精湛複雜，令人歎為觀止。

但奇怪的是，這座雲紋銅禁上擺放的豐盛酒食未動分毫。任誰都能看出來，楚威王病得相當厲害，這次能上紀山來主持雲夢之會，已頗勉為其難。他一直枯坐在那兒，半耷拉著眼皮，處於有氣無力的混沌狀態。王宮醫師梁艾雙手提著藥箱，就站在楚王的背後不遠處。

桑林之祭是公開祭祀儀式，在衛士的警戒圈之外，還聚集了大批趕來瞧熱鬧的尋常百姓。寫出《道德經》的楚國奇人老子，曾以「眾人熙熙，如享太牢，如登春臺」形容雲夢之會的盛大歡騰景象，可謂萬眾矚目。

許多人正目不轉睛地觀看舞者的翩然起舞，但更多人的目光則落在臺座上的華容夫人和江芈公主身上。這對母女均有著絕世容貌，母親三十餘歲年紀，朱顏丰韻，皎如明月，而女兒十五六歲，荳蔻年華，燦若春花；一個瑰姿豔逸，一個風流爾雅。有如此豔光四射的絕色美人在座，難怪廣場上的年輕男子爭相投來各種意味的目光，就連臺座上的賓客也有不少人為美色所惑，像是魏國的質子魏翰總有意無意地瞟向華容夫人，齊國的質子田文則盯著江芈公主不放，一副失魂落魄的模樣。

楚國王室內部的危機正是因這對母女而起。傳說，楚威王疼愛華容夫人和江羋公主成狂，以致生了廢嫡立幼之念，有心廢掉嫡長子熊槐的太子位，改立華容夫人所生的熊冉為太子。若非令尹昭陽等重臣堅決反對，只怕熊槐的太子位早已不保。

太子熊槐大約二十一二歲年紀，戴著華美高大的楚冠，一身博袍絳衣越發映襯出臉色蒼白慘淡。他的心思顯然不在精彩的「桑林之舞」上，反倒一直留意著斜對面江羋公主的一舉一動，雖竭力掩飾真實情感，臉上還是不由自主對這位聰慧又美貌的異母妹妹流露出恨意來。

太子的妻妾南媚和鄭袖分坐在兩旁，二女亦都算得上美人，只是比起豔驚四座的華容夫人母女仍遜色不少。嫉妒是婦人的天性，當意識到華容夫人和江羋公主才是全場矚目的焦點時，鄭袖不由自主地咬起了嘴唇。

湊巧這時江羋停止了與公子冉的竊竊私語，轉過頭來，有意無意地望向太子這邊。驚鴻一瞥的她，天真而邪氣，有著不羈的美麗，只是顧盼之間淺淺一笑，嘴角微微翹起，多少帶著幾分挑釁之味。

鄭袖忍不住附耳過去，賭氣告訴丈夫道：「太子，您瞧瞧公主那副得意的樣子，倒像是……」她刻意未吐說完下面的話，但熊槐很清楚下半句應為：「倒像是她弟弟公子冉已經當上太子了。」太子的臉色越發難看，冷冷哼了一聲，不及說話，疾風驟雨般的音樂聲陡然止歇——「桑林之舞」結束了。

楚威王轉頭做了個手勢，低聲嘟囔了一句什麼，一旁的司宮[10]靳尚便大聲宣布道：「大王有賞。」侍臣們遂捧上金銀等飾物分發給舞者，舞者們一齊上前拜謝。

魏國使臣惠施也在臺座上，起身離座道：「桑林之舞如此精彩，令人讚歎。臣這次奉魏王之命出使楚國，除了要與大王修好、聯合起來對抗秦國，還有一樁大事，那就是想瞻觀楚國最著名的寶器。今日是雲夢之會，是君民同歡的大喜日子，可否請大王取出寶器，讓臣等一開眼界？」

惠施是宋國人，一直在魏國為官，很得當今魏王魏惠王的信任。他雖未明指想瞻觀的寶器是什麼，然而旁人都知道那是和氏璧。

天下有兩大公認的奇珍異寶，一是和氏璧，二是隨侯珠，均大有來歷。

「和氏璧」最初只是荊山[11]的一塊玉石，楚國人卞和偶然發現了它，抱去獻給楚厲王。玉工鑑定後，說這只是一塊普通的石頭，於是楚厲王以欺君之罪砍下了卞和的左腳。楚武王即位後，卞和再次抱著玉石來獻，又被玉工鑑定為石頭，楚武王又砍下其右腳。楚武王死後，楚文王即位。卞和抱著玉石在紀山下痛哭了三天三夜，眼淚哭乾了，眼角沁出了鮮血。消息傳開後，楚文王很是好奇，派人前去詢問原因。卞和道：「我哭並不是因為被砍去了雙腳，而是寶玉被當成石頭，忠貞之人被當成欺君之徒，無罪而受刑辱。」

楚文王便命玉工剖開玉石，果真取出一塊稀世璞玉，光彩射人——此璧正看為白色，側看為碧色；若置暗處，閃閃發亮；擱置案上，自卻塵埃；且冬日發暖，夏日生涼。見者無不驚歎。楚文王為紀念卞和獻璧之功，特意為玉璧取名「和氏璧」，從此成為楚國鎮國之寶，歸存楚國王室，世接代傳，迄今已有三百多年歷史。

「隨侯珠」則是隨國[12]的鎮國之寶。傳說，隨侯出行時遇到一條受傷的大蛇，一時起了憐憫之心，取藥為蛇敷治。大蛇痊癒後，於大江中銜取夜明珠，以報隨侯救命之恩，由此得名隨侯珠，又稱靈蛇珠。此珠徑長一寸，跟和氏璧一樣能在夜色中發光，同時照亮十二輛車子，因此又稱「明月珠」。

楚璧隨珍，遂成為共傳之寶。但楚國滅掉隨國後，並沒有得到隨侯珠，據說已在城破前遺失，不知去向，成為世間一大憾事。和氏璧因而成為一枝獨秀，越發珍貴。

不久之前，昭陽出奇謀，破了韓國聯兵秦國攻打楚國之計，立下大功。他官任令尹，已是位極人臣，又曾因攻魏有功封上爵執珪，爵位也是最高，再無可封賞。但楚威王認為楚國國法獎懲分明，有功必賞，倘若昭陽立下如此奇功尚得不到任何賞賜，怕是日後難以激勵軍民為楚國效力；反覆權衡之下，決意將和氏璧賜給昭陽。這也是和氏璧成為楚國鎮國之寶後，第一次賜給大臣，實象徵至高無上的榮譽。昭陽驚喜交加，感激涕零。楚國上下也一致稱讚楚威王不惜寶器、寧惜賢臣的胸襟和勇氣。

惠施是天下有名的辯者[13]，也是魏國最有智謀的外交大臣，人稱「惠子」，心思機敏，口才出眾，他偏偏在此時提出要看楚國的寶器和氏璧，令人不得不懷疑其別有用意。

令尹昭陽站起身，正要出面解釋和氏璧已歸自己收藏。莫敖屈平[14]卻忽然站了出來，道：「使者君想看我們楚國的寶器，其實寶器近在眼前。」

惠施奇道：「噢？」微一驚愕，旋即會意過來，以為屈平指的是楚王面前那座雲紋銅禁。當時，大型青銅器亦是國之重器，像雲紋銅禁這般精美華貴的器具鑄造不易，難得一見，稱其楚國寶器也不為過。

不料，屈平話鋒一轉，道：「珠玉之類不過清玩而已，算不得什麼寶器，楚國真正的寶器是賢君賢臣。我國有大王體恤百姓，充實府庫，使全國人民豐衣足食，耕者有其田，居者有其屋，各得其所；有賢臣治理內政，制定禮節，應對諸侯，排解危難；有良將鎮守楚國門戶，整理軍務，赴湯蹈火，萬死不顧……這些都是我們楚國之寶。他們現在人都在這裡，使者君想要觀看，轉身就能一一看到。」

屈平是司馬屈匄的堂弟，雖然年紀小得多，卻因其父屈庸是長子，世襲了屈氏的莫敖官職，地位反在屈匄之上。他出生於寅年寅月寅日，夏正以建寅之月為歲首，寅年寅月寅日真正符合「人」的生辰，大吉大利，是個好兆頭[15]。因生辰與眾不同，特意為他取名「平」，字「原」。平即公正，象徵於天；原即原野，代表大地，以合「天開於子，地闢於丑，人生於寅」的天地人三統。

屈平自小有「神童」之稱，博覽群書、學識淵博且嫻於辭令，但他畢竟才十五歲，驀然挺身而出與天下最有名的辯者侃侃而談，口若懸河，依舊讓眾人大吃了一驚。然其言辭精妙絕倫，不卑不亢，著實令人激賞。

惠施一時無言可對，然仔細思量對方之言，卻句句在理，當即肅然起敬，歎道：「莫敖君年紀輕輕，見識高明，才氣縱橫，實乃可敬可畏。唯楚有才，果真名不虛傳。」頓了頓，便直接了當地表明了用意，道，「請大王恕愚臣淺薄，其實臣之前提及的寶器，指的是貴國鎮國之寶『和氏璧』。魏王派臣來楚國瞻觀和氏璧，其實是要祝賀大王，因為華夏正有讖語流傳道──『得和氏璧者得天下。』」

臺座上的群臣登時發出一陣驚呼聲，隨即不約而同地望向令尹昭陽，目光中各有深意。昭陽正回到座席，預備重新坐下，聞言亦心頭大震，當即跌坐在床榻上。楚威王亦似吃了一驚，挑了一下眼簾，但還是沒有吭聲。

華容夫人到底是婦人，忙追問道：「華夏當真有這種讖語麼？」惠施道：「回夫人話，千真萬確。愚臣的好友宋國人莊子，根據夢中神授，著有〈天下〉一篇，裡頭也曾言道──『郢有天下』。」

莊子名莊周，宋國人，是楚國奇人老子道家思想的繼承者和發展者，也是當今楚王最仰慕的人。楚威王曾派兩名大夫攜帶重金前去宋國，聘請莊子來楚國任令尹。

大夫懇切地道：「我國大王久聞先生賢名，欲以國事相累。深望先生欣然出山，上以為君王分憂，下以為黎民謀福。」莊子正在渦水垂釣，持竿不顧，淡然道：「我聽說楚國有隻神龜，被殺死時已經三千歲了。楚王珍藏之以竹箱，覆之以錦緞，供奉在廟堂之上。請問二位大夫君，此龜是寧願死後留骨而貴，還是寧願活時在泥水中潛行曳尾呢？」大夫道：「自然是願活著在泥水中。」莊子道：「二位大夫請回吧！我也願意繼續留在泥水中曳尾而行。」如此以龜喻人，巧妙拒絕了楚威王的邀請。

請莊子出山到楚國為相，一直是楚威王心中難以圓滿的夢想，忽聽得那位淡泊名利的世外高人曾有「郢有天下」的預言，在場群臣無不悚然動容。就連楚威王也高高挑起了雙眉，枯瘦的臉上一下子有了些許表情，似是終於從渾噩的僵態中甦醒過來。

惠施瞧在眼裡，又從容續道：「各諸侯國均為此讖語而議論紛紛。聽說秦國正有意發兵攻打楚國，預備用武力奪取和氏璧。這次敝國大王派愚臣出使，一是賀喜楚國有和氏璧這等天賜吉物，二則是要提請大王，須得加緊防範西面的秦國。」令尹昭陽再也坐不住了，正要起身奏請將和氏璧歸還王宮，楚威王卻及時擺了擺手，沉聲道：「寡人知道了，多謝魏王美意。雲夢之會尚未結束，使者君請暫時歸座，後頭還有精彩好戲。」

臺座上這段關於寶器的小插曲，並未影響廣場上不知情觀眾們的興致。

按照傳統，接下來是「尸女表演」——十二對穿戴整齊的男女一齊上場，個個年輕俊美、血氣方剛，相互做出各種挑逗與象徵性的性交動作，情意纏綿，奔放浪漫。音樂急促而緊密，震撼人心，間以舞者身上佩飾「叮叮噹噹」的清脆撞擊聲，舞場上充斥著濃烈的煽情意味和狂野的原始氣息，大多數人看得面紅耳赤，亢奮不止。

但這僅僅只是雲夢之會的開場，尸女表演結束後，才是雲夢之會的真正高潮——春社交歡[16]。先秦時期的楚國沒有男女大防，也沒有什麼性禁忌，適齡男女可以自由約會，歡娛交媾，而雲夢之會則為大眾提供了一個定時定點的公開性社交節日。待高唐觀祭社典禮結束，上自王公貴族，下到黎民百姓，青年男女各自四散開來，擇偶野合，盡情縱慾狂歡。犬吠水聲中，桃花帶露濃。在溪澗邊，在山林中，情人們或秉蘭以遊，或相贈香草，歡歌曼舞，幽會交合。春水渙渙，亂花迷眼，情懷若詩，佳期如夢。

正當楚威王扶著華容夫人起身、宣布春社交歡開始，眾人正爭相往南、北兩道下山之際，變故發生了！一名站在北首的青衣男子趁亂擠近西首的臺座，變戲法般地從長袍下取出一具精巧的弩器，弩槽中早已扣好一支弩箭，逕直端起來瞄準臺座正中央的王座。

此刻正值散場，是廣場上最紛紛擾擾的時候，衛士們早已放鬆警惕，有些衛士正稀稀落落地朝高唐觀東大門趕去，預備護送楚王進臺館歇息。直到那青衣男子扣動弩機，侍立在楚王背後不遠處的副宮正南杉才驚覺異樣，大喊一聲，飛身奔過去，卻已然來不及。

世事往往奇妙得很，就在弩箭離弦的電光石火剎那間，有條褐色人影從旁側撲了上來，將青衣男子連人帶弩撲倒在地。弩箭雖及時射出，卻被那灰色人影一撲之勢帶得偏了準頭，正好射中楚威王左側的華容夫人腰間。

由於先王楚宣王在位整整三十年，楚威王直到四十餘歲才繼承王位，迄今不過十年光景。他執政的時間雖不長，卻功績赫赫，先後大勝齊國、魏國、越國，又大力開拓西南，使得楚國疆土東至於海，西包巴蜀，南極牂牁[17]，達到全盛時期。但這一年來他疾病纏身，再無昔日叱吒風雲的敏銳和英氣，當看到最心愛的華容夫人軟倒在自己腳下時，竟然呆住了，全身發涼，渾然不知所措。

衛士和大臣們如潮水般簇擁了上來。扈從楚王的宮正孟說極為精明能幹，生怕刺客還有同黨，混亂中再度行刺，忙大聲命道：「快來人，先護送大王進去。」一邊請司宮靳尚和司馬屈匄護衛楚威王進入高唐觀，一邊指揮衛士擒拿刺客，封鎖廣場。因事關楚國內政，又派人護送魏國使臣惠施和諸國質子先行下山。

王宮醫師梁艾上前查看傷勢，放平華容夫人的身子。那支弩箭斜向上射中其腰腹，幾近穿透，已然無法救治。她在血泊中抽搐了幾下，就此斷氣，雙眼猶自瞪得滾圓。江芈公主捂緊嘴唇奔了過來，幾乎不能相信眼前所見。巨大的恐懼和驚愕令這位尊貴的公主花容失色，完全變成另外一副模樣。

公子冉愣在一旁，牙齒發顫，說不出一句話來，亦不敢看母親的屍首，只能習慣性地依附著姊姊，死死抓住江芈的手臂。公子戎還只是個五六歲的孩子，嚇得哭出聲來，大聲叫道：「娘親！我要娘親！」

熊槐十一歲就被立為太子，是個狂妄自大慣了的人，從不善於掩飾感情，忽見有意與自己爭奪王位的最大對頭忽然莫名被射死在眼前，驚訝之餘，也多少流露出幾分幸災樂禍的神氣來。令尹昭陽看在眼中，忙走過去低聲提醒道：「華容夫人遇刺身亡，外人也許會懷疑刺客是受太子指使。當此之機，太子千萬要好好安撫公主才是。」

昭陽的夫人南娟與太子正妻南媚是親姊妹，因而他和太子是連襟關係，素來榮辱與共。熊槐會意過來，忙正正衣襟，收斂笑容，輕輕咳嗽了一聲，上前命道：「孟宮正、南宮正，這裡的事交給你二人處置。我和令尹先進去看望父王。」孟說、南杉一起躬身道：「臣遵命。」

熊槐這才上前牽起江羋的手，假惺惺地勸慰道：「江妹，人死不能復生，你還是節哀順變為好，冉弟和戎弟都還需要你這位大姊照顧。」江羋卻毫不領情，冷笑一聲，道：「這下不正稱了太子哥哥的心意麼？」決然甩開熊槐的手，轉身朝高唐觀跑去。

熊槐知道這妹妹年紀雖輕，卻智計百出，華容夫人那方的人均唯她馬首是瞻，猜想她多半是要到父王面前搶先告狀，急忙追趕進去。公子蘭、公子冉、令尹昭陽等人略微愣得一愣，也爭相跟了進去，只有公子戎還站在原地哇哇大哭。

孟說示意衛士抬走華容夫人的屍首，走過去牽起公子戎的手，溫言哄道：「公子別哭了，華容夫人雖然離開，卻是去了天上。」公子戎哭道：「我要娘親，我也要去天上。」孟說道：「眼下還不到時候，這裡太亂，臣先派人護送公子進去。」招手叫過王宮醫師梁艾，命他帶公子戎進臺館歇息。

那青衣刺客早已被衛士擒住，牢牢捆縛在一邊。孟說走到他面前，問道：「你叫什麼名字？是誰派你來行刺的？這裡可還有你的同黨？」

刺客估摸二十餘歲年紀，神色甚是沮喪，大約為未能射死真正的目標楚威王而懊惱，聽到孟說出聲盤問，立即露出鄙夷之色來，冷冷看了他一眼，轉過頭去，不予理睬。

衛士纏子是個赳赳武夫，脾氣耿直急躁，見刺客強硬，不肯回答宮正問話，當即揚起手來，左右開弓，狠狠甩了他十幾個巴掌。那刺客鼻孔、嘴角流出了血，臉頰青紫，腫得老高，卻仍然不肯屈服。一名衛士奉上刺客所用的兵器，稟道：「宮正君，這刺客用的是韓國的弓弩，說不定他是韓國派來的刺客。」

之前秦國出兵攻打韓國，韓國本欲獻城與秦國講和，然後兩國聯袂攻打楚國。楚威王用了令尹昭陽之計，假意援救韓國，令韓國與秦國絕交，之後又拒不發兵，結果韓軍大敗，被迫臣服於秦國，韓國太子韓倉也去了秦國做人質。韓宣惠王深恨楚國背信棄義，因而派出刺客行刺楚威王亦屬情理中之事。

廣場上尚滯留不少百姓，好奇圍了過來看熱鬧，聞言紛紛指斥韓國國君手段卑鄙低劣。卻有一人嗤笑出聲，道：「這韓國人是不是也太笨了，派人行刺還帶著自家的兵刃，好讓人知道他的來歷身分？」說話的是一名二十歲上下的年輕男子，身材魁梧，一張四方臉，濃眉大眼，高鼻厚唇，面黑有光。

孟說扈從楚王多年，自有一番閱人之能，見這男子意態飄逸，有氣雄萬夫之相，立即生了警惕之心，走過去問道：「足下是誰？聽你口音，應該不是楚國人。」那男子一點也不慌亂，悠然答道：「我是趙國人，姓主名富，是個商人。」

雖半信半疑，但眼下要辦的事極多，一時不及細細盤問那主富，便命人先將刺客押下。而撲倒刺客的褐衣男子也被衛士扣留在旁，孟說走到他的面前，見眼前之人神態安詳，穿著一身極粗糙簡陋的褐麻衣褲，腳穿草鞋，不由得一愣，問道：「你是墨者？」那中年男子點點頭，道：「在下墨者唐姑果。」隨即朝孟說躬身行禮道，「腹鉅子命我代問宮正君安好。」

墨學跟儒學一樣，是當世顯學[18]，風行天下。它反對儒家的「愛有差等」，提倡兼愛、非攻，主張以兼易別，使天下兼相愛，竭力反對戰爭，認為攻伐是天下之巨害，理想是「必興天下之利，除去天下之害」。墨者奔走於烽火中抑強扶弱，雖枯槁不捨，由於富犧牲精神，最講究信義承諾，在人們心中有著良好形象，深受尊敬。

墨家在各國均有不小的勢力，其首領稱為「鉅子」，具有至高無上的權力，腹鉅子即指現任的鉅子腹（黃享）。

孟說本人雖非墨者，卻是墨家第三任鉅子孟勝的孫子。當年，孟勝和楚國貴族公子豫友善，公子豫被楚悼王封於陽城[19]，又號「陽城君」。楚國素來不歡迎墨者，大力排斥墨學，原因是墨家第一任鉅子墨翟曾與公輸般論戰，阻止楚國攻打宋國。不過，陽城君卻極為欣賞墨家的道義，將墨家鉅子孟勝及其弟子接到陽城居住，待若上賓。

當時，楚悼王任用衛國人吳起為令尹，進行變法改革，雖收富國強兵之功效，卻大大損害了貴族們的利益。陽城君銜恨吳起入骨，待楚悼王一死，便藉回郢都弔唁之機，聯絡楚國的貴族，預備殺死吳起。吳起進宮治喪時，受到陽城君等人的圍攻，情急之下，躲到楚悼王的屍首旁。貴族們一擁而上，射殺了吳起，並將他車裂肢解。但在圍殺過程中，也有許多貴族的箭射中了楚悼王的屍體。

按照楚國的法律——「麗兵於王屍者，盡加重罪，逮三族。」楚肅王即位後，便依律法誅殺所有射中王屍的人，罪及其三族，因此被夷宗的貴族多達七十餘家。陽城君雖僥倖逃脫，但封地陽城被楚肅王收回，只能走上流亡之路，從此下落不明。

陽城君離開陽城時，授予孟勝符節，任用他鎮守封邑。面對趕來陽城接收的大軍，孟勝並未率領墨家弟子們逃走、遠離楚國的是非紛爭，而選擇了捨生取義。他告訴弟子們：「我們與陽城君有約，答應為陽城君守國，而今陽城君已逃，封國被收，憑我們的力量又不能改變現狀。只能以死殉義。如果不死，那麼從今以後，人們尋求嚴師一定不找墨者，尋求賢友一定不找墨者，尋求良臣一定不找墨者。換句話說，不死就是不義。」由此上演了中國歷史上最悲壯的一幕——包括鉅子孟勝在內，一百八十三名駐守陽城的墨者均舉刀自刎而死。

孟勝死難之時，其子孟卯尚在襁褓之中，躲過一劫，於楚國的民間長大，後來雖為墨家鉅子田襄子所尋及，卻不願再成為墨家的一員，而是加入楚軍，因作戰勇猛積功升為將軍。其子孟說長大成人後更是武藝高強，順利當上了王宮的宮正，成為楚王最倚重的衛士統領。據說孟說力大無窮，一人即能舉起高唐觀前的雲紋酒禁，因此有「楚國第一勇士」之稱。

孟勝蹈義赴死的壯舉雖為天下人稱讚，但出於某種原因，卻是孟卯父子不願多提的一段往事。尤其孟說見唐姑果的目光意味深長，似有意提及自己為墨家鉅子的後人，弦外有音，心中多少感到警覺，當即道：「孟某有公務在身，職責所在，有得罪之處，還請先生原諒。」沉下臉來，做出一副公事公辦的樣子，問道，「先生如何湊巧在此處出現？莫非你也對雲夢之會有興趣？」唐姑果淡然道：「不是，我只是來找人，適才看到刺客行刺也只是湊巧。」輕歎了一聲，道，「可惜還是發現得晚了，不然國君夫人也不會死。」

孟說心道：「自從楚國排斥墨家、墨者的活動中心從楚國遷往秦國後，當今鉅子腹（黃享）便成了秦惠王的座上賓；傳說，墨家大不同於往日，已被秦國控制。墨者個個都是有為之身，唐姑果不會平白無故地出現在紀山。但無論如何，總算是他及時撲倒刺客，救了大王一命。」孟說也是個慷慨豪邁之人，當即謝道，「多謝先生出手相救。」

孟說正要開口詢問唐姑果所尋之人是誰，一名衛士匆匆奔過來稟道：「大王命宮正君帶刺客進去問話。」唐姑果忙道：「宮正君先忙公事，我可能要在郢都滯留一段時間，希望還會再有見面的機會。」孟說道：「好。」命人放唐姑果下山，自己和副宮正南杉一起押著刺客進到高唐觀。

高唐觀是一組園林建築，正東門上懸掛著一塊黑色木匾，上書「高唐觀」三個紅色大字，字體筆畫勁挺，落筆起筆鋒芒畢露，華藻流麗。臺館主體建築有前、中、後三處大殿，均為土木混合結構，依山勢而建，逐次升高，掩映在蒼松翠柏之中，自然和諧，幽美恬靜。其中，前殿地勢最低，殿堂卻最深最闊，可以同時容納幾百人宴飲。

來到殿外，孟說等人一起脫下鞋子。古代視鞋履為不潔之物，不能登大雅之堂。按照慣例，大臣登堂入殿，要先將鞋履脫在階下，否則就是不敬。一年前，楚威王中風癱瘓，無法行走，趙國人梁艾來到王宮，稱有辦法醫治楚王。進入大殿時，他有意不脫鞋履，楚威王一望之下，勃然大怒，竟就此站了起來。事後才知道，梁艾是以氣激來治癱病，他由此成為楚王的座上賓。

前殿臺階下已有不少隻鞋履。履的形狀基本上是男圓女方，大多是最流行的麻履——麻布的鞋面上塗著黑漆，鞋口與鞋幫處用棉面，鞋底用麻線編織，從中向外纏繞數十圈，舒適而輕便。也有華貴的絲履，固定鞋子的纓帶為金絲鞋帶，鞋口純邊裝飾著珠玉，華麗之極。

楚國君臣均聚集於前殿，個個跣足[20]而立，神色肅穆。楚威王剛服下醫師梁艾奉上的湯藥，因憤怒而顯得格外有生氣，精神看起來也好了許多。

刺客被衛士粗暴地扯脫鞋襪，光腳帶到殿中跪下。孟說大致稟明了經過。楚威王看也不看南杉奉到案前的弓弩，只森然問道：「是誰派你來行刺的？你若肯說實話，寡人可以饒你一命。」他雖年老病重，但畢竟是一國之君，語氣中自有一股不容質疑的威嚴。

刺客只是垂眼凝視眼前的地面，恍若未聞。孟說喝道：「大王問你話，還不快快回答！」衛士纏子見刺客依舊沉默，便上前一腳將他踢倒在地。

令尹昭陽道：「這應該是韓國的弩器，會不會是韓國國君派來的刺客？」大夫景翠卻不同意，道：「韓國弓弩馳名天下，任誰都能一眼認出。如果真是韓國大王派人來行刺，一定不會使用他們本國的兵器，這麼做豈不是太明顯了麼？」司馬屈匄也道：「不錯，正如此理。而今楚強韓弱，韓國又新敗於秦國，絕不敢輕易招惹楚國，豈會用行刺的手段？」

自從吳起變法失敗、七十餘家貴族因箭射王屍被誅殺後，昭、景、屈便一躍成為楚國最有勢力的三大氏族。這三氏均出自羋姓王族，像是昭陽的祖先是楚昭王的次子，遂以昭王的謚號「昭」為氏；屈匄的祖先是楚武王的次子，以封地「屈」為氏……如此建族受氏，另立門戶，無非是要確立國君長子和次子的名分，次子另立小宗，以服熊氏大宗。這三大家族中，昭氏執掌國政，屈氏掌握兵權，實力大致相當，景氏稍弱。

昭陽心道：「難道我沒有想通這一點麼？大王也一定明白這個道理，因此才逕直問刺客背後的主使是誰，言下之意分明是懷疑太子。華容夫人正日夜狐媚大王，請求立她的親生兒子公子冉為太子。她眼下被射死，公子冉失去了一大強援，太子的嫌疑自然最大。無論如何，我要竭力洗清太子的嫌疑。」當即咳嗽了一聲，道，「景大夫和屈司馬說的都不錯，理是這個理，但也許這正是韓國人的巧計所在，他們知道我們一定會這麼想，所以才有意派刺客用韓國的兵器行刺。」

公主江羋痛惜母親慘死，一直伏在楚威王的腳邊飲泣，聞言抬起頭，問道：「令尹如何能肯定刺客想刺殺的是父王，而不是我娘親？」

這話非但有力，而且直接切中要害——倘若刺客的目標是楚威王，那麼他確實極可能是韓國或其他敵國國君所派。行刺事件發生後，人人均本能地以為行刺對象是楚王，華容夫人不過是替死鬼，因此宮正孟說的第一反應，便是派衛士護送諸國質子和魏國使臣惠施下山，實際上是擔心這些人與刺殺有干係，因此要將他們先行軟禁加以監視。但如果刺客的真正目標就是華容夫人本人，那麼背後的主使就不大可能是敵國了。問題就在墨者唐姑果的那一撲，到底有沒有真正影響到弩箭的發射方向？

孟說也是個精幹果決之人，經江羋公主一語提醒，立即招手叫過心腹衛士纏子，命他帶人前去追捕唐姑果回來對質。

令尹昭陽一時愣在當場。他本是武將出身，靠著多年累積軍功才升為令尹，對政治爭鬥之類並不特別在行，這也是太子槐一方始終被華容夫人一派壓制的主要原因。他呆了好一陣，最終還是沒能回答公主的話，而是逕直走到刺客身邊，喝問道：「快說，是誰派你來的？你要刺殺的對象到底是誰？」

那刺客始終不發一言。昭陽便使了個眼色，兩名衛士走上前來，用力踢打刺客，想逼迫他招供。江羋忙叫道：「住手！打死了他，好殺人滅口麼？」昭陽臉色一沉，不悅地道：「公主這話是什麼意思？」江羋道：「難道令尹君心中不清楚麼？」

楚人本就有「俗剽輕，易發怒」的傳統，熊槐在太子位已久，素來驕橫，近年來因在父王面前失寵才勉強有所收斂。眼下雖事先得連襟昭陽的囑咐，儘量保持沉默，但此時他再也克制不住，怒氣沖沖地道：「江妹，我體諒你剛剛失去至親的痛苦，但你也別欺人太甚。」

江羋道：「太子哥哥，我又沒說你什麼，你這麼著急站出來，是有誰踩到你尾巴了麼？」熊槐登時大窘，憤恨不已，臉上青一陣白一陣，退也不是，進也不是。

南杉是群臣之中最先發現刺客的人。他當時站在楚王的斜後方，親眼看見刺客端起弓弩，對準了臺座正中央。從他站立的角度來看，理所當然地認為刺客的目標是楚威王本人。他本可立即站出來說明事實，為兩位姊夫解脫困境。但南杉當時所處的位置，只能看到弩箭射出後劈空呼嘯而來，並未看到刺客何時扣動弩機。他為人謹小慎微，既不能肯定唐姑果那一撲是否真影響了刺客發射弩箭的方向，自然不願輕易出面，以免旁人懷疑他有為姊夫護短的嫌疑，因而只是沉默著。

江羋話中暗示的意味實在太濃，如若刺客的目標當真是華容夫人，任誰都會懷疑太子槐是主使。大殿一時安靜了下來，大臣們面面相覷，誰也不敢開口接話。楚威王除了一開始問過刺客一句話，再也沒張過嘴，只如木雞般孑然坐在上首，殿中的吵鬧爭執彷彿成了虛無。

令人難堪的沉默持續了好一陣，莫敖屈平又站了出來，道：「華容夫人遇刺身亡固然不幸，而今最要緊的卻是查明真相，而真相全繫於這刺客的口供。若蒙大王恩准，將刺客交給臣處置，臣有法子讓他開口招供。」

屈平適才在臺座上向魏國使臣惠施力陳賢臣為楚國之寶器，語驚四座，令人擊節讚賞。然而訊問刺客畢竟不同於應對使臣，他此刻再度挺身而出，稱有法子令桀驁難馴的刺客開口，不免令人大跌眼珠。

司馬屈匄是屈平的堂兄，他執掌楚國兵權，是朝中重臣，對太子槐和華容夫人一派爭奪儲君之位心如明鏡，暗中揣度這次的刺殺事件背景極為複雜，萬一真如江芈公主所暗示確實涉及太子槐等人，可就麻煩大了。他素來愛護幼弟，不願其捲入是非，忙上前奏道：「啟稟大王，刺客既不肯招供，就該按照慣例移交大司敗處嚴刑拷問。」又轉頭低聲斥責屈平道，「有這麼多位王公重臣在此，哪裡輪得到你出頭！小孩子不知道天高地厚。」

司敗，是楚國刑獄司法之官，官職等同中原各諸侯國之司寇，主管糾察刑獄與司法審訊。中央級司法官稱大司敗，地方級司法官稱司敗或少司敗。大司敗可隨時誅戮犯法的官員，雖令尹、司馬等重臣亦不免。

昔日楚文王率兵出征，戰敗後班師回國。按照楚國刑律，戰敗之將必須自殺謝罪，大司敗鬻拳雖不敢責令楚文王自殺，卻拒不開城門接納。楚文王無奈，只得轉而進攻黃國，後來在途中得病死去，始終未能活著回到王都。鬻拳以臣子身分，敢拒國君於城門之外，可見大司敗在楚國地位極高，擁有毋庸置疑的權力。

現任大司敗熊華，是楚威王的異母弟弟，聞言色變，心中正盤算著要如何找個冠冕堂皇的藉口，推辭這樁棘手的案子。屈平卻是個倔脾氣，竟不理睬堂兄的警告，朗聲奏道：「啟稟大王，這刺客一日不吐露真相，只會令我楚國君臣內部互相猜疑，徒令外敵笑話。請陛下給臣十日時間，臣自有辦法讓他交代出背後主使。」屈匄道：「平弟……」

一直耷拉著眼皮的楚威王就在這一刻發話了：「准莫敖卿所奏。」屈平躬身道：「多謝大王。臣還需要兩個幫手。」楚威王道：「文武大臣，隨卿挑選。」屈平道：「臣只要孟宮正和巫女阿碧。」

楚威王道：「准！」他似乎也跟大臣們一樣，不願再繼續留在這沉悶憋屈的大殿之中，扶著江芈公主站起身來，快快道，「回宮！」

楚國君臣一行人就此離開高唐觀，浩浩蕩蕩地下山。

楚威王乘坐在四人抬著的肩輿上。肩輿的抬槓上裝有機關，可加裝木槓，下山時，前面的抬槓要比後面的高出半人，上山時，後面的抬槓則比前面的高；如此一來，肩輿上的楚王便能始終保持在最舒適的水平位置。此法雖簡單，卻足見構思奇巧，這是昔日能工巧匠公輸般專為國君登山所設計的特殊乘具。

公輸般是魯國人，人稱「魯班」，是天下公認的巧士。他出生於工匠世家，因《山海經・海內經》中有「少皞生般，般是始為弓矢」之句，而取名為「般」。他自小精通各種木工手藝，又善於總結經驗，於實作中改進了傳統的木作工具，發明了不少生產、生活和作戰器具，像是木工工具鋸、刨、鑽，畫線用的墨斗和曲尺，又如舂米搗麥用的石磨，將靈柩吊放進墓穴的機械等等。楚國長期在諸侯國之中保持著武器領先的優勢，如陸戰攻城用的雲梯、水戰戰船上用的鉤撓，均出自公輸般的發明創造。他的名字自此成為底層勞動人民勤勞智慧的象徵，被工匠們奉為祖師。

楚威王坐在肩輿上，始終垂著眼睛，令人琢磨不透真實心意。緊跟在他背後、那具原由華容夫人乘坐的肩輿卻空空蕩蕩，頗有人去輿空的味道。今日高唐觀發生了如此大事，太子槐和令尹昭陽均因言辭不當而弄得灰頭土臉，再沒有人敢輕易開口，以免惹禍上身。長長的隊伍中，非但沒有私語，竟連咳嗽也不聞一聲。

及至半山腰岔道時，矛盾許久的南杉終於還是趕上前來找孟說，不及開口，對方已猜到究竟，問道：「南宮正約了人在紀山相會，對麼？」南杉點點頭，道：「臣本不該在這時候提起此事，當以公事為先……」他頓了頓，還是說出了理由，「可是臣與她有過約定，不見不散，臣若不去踐約，她必定死等到底。」

孟說雖未受墨學浸濡，身上卻極有其祖父的墨者遺風，為人忠勇正直，豪邁俠義，當即慨然道：「人無信則不立，南宮正既然事先有約，就該踐諾。你去吧，有我護送大王回宮。若有人問起，我就說派你去辦事。」南杉道：「是，多謝宮正君體諒，臣去去就回。」

日光融融春意酣，桃花飄散亂人心。令紀山名動天下的，不僅是爛漫繽紛的桃花和聲勢浩大的雲夢之會，還有葬在這裡的桃花夫人。

桃花夫人姓嬀，是春秋時期陳國的公主，後嫁給息國國君息侯為夫人，因此又名息嬀。她天生麗質，目如秋水，臉似桃花，姿容絕代。人們讚歎其傾國傾城之貌，稱她為「桃花夫人」。不幸的是，紅顏禍水的詛咒也應驗在桃花夫人身上，息國和蔡國兩個諸侯國均因她而滅亡。

原來，她出嫁息國時路經蔡國，在姊夫蔡侯的宮中做客。蔡侯為小姨子的絕世容貌傾倒，難以自持，多有挑逗輕薄之語。息侯聞之大怒，設計報復，慫恿楚國攻打蔡國。楚文王依計出兵，俘虜了蔡侯。蔡侯得知真相後忿忿不平，遂向楚文王稱讚桃花夫人的容貌天下無雙。楚文王聽了之後大為心動，遂以赴宴名義一舉滅掉息國，俘虜了息侯。

桃花夫人聞變，欲投井自殺，卻被人牽住衣裙，勸道：「夫人不欲存息侯之命乎？何為夫婦俱死？[21]」桃花夫人默然無語，遂被帶到楚國，入宮成為楚文王的夫人，還生下了兩個兒子。但她一直悶悶不樂，始終不肯開口說話，此即後世詩人所吟誦的「細腰宮裡露桃新，脈脈無言幾度春」。楚文王追問緣故，桃花夫人回答道：「我身為女子，卻嫁了兩任丈夫，既然不能赴死，還有什麼話可說？」

楚文王知道她是感傷息國滅亡，為了取悅美人，索性興兵攻打蔡國，蔡侯再次被俘，最終客死楚國。但桃花夫人並未展顏而笑，最終鬱鬱身亡。傳說，她死時正值桃花凋零，又湊巧葬在紀山，因此楚地民間尊她為桃花神。後世還有人建造桃花夫人廟[22]，時時祭祀。桃花也解愁，點點飄紅玉；從此，明媚嬌豔的桃花還被賦予了貞烈多情的意象。

南杉有意落到隊伍最後，從而悄悄離開，翻過幾座山巒，逕直趕來紀山西面的桃花夫人墓。這裡雖是一處名勝古蹟，卻因距離高唐觀太遠，加上山勢陡峭，罕有情人會來這裡野合幽會。

南杉還不到二十歲，除了王宮副宮正的身分，更是太子槐的內弟。他本人出身巫卜世家，楚國的巫覡雖受尊敬，但並非貴族，實際地位並不高，依舊是有名無氏的那一類賤民。南家之所以能夠顯赫，全靠南杉的長姊南娟，她嫁給位高權重的令尹昭陽為侍妾，因善於奉迎而得寵，後又生下兒子昭魚，遂被昭陽扶正為夫人。

因為這一層關係，太子槐又娶了南娟的妹妹南媚為夫人。南杉能夠進入王宮擔任要害之職，自然也是因為裙帶關係。明眼人都知道，太子槐有意將小舅子安插到副宮正的位置，否則完全可為他在朝中謀個清閒的高官職位，不必做日日宿衛王宮的苦差事。但南杉的為人實在很不錯，少年老成，行事謹慎，沉默寡言，從不多事，甚至與華容夫人那一派也相處得很好。

一路全是茂密的桃花林，春慵嬌紅，香氣馥郁。桃樹有高有矮，南杉不時得彎著腰從樹枝下穿越而過，身上沾染了不少花瓣。

出人意料的是，當他費了許多工夫來到桃花夫人墓前時，並未看到情人嫈羋的影子，只有三名男子悄然肅立墳塋前——為首的老人四五十歲年紀，一身錦衣長袍，衣飾華麗；其餘兩人均是三十來歲的精壯漢子，穿著相同的玄衣勁裝，腰間配著長劍，似是那老者的隨從。

南杉料到那老者是來弔唁桃花夫人的遊客，一時頓住腳步，躲在林中，不敢過去打擾。只聽得那老者喃喃道：「一晃眼居然已經十五年啦。息夫人，你我同為陳人，你雖葬在異國他鄉，總算還有子孫後代祭祀，可是田某的親人卻都在齊國。」言畢，重重歎息了幾聲。

南杉只能瞧見那老者的背影，看不清面容，聽他自承是陳國人，又提及家眷在齊國，這才恍然大悟，心道：「這老者一定是田忌。」

陳國是春秋時期的諸侯國，國君是帝舜的後裔，媯姓田氏，雖早已亡國，但陳國後裔卻先後主宰了東方兩大強國——陳國公主桃花夫人與楚文王所生的兒子熊惲當上了國君，即楚成王，之後的楚王代代都是桃花夫人的後人；陳國公子田完流亡齊國後受到齊桓公的賞識，任工正一職，逐漸掌握齊國大權。到了田完十世孫田和時，田氏廢齊康公，自立為國君，仍以「齊」為國號，史稱「田齊」，取代了姜姓齊國。

這田忌即為田齊貴族，他一生中最大成就，便是派人從魏國救出軍事韜略出眾的孫臏，收為門客。一次與齊威王賽馬時，孫臏向田忌獻計——「以下馬對上馬，以上馬對中馬，以中馬對下馬」，此即著名的田忌賽馬法；結果，馬力不及齊威王的田忌反而大勝，孫臏由此成名，搖身變為齊王的座上賓。

之後田忌為主帥，孫臏為軍師，二人聯手先後兩次大敗魏軍，迫使魏國大將龐涓自殺，魏國從此一蹶不振，不得不依附於齊國。但這兩名為齊國立下蓋世奇功的功臣並沒有好的結果，田忌被齊相國鄒忌陷害，不得不逃亡楚國；孫臏則辭官隱居，迄今已經十五年。而田忌到楚國後，很受楚王禮遇，在江南一帶有大片封地，稱為「江南君」，時而也會來郢都覲見楚王。南杉曾在王宮中見過他幾次，因此認得他的容貌身形。恰好那老者回過身來，果然是田忌。

忽聽田忌揚聲叫道：「足下也是來拜祭桃花夫人的麼？何不現身相見？」南杉以為自己形跡已露，正要出來拜見，卻見另一邊的樹林中走出來幾名男子，為首的正是不久前在高唐觀廣場見過的趙國商人主富。

田忌問道：「足下是哪國公子？」他雖不認得主富，但見對方氣度不凡，推測其必是貴族身分。主富笑道：「我只是名商人，姓主名富。」

主富的背後閃出一青衣隨從，上前拜道：「君上不認得下臣了麼？昔日君上圍魏救趙，對趙國有大恩，敝國國君為感謝君上，曾派臣送過一批兵器給君上。」田忌立刻記了起來，道：「啊，我記得你，你是趙國鐵匠卓然。」卓然笑道：「君上好記性，小人正是卓然。」

趙國民間有卓、郭兩大著名冶煉世家[23]，專門經營鐵礦大手工業，用鐵致富，煉出的兵器鋒銳程度勝過官窯，趙王便乾脆命這兩大世家專門為趙國軍隊鍛煉兵器。

田忌知道卓家在趙國實際上有半官方性質，見卓然對那主富極為恭敬，心中揣度他必不是什麼真正的商人，這些人來找自己，也絕非敘舊那麼簡單。他身在楚國，雖不參與朝政，但畢竟已食楚地的俸祿十五年，再與其他諸侯國的人來往必然會引來猜忌，說不定還會有殺身之禍，當即正色道：「田某今日是特意來拜祭桃花夫人，所以不談國政，不談舊事。幾位想必也是第一次來楚國，既然剛好遇到雲夢之會這樣的盛典，何不入鄉隨俗，找幾位漂亮女子，好好樂上一樂？」

他既預先將話封死，對方也不好再說。主富笑道：「君上說的極是。我們正有心體驗一下這雲夢之會的樂趣，這就告辭了。」田忌道：「再會。」主富遂拱手告辭，從原路離去。

田忌轉過身來，叫道：「你還不出來麼？」南杉這才知道，原來田忌最早叫的其實是自己，只得出來拜見。

田忌道：「原來是南宮正。」上下審視著南杉，露出了狐疑之色。他雖落難楚國，卻一直是眾諸侯國爭相禮遇的對象，一是因為他本人乃田氏貴族，在齊國仍有相當的影響力；二來他曾有兩次大敗魏國的輝煌戰績，威震天下，不少諸侯國都希望能請到他和奇人孫臏掛帥任將，為本國效力。如此引人矚目的人物，自然也是楚國太子槐和華容夫人各自爭取的對象。

正因田忌一向很清楚楚國內部的王位之爭，是以當看到太子的內弟南杉著一身公服出現時，難免會聯想到他處。但隨即看見急忙穿林而來的嫛芈，他這才明白了過來，暗叫一聲慚愧，忙道：「原來南宮正與人有約。老夫還有點私事，這就告辭了。」南杉道：「是，君上請自便。」

嫛芈出身屈氏貴族，是莫敖屈平之姊，也認得田忌，忙行禮避到一邊。待田忌一行走遠，這才歉然道：「半路遇到一點事耽誤了，我來遲了。你等了很久吧？」

戰國時的女子服裝是不分衣和裳的，以此象徵婦女的德尚專一。嫛芈穿著一身粉色長裙，腰繫彩帶，衣領、袖子、圍腰等處均繡有精緻的花紋圖案，髮髻、肩頭染有點點桃紅，當真是人面桃花，交相映襯。

南杉忙道：「沒有，我也剛剛才到。」見嫛芈呼吸急促，鼻梁上滲出密密的汗珠，額頭秀髮已為香汗浸濕，顯是怕他久等，一路匆匆跑來，很是感動，忙上前牽起她的手。忽見她右手虎口上有一道血口子，不由得吃了一驚，道，「你受傷了！」

嫛芈笑道：「一點小傷，不礙事。」隨手取下衣袖上的兩瓣桃花，嚼碎了塗在傷口上。南杉道：「這是刀傷，不是樹枝的畫傷，可不是小傷。到底出了什麼事？」嫛芈歎道：「我就知道瞞不過你。」經不住南杉一再追問，只得說了經過。

原來，今日是楚國一年一度的雲夢之會，上自貴族大臣，下到平民百姓，無不傾城而出，盡興狂歡，但也有一些不法之徒伺機滋事。一名隨姓老嫗提著包袱出城探親時，被一個名叫莫陵的年輕男子搶了包袱。包袱中有老嫗的祖傳之寶，她無力追趕，只能呼天叫地，高喊捉賊。旁邊正好走過來一名年輕人甘茂，看見老太太坐地嚎啕大哭，動了惻隱之心，遂根據老嫗所指方向，飛奔趕去追趕強盜。

這甘茂身強體壯，健步如飛，不一會兒就追上了莫陵。二人互相爭奪包袱，扭打在一起，圍觀的人越來越多。莫陵見難以逃脫，靈機一動，反咬一口，大罵甘茂是搶奪包袱的強盜，稱他自己見義勇為，追上來抓捕甘茂。兩人互相指斥對方是強盜，旗鼓相當。圍觀者也不知該信誰的話，遂將二人一齊扭送到太伯[24]屈蓋處。

老嫗跌跌撞撞地趕到後，屈蓋問是誰搶了她的東西。老嫗卻老眼昏花，只知道一個是強盜，一個是幫她的好人，卻分不清哪一個是哪一個。沒有受害者的指認，兩名當事人又各執一詞，屈蓋也不知該如何處斷。正好，嬃芈準備出城赴南杉之約，見堂兄屈蓋為難，便上前指點。屈蓋遂命士卒將甘茂和莫陵帶到城中板橋處，令二人同時朝南城門奔跑，誰先跑出城門，就不是強盜。圍觀者從來沒見過有人如此審盜，議論紛紛，等著看一場好戲。結果，甘茂先跑出了城門，屈蓋遂命落後的莫陵逮捕。

莫陵猶自不服氣，道：「聽說昔日魏國李悝只以射箭決斷訴訟案的曲直，結果造成魏國無數冤案，有射藝者橫行不法[25]。難道楚國也要如此麼？」嬃芈見莫陵談吐頗為不俗，不似普通盜賊，便上前道：「你不要不服氣。道理很簡單，強盜搶了包袱後，自然要拚盡全力逃走。而見義勇為的捉盜人在後面追，他起步晚許多，但還是追上了強盜，說明他跑步的速度比強盜快。所以，誰是強盜，誰是捉盜人，只要讓他們比賽跑步，就能真相大白。」周圍之人這才明白究竟，無不稱讚嬃芈聰慧過人。

各諸侯國雖律法不一，但有一條相同，那就是對盜賊處刑極重。李悝在魏國主政變法時撰寫《法經》，認為王者之政莫急於盜賊，因此律法以〈盜賊〉開篇——「殺人者誅，籍其家，及其妻氏；殺二人，及其母氏。大盜戍為守卒，重則誅。窺宮者臏，拾遺者刖，稱為盜心。」後來，商鞅和吳起分別在秦國和楚國主持變法，均沿用了《法經》的重刑思想。

那盜賊莫陵本可靠著反誣甘茂輕易脫罪，不料卻平地冒出一個嬃芈來，令他即將面臨被判死刑的命運，不免很有些惱羞成怒，驀然掙脫士卒的掌握，從褲腿處摸出一柄匕首，朝嬃芈扎來。屈蓋急忙搶身上前托住他手臂，卻還是略略遲了一些，嬃芈的手掌被匕首畫傷。

南杉聽了經過，不由得歎道：「你們姊弟二人聰明絕頂，天生都有發奸摘伏的智慧。」他不過隨口一說，嬃芈卻從中聽出了奧妙，問道：「平弟又攪什麼事了麼？」

南杉道：「適才高唐觀出了大事，華容夫人遇刺身亡。」嬃芈驚道：「華容夫人遇刺？」南杉忙道：「這事內情複雜，刺客最初想射殺的並不一定就是華容夫人。」當即說了刺客射出弩箭之際，為墨者唐姑果撲倒一事。

嬃芈道：「那麼刺客自己招供了麼？」南杉道：「沒有。」頓了頓，又道，「眼下，刺客歸令弟屈莫敖看管。他主動向大王請命，稱有辦法能令刺客招供。」

嬃芈的臉色頓時凝重起來，忖道：「平弟雖然機智聰明，卻單純率直，他不知道這件案子的嚴重性。」凝思一會兒，再無與情人幽會的心思，道，「我們得趕緊回城，好助他一臂之力。」

南杉本已從懷中取出為結言定情準備的香草，見嬃芈已決然轉過身去，只得重新收了起來。雖然緊隨她走出幾步，還是為難地叫道：「阿嬃，我希望你能理解，這件案子，怕是我不便參與，也不能幫你。」嬃芈回過頭來，眼睛晶晶發亮，問道：「莫非你也懷疑太子參與其中麼？」

南杉「啊」了一聲，忙解釋道：「我絕對沒有懷疑太子。華容夫人遇刺時，我人就在當場，親眼看見太子臉上驚訝無比的表情，可見他對此事全然不知情。」

嬃芈道：「那麼你就更應該找出真相，為你的太子姊夫洗清嫌疑。」道理聽起來是這個道理，然而南杉只是沉默不應。嬃芈又道：「你放心，我信得過你，無論太子有沒有參與其事，我都信得過你。」這話聽起來前後矛盾，又有些前言不搭後語，但南杉卻完全領會嬃芈的意思，胸口莫名地潮熱了起來。

嫚芈又仔細問了行刺時的情形，沉吟許久，才小心翼翼地道：「你斷定太子對行刺一事並不知情，是因為當華容夫人遇刺時，你看見太子臉上露出了驚訝的表情。那麼，有沒有可能，刺客要刺的本來就是他人，卻誤殺了華容夫人，所以太子才如此意外？」她口中雖琢磨地稱「他人」，但言下之意無非是指楚威王，又暗指太子槐就是幕後主使。

楚國採用公子執政制度，「內姓選於親，外姓選於舊」，即國君會任用公子或親信弟弟擔任重要大臣，像是百官之首令尹全由楚王的親族出任，非出身王族而擔任過令尹的，只有楚文王時的申國人彭仲爽，以及楚悼王時的衛國人吳起二人而已。如此一來，朝政大權盡在公子們的掌握之中，再無其他世家大族能與其抗衡。因而儘管王室勢力得到鞏固，可是一旦掌握大權的公子懷有野心，後果亦不堪設想。楚國王室歷史上曾發生過不少公子弒君奪取王位的事件，但多為叔弒姪、弟弒兄，從未發生子弒父之事，畢竟這是大大地違背天理人倫，一旦敗露，將受到天下人的聲討。

南杉先是嚇了一跳，然而他深知嫚芈的秉性，她雖是女子，卻外和內剛，智慧更在許多男子之上，絕不會無端說出這番話來，她一定有她的理由。而他自己也是心思縝密之人，是以特意細細回憶當時的局面，以及後來太子槐在高唐觀大殿中的種種表現，終於還是點了點頭，道：「有這個可能。」

1 王姬：周朝時期，貴族男子稱氏，女子稱姓。周王室為「姬」姓，因此周天子之女被稱作「王姬」，但這並非正式封號，僅為稱謂。周天子嫁女，並不親自主婚，而是由姬姓諸侯中的公、侯，如魯、晉等國國君主持婚儀，「天子嫁女於諸侯，必使諸侯同姓者主之」，此即後世「公主」的詞源。之後東周戰國時期，諸侯之女稱「公主」，但周天子之女仍稱王姬。秦滅周後，王姬之名遂廢。

2 郢都：遺址在今湖北江陵紀南城。

3 古雲夢的東部，在今湖北武漢以東的大別山麓和幕阜山麓，及至長江江岸一帶；西部當指今宜昌、宜都以東，包括江南的松滋、公安一帶，北面大致到今隨州、鍾祥、京山一帶，南面以大江為緣。古雲夢澤是中國歷史上最大的淡水湖之一，主體位於今湖北荊州以東、江漢之間，南部以長江為界，與江南的洞庭湖無關；面積最廣時曾達四萬平方公里，但隨著地貌改變，於西元七世紀到十三世紀逐漸萎縮解體，變成陸地，今江漢平原最大的湖泊「洪湖」，即為其殘留水體。

4 高唐觀：戰國時，楚國的臺館名，並非今四川巫山的高唐觀。本小說涉及許多有爭議的歷史疑點，像是高唐觀的位置、楚國王都的位置、屈原的出生年月等等，作者的取捨即代表作者本人的觀點，不再一一注釋。

5 社：即後世所稱的土地神。春秋戰國時期，社神被奉為國家主神，列為祀典，社祭盛行於世。社日是民間娛樂的盛會，社祭這一天，鄰里男女老幼都會集合起來，社鼓咚咚，社酒香醇，社肉均分，盡情宴飲歡樂。即便是「窮鄙之社」，亦「叩盆拊瓶，相和而歌，自以為樂」。

6 覡（讀作「習」）：男巫。戰國時期，男巫稱「覡」，女巫稱「巫」。

7 楚人以左為上，中原華「夏」的諸侯國皆上右。夏，是春秋戰國時期中原人的自稱，以區別夷、蠻等少數民族。

8 楚國王族為羋姓，熊氏。春秋戰國時的貴族婦女，名在前，姓在後，像是楚國公主江羋，名江，姓羋（讀作「米」）。又，楚國婦女地位尊貴，婦人可在幕後參與、謀畫政事。

9 失蠟法：又稱「熔模法」，指使用容易熔化的材料如蜂蠟、動物油等，製成所鑄器物的蠟模。作法是，以細泥漿澆淋在蠟模的表面，使蠟模表面形成一層泥殼；然後在泥殼表面塗上耐火材料，待其慢慢硬化，即成為鑄型；最後再用高溫烘烤此型模，使蠟油不耐高溫熔化而流出鑄型，從而形成空的型腔，趁其型腔處於高溫狀態，再朝型腔內澆鑄銅液，凝固冷卻後出器；所製得的器物毫無範痕，光潔精密。

另，諸侯列國的度量制度不盡相同，為避免混亂，本小說統一採用秦國的量制——二十三點一公分為一尺，十寸一尺，十尺一丈。

10 司宮：內臣，為宮內寺人（即後世所稱閹人、太監）之長，類似清代的總管太監。

11 荊山：今湖北南漳巡檢山區。

12 隨國：姬姓諸侯國之一，後為楚國所滅，王都在今湖北隨縣。

13 辯者：戰國時期對名家的稱呼。名家，是戰國時期的重要學派之一，以「論辯名實」為其主要學術活動（名，指名稱、概念；實，指事實、實在），偏好辯說理論，對邏輯學的思維方式饒有貢獻。名家代表人物有惠施和公孫龍，著名的「白馬非馬」論即公孫龍所提出。惠施曾與莊周遊於濠梁之上，莊周道：「儵魚出游從容，是魚之樂也。」惠施曰：「子非魚，安知魚之樂？」莊周曰：「子非我，安知我不知魚之樂？」惠施曰：「我非子，固不知子矣；子固非魚也，子之不知魚之樂全矣。」此為中國古代最著名的辯論，帶有濃厚的哲學意味。又，莊周即莊子，子是當時的尊稱，意為老師。

14 莫敖：楚國中央機構的高級官職，負責外交事務，如接待賓客、主持與鄰邦的盟會等等，為屈氏世襲官職。屈平，即大名鼎鼎的屈原，姓羋，氏屈，名平，字原。關於屈原的出生年多有爭議，本書採納錢穆《先秦諸子繫年》之考證，認為屈原生於楚宣王十七年（西元前三四三年）戊寅夏曆正月二十一日庚寅。

15 中國古代採「夏曆」紀年，因誕生於夏代，故稱。此為世界上三大曆法之中，歷史最悠久、天體定標點最多的曆法；以月亮的週期做為月長，又參考了二十四節氣，因此是陰陽合曆，又稱農曆。夏曆將朔日定為每個月的第一天，即初一；以建寅月為正月，建寅月，今農曆一月；正月，歲首，一年的第一個月。中國歷史上，於寅年寅月寅日寅時出生的，除了屈原，還有明朝人唐寅（唐伯虎）。

16 雲夢之會，是人類從原始群婚，朝著對偶婚、個體婚的轉化過程中，乃至這個過程完成後相當長一段時期裡，所存在的一種普遍性文化現象。當時不單是楚國，華夏諸國如齊國、宋國等均有類似的野合習俗。《史記．孔子世家》記載叔梁紇「與顏氏女野合而生孔子」，干寶《三日紀》則謂：「顏氏女『徵在生孔子空桑之地』」，即孔子也是桑林大會後的產兒。

17 巴國：今四川川東地區。蜀國：今四川川西地區。牂牁：讀作「贓歌」，在今貴州境內。

18 秦始皇統一天下後，儒、墨同遭焚書之禍，驟然衰落。不同的是，漢代漢武帝「罷黜百家，獨尊儒術」，儒學一躍而為官方哲學，統治中華民族兩千餘年；墨學則在漢初由衰而亡，成為「絕學」。

19 陽城：今河南登封東南。封君：國君把縣或邑賞賜給有功的文武功臣或王室親貴，受封者即以受封地之名稱「某君」或「某侯」，像是商鞅封於商，稱為「商君」（但也有不以地名而另為名號者）。封君在封邑內只收租稅，沒有行政司法權。

20 跣：讀作「顯」，光著腳，不穿鞋襪。古人以跣足為至敬。

21 此即著名的「千古艱難唯一死」。「不即死」一度成為身處明清易代之際，士大夫的熱議話題，其間最見中國士大夫本色，也最見道德的血腥。

22 漢陽（今湖北武漢）龜山北麓、月湖岸邊，有一祠一洞，祠名桃花夫人祠，又稱桃花夫人廟；洞名桃花洞。每逢春季桃花盛開，桃花廟掩映在姹紫嫣紅中，景色宜人，乃武漢民間遊春踏青和舉行廟會的名勝之地。《續輯漢陽縣誌》記載：「桃花洞在大別山下，有桃花夫人祠。」《續漢口叢談》中記載：「桃花廟即桃花夫人廟也。此廟在宋以前便有云，且繪壁仙女，其廟俏麗可見。」明清之際，以「古洞仙蹤」列入「月湖八景」之一。

23 趙國滅亡後，這兩大世家均被秦軍強行遷往蜀中居住（在當時，蜀地被認為是偏遠貧瘠地區），結果卓氏反倒利用蜀中豐富的礦產再度成為巨富，西漢著名才女卓文君即其後人。

24 太伯：衛戍楚王都的官職。

25 西元前四四六年至西元前三九六年，魏文侯在位期間，任用李悝（讀作「窺」）主持魏國變法。李悝曾擔任魏國上地郡守，上地郡西與秦國相鄰，是魏國邊防要地，軍事衝突不斷。為使上地郡軍民提高軍事技術，李悝下令以射箭決斷訴訟案的曲直——「中之者勝，不中者負」；意思是兩方打官司，不以是非曲直斷案，而直接判決射術高明的一方勝。結果，人們都爭相練習射技，日夜不停，魏人因此射技精良，在與秦軍的作戰中大占上風。

【卷二】南山之下，殷殷其雷

人傑乃源於地靈，山川秀麗，則人物祥符。楚地多出俊傑之士，自古就有「唯楚有才」的說法。郢都一帶曾經出過兩個大名鼎鼎卻又針鋒相對的人物——一個是伍子胥，另一個則是范蠡。

戰國時代的中國有四大名城，分別是——齊國王都臨淄、趙國王都邯鄲、魏國都城大梁，以及楚國都城郢都。四座城邑之中，又以郢都規模最大，建制最完整，人口也最多。這座歷史名城因位於紀山之南，所以又稱「紀南城」。

「居中立國」和「擇中立宮」是春秋戰國時期選址建城的基本原則。所謂居中立國，就是選擇一國的核心地帶建立國都。擇中立官，就是選擇國都的中心建立宮殿。實質是強調「以中為尊」，由中央來控制四方。

郢都的位置正充分體現了居中立國的原則——位於江漢平原和鄂西山地交界處，攻守皆宜；西通巫巴，扼控長江上游出口；東有雲夢之饒；北上渡漢水，出方城，可蠶食諸夏；南下過洞庭，至蒼梧，可鯨吞百越。而郢都的周邊也有山水地形之險——南有紀山，北有長江，西有八嶺山和沮漳河，東撫雲夢澤，依山傍水，兼有水陸交通之便，地理環境極為優越。

人傑乃源於地靈，山川秀麗，則人物祥符。楚地多出俊傑之士，自古就有「唯楚有才」的說法。郢都一帶曾經出過兩位大名鼎鼎卻又針鋒相對的人物——一是伍子胥，因其父兄被楚平王殺死，遂逃亡投靠吳國，圖謀復仇。這位烈丈夫最終在楚昭王執政時率領吳軍攻入郢都，差點導致楚國滅亡；另一位是范蠡，輔佐越王句踐一舉消滅吳國，為楚國除去心腹大患，又在功成後及時身退，攜美人西施飄然離去，轉而經商，成為巨富，從此泛舟雲夢澤，快活似神仙，成為紅塵中最令人稱羨的傳奇人物。

由於郢都曾被伍子胥帶領吳軍攻陷，城池遭到嚴重破壞，因此楚昭王復國後，便刻意加強城防建設。重建後的郢都大致呈長方形，東西約九里，南北約七里，周長三十餘里，池深而廣，城堅而厚。楚悼王時，吳起出任楚國令尹，革除郢人兩版垣築城牆的習慣作法，代之以四版築城法，更進一步提高郢都的防禦能力。城池四周築有三十餘尺高、八十餘尺厚的城垣，以黑土夯成。拐彎處均非直角，而是切角，這樣便於防守，沒有任何死點。

城垣上建有城樓、垛堞，可供屯駐士兵；四個城角處則有高大的烽火臺，能遠眺到百里之外。城垣外還挖有寬達兩百餘尺、深達四十餘尺的護城壕溝。壕溝與朱河、新橋河、龍橋河三條河流，以及與金杯湖相連相通，等同一條天然的護城河流；裡頭水流湍急，人力難以逾越，要從上面通過，只能藉由陸門外的木製懸梁[1]，或乘船經水門出入。溝邊植有大片桃樹柳樹，花開似錦，綠柳如條，將這座堅固巍峨的城池妝點得春意盎然。

郢都共有十二座城門，東南西北四面各有陸門兩座，水門一座，稱為「旁三門」。所謂水門，即是可以乘船通過的城門，時為天下城邑所獨有。城中則水網密布，河流縱橫。主要水域除了從北水門處入城的朱河、南水門處入城的新橋河、東水門處出城的龍橋河外，還有城西的金杯湖，湖水往東與三條河道相通，往西則通過西水門流入沮漳河。

這三河一湖將郢都城畫分為四片天然區域——即位於新橋河以東、龍橋河以南的東南區；位於朱河以東、龍橋河以北的東北區；位於朱河以西、金杯湖以北的西北區；位於新橋河以西、金杯湖以南的西南區。其中，又以東南區最重要，楚王宮和鳳凰山均位於這一區域。東南區還單獨建有一座甕城，可攻可守，專門用以拱衛王宮。

鳳凰山，是郢都城中唯一的山巒，其實是西南到東北走向的兩座首尾相顧山頭，逶迤玲瓏，遠觀似迎春展翅、翹首遠望的鳳凰，故得其名。山勢挺拔，是城中的制高點，登臨山頂，即可俯瞰郢都全城。山上多泉石，蒼松、翠柏密布，秀裡藏幽。由於山巒西面即是楚國王宮和官署，這座山因而被列入禁苑範圍，山巒周遭駐紮軍隊，尋常百姓不得靠近。鳳凰山的東面則是王公大臣聚居之地，令尹昭陽、大司敗熊華等貴族均住在這裡，與楚王宮隔山相望。屈氏的宅子也在這一帶。

嬃芈、屈平的生父屈庸早逝，姊弟二人由叔父屈華撫養長大。屈華的兩個兒子屈匄、屈蓋均極有出息，成人後一個擔任司馬，執掌楚國兵權；另一個出任太伯，負責王城郢都的安全。屈平則世襲屈氏的莫敖官職，迄今仍與堂兄們住在同一所大宅裡。

嬃芈和南杉回城後，逕直來到南門附近的官署，這才得知高唐觀前被捕的刺客並未押在監獄中，而被屈平帶了回屈家。二人又急忙趕回屈宅，正好遇到巫女阿碧奉楚王之命趕來相助屈平。

楚國巫風盛行，《山海經》即產生於楚地，被認為是一部道地的巫書。有名氣的巫覡甚至足可影響國政。昔日，楚共公從五位公子中選立太子，竟不顧禮制，全然靠巫師乞靈決定。楚昭王時，大巫觀射父在楚國處於一人之下、萬人之上的地位，楚昭王有不明之事都要向他請教，就連是否統兵出戰也要先請他占卜吉凶，吉則出兵，凶則按兵不動。

巫女阿碧是大巫觀射父的後人，近年來頗得王室信任，經常主持王室祭祀儀式。她的年紀和嬃芈相仿，一雙眼睛大而幽深，彷彿蘊藏著無數的天機和祕密，與大家閨秀風範的嬃芈相比，明顯要成熟許多。阿碧瓜子般尖瘦的臉上總是掛著冷若冰霜的表情，清高和冷漠更令這位有名的冷美人平添了幾分神祕，倒也符合她的身分。

嬃芈問道：「巫女可知平弟為何指名要你來相助？」阿碧搖了搖頭，示意對此一無所知。

三人遂一道進來找屈平。屈平正與堂兄屈匄、宮正孟說在堂中議事，見阿碧幾人進來，忙起身相迎。

屈匄見到南杉緊跟在嬃芈背後，臉色登時一沉。他不願堂妹與本是巫卜世家的南氏走得太近，當然更不贊成嬃芈和南杉交往，但也無可奈何。楚國的婚嫁風俗與中原諸國大有不同，素來只重媒妁之言，不重父母兄長之命，以自願婚居多。即便嬃芈之父屈庸在世，尚難以干涉女兒的婚姻，更別說屈匄只是堂兄的身分。但他還是擺出了司馬的官架子來，問道：「南宮正是來找孟宮正的麼？」

南杉略一遲疑，躬身答道：「回司馬話，臣不是……」嬃芈搶先答道：「是我聽說平弟帶了刺客回家，所以請南宮正來做幫手。」屈匄正色道：「南宮正事務繁忙，不敢輕易勞煩。況且我已經調了一隊兵馬守護宅子四周。」

南杉聽屈匄話中明顯有逐客之意，只得就此告辭。嫛芉雖不滿，但屈匄既是長兄，亦是屈府的家長，也不好再多說什麼。

孟說忙打圓場：「我奉大王之命協助屈莫敖查案，怕是要一直滯留在這裡。南宮正不如早些回去王宮，免得侍衛們沒有首領，淨做些偷懶的事。」南杉道：「遵命。」

待南杉走遠，屈匄又命婢女引巫女阿碧到後房歇息，這才道：「南宮正是太子的內弟，你叫他來幫手，不等於是讓太子有了監視平弟查案的耳目麼？萬一太子真的牽涉其中……」一時躊躇，沒有再繼續說下去。

嫛芉道：「南杉的為人我很清楚，就算太子真的牽涉其中，他也絕不會徇私。」屈匄道：「這可難說，畢竟血濃於水。」嫛芉道：「正因為他是太子的內弟，有他參與，才能更顯得公正。」

孟說與屈匄、屈蓋兄弟素來交好，算起來也不是屈府的外人，只是見他兄妹當面爭論，也不好插嘴勸架，只道：「我出去問一下那墨者的事查得如何了，稍後即回。」出來屈宅時，暮色正濃。衛士纏子匆匆過來，稟道：「臣未能追捕到那墨者唐姑果。不過，守衛北門的士卒記得曾見到一名墨者入城，體形外貌描述很像是那唐姑果本人，因此臣已加派人手在城中搜尋。」

話音剛落，便有一名巡城卒奔過來告道：「適才有個路人順口提到，有一名墨者住在十里舖客棧中，也許就是宮正君正在搜捕的人。」孟說大奇，道：「是十里舖客棧麼？」巡城卒道：「是。」纏子忙道：「臣這就帶人去圍捕。」

孟說心道：「我跟墨家淵源不淺，圍捕墨者等於和墨家公然結怨，況且唐姑果也沒有做什麼壞事，犯不上如此。」忙道，「不必，還是我自己親自走一趟。」隨即帶了幾名衛士，朝客棧趕去。

十里舖客棧位於市集東面，北臨龍橋河，郢都最著名的「板橋」即在附近。板橋是朱河、龍橋河、新橋河在城中的匯流之地，以連板為橋而得名。因市集就在附近，這裡也是郢都最繁華熱鬧的中心。

十里鋪是楚國最大的客棧，有民間少有的兩層樓建築，能夠同時為上百人提供舒適的住宿。因地處樞紐，交通便利，景色獨特，北面是龍橋河，南面則可遠眺楚王宮的後苑，因而素來是巨商大賈下榻的首選之地；當然，價格也不菲，所以聽見墨者唐姑果住進了這家豪華客棧時，孟說很是意外。

今日是楚國一年一度的雲夢之會，慕名趕來看熱鬧的外地人、外國人不少，客棧人滿為患。華燈下的大堂中滿滿當當，醉飽酣樂，合樽促席，男女雜坐，比肩齊膝，恣意調戲，亂而不分，極為喧鬧。

孟說略微一掃，便留意到白日在紀山上見過的趙國商人主富，他正與兩名華服男子拍案爭吵，背後四名青衣隨從手按劍柄，儼然有待主人一聲令下就要立即上前動手之勢。孟說走過去問道：「幾位在做什麼？」

兩名華服男子一見到一身公服的孟說，便各自住了口，互相使個眼色，坐下來繼續飲酒。

主富忙道：「你是孟宮正吧？我在紀山上見過你，你來得正好，請宮正君評評理。這兩人好生無賴，非要女樂唱什麼靡音淫曲，人家不願意唱，他們就要動手強逼。」

孟說這才留意到旁邊還有一名紅衣少女，生得眉清目秀，卻驚慌異常，抱著琴瑟縮在牆角中，料想是客棧請來唱歌娛樂食客的女樂，便問華服男子道：「事情是這樣麼？」

那兩名男子也不回答，其中一人悻悻哼了一聲，神色極為倨傲。孟說便問那人道：「瞧你的樣子，應該不是楚國人，你叫什麼名字？來郢都做什麼？身上可有關傳？」

那男子霍然起身，冷笑道：「我知道你是楚國宮正孟說，不過就憑你，還不配問我的名字。」孟說絲毫不動怒，只淡淡道：「足下形跡可疑，我不過是按例詢問一句。既然你不肯回答，少不得要得罪了。來人……」正要命人逮捕兩名華服男子，送到官署盤問清楚，衛士庸芮忽然湊上來叫道：「宮正君，那邊有人叫你。」孟說轉頭一看，墨者唐姑果正站在樓梯口處朝他招手，心念一動，回頭命道：「先看著他們二人，不准他們離開。」

主富見已有衛士監視看管華服男子，便走過去扶起紅衣少女，安慰道：「沒事了，不用再怕他。」又問道，「姑娘叫什麼名字？」那少女低聲答道：「桃姬。」主富讚道：「桃之夭夭，灼灼其華。彼美淑姬，可與晤歌。好名字，堪可配你。走，桃姬，到我那邊去坐。」

孟說一走近樓梯，便饒有意味地道：「想不到先生也會來這種地方。」唐姑果低聲道：「適才冒昧頂撞宮正的，是腹鉅子的愛子腹兌，另一位是他的好友司馬錯。他們年輕氣盛，少不更事，還望宮正君手下留情。」

孟說這才會意過來，原來唐姑果來到與墨者身分不相配的十里舖客棧，全是因鉅子腹（黃享）的寶貝兒子住在這裡，當即道：「好說。」招手叫過衛士。又道，「我有一件事要請教唐先生，不知可有方便談話的地方？」

唐姑果遂領孟說進來自己房間，問道：「孟宮正有何見教？」孟說道：「孟某是為白日紀山行刺一事而來。唐先生是何時留意到那刺客的？」唐姑果道：「嗯，應該說我留意到他很久了。我一直站在廣場的北側，他原先是站在南側，恰好就在我的對面。我見他對場中的舞蹈熟視無睹，只是怔怔地望著臺座發呆，所以就多看了他幾眼。」

孟說心道：「廣場上有多少男子都是為了看華容夫人和江芈公主而來，刺客盯著臺座看，倒不是什麼稀奇事，就是不知道他真正的目標到底是誰。」只是不便明說，又問道，「刺客是什麼時候到北側的？」

唐姑果道：「就在最後那場尸女表演開始後不久。當時我正要轉身離開，卻見他擠來了北側，覺得很是奇怪。但正好我聽到有兩名男子在議論臺座上楚國公主的美貌，轉念也就明白了，那男子不顧人流洶洶，費力擠來這邊，一定是想看到楚國公主。」

當時臺座上的座次安排，楚王和華容夫人居中而坐；熊槐雖然失寵，依舊有太子名分，地位最高，因此和妻妾、同母弟公子蘭坐在左下方，也就是王座的北邊；江羋公主和公子冉、公子戎則坐在南邊。對普通百姓而言，若想看清江羋公主的面容，最佳視線角度確實是廣場的北首。

唐姑果續道：「但我跟那男子擦肩而過時，正好碰到了他長袍下的什麼東西，硬邦邦的。當時也沒有多想，走出幾步後，才隱約覺得不對勁，但廣場上的人實在太多，等我再回頭來找那男子時，卻已經不見他的蹤跡。不久，尸女表演結束，我遠遠看見臺座上楚國大王站了起來，人群開始散開，那男子正捂著腰間，逆著人流，朝臺座前擠去。我本能地意識到不妙，一邊大叫，一邊擠了過去。但人實在太多，根本沒有人留意到我，終究我還是遲了一步。」

孟說道：「那麼，當刺客從長袍下取出弩器時，唐先生距離他有多遠？」唐姑果臉色微變，不悅地道：「莫非孟宮正今晚大駕光臨，是趕來怪罪唐某未能及時出手阻止行刺？」

孟說忙道：「唐先生千萬別誤會，我只是想弄清事實真相。」他本是豁達之人，當即說了實話，「有人懷疑刺客要行刺的對象並不一定就是我國大王，他又不肯招供吐實，所以我只好四處尋找先生，想詳細了解刺客行刺當時的情形。」

唐姑果先是一愣，隨即走到雕花木窗邊，倚窗而立，默然凝視外面星火點點的龍橋河。孟說不知對方為何突然露出如此深沉的神色，便揮手令衛士退出房間，親手掩好房門，問道：「唐先生可是有什麼難言之隱？」

唐姑果道：「唐某大概明白孟宮正今晚來的目的了。你希望我怎麼回答，說刺客本來的目標是華容夫人？還是說刺客要射的是楚國大王，只不過被我撲了那麼一下，弩箭偏離方向，意外射中了華容夫人？」孟說一愣，道：「我當然是希望先生能據實回答。」

唐姑果搖了搖頭，悠然問道：「孟宮正可想知道我這次來郢都的目的？」孟說道：「願聞其詳。」唐姑果道：「本來這是我墨家的機密，孟君雖不是墨者，卻是孟鉅子後人，論起來也不是外人，唐某願據實相告——我這次奉腹鉅子之命來楚國，不為別的，只為得到和氏璧。」

孟說雖然意外之極，卻依舊不動聲色，道：「聽說中原有傳聞，得和氏璧者得天下。若是旁人打和氏璧的主意也就罷了，但不知墨者何時也起了覬覦江山社稷之心？」

唐姑果道：「我墨家首要宗旨就是要阻止戰爭。昔日墨子為阻止楚國攻打宋國不惜親自來楚國與公輸般論戰，又派禽鉅子[2]率領三百墨者，持守城器械在宋都防守，為此大大得罪了楚王，墨者因此在楚國沒有立足之地。這些往事，孟宮正想必都是知道的。」

孟說道：「不錯，這些都是人盡皆知之事。」唐姑果道：「而今有了和氏璧的讖語，各諸侯國蠢蠢欲動，有心強取豪奪的不在少數。秦惠王也是勢在必得，本欲出兵強取。腹鉅子不願看到秦、楚兩國戰火再起，所以出面向秦惠王說情，願派墨者來楚國為秦王取得和氏璧。」

孟說冷然道：「我早就聽說墨者已被秦國收買，想不到傳說原來是真的。墨家的先輩們可真該羞愧死了。」

唐姑果卻不理睬他的嘲諷，道：「天下之勢，合久必分，分久必合。秦國變法成功，民富國強，將來必能統一天下。」

孟說道：「既然秦國早晚要吞併眾諸侯，秦王又何須派墨者來楚國奪取和氏璧？」唐姑果道：「當今的和氏璧不僅僅是一塊價值連城的玉璧，而是一種象徵，凡是有野心的人都想得到它。楚國而今處在風口浪尖的位置，以你們楚國目今內憂外患的局面，自認為有能力與天下眾諸侯、眾豪傑抗衡麼？」

孟說問道：「莫非先生是想要我助你取得和氏璧？」

唐姑果道：「不錯，孟宮正，你是個聰明人。而今和氏璧在楚國令尹昭陽手中，他位高權重，又跟太子槐是連襟，他會不會用武力支持失寵的太子即位尚不可預料，但他一定會因為那句『得和氏璧者得天下』的讖語而坐立不安，這是楚國的內憂。

「外患嘛，我不說你也知道。秦國、齊國、魏國、韓國這四大與楚國交接的鄰國，沒有一個不想得到和氏璧的。聽說北方的趙國、燕國也有蠢蠢欲動之勢，是強取，還是豪奪，這就要看各國的本事了。楚國與和氏璧等於成了被眾諸侯逐捕的白鹿。倘若孟宮正能說服楚王將和氏璧交給秦國，等於將這塊燙手的山芋轉手，其實是大大有益於楚國。這非但不違背墨家的道義，也成全了你的忠君愛國之心。」

孟說雖然一直保持著冷靜的風度，但到底是個性情剛烈之人，終於忍不住拂然色變，道：「唐先生的話我全然明白了，想來先生也不會輕易說出刺客行刺時的真相。孟說這就告辭回宮，將先生適才所言向大王如實稟報。」唐姑果道：「等一等！孟宮正，你可知你這麼做，等於和全體墨者為敵？」

孟說卻不回答，走出幾步，又回頭道：「先生意欲染指和氏璧，又關係著華容夫人遇刺的真相，無論如何都難以輕易脫身。目今城門已經關閉，若是大王下令拿人，先生難以逃脫，我勸先生還是早做打算。」他如此明言，自是指點唐姑果快些逃走。

唐姑果道：「孟宮正既肯念先祖之情，何不就此為我墨家效力？」孟說冷冷道：「這是我為墨家做的最後一件事，下次再見面時，我和先生是敵非友。」

衛士纏子等人一直等候在門外，見孟說神色凝重地出來，忙上前問道：「刺客的目標到底是誰？」孟說搖了搖頭，道：「尚沒有眉目。走，我們回宮一趟。」纏子道：「這墨者是關鍵證人，難道不要繫捕他到官署麼？」

孟說微一遲疑，道：「還是等我稟報過大王再說。」

幾人下來樓梯，剛才還喧鬧無比的大堂中此刻安靜得出奇，那女樂桃姬正坐在堂首，一邊撫琴，一邊嚶嚶唱道：「今夕何夕兮，搴舟中流。今日何日兮，得與王子同舟。蒙羞被好兮，不訾詬恥。心幾煩而不絕兮，得知王子。山有木兮木有枝，心悅君兮君不知。」

這是楚地最著名的歌謠，名為〈越人歌〉。當年，楚國令尹公子晳舉行舟遊盛會，坐船出遊時，有位愛慕他的越人船夫抱著船槳對他唱歌。歌聲悠揚纏綿，委婉動聽，韻味綿長，深深打動了公子皙，當即要人翻譯成楚語，這即是〈越人歌〉詞的來歷，是中國的第一首譯詩。公子皙明白歌意後，非但沒有生氣，還按照楚人的禮節，走過去以雙手扶住越人的雙肩，又莊重地將一幅繡滿美麗花紋的綢緞被面披在他身上。

孟說下樓時，正好聽到桃姬唱到最後一句「山有木兮木有枝，心悅君兮君不知」，只覺淒婉女音將人的心輕輕攝起，懸在半空，似揪非揪，似落非落。一時心有所感，竟然呆住。

楚國地廣物博，是疆域最大的諸侯國，實力不弱，做為楚國王權象徵的王宮規模自然也很大，占據城區近六分之一的面積。楚國王宮位於鳳凰山西，坐北朝南，建築宏偉，五步一樓，十步一閣，高堂邃宇，層臺累榭。廊腰縵回，簷角高聳，各抱地勢，勾心鬥角。

按照功能，王宮前後可分為「朝」和「寢」兩大部分——「朝」即朝政，指代王城，是國君和大臣決策處理政務之處，是行使最高權力的地方；「寢」即是宮城，是國君和王族成員居住、休息的場所。

「朝」又有外朝、治朝、燕朝之分，對應三朝的則是三門——庫門，即外門；雉門，即中門；路門，即寢門。外朝在庫門之內，是中樞官署所在地，像是大司敗斷獄決訟即在此處。治朝又稱正朝，在雉門之內，是大臣每日朝見國君的地方，是王宮最重要的大廷所在，重大的政治活動如獻俘、冊命、聽朔多在這裡舉行；此外，祭祀王室祖先的宗廟也在正朝之中。燕朝則在路門之內，是國君聽政的地方。古者視朝之儀，臣先國君而入，國君出路門立於宁（讀作「祝」），遍揖群臣，則朝禮畢，再退回燕朝處理日常政事，諸臣則至外朝官署治事，處治文書。

「寢」則分為正寢和燕寢，均位於路門之內。正寢又名「路寢」或「大寢」，是國君齋戒和生病時居住的地方；國君正常死亡都應在路寢，「壽終正寢」的說法即由此而來。燕寢又稱「小寢」，是國君日常休息居住的地方，所謂「然後適小寢，釋服」，即表示國君回到小寢後可脫下朝服，寬鬆寬鬆。但小寢並非后妃寢宮，后妃在小寢北面各有居住之所。

孟說一路馳來王宮，在庫門前下馬。庫門是王宮的第一重大門，又稱「茆門」。楚國律法規定，卿大夫、群臣以及諸公子入朝議事，任何人不得乘車或騎馬進入庫門。倘若馬蹄踏到庫門屋簷下的滴水之處，負責執法的廷理就可以動武，砍斷車主的車輈，殺死駕車的車夫。

楚威王當年還是太子時，有一次進宮，正逢大雨傾盆，王宮的庭院裡積滿了水。當太子的馬車臨近庫門時，廷理立刻上前攔住，恭敬而嚴肅地道：「請太子殿下下車，您的車不能進入庫門。」太子不耐煩地道：「父王有緊急事召見我，庭院裡積存了那麼深的水，馬車不進庫門，你叫我怎麼進去？」命強行駕車闖入。廷理不但毫不退縮，還下令守門衛士武士攻擊馬車，將太子的車子打壞。太子無奈，只得淌水進宮。楚宣王知道後，非但不怪罪廷理，還重重賞賜了他。

孟說將馬交給衛士，步行進庫門，正好遇到司馬屈匄，見他一身革甲，腰佩寶劍，背後跟有不少全副武裝的兵卒，一副即將披掛上陣的架勢，不由得頗為吃驚。

屈匄忙解釋道：「孟宮正受命專心協助平弟破案，宮中衛士無首，大王特意召我來王宮，命我暫代宿衛之職。」孟說道：「南宮正人呢？」屈匄歎了口氣，道：「聽說南宮正一回來王宮，就被太子叫去太子宮了。」孟說道：「原來如此。那麼王宮禁衛之事只好多勞煩司馬君了。」遂拱手作別，趕來路寢。

路寢是一座雙層宮殿，整座大殿為一體，金碧輝煌。裡頭又分出若干宮室，即所謂的「重屋複室」。宮殿有大門、樓臺、樓梯和大廳。屋頂為重簷四坡式，很有特色。柱子和屋頂之間採用獨特的斗拱結構做為過渡，可以將荷載傳遞到立柱上。斗拱向外出挑，使得出簷更加深遠，越發顯得宮殿神祕莫測。斗拱中間伸出一個要頭，雕刻著一隻代表楚國王室的立雙式青色龍頭，造型優美，栩栩如生。宮殿的四周環繞著廊廡。殿前有軒，堂下有池，池邊的碧桃花正迎風怒放。

儘管這裡蕩漾著濃郁的春天氣息，但寂靜中還是散發出一股難以名狀的死氣沉沉，這一點，從侍立的內侍、宮女，以及衛士面上的不安就能看出來。

司宮靳尚打起珠簾，引孟說來見楚威王。

楚王躺在朱紅的床榻上，半倚在江芈公主懷中，面容在燭光閃耀下顯得陰慘慘的，有點駭人。醫師梁艾正跪在床榻前，一口一口地餵他服藥。

孟說詳細稟明了墨者唐姑果所言，又跪伏在地請罪道：「臣本該立即逮捕唐姑果及其同黨，送交官署嚴刑拷問，但因他是墨者身分，臣的祖父與墨家淵源極深，臣一時未能忍心下手。這就請大王治臣徇私枉法之罪，臣絕無怨言。」

楚國的律法極為森嚴，他方才在十里舖客棧放過唐姑果，已有心理準備，料來這次即便不被鞭打後發遣邊疆，也必定會丟官去職。

楚威王果然臉色一沉，推開梁艾的手，梁艾會意退開。

楚威王扶著女兒坐正身子，喘了幾口氣，尚不及開口，江芈搶先道：「父王，這實在不能怪孟宮正，他為人素來坦蕩，那墨者既肯對他開誠布公，他也不能無情無義，對吧？他立即回宮據實稟告，承認錯誤，絲毫不加隱瞞，滿朝文武大臣，能做到這一點的有幾人？臣女實在不忍心見到父王因為他這麼一點小錯就此失去良臣，不如再給孟宮正一個戴罪立功的機會，命他查出真相。」

楚威王本就疼愛女兒，平時對她言聽計從，眼下她又新遭母喪，更不忍心當面拒絕，只好道：「好吧，就聽你的。」沉聲喝道，「孟說，念在公主為你求情，恕你無罪，起來。」

孟說道：「是，多謝大王，多謝公主。」楚威王道：「但這件事可不能就這麼算了。寡人命你除了協助屈莫敖查明紀山行刺真相，還需護得和氏璧周全，若是一件辦不到，一併加重治罪。」孟說道：「是，臣遵命。」

江芊道：「和氏璧既然干係如此重大，父王何不立即從令尹手中收回來？」楚威王道：「好孩子，哪會有一塊玉璧就能得到江山的道理？我楚國擁有和氏璧三百餘年，不是也沒能占盡天下麼？這肯定是敵國有意散布所謂的讖語，好將華夏的火焰引向楚國，多半是韓國所為。況且我楚國有功必賞，令尹是因為功勞太大，官職、爵位無可奉上，所以寡人才決定將鎮國之寶賜給他，這是激勵楚國軍民士氣的最好辦法。而今哪能因為一句莫名其妙的讖語，就要從功臣手中收回賞賜？」

江芊道：「父王胸襟廣闊，高瞻遠矚，令臣女茅塞頓開。不過，墨者來到楚國，心懷不軌，父王預備如何處置？」楚威王道：「嗯，那墨者關係著華容夫人遇刺的真相，自然是要加以繫捕拷問。不過，不必移交官署，就交給孟宮正和屈莫敖訊問。」

孟說只得躬身應道：「遵命。」楚威王道：「寡人累了，你們都先下去吧。」

孟說退了出來，剛走不遠，江芊便追上來，叫道：「孟宮正。」孟說應道：「公主有何吩咐？」

江芊道：「我有話問你。」揮手命周圍的衛士和侍從退開，這才道，「孟宮正既然當場放過唐姑果，想來也暗中指點他逃走。你有情有義，他可未必會為你著想，他知道你這一徇私，面臨的很可能是重罰麼？」孟說道：「多謝公主適才及時為臣求情。」

江芊道：「你為何始終不敢抬頭看我？我生得很難看麼？」孟說道：「不是，公主美貌無雙，天下盡知。臣……臣不敢冒犯公主。」江芊道：「生得好看又有什麼用？」幽幽歎了口氣，曼聲吟道，「山有木兮木有枝，心悅君兮君不知。」

孟說的心中登時「怦怦」直跳，心道：「原來公主已經有了意中人。她忽然提到〈越人歌〉這兩句歌詞，是說給我聽的麼？那麼公主的意中人是……是……」一時不敢往下想，又是悵惘又是迷茫，只覺胸口「突突」個不停，心好像就要立即從身上迸擠出來。

江羋卻沒有再說什麼，轉過身去，走出幾步即頓住身子，一邊飲泣，一邊舉袖拂淚。

孟說見她如此傷心難過，只覺喉嚨處憋得難受，再也忍耐不住，叫道：「公主！」江羋道：「嗯。」

孟說道：「請公主節哀順變，臣一定會查明真相，為華容夫人報仇。」江羋似是不能相信他的話，歎道：「那刺客如此桀驁，看起來是個軟硬不吃的人物，孟宮正預備如何查明真相？」孟說道：「臣已經與屈莫敖商議過，他雖然年少，卻饒富智計，我們決計不再關注刺客本人，而改從他背後的主使下手。」

原來，屈平認為刺客是刻意使用韓國的弓弩，嫁禍韓國，以挑起楚、韓兩國爭鬥。如此做的結果，受益最大的無非是齊國、魏國、秦國，因此只要扣住刺客，不讓外人接觸到他，那麼他是否真的招供與否，外人不得而知。倘若魏、齊兩國果真捲入其中，在楚國做人質的各國公子定然也知情。他們若聽到刺客被祕密關押在屈府拷掠的消息，擔心他捱不過酷刑，又抑或被巫女阿碧的巫術所迷而吐露真相，必然會有所行動，或想方設法殺他滅口，或派心腹回國通知備戰。因此，只要預先派人嚴密監視各國的質子和使臣，觀察他們的動向，便能大致判斷出誰牽涉其中。

江羋道：「難怪屈莫敖會指名要巫女阿碧協助，原來是這個用處。計是好計，但一切的前提是刺客行刺的目標是父王，萬一他要行刺的就是我娘親本人呢？」孟說道：「推此及彼，是一樣的道理。如果目標是華容夫人，主使必然也擔心刺客供出真相，一定會有所行動。」

江羋恍然大悟，道：「果然是這個道理。屈莫敖真是個聰明人，他指名要孟宮正協助，也是因為王宮裡的衛士全是你的下屬。」朝太子宮方向努了一下嘴唇，冷笑一聲，道，「這麼說來，孟宮正已經在那邊安排了人監視。」孟說沒有直接回答，只道：「夜深了，請公主回寢宮歇息。案情有任何進展，臣會立即進宮向大王和公主稟報。」

江芈道：「嗯，好。還有一件事，我想拜託孟宮正。」孟說道：「但請公主吩咐。」江芈眼睛晶晶發亮，一字一句地道：「那刺客，他殺了我娘親，我要你派人用盡酷刑拷打他，讓他受盡苦楚而死，你能答應我麼？」孟說遲疑道：「這個……」江芈道：「反正他對破案已經毫無用處，不是麼？」

她眼中含淚，原本深邃的眼睛像染了霧霾，越發深不可測。忽孃孃婷婷地走近孟說，從懷中取出一個精緻小巧的容臭[3]，為他結在腰間，柔聲道：「我本來是要在雲夢之會上送給你的。」

孟說的心「咯噔」一下，就像有人在平靜已久的水池裡拋下了一顆石子，自此泛起層層漣漪。愣了好半晌，才結結巴巴地道：「公主你……你怎麼會……」江芈道：「我喜歡你很久了，娘親她也很喜歡你，本來是要勸說父王將我許配給你，若不是紀山上出了事……」淚眼漣漣，再也說不下去。

此時兩人距離極近，江芈仰起那張粉潤的臉，吹氣如蘭，呢喃如絲，對心愛的男子吐露真實心意，嬌羞無限。孟說則心亂如麻，既意外又震驚，不敢相信這位令全天下男子豔慕的高貴公主，喜歡的人居然是自己。

他知道公主一向待他很好，他多少有些感覺，但理智總是不斷提醒他，對方是高高在上的公主，絕不能有任何妄想。是以他一直壓抑自己的情感，盡可能地避免跟公主見面，從不敢多看她一眼。然而如此春意盎然的溫柔月夜，公主親手為他結上容臭，等於公然表明心事，實在大大出乎他的意料。

那麼他自己呢？雖然從來不敢正眼看公主，但心中自然也是愛慕她的。江芈有著妖嬈美麗的容顏，驕傲狂野的性情，總讓他想起紀山上的野桃花來。但她又是那麼的高高在上，不僅因為她楚國公主的身分，還有那份超逸的王者氣度，驚豔逼人。她跟她的母親華容夫人一樣熱中權勢，一樣積極參政，一樣有見識，令人不敢小覷。宮裡許多人都曾經議論，倘若江芈公主是男兒身，怕是大王早就改立她為太子。

江羋又問道：「你喜歡我麼？」孟說不知怎地心頭一熱，竟然答道：「當然喜歡。但你是公主，臣從不敢……不敢奢望。」江羋道：「你是楚國第一勇士，還有什麼不敢的事麼？」孟說的臉漲得通紅，再無半分昔日精幹之氣，只囁嚅道：「臣不敢……不敢……」江羋笑道：「你是楚國第一勇士，我是楚國第一美人，第一勇士對第一美人，郎才女貌，堪稱世間絕配，不是麼？」

這話孟說已經不是第一次聽說，他手下的心腹衛士開玩笑時，也曾說過類似的言語，但隨即被他喝止。他雖是宮正，深得楚威王寵信，禁衛中樞，卻並非貴族出身。像江羋此等身分之人，因楚國境內沒有世家大族可與其婚配[4]，通常都得嫁給諸侯國為王后。

江羋又是絕色佳人、楚威王唯一的女兒，更是眾諸侯國爭相聘娶的對象，如趙肅侯、齊威王、魏惠王均曾派使者替本國太子求婚。她生下來就是尊貴的公主，注定了她萬眾仰視的地位，將來成為一國王后，母儀天下，不過是順理成章之事。

江羋似是猜到他的憂慮，溫言道：「你無須擔心，父王最寵愛我，我是他唯一的女兒，他曾經許諾，一定要讓我幸福如意。只要我堅持嫁你，父王不會反對的。況且本國公主下嫁地位低下的男子，也不是沒有先例，昔日昭王的親妹季羋公主，不也曾主動要求下嫁王室樂人鍾建[5]。而你是將軍之子，又有宮正官職，地位身分可是比樂人高貴得多。」

孟說的腦子亂糟糟一團，既不敢接口，也不敢開口說話。正意亂情迷之時，江羋又道：「我娘親冤死，父王又病得厲害，我只剩下兩個弟弟。幸虧還有你，難道你……你不能為我娘親報仇麼？」公主心中竟已將他當作生命中最親近之人，孟說不由得大為感動，迷迷糊糊地應道：「公主有命，臣自當遵從。」

江羋道：「如果你希望我幸福，就一定要娶我做妻子，因為我喜歡的人是你，你明白麼？」孟說道：

「臣……臣……」

江芈歎了口氣，道：「這個問題很難回答麼？那好，我再問你，我娘親去了，我只剩下你，你會永遠保護我麼？」她那麼懇切而期待地望著孟說，別說對方是公主身分，即便是一個普通的少女如此軟語哀求，他也難以拒絕，當即點頭道：「會。」

江芈這才微微一笑，那笑容那麼淺、那麼淡，竟似沒有絲毫欣喜的意味，反倒令孟說生出一種不祥的感覺來。就在他一怔之時，江芈已經轉身去了，只留下一絲若有若無的香氣，也不知道是人香，還是花香。他呆呆地望著她的背影，心中湧起一股奇妙的牽掛之情。芳草天涯人似夢，碧桃花下月如煙。半輪明月看著這悲切的密意，習習晚風伴隨著迷濛的情感，昏暗中，只是一派惘然。

出來王宮後，孟說帶著衛士逕直趕來十里鋪客棧。他猜想唐姑果幾人應該早已逃離客棧，但他職責所在，即便明知是白來，也還是要跑這一趟。

大大出人意料的是，墨者唐姑果雖然不在，與他同來楚國的腹兌、司馬錯二人卻並沒有逃走。

腹兌聽孟說來找唐姑果，冷冷道：「適才，孟宮正不是已經派衛士將唐先生強行請走了麼？人還沒有回來，又來找他做什麼？」孟說一愣，道：「我並沒有派人來請唐先生啊。」見腹兌不住冷笑，不似作偽，越發困惑，當即留下纏子率領衛士看守，待捕到唐姑果再一併處置。司馬錯隨即抗議道：「我們犯了什麼罪？宮正要像對待犯人一樣對待我們？」

孟說心道：「他們二人雖非墨者打扮，卻是和唐姑果一起來到楚國，尤其腹兌是鉅子之子，肯定也是為和氏璧而來。唐姑果一事尚且不明，可不能再輕易放過這兩人。」也不顧對方抗議，命衛士將腹兌和司馬錯二人軟禁在房中。

下樓到櫃檯問過店家，才知確有一名衛士打扮的人到客棧叫走了唐姑果。衛士庸芮是孟說的心腹，甚為機靈，猜測道：「興許是屈莫敖派人帶唐姑果去問話。」一行人遂連夜趕來屈府。

屈平正和屈蓋、嬃芈、阿碧幾人在堂中飲酒談笑，議論白日嬃芈以賽跑智破盜賊一案。堂內暖意融融，彌漫著清甜的桂花香氣。屈府的廚子是楚國沙羨[6]人。沙羨是個楠竹凝翠、桂子飄香的美麗地方，那裡的人都懂以當地所產桂花釀製桂花酒。屈府的廚子也學會了這手本事，釀造出的桂花美酒在郢都頗有名氣。

屈平見孟說疾步進來，急忙招呼他坐下。孟說卻沒有飲酒的心思，直接問起唐姑果的下落。

屈平莫名其妙，道：「我聽衛士說，孟宮正親自趕去客棧捕捉那墨者，難道他已經逃走了麼？」孟說當即原原本本說了稍早離開屈府後的種種經歷，只略過江芈公主一節。幾人聽了，神色登時凝重起來。

屈蓋道：「這唐姑果好生可惡，虧他還是一名墨者，居然拿證詞要挾孟宮正為他做事。」屈平道：「最可怕的是，他如今不知道被什麼人帶走，萬一找他的人目的就是要他做偽證，那我們之前的一切辛苦安排可就白費了。」

孟說道：「我早已按照屈莫敖的計畫，派了得力下屬監視可能會有干係的人，如果是這些人之中的某一個派人帶走唐姑果，想勸他做出對其有利的供詞，那麼負責監視的衛士一定會有所發現。不如我們先等上一夜，也許明早就會有消息傳來。而且我留了人手在客棧，唐姑果一旦回來，就會立即被帶到這裡。」屈平道：「甚好。」

孟說道：「但不管怎麼樣，唐姑果來到楚國確實別有用心，我們不能再指望他的證詞。」嬃芈問道：「孟宮正認為唐姑果在表露真實目的之前，所做的證詞可信麼？」孟說道：「他陳述得極為流暢，應當是可信的。而且當時在我表明真實來意之前，他並不知道我真正想問的是什麼。」嬃芈道：「那麼，有一點就很奇怪了。」

屈平忙問道：「奇怪在哪裡？」嬃芈道：「根據唐姑果的證詞，刺客本來是站在在廣場南側，之後才費盡心思擠到北側。如果他要行刺的是大王，大王居中而坐，那麼他無論站在南側或北側，都是相同的射程，又何必多此一舉呢？」

屈平道：「不錯，不錯，是這個道理，姊姊當真是個細心人。如此推斷起來，大王肯定不是刺客的目標，華容夫人應該也不是。她就坐在大王的身邊，等於也是居中而坐。」他本只是順著嫈芈的話順口推理，話一出口，立即悚然而驚，不由得轉頭去看孟說。

孟說也在剎那間明白了過來——如果行刺對象不是楚威王或華容夫人，那麼很可能是坐在北側的太子槐，抑或令尹昭陽，抑或其他重臣。當然，最有可能的還是太子槐。

堂內一時沉寂了下來。

如果太子槐是刺殺目標，那麼最大的嫌疑人，可就不是各國的質子、魏國使臣惠施、令尹昭陽，以及太子槐這些目今被屈平列入嫌疑名單中的人了。首當其衝的的嫌疑人只有一個，或者該說只有一方，那就是一心想取代太子槐地位的公子冉。但公子冉才十一二歲，年紀還小，沒有能力主持行刺這樣的大事，那麼最大的嫌疑人就是其姊江芈公主，而死去的華容夫人多半也捲入其中。

孟說心道：「如此便能說得通了，難怪那刺客神色沮喪。一開始我還以為是因為他被活捉的緣故，又或者他要殺的是大王，卻誤殺了華容夫人。原來，他是誤殺了雇主。公主她……她難道會不知情麼？她在高唐觀大殿當眾質問令尹，分明是有意將懷疑的目光引向太子一方。這是一箭雙鵰的好計，既能為她本人洗脫嫌疑，又能陷太子於不義。她如果不是事先知情，怎可能想到刺客要行刺的其實不是大王？還有，適才在王宮中，她命我拷打折磨刺客至死，其實是想藉我的手殺人滅口麼？」一想到此處，登時全身發冷，如墜冰窖，暗道，「原來……原來她對我說那些情意綿綿的話，不過是要利用我。」

屈平小心翼翼地叫道：「宮正君！」孟說道：「嗯。」屈平道：「公主那邊，還有公子冉、公子戎，怕是都要派人監視。」

孟說心道：「公主是絕不會再有什麼異動的，因為我已經答應她，要為她拷打折磨那刺客。雖然我已經知道她是在利用我，但既然答應了她，還是要履行諾言。」一想到不久之前花樹下的溫香軟語原來只是夢一場，他心中不免很是酸苦，但仍就應道，「好，我這就去安排。」

嬃芈與江芈頗有交情，想了一想，總覺得以公主的性情不至於做出刺殺太子的事，便特意道：「公主有嫌疑，全都得靠唐姑果的口供。但目今唐姑果莫名其妙失了蹤，又沒有實證可以指證公主一方，我們還是暫且不要張揚的好。」孟說道：「這是自然。」

屈蓋歎道：「都怪那刺客強硬，不肯招供，不然一切麻煩都可以省去了。」

歎息一回，幾人就此散去。

屈府早已為客人們準備了房間歇息，孟說卻無心思就寢，四下巡查一遍，逕直來見刺客。

屈府並無牢房，因而那刺客被臨時監禁在一間空房裡。他只穿著單薄的貼身內衣，光著雙腳，戴著連著頸鉗的笨重腳鐐，倚柱而坐，雙手被手拲[7]反銬在柱子上，動彈不得。房內、房外各有數名衛士看守。

雖未有正式的刑訊拷掠，但之前被捕後刺客曾有撞柱自殺的企圖，為防止他咬舌自殘（即便不死，也無法讓人獲取口供），因而還在紀山之時，衛士就已將他的牙齒一顆顆敲落。他的唇邊和鼻下此刻仍凝固著斑斑血跡，臉龐因挨打和痛楚而扭曲得變了形，頭髮披散下來，在燈火下看起來像個猙獰的魔鬼，模樣駭人。

孟說走到刺客身邊，問道：「你還是不肯招供麼？」刺客漠然看了他一眼，隨即扭轉過頭。衛士庸芮搶上來要打，孟說擺手道：「算啦，大半夜的，別吵了屈莫敖他們睡覺。」

出來監房，外面月色如銀。孟說憶起在王宮中與公主花下相對的一幕，心頭又惘然起來。

衛士庸芮跟出來問道：「宮正君還在為那墨者唐姑果煩惱麼？我們有墨家鉅子之子做為人質，不怕他不回來。」孟說歎了口氣，道：「不是為他。是適才在王宮中，公主命我派人用嚴刑折磨刺客，好為華容夫人報仇。」庸芮道：「原來是為這事。雖說屈莫敖有妙計破案，可是按照慣例，這刺客本來就該送交大司敗訊問。宮正君派人拷掠他，既是按照律法辦事，又可以討好公主，有什麼可煩惱的？」

孟說道：「但這裡是屈府。你也看見了，屈莫敖是個斯文人，他是絕不會贊成我對刺客用刑的。」庸芮笑道：「這更好辦了。」孟說道：「你有辦法？」庸芮道：「宮正君就不必為這件事煩惱了，下臣自會辦得妥妥當當，保管讓那刺客生不如死，但又絕對不會見血帶傷。萬一他抵受不住酷刑，招出了幕後主使，那咱們就更省事了。」

孟說見他說得煞有其事，也不便問是什麼酷刑，只叮囑道：「千萬別就此弄死了他。」庸芮笑道：「宮正君放心，就算刺客想死，下臣也絕不會讓他死。」

次日一早，孟說還未起床，便有衛士敲門稟報，說抓到一名形跡可疑的年輕男子。那人天還未亮就在屈府外徘徊不止，不斷向牆內窺測，極為可疑。孟說匆忙穿好衣服，趕來大堂。那男子一身灰色長袍，反縛著雙手，被衛士押在臺階下。

孟說道：「你是什麼人？」那男子猶豫了一下，還是老老實實地答道：「臣名叫甘茂，是令尹昭陽門下的舍人。」孟說很是意外，道：「你是令尹的門客？你來屈府做什麼？」甘茂道：「這個……」一時躊躇，不願回答。孟說道：「你既然是令尹的舍人，該知道昨日紀山上發生了什麼事，你這是來屈府打探消息的麼？」

甘茂雖然只是個地位卑賤的食客，卻是真正的姬姓貴族，是周王室的後裔，姓姬，甘氏。他是楚國下蔡[8]人，這一帶原是蔡國的土地，蔡國被楚國滅亡之後才畫入楚國。若非蔡國滅亡，甘茂原也是蔡國公子的地位。當初，周王室所分封的大小諸侯國如陳、蔡等等，要麼與周天子同姓，要麼是姻親。而楚國雖然倚仗武功最終成為大國，卻一直被排除在華夏諸國之外，素來被認為是蠻夷之邦。就連楚先君熊渠自己都道：「我蠻夷也，不與中國之號謚。」楚武王熊通也自稱：「我蠻夷也。」

甘茂姓姬，出身比楚國國君的羋姓要高貴得多，雖亡國已久，骨子裡卻還有那麼一點貴族的傲氣。他見孟說語氣不善，很是不悅，沉下臉道：「宮正君用不著如此咄咄逼人，難道所有來到屈府附近的人，都是為了打探那刺客的消息麼？」

孟說與令尹昭陽相交不深，不認得甘茂，自然也不知曉他來歷，只是見他言辭強硬，頗有氣度，便命人鬆開繩索，道：「抱歉，這是孟某的錯。那麼請問甘君，來這裡有何貴幹？這是孟某職責所在，不得不問。」甘茂這才道：「我來找人。」

正巧媭羋和巫女阿碧一道從內室出來，媭羋一眼認出甘茂正是昨日被盜賊莫陵反誣為強盜的男子，叫道：「呀，是你。」甘茂忙上前深深行了一禮，道：「甘茂特來府上拜訪，好向邑君當面道謝。」媭羋微笑道：「有什麼好謝的。你是個見義勇為的勇士，多虧你，才抓住了那盜賊，倒是要多謝你才是。」

孟說這才知道甘茂就是昨日媭羋用妙計助其脫困的男子，便不再理會。出來大門時，正遇到衛士纏子，忙問道：「可是有墨者唐姑果的消息？」纏子道：「唐姑果至今未回到客棧。不過適才有監視的人來報，齊國的質子田文動向可疑，他的心腹張丑，昨晚引著一幫人從後門偷偷回到府上。那些人個個帶有兵器，為首的是名四五十歲的老者。他們進去後就再也沒有出來。」

田文是現任齊國國君齊威王的庶孫，其父田嬰任齊國丞相，封靖郭君，權傾一時。昔日魏國被齊國名將田忌、孫臏大敗後，魏襄王依附齊國，有意與齊威王在徐州會盟，互相尊稱為王，打算以此激怒楚國。楚威王果然很生氣，並認定是齊國丞相田嬰策畫了此事。楚國隨即攻打齊國，在徐州大敗齊軍，並出盡全力追捕田嬰。田嬰派門客張丑賠罪道歉，並願意送最寵愛的太子田文到楚國為人質，楚威王這才罷休。

田文本人的來歷更加奇特。他父親田嬰妻妾成群，總共養育了四十多個兒子。田文由一不得寵的小妾所生，剛好出生在五月初五。按照古時習俗，五月是惡月，五月初一到初五則是惡月中的惡日，而「重五」五月初五則是一年之中最惡的日子，是毒氣最盛的一天，陰邪之氣為至極。在這一天出生的孩子極不吉利，會剋父母，因此民間一般會棄而不養，或另改出生日[10]。田文出生後，田嬰立即交代小妾淹死這個出生日不祥的兒子。但小妾愛惜親生骨肉，還是暗中養活了孩子。

等到田文長大後，小妾才將他引見給田嬰。田嬰十分憤怒，嚴厲喝斥小妾。田文問道：「您不讓養育五月生的孩子，到底是什麼緣故？」田嬰道：「五月出生的孩子，長大了，身長跟門戶一樣高，將不利於父母。」田文又問道：「人的命運是由上天授予，還是由門戶授予呢？」田嬰堂堂丞相，居然被自己的庶子問住了，他不知該怎麼回答，便沉默不語。田文接著道：「如果命運是由上天授予，您又何必憂慮。如果是由門戶授予，那麼只要加高門戶就可以了，誰還能長到那麼高呢？」田嬰無言以對，便斥責道：「你不要說了。」

又過了些時候，田文找機會問父親道：「兒子的兒子叫什麼？」田嬰答道：「叫孫子。」田文接著問：「孫子的孫子叫什麼？」田嬰答道：「叫玄孫。」田文又問：「玄孫的孫叫什麼？」田嬰道：「我不知道了。」田文道：「您擔任齊國丞相，執掌大權，可是齊國的領土沒有增廣，您的私庫中卻積貯了萬金財富，門下也看不到一位賢能之士。我聽說，將軍的門庭必出將軍，宰相的門庭必有宰相。現在您的眾多姬妾踐踏綾羅綢緞，而賢士卻連粗布短衣也穿不上；您的男僕女奴有剩餘的飯食肉羹，而賢士卻連糠菜也吃不飽。現在您還一個勁兒地加多積貯，想留給那些您連叫什麼都不知道的人，卻忘記齊國正在諸侯之中一天天失勢。」

田嬰聞言大驚失色，從此改變了對田文的態度，不但讓他主持家政，還由他出面接待賓客，不久又將他立為自己的太子，將來繼承封地和爵位。田文以庶子身分贏得了父親的器重，可謂權略過人。然而如楚國奇人老子所言：「禍兮福之所倚，福兮禍之所伏。」正因田文成為田嬰的太子，引起諸侯國的廣泛矚目，他也由此被楚威王點名為質子，不得不離開奴僕成群、賓客如雲的田宅，來到了郢都，過起半階下囚的日子。

孟說久聞田文心計極深，心道：「田文能以庶子身分登上太子之位，手段、謀略定然遠過常人。這樣的人物，斷然不會在此時有意引人注目。他在楚國的日子並不好過，若是讓旁人抓住把柄，只會令處境更加艱難。那老者也許是他的什麼人，或是有什麼急事也說不準。」當即道，「暫時不要驚動他們。如果那些人再出來，留意他們去了哪裡。」

纏子道：「遵命。」忙分派便服衛士去傳令。

既無唐姑果的下落，孟說便趕來王宮。

楚威王正在燕朝與群臣商議華容夫人的喪事，直到正午時才散朝。孟說一直等在路門邊，見令尹昭陽出來，忙上前見禮。昭陽奇道：「孟宮正是特意在此等待本尹麼？」

孟說道：「是。」當即稟報了墨者唐姑果來到楚國是為助秦王奪取和氏璧一事，又道，「大王命臣務必護得和氏璧周全，而今唐姑果下落不明，臣怕他已經有所行動，特意提請令尹君留神。」昭陽感歎道：「想不到墨者居然也參與其事，墨家當真今非昔比。」又謝道，「多謝宮正君提醒。」孟說道：「這是下臣分內之事。若有任何差遣，令尹君隨時吩咐便是。」

昭陽道：「正好有一事，少不得要勞煩宮正君。再過一個月就是內子的生日，本來說華容夫人新歿，就不辦壽宴了。大王適才在朝上特意提到此事，說巫覡新卜過卦，王室陰氣太重，要多辦幾場大宴沖沖晦氣，命臣替內子辦一場熱鬧的壽宴，廣宴賓客，還命太子當日一定要代他前來祝壽。既是大王之命，我也不能推辭。」

孟說道：「令尹是要下臣帶人協助府中宿衛麼？」昭陽道：「正是此意。倒不是因為太子和其他重臣都要到場，而是賓客們一定會要本尹取出和氏璧觀賞。本尹不能推辭，也不得不取出。按宮正君所言，而今郢都城中已有墨者對和氏璧虎視眈眈，萬一還有什麼人有心圖謀不軌，本尹怕人手不夠。」

孟說心道：「現在可謂是楚國的非常時刻——因為一句『得和氏璧者得天下』的讖語，楚國成了天下逐捕的目標，大王病入膏肓不說，華容夫人又在紀山遇刺。可是大王明知覬覦和氏璧的人不少，墨者還算光明正大，肯將來意坦然相告，不知暗中還有多少人蠢蠢欲動，大王居然還讓令尹為夫人大辦壽宴，不是有意張揚麼？莫非是要引什麼人上鉤？」

他越發覺得國君的心意高深莫測，本有心向楚威王問個明白，卻又怕遇上那位美豔不可方物的公主。倒不是害怕或厭惡江羋公主，他只覺得從昨夜江羋親手為他佩上容臭開始，他就變得心亂如麻，不是他自己了。

昭陽見他默然神思，似猜到他幾分疑惑，道：「若是那些圖謀和氏璧的人始終在暗處，確實是防不勝防。但若有一個公開的機會，我們說不定能將他們一網打盡。」孟說點頭道：「原來是這個意思。只要有用得上下臣的地方，任憑令尹君差遣。」昭陽道：「好。本尹還要到外朝處理公務，請宮正君明天晚上到本尹家裡來，我們再好好商議一下。」孟說躬身道：「遵命。」

孟說原以為昭陽肯定會問起刺客一案，對方可是一人之下、萬人之上的令尹，萬一問起案情進展，他也不得不據實回報，包括刺客刺殺的對象很可能是太子槐，而江羋公主則是目前最大的嫌犯等等。

不料，對方未有隻言片語涉及，孟說不由得心道：「令尹對行刺一案毫不關心，看來他並沒有什麼牽連；如此，太子也應該不知情。我應該及早撤回太子宮附近的衛士，畢竟暗中監視未來的儲君，可是大大的犯忌。我雖問心無愧，一切為公，但太子心胸狹隘，萬一被他知道，不僅我本人要遭殃，那些辦事的衛士多半也要人頭落地。」轉念又想，「啊，我險些上當了，昭陽總理楚國政事軍務，問及案情是他分內之事，他刻意避開不提，才更加可疑。」

他內心深處自是希望江芈公主與行刺案沒有任何干係。倘若不是唐姑果的證詞，他實難想像那位剛剛失去母親的公主其實就是殺人主使，因此他寧可主觀地懷疑太子槐一方。他深知自己的判斷已然受了感情羈絆，理該退出這件案子，可是又沒有勇氣向楚威王稟明真相——假使那麼做，勢必會令江芈公主陷入極其危險的境地。即便她從來沒有喜歡過他，月下表白也只是想利用他，他還是不願看到她有事，至少，在沒有實證的時候如此。

孟說本是堅毅果決之人，一時心有所感，居然站在路門邊愣神了許久。背後忽有人叫道：「宮正君。」嚇了一跳，回過頭去，竟是南杉，頓感狐疑地問道：「你在這裡做什麼？」隨即想到對方是自己的副手，統率王宮衛士，出現在這裡又有何稀奇，忙道，「抱歉，我糊塗了。」

不久，孟說匆忙離開王宮，一路趕來十里舖客棧，希望能僥倖逮到墨者唐姑果，再度確認供詞。拐過街角，遠遠見到一名穿著麻衣麻褲的男子進了客棧大門，分明是墨者的打扮。孟說心中一喜，急忙趕了過去。

進來客棧，卻不見唐姑果的人影，他招手叫過店家，問道：「唐先生人呢？」店家道：「唐先生一直沒有回來呀。」孟說道：「剛剛不是才進來一名墨者麼？」店家道：「噢，那是唐先生的同伴田先生。」

原來，唐姑果最早是和一位名叫田鳩的墨者一起來到十里舖客棧，但不知為了什麼緣故，兩人很快發生了爭吵，田鳩當即離開客棧，再也沒有回來。

孟說問道：「那麼這位田先生人呢？」店家道：「他聽說唐先生不在，就從後門走了。」孟說急忙帶衛士前去追人。

客棧的後門即是龍橋河的碼頭，船隻來往如梭，哪裡還有蹤跡？悻悻回來客棧大堂，正遇到那趙國人主富帶著隨從下樓，特意停下跟孟說打了聲招呼，這才離去。

店家悄聲叫道：「宮正君。」孟說走近櫃檯，問道：「有事麼？」店家道：「這個人……我是說剛剛離去的趙國人，雖然出手闊綽，卻很是可疑。他給了小人很多錢，特意向小人打聽王宮的事情，還有楚國鎮國之寶和氏璧。」

孟說心念一動，道：「他打聽和氏璧做什麼？」店家道：「他說就是好奇。小人告訴和氏璧已經被大王賞賜給令尹，他忽然冷笑了好幾聲，道：『傻子，楚國人都是一幫傻子。』」孟說道：「他還說了什麼？」店家道：「沒有了，他說了那句話之後就打發小人出來了。」

孟說沉思半晌，道：「你做的很好。如果他還有什麼異常舉動，你就告訴客棧的便衣衛士，或是直接到鳳凰山的屈府找我。」店家道：「是，是，小人知道了。」

既找不到唐姑果，又冒出個行蹤鬼祟的同伴田鳩。孟說便派衛士趕去通告太伯屈蓋，一旦有巡城士卒發現墨者的形跡，無論是不是唐姑果，立即逮捕。

來到屈府時，正好遇到嬃羋、屈平姊弟。

屈平問道：「負責監視嫌疑人的衛士可有回報？」孟說便說了齊國質子田文府中的異樣。嬃羋道：「那老者可是四五十歲年紀，一身錦衣長袍，侍從全都佩著長劍？」孟說道：「不錯，邑君認得他？」嬃羋道：「那人一定是田忌。我和南杉昨日在桃花夫人墳塋前見過他。」

屈平沉吟道：「田忌雖是齊國人，卻早已是我楚國封君。他從江南封地來到郢都，不到王宮拜見大王，不參與雲夢之會，反而去會見齊國質子，這可有些於禮不合了。」孟說道：「屈莫敖放心，我已交代了人嚴密監視田忌去向。等稟報過大王後，再決定如何處置。」

嬃羋道：「唐姑果還是沒有找到麼？」孟說道：「他從昨晚離開十里鋪後就再也沒回來過，我擔心他恐怕凶多吉少。」婆芈道：「難道他已經被殺人滅口？」孟說點點頭，道：「這種可能性很大，目今其他墨者也在四下尋找他。」

既然是衛士打扮的人出面帶走了唐姑果，那麼一定是楚國內部人士所為。那人會不會就是刺客背後的主使？進一步說，會不會就是江芈公主？公主會不會認為是由於唐姑果那一撲的干擾，才使刺客誤射中了華容夫人，所以她務必要除掉唐姑果？幾人心頭都各有疑問，但誰也不願意指名道姓地說出江芈公主嫌疑重大。畢竟，她只是個花樣少女，昨日才剛剛失去母親、失去了依附，今日就懷疑她是害死自己母親的間接凶手，於情於理，都似乎有些太殘忍。

婆芈躊躇道：「也許我可以想法子試探一下公主……」一語未畢，衛士庸芮風風火火地闖了進來，嚷道：「宮正君，天大的好消息，那刺客願意招供了。」孟說大為驚訝，道：「你到底用了什麼刑罰，能令刺客主動求饒？」庸芮笑道：「最簡單又最有效的法子。」

原來，昨夜孟說離開後，庸芮命人將刺客吊起來，派人輪班守著，只要他一犯睏，就弄醒他，為了不讓他睡著，不是往他臉上潑水，就是鞭打他一下也好。捱到今天，他已然衰弱不堪。庸芮又命人脫掉他的鞋襪，用馬鬃做成的刷子不停地刷他的腳底。刺客笑也笑不得，哭也哭不出，痛不欲生，備受煎熬。這一刑罰雖無肉體上的痛苦，卻奇癢無比，令人心悸，難以忍受。況且鞭打夾棍一類傷殘肉體的酷刑，到最後只會令犯人昏迷過去。

但庸芮使用的這種法子，永遠不會令犯人暈厥，想折磨他多久都行。那刺客既掙不開捆綁手腳的繩索，又避不開腳底傳來的陣陣酥癢，「嗷嗷」叫個不停，如熱鍋上的螞蟻，非但大小便失禁，連眼淚也流了出來，再無半分氣概，到最後實在熬不下去，終於服軟求饒。

孟說聞言不免半信半疑，心道：「這刑罰雖然古怪，但那刺客既然敢當眾行刺，心中定然早存了必死之念。他的眼神倨傲鋒銳，一看就知道是意志堅強、威武難屈之人，如何會經受不住這類刑罰？」忙道，「且去聽聽他怎麼說。」當即與屈平姊弟一起趕到囚室。
一進房間便聞到一股惡臭。那刺客被倒吊在房梁下，上半身衣衫濕漉漉的，也不知道是尿濕還是汗濕，身上沾有不少黃白污穢之物，情狀極為淒慘，所受的折辱更是難以言表。嬃芈一見之下，立即轉身退了出去。
孟說命人將刺客解下來，讓他倚柱而坐，親手端了一碗水餵他喝，這才問道：「你叫什麼名字？」刺客道：「徐弱。」孟說道：「是誰主使你行刺的？你要行刺的到底是誰？」
徐弱道：「我願意招供，但不是對你，我要見公主，江芈公主。只有見到她，我才會交代出一切。」他飽受摧殘，本來面色灰白，雙眼散亂無神，委頓不堪，但一提到江芈公主，臉上立即有了一種難以言喻的興奮神采，生動而真實。
孟說和屈平交換了一下眼色，二人均是一般心思：「這刺客誰都不見，只要見公主，看來，公主果然有重大嫌疑。」
孟說又道：「你射死了公主的母親華容夫人，公主恨你入骨，你要見她，等於自尋死路。你還是老實招供，我取得你的口供之後，自會立即進宮稟報大王和公主。」徐弱的態度卻很堅決，道：「我一定要見到公主。」孟說轉頭道：「屈莫敖，我們先出去，再讓徐君好好想想。」
屈平料到孟說定要命人繼續對徐弱用刑，他雖不贊成刑訊的法子，可是案子到了目前這個地步已成僵局，也只能勉力一試，只得應道：「好。」
庸芮便指揮衛士重新將徐弱四馬攢蹄地倒吊起來。兩名衛士各持一把刷子，分刷他的兩隻腳板。徐弱痛苦不堪，不斷掙扎，身上鐐銬嘩嘩作響，大聲叫道：「我一定要見到公主！無論你們再如何折磨我，我也還是這句話。」孟說也不理睬，自與屈平退出門外，掩好房門。
嬃芈依舊等在門外，上前問道：「他還是不肯說？」屈平道：「他只說了他的名字，餘下的，一定要見到公主才肯說。」頓了頓，又道，「姊姊，這不是你來的地方，你先去吧。」房間不斷發出一陣陣淒慘的嚎叫。嬃芈聽在耳中，也覺得難以忍受，便道：「好。」轉身離去。

過了小半個時辰，慘叫聲逐漸微弱了下來，只能聽見鐐銬「叮叮噹噹」的撞擊聲。又等了好一陣，孟說和屈平才重新推門進來。衛士仍在用刑，徐弱卻只能發出低低的呻吟，連掙扎的力氣都沒有了。

孟說道：「你肯說了麼？」徐弱道：「我說過，一定要見到公主。你們再怎麼折磨我，也沒有用。」孟說道：「我如何知道你見到公主一定會交代出真相？」

徐弱道：「聽說孟宮正是孟勝孟鉅子的後人。昔日孟鉅子只因為對陽城君的一個承諾，便能率領墨家弟子自殺赴義。我徐弱不敢與令祖孟鉅子比肩，卻也知道人當言而有信。大丈夫得以立於天地之間，百折不屈，唯『信義』二字。」

這番話說得極有豪氣，孟說當即心頭一凜，揮手命人停止行刑，將徐弱放下來，道：「你說的不錯。好，我這就派人去請公主。」屈平道：「不如由我姊姊去王宮請公主，這樣我們就能知道公主的第一反應是什麼。」孟說道：「如此甚好。」屈平便出去安排。

孟說見徐弱癱躺在地，渾身上下又髒又臭，極為虛弱，心中忽然起了憐憫之意，當即命衛士取水沖淨他的便溺，為他梳洗，換上乾淨的衣裳。徐弱道：「多謝。」

傍晚時分，嬃芈引著江芈公主來到囚室。

孟說已命衛士打掃過屋子，清理了污穢，房中再無那股囚室特有的騷臭味道。徐弱一見到公主進來，立即亢奮地挺直身子，若非雙手被反縛在柱子上，只怕還想招手致意。一旁衛士看到他面紅耳赤、失魂落魄的樣子，均猜想這人也不過是個垂涎公主美色的登徒浪子。

江芈逕直走到柱前，問道：「你就是刺客麼？」徐弱微笑道：「公主，我終於又見到你了。」語氣彷彿久別重逢的故人，淡淡的笑容則是發自內心的欣喜。只是他不知道，他這句話又進一步將公主推向嫌疑的深淵，又或者，他是有意如此。

江芈有「楚國第一美女」之稱，早已見慣天下男子為她絕世容光神魂顛倒的模樣，也不以為意。只是眼前之人是她的殺母仇人，心中氣憤難平，當即上前狠狠搧了徐弱一耳光。

孟說忙勸道：「公主，當心弄髒了你的手。」使個眼色，一旁衛士便舉鞭上前，用力抽打徐弱，直至他昏死過去。江芈怒氣稍平，道：「好了，弄醒他吧，看看他到底要對我說什麼。」

徐弱被衛士拿涼水一潑，悠悠醒轉，猶自面帶笑容，道：「我底下的話只能對公主一個人說。公主，你讓他們退出去。」江芈倒也乾脆，揮手命道：「你們先退下。」孟說道：「公主……」江芈厲聲道：「退下！」

孟說無可奈何，只得率領衛士退出房外。等了一會兒，房中傳來清脆的耳光聲，大概是公主抑制不住憤怒，又在搧打徐弱。

屈平道：「姊姊以為如何？」嬃芈道：「在我看來，公主根本不認得這個徐弱。」屈平道：「嗯，我也這麼認為，從公主的表現來看，她應該對行刺一事並不知情。也許是其他什麼人出於私人恩怨要刺殺太子，也許要刺殺的是其他重臣。宮正君，你怎麼看？」

孟說自然希望江芈是無辜的，而從她的反應來看也是如此。可是目前唐姑果的證詞依舊對她不利，刺客指名要見的也是她而不是別人。一旦案情上報大王，且不說太子一方會因此大作文章，就連按普通常理推斷，她也會做為首要嫌疑人而被逮捕下獄，興許還會受到拷掠。

孟說既沉默不語，屈平和嬃芈也不再說話。房中除了低低的絮語聲，再沒有別的動靜，大約是徐弱按之前所約定的那樣，正將事情原委一五一十地告訴公主。既然還有江芈所不知道的真相，那麼就該越發能證明公主是無辜的。可是為什麼徐弱又一定要單獨告訴公主？莫非他是因為誤殺了華容夫人心懷內疚，而只願將真相告訴公主一人？

時光在靜謐中一點一滴地流逝著，天色黑了下來。

忽聽見「噹」的一聲，那是刀鞘掉落在地的聲音。孟說暗叫一聲「不好」，踢門闖了進去，卻見江芈正雙手握著一柄匕首，全力朝徐弱刺去。

孟說大叫道：「不要！」但還是遲了一步——匕首鋒銳異常，公主又用盡全身力氣，刃身刺入徐弱的心口，直沒至柄。他哼也沒哼一聲，便垂頭死去。

嬃芈跟了進來，驚道：「公主，你……你竟然殺了他？」江芈滿臉通紅，又是嬌羞又是氣憤，怒道：「這惡賊用言語挑逗我，要我將身子給他，他才會對我說出真相。如果換作是你，你不會殺了他麼？」

孟說跺腳道：「公主，你不該這麼做！」江芈聞言更是生氣，道：「這賊子用惡語侮辱我，我殺了他，你非但不幫我，居然還怪我？」

屈平忙解釋道：「我們根據唐姑果的口供，已經推斷出大王和華容夫人都不是目標，刺客要行刺的很可能是太子。公主自身已是頭號嫌疑人，現下又殺了刺客，更難脫殺人滅口的嫌疑了。公主，你麻煩大了！」

那一刻，江芈驚奇得睜大了眼睛，訝然道：「什麼？」

1 堞：城上如齒狀的矮牆。懸梁：即後世俗稱的吊橋。

2 指禽滑釐（滑字讀作「股」），初從子夏學儒術，後從學於墨子，盡傳其學，精於攻防城池之術，為墨家的第二任鉅子，但死於墨子之前。因而孟說的祖父孟勝，是墨子親自選定的第三任鉅子。

墨家的家教氣味極濃，鉅子是終身職，類似後世的教祖。鉅子於死前選定繼任者，而後傳授之，類於佛教徒的衣缽相傳。

3 即香袋，是楚人喜歡佩帶之物，後世稱「香囊」，裡面放有香草、香料，芬芳怡人。

4 指當時「同姓不婚」的制度。楚國昭、景、屈三大氏族均是羋姓，不能與王室通婚。

5 春秋末期，楚人伍子胥率領吳軍攻入楚國，郢都城破，楚昭王逃走，樂人鍾建背負昭王之妹季羋公主相從，兩人在逃難途中產生了感情。後來由於秦國出兵干涉，吳軍退兵。楚昭王回到郢都後，預備將季羋嫁往秦國。季羋喜歡鍾建，但王室女下嫁樂人於禮難允，遂道：「所以為女子，遠丈夫也，鍾建負我矣。」便以鍾建揹過她、身體有過接觸為由，要求下嫁鍾建。楚昭王欣然同意將妹妹嫁給鍾建，並升他為樂尹。

6 沙羨（讀作「宜」）：今湖北咸寧，中國著名的桂花之鄉，自古便有釀製桂花美酒的傳統。屈原曾為其寫下「奠桂酒兮椒漿」、「沛吾乘兮桂舟」的美妙詩句。

7 拲：讀作「拱」，古代的一種銬手戒具，將囚犯的雙手一上一下束縛住，與桎（禁錮犯人腳的戒具）、梏（鎖住犯人脖子的戒具，通常和拲連在一起），合稱「三木」。

8 下蔡：今安徽鳳臺。

9 邑君：古代女子的封號，也用作對婦女的尊稱。

10 五月初五出生的名人還有宋徽宗趙佶，因此趙佶將自己的生日改成十月初十，並將這一天定為「天寧節」；「重五」的俗忌，在中國民間某些地方至今依舊沿襲。

田文，即歷史上著名的孟嘗君，和趙國的平原君、楚國的春申君、魏國的信陵君合稱「戰國四公子」，在當時享有盛譽。孟嘗君雖然留下了許多傳奇故事，但並不是什麼忠君愛國之人，在諸侯國之爭中始終為自己牟取利益，保持中立。他去世後，眾多兒子爭相繼位。齊國和魏國聯合出兵攻打其封地薛邑，滅了他滿門，田文由此絕嗣。巧合的是，屈原也死在五月初五這一天，人們為了紀念他，才有了中華民族的傳統節日——端午節。

【卷三】心之憂矣，如匪浣衣

輕煙般的薄霧籠罩了整座郢都城，氤氳遮蓋了流水秀麗婀娜的身影。朦朦朧朧的溫情中驀然生出無數星星點點的燈火，在波心眨巴著眼睛，閃動著歡愉。東南一帶的鳳凰山則顯出深沉的輪廓，於靜謐中更添幾分神祕。

囚室中審訊刺客的一幕當真是驚心動魄。

江羋忽然離開了屈府，卻沒有直接回王宮，而是帶著侍從，摸黑來到鳳凰山北一處兩進的宅子。這裡原是她奶娘的住處，自從奶娘回紀山的桃花村養老後，便空了下來。

兩名家奴聞聲迎了出來，道：「公主來了！」江羋也不理睬，逕直來到後院廂房。屋中的房梁下高吊著一名中年男子，精赤著上半身，胸腹、後背均血肉模糊，顯然遭受過反覆鞭打。江羋命家奴取出那男子口中的布團，恨恨道：「你這惡人，非但想利用口供要挾本公主替你辦事，居然還敢用假口供陷害我。快說，是誰叫你這麼做的？」連喝幾聲，那人卻始終只是垂著頭。

江羋怒氣難止，叫道：「來人，快把他弄醒！」家奴端來一碗涼水潑在那男子臉上，他卻依然不動。家奴忙將手指探到他鼻孔下，發現鼻息全無，這才驚道：「他……他死了。」生怕公主怪罪，忙跪下請罪道，「按照公主命令，小的們一直在輪番拷打他，沒給他飲食，大約是餓死的。」

江羋怒道：「死了倒也乾淨。」侍從勸道：「公主，既然人已經死了，咱們還是先回宮去吧，免得旁人起疑。」江羋便道：「將這惡人砍成八塊，丟到大江中餵魚。」剛一轉身，卻見房門前站著一高大威武的佩劍男子，正是孟說。

孟說一步跨進來，一眼認出那吊在房梁下的男子就是失蹤已久的唐姑果，不由得大吃一驚，道：「公主，你……果然是你綁架了唐姑果。」

他本就懷疑江羋昨晚月下訴情只是要利用他，此刻一見到唐姑果，越發確認，心中自有一番苦澀滋味，暗道：「原來公主追出來對我說那一番話，只是有意絆住我，如此一來她的手下才能搶在我之前，到十里舖客棧帶走唐姑果。」

江羋這一驚更在孟說之上，顫聲道：「原來你也跟那些人一樣，心裡懷疑我，居然跟蹤我！」

侍從和家奴拔出兵刃，一擁而上，圍住孟說。

一名侍從道：「公主，到了這個時候，可不能輕易讓孟宮正離開了。」江芈大怒，喝道：「滾，都給我滾出去！不自量力的東西，孟說是楚國第一勇士，你們自認為是他對手麼？」侍從們面面相覷，經不住公主一再喝斥，只得退出廂房。

孟說躬身道：「臣是一個人來的。事情到了這個地步，就算大王出面，怕是也無法庇護公主，公主還是儘快離開楚國吧。」

江芈揚手搧了他一耳光，喝道：「你算什麼東西，輪得到你來指點本公主該怎麼做麼？」見孟說俊朗的臉上登時出現五道鮮紅的手指印，心中大悔，舉手輕輕撫摸他的臉頰，哭道，「對不起，對不起，我不是有意的，我就是受不了你跟他們一樣懷疑我。」就勢投入孟說懷中，「嚶嚶」哭了起來。

孟說亦心煩意亂，猶豫了很久，終於還是推開了江芈，道：「公主若是不願意逃走，這就請自行回宮向大王請罪吧，下臣還有公務要處理。」江芈仰起臉來，問道：「你真的認為是我派刺客刺殺太子麼？」清澈的眼裡滿是淚水，實在令人心疼。

孟說勉強硬起心腸，道：「本來根據唐姑果的口供，只能證明大王和華容夫人不是行刺目標，公主只是有嫌疑而已。可是公主將證人綁來這裡，用私刑拷打致死，越發證明公主心中有鬼。再加上刺客徐弱也是被公主殺人滅口，口供、事實俱在，不由得臣不信。」

江芈舉袖抹了一把眼淚，道：「好，就算我這些壞事是我做的，是我指使徐弱行刺太子。可是你明明答應過我，要永遠保護我，你這麼快就忘記了麼？」孟說望著她淚眼婆娑的樣子，一時心情激盪，不能自已，當即解下腰間的容臭，塞回公主手中，道：「公主，對不起，這個還你。」隨即退開兩步，拔出腰間長劍，橫起劍鋒，朝自己頸中抹去。

江芈撲了上來，抱住他手臂，哭道：「你寧可死，也不願保護我麼？」孟說道：「公主犯了國法，臣無力相護，只好以死相謝。」江芈道：「我不要你死。你死了，就再也看不到真相大白的那一天。」

孟說心中一動，迷迷糊糊地想道：「公主言外之意，分明說她是清白的。但她當真無辜麼？王宮中人人都說她有女子的容貌、男兒的志向，勇敢果決，她完全可能做出這些事來，眼前唐姑果的屍首就是明證。可是她為什麼不讓我死？我死了，她就可以繼續掩蓋真相，只要處理掉屍首，就沒人知道是她派人打死了唐姑果。我不死，就會立即進宮向大王稟報真相，她多半會因此被囚禁，最終被賜死，公子冉、公子戎也會被流放，再無染指王權的可能。無論她母女二人之前如何辛苦謀畫，都會就此化作泡影。但她寧可自己死，也不讓我死，難道她對我是真心真意？」

正想問個清楚，江芈卻就此放開了他，淒然道：「我全心全意地對你，你卻懷疑我，傷透了我的心。」驀然臉色一沉，語氣也變得冰冷，忿忿道，「孟說，我要你記住今晚！你辜負了我，我絕不會原諒你。」揚手將容臭拋在他臉上，轉身走了出去。

只聽見外面侍從搶過來問道：「公主要去哪裡？」江芈道：「還能去哪裡？當然是回王宮。」家奴問道：「那墨者的屍首要怎麼辦？」江芈沒有回答。

轉瞬之間，外面院子再無聲息，一行人竟已盡數離開。

孟說將劍插回鞘中，俯身撿起那枚精巧的容臭，收入袖中，隨即出來宅邸。走不多遠，正好遇到一隊巡城士卒，便指點他們到前面宅子處理唐姑果的屍首，自己則朝王宮趕來。

一路走得極慢，也許是因為心情沉重，也許是有意遷延。到了庫門，詢問衛士，才知道公主一行早已入宮。孟說心中矛盾，只在宮門前徘徊不止。

過了小半個時辰，南杉率領衛士出來。孟說心中登時一緊，上前問道：「宮中出了事麼？」南杉道：「沒有啊。」孟說道：「沒有？怎麼會呢？」南杉道：「的確沒有。」

南杉覺得孟說今晚有些怪異，不但神色焦慮，說話也語無倫次，但他素來不愛多管閒事，又著急去會嫛芈，便招呼了一聲，率領衛士自去了。

孟說朝北面寢宮趕去，一路見到宮人們均已換上素服，開始為華容夫人服喪。

華容夫人的屍首從紀山運回後，一直停在雉門內的宗廟前由巫師值守，要停放七日才會舉行正式喪葬儀式，然後用船運到荊臺王陵下葬。

楚國有兩大著名的臺，一名章華臺，一名荊臺[1]。章華臺是中國古代第一座層臺累榭，號城「天下第一臺」，始建於楚靈王在位期間。楚靈王是楚共王的兒子、楚康王的弟弟。他親手用束冠的長纓將病中的姪兒（即當時的楚王郟敖）勒死，才當上了楚王。「楚王好細腰，宮中多餓死」中的「楚王」，即是指他。其人奢靡放縱，除了以喜歡細腰的臣子宮女，還修建了先秦最高大最豪華的行宮——章華宮。

章華宮位於和雲夢並稱的江南之夢，由十餘座錯落有致的臺榭組成，主體建築是章華臺，規模宏大，巍峨壯觀，以土木之崇高、彤鏤為美，臺高百尺，基廣一百五十尺，並開鑿了一條人工運河，截引漢水，使之南流繞章華臺而過。建築與環境諧合，人工與天工融通。臺上的建築更是雕梁畫棟，陳設精美，極盡修飾，以奢華馳名於天下。由於章華臺與漢水相通，楚王只須乘坐遊船，就能從郢都直航到行宮。

楚靈王又從楚國各地徵來細腰美女，每日歌之舞之淫之，因而章華宮又稱「細腰宮」。以致楚國名臣伍舉[2]勸諫楚靈王道：「今君為此臺也，國民罷焉，財用盡焉，年穀敗焉，百官煩焉，舉國留之，數年乃成。」魯襄公到楚國訪問，被章華臺的壯麗所吸引，歸國後便仿效建造了一座「楚宮」。楚靈王驕奢淫逸，激起多方不滿。一次他出征吳國時，他的弟弟公子棄疾步他後塵，發動政變，奪取了王位，即為楚平王。楚靈王聽說兒子均被殺死，知道大勢已去，遂自殺而死。

荊臺則是另一處著名的行宮，位於山丘高地間，三面均是一望無際的水澤，煙水朦朧，如置仙境。建築雖不及章華臺壯麗，卻勝在自然風光秀美，為歷任楚王所喜愛。昔日楚昭王迷戀荊臺景色，欲率群臣前去遊覽。司馬公子期勸阻道：「一般百姓去遊荊臺，看到錦繡山河、壯麗景色，心曠神怡，可忘記憂愁和死亡；而君王去遊玩，會使人留戀山河景色，不過問國家大事，而發生國破家亡的慘事。希望大王引以為鑑。」

楚昭王善於納諫，聞言忙道：「卿講的道理寡人已經明白了。寡人接受愛卿的勸告，從此不去荊臺遊玩。但若是後代要到那裡去，又該怎麼辦呢？」公子期道：「這個好辦，只要把荊臺改成君王的墓地，後代就不會帶著樂器到那裡尋歡作樂了。」荊臺從此成為國君身後的福地，自楚昭王開始，歷代國君、王后、有名號的夫人，以及顯赫的王公貴族都安葬在那裡。

孟說見宮中開始舉哀，便也找了一件衰服穿在外面，趕來楚威王養病的路寢，卻被內侍擋在門外。司宮靳尚道：「大王有命，不准任何人覲見。」孟說問道：「公主人在裡面麼？」靳尚道：「在。」

孟說猜想公主正在向大王坦白罪行，不免更加憂心忡忡。等了大半個時辰，依舊不見殿內有任何動靜，便道：「煩請司宮通報一聲，臣有急事要向大王稟報。」

他是宮正，掌管王宮禁衛，靳尚也不便得罪，只得敲了敲闔門，進去不久又出來道：「大王有命，三日內不見任何大臣，有事，三日後上朝再奏。孟宮正，你不必再等了。」

孟說只得怏怏離開王宮。心情鬱悶無比，也不願就此回家，索性馳馬來到屈府。正好在門前遇到嬃羋拉著南杉的手從鳳凰山方向疾跑過來，忙問道：「出了什麼事？」

婁芈興奮地道：「我們都弄錯了，太子不是行刺目標，或者說，坐在北側的任何一位大臣都不是目標。」孟說不禁一呆，道：「什麼？」婁芈道：「我們進去再說。」進堂坐下，又派僕人叫來屈平等人，道：「南杉可以證明太子不是刺客的目標。」

之前江芈公主在高唐觀大殿質問令尹昭陽，如何能肯定刺客的行刺對象非楚威王莫屬，實際上是在暗示，太子槐就是射殺華容夫人的幕後主使。南杉是太子槐的內弟，本該竭盡全力為太子洗脫嫌疑，倘若太子槐就是刺殺的對象，那麼便絕不可能與刺客有所牽連。這本是太子脫嫌的最好時機，南杉卻說太子不是目標。而除了婁芈，屈匄、屈蓋、屈平和孟說無不驚訝地看著南杉。

南杉見旁人困惑，當即說明緣由。

原來，他當時站立在楚威王的斜後方，也就是臺座的西南方向，正好能清楚看見太子一方的情形。案發時，楚王扶著華容夫人站起身，諸公子、公主和大臣們也都跟著起身，但依然站在原來的位置。這時候，刺客出現在臺座北側，取出弓弩，對準了西首正中央，因此無論他要射殺的是楚威王或華容夫人也好，都絕不可能是太子，因為南杉所站的位置正好跟楚威王、刺客大致形呈一條直線，他甚至能清楚感覺到弩箭指向的是自己。

而太子槐當時站在楚王的北首下方，與王座相距數步之遙，倘若刺客弓弩指向的是太子，那麼南杉就不會感到弩箭正朝自己呼嘯本來。另有一點，那刺客強壯有力，定非普通人，為了等雲夢之會這一天，應已籌畫許久，決計不會弄錯行刺對象。

眾人聽了南杉的解釋，均覺有理。既然行刺對象不會是太子，那麼江芈公主的嫌疑立即變得微乎其微。孟說更是心道：「原來公主果真是清白的，是我冤枉了她，所以她才那麼生氣。」心中不免萬分悔恨。

屈蓋道：「南宮正，想不到你的為人如此誠實有信，並不因為太子是你的親屬就袒護他，阿兄和我之前都小看了你。」南杉道：「我只是說出了事實。」歎了口氣，道，「臺座四周本來就該我負責，若是我多留點神，與許刺客就不會得手。」

按照南杉的說法，行刺目標必然是楚威王和華容夫人之中的一個，但倘若如此便與唐姑果的證詞矛盾——那刺客身上藏著弓弩，雖有長袍掩飾，但廣場上人山人海，隨時可能被人發現而暴露，他為何又要冒險從南側擠去北側呢？因此唐姑果的證詞也是可信的，他不可能憑空編造出這麼一個細節來撒謊，所以一定有什麼特別的緣由，促使刺客必須由南側移往北側。

孟說道：「可惜刺客和唐姑果都已經死了，再無人可以佐證。」當即說了江羋公主派人綁架唐姑果並拷打致死的經過。眾人聞言極為驚訝。

屈平道：「那麼宮正君可有問公主為何要這樣做？」孟說搖了搖頭，道：「我本來就是因為懷疑公主才暗中跟蹤她，當時一看到唐姑果，便越發肯定公主捲入其中。她氣急敗壞之下什麼也沒有解釋，就直接回王宮了。」

嬃羋道：「我猜公主派人綁走唐姑果，無非是想弄清刺客真正要行刺的對象到底是誰。唐姑果一定將他對孟宮正說過的那番話，又對公主說了一遍。想用證詞來換取和氏璧，因而惹怒公主，所以才嚴刑逼問，結果意外打死了他。」

屈平道：「公主這一節，可以請孟宮正明日進宮當面問她。可惜，那刺客從南移動到北側的疑點，恐怕再也難以解開了。」屈匄官任司馬，曾多次領兵出征，算得上是身經百戰，道：「我看過那刺客用的弓弩，並不是戰場作戰的弩器，而是一種袖珍弓弩，射力不能及遠。大王居中而坐，華容夫人坐在大王左側，也就是正西偏北的地方。有沒有可能，刺客要射殺的就是華容夫人，他暗中揣度射程不夠，所以刻意挪到北側，總能離得近些？」

眾人頓覺眼前一亮。

嬃羋道：「這一點我可沒想到。」屈平道：「要驗證這一點並不難，我們可以帶著弩箭重回高唐觀做一個試驗。」孟說道：「那好，明日一早我們分頭行事，我進宮去問公主有關唐姑果的事，南宮正和屈莫敖到紀山實地測一下弓弩的射程。」

次日一早，眾人各自依計畫行事。

孟說躊躇許久，還是進來王宮，到公主的寢宮外求見。

公主寢宮名「公主殿」，是王宮中唯一的干欄建築[3]，半築於水池上，以竹木結構為主，一樓架空，只有明柱和圍欄；二樓則是居所。樓西是曲水清池，風景極佳。

孟說在殿下等候許久，才有一名圓臉宮女出來道：「公主半夜才從大王的寢宮處回來，現在還未起床，請宮正君遲些再來。」

孟說不知江羋昨夜對楚威王說了些什麼，但既然宮中一切無事，楚王應該是相信了公主，而今既有新的證據證明公主無辜，少不得要讓公主儘快知道，當即對那宮女道：「我有要緊事要見公主，還請再通報一聲。」

他在王宮內外名聲甚佳，精明能幹，武藝高強，長相英俊，很討宮人們的喜歡。那宮女歪著頭打量他一眼，咬了咬嘴唇，道：「那好吧，婢子可是為孟宮正才破例喲。」嫣然一笑，嬝嬝婷婷地轉身，「咚咚」上樓進去了。不一會兒，那宮女重新奔了下來，搖了搖頭，低聲道：「公主雖然醒了，卻不肯見宮正君。還說誰再替宮正君通報，就要砍了她的頭。」

孟說越發心急如焚，又不敢硬闖，只好對那宮女道：「煩請你轉告公主，事情弄清楚了，公主是清白的。臣這就去將實情稟報大王，稍後再來求見公主，要打要殺，任憑公主處置。」圓臉宮女點點頭，重新打起簾子進去了。

孟說又站在下面庭院等了一會兒，依舊不聞公主相召，只得悻悻轉身離去。剛走到花圃邊，有人叫道：「宮正君留步！」適才那圓臉宮女追了上來，道：「公主同意見宮正君了，請隨婢子進去。」

孟說大喜過望，忙跟著宮女上殿，進來寢殿內室。江芈斜倚在珠簾後的床榻上，看不清面容。

孟說道：「臣見過公主。」江芈道：「孟宮正還來我這裡做什麼？」孟說道：「昨日是臣的錯，還求公主原諒。」江芈冷冷道：「孟宮正有什麼錯，不過是盡職盡責罷了。我同意見你，是想聽聽，我又如何由嫌疑人變成清白之身了。」

孟說見她語氣極其生疏冷淡，心道：「公主終究還是惱怒我。」心中頗為沮喪。見兩邊內侍、宮女環伺，也不敢多說，只得將南杉的證詞原原本本說了一遍。

江芈淡然道：「原來如此，我知道了。來人，送孟宮正出去。」孟說上前一步，叫道：「公主，臣還有話說。臣今日來，除了將最新案情稟告公主，還想問一下公主為何要派人綁架唐姑果，還有那刺客徐弱臨死前對公主說了些什麼。」

江芈道：「我不想告訴你。來人……」孟說道：「難道公主就不想查出真凶，好為華容夫人報仇麼？」內侍見江芈不答，便上前擋在孟說面前，道：「孟宮正，請吧。」孟說無可奈何，剛剛轉身，卻聽見江芈道：「等一下！」頓了頓，又道，「打起珠簾。你們都先退出去。」內侍和宮女依言退出內室。

江芈從床榻上坐起身，光著腳走到孟說面前。她只穿著貼身內衣，包裹出優美動人的曲線，渾身上下散發出淡淡體香。只是才過了一夜工夫，她嬌美的容顏已變得極為慘淡，那雙靈活的眼睛已經失去了往日的神采，變得呆滯凝重，露出一副疲憊不堪、昏昏欲睡的樣子。彷若遭受到什麼巨大打擊，又或者是患了什麼重病。

孟說一見之下，極為吃驚，失聲道：「公主你……」江芈卻舉起纖手，揚手朝他臉上打下來，一連摑了四下。孟說嘴角滲出了血跡，他舉袖抹了一把，歎了口氣，卻一聲不吭。

江芈冷笑道：「你為什麼不躲？你不是楚國第一勇士麼？十個衛士也不是你的對手。你為什麼不躲？」孟說道：「臣錯懷疑了公主，本來就該打，只要能令公主消氣，多挨幾下也沒什麼。」江芈道：「我不是要消氣，我恨你！我有今日，全是你害的。你毀了我，也毀了你自己。」

孟說愕然道：「公主說什麼？」江芈道：「我恨死你，我恨不得殺了你！」她雙手握拳，雨點般朝孟說胸口砸下。孟說忙握住她的手，只覺得指如柔荑，膚如凝脂，不由心中一蕩，道：「公主放心，臣這就去將案情稟告大王，並向大王請罪。」江芈淒然道：「遲了，一切都太遲了。」眼淚怔怔流了下來。

孟說見她玉容落寞，梨花帶雨，大為心痛，道：「怎麼會遲呢？公主昨夜回宮後對大王說了什麼？」江芈掙開雙手，旋即換了一副冷酷的口吻，道：「你走吧，我再也不要見到你。」退開兩步，叫道，「來人，快些送孟宮正出去，不准他再踏進我這公主殿一步。」

內侍一擁而進，扯住孟說便往外走。臨出門的一剎那，孟說扭過頭來，道：「公主放心，臣一定會查明真相，還華容夫人一個公道。」江芈應道：「好，如果你能查到真相，我就原諒你。」

她的語氣中帶著毋容質疑的鄙視和嘲諷，孟說一怔之間不及多問，便已被內侍們半扯半推出寢殿。他知道公主性情嬌縱，自小到大一直是楚王的掌上明珠，從沒受過半分委屈，忽然在遭逢喪母之痛時被人污指為刺客主使，連她傾心相託的男子也懷疑她，自然難以輕易釋懷。既然一時不能勸轉她，也只能慢慢設法求得她的原諒。

離開公主殿後，孟說來到路寢求見楚王。司宮靳尚依舊將他擋在外面，道：「昨晚不是告訴過宮正君麼，大王有命，三日內不見任何大臣，有事兩日後上朝再奏。」孟說道：「臣有關於刺客一案的最新進展要稟報大王。」靳尚沉吟道：「原來如此，既然事關華容夫人，那麼臣就冒昧為宮正君破例一次。」進去後片刻又出來，道，「臣將宮正君的話一字不動地稟告了大王，大王還是那句話，三日內不見任何大臣，有事兩日日後上朝再奏。」

孟說是王宮宮正，掌管禁衛，居然求見幾次都見不到大王一面，不由得起了疑心。他假意應了一聲，出來路寢，招手叫過一名心腹衛士，問道：「王宮裡可有什麼異常情況麼？」衛士道：「沒有，一切都很正常。」

孟說道：「大王病情如何？」衛士道：「昨日上午在燕朝見過大臣後，回來路寢就病倒了。不過服了梁醫師的藥，似乎好了不少。傍晚時，臣還見到大王讓司宮扶著，在庭院中散步呢，說什麼要消積食。今日一早，太子帶著公子們來請安，大王留下公子們用膳，忽然胃口大開，要吃這個那個的，宮人們可是忙活了好大一陣子。」

孟說聞言，這才略略放心，道：「有什麼異樣，立即稟報於我，或是屈司馬。」衛士道：「遵命。」

孟說此次進宮，等於白跑一趟，依然沒能了解江羋公主和唐姑果、徐弱之間到底發生了什麼。他幾日未曾歸家，見左右無事，便索性回來家中，命老僕燒了熱水，好好泡了一泡。一直泡到一大桶滾燙的熱水變成涼水，他才跳出浴桶，梳洗乾淨後換上衣服，往屈府趕來。

一名僕人正要出去找他，見他自行到來，喜不自勝，躬身稟道：「屈莫敖他們幾位回來了，請宮正君立即到堂中議事。」

孟說遂趕來堂中，卻不見南杉，只有嫛羋和屈平姊弟。屈平一見他便道：「南宮正是對的，根據當時刺客所站位置，以及弓弩所指方向判斷，太子無論如何都不會是刺客的目標，目標只可能是大王或是華容夫人。」

孟說道：「那麼測試弓弩射程的結果如何？」嫛羋道：「無論刺客站在臺座的東南角還是東北側，都能射及大王或華容夫人。我們等於又回到了起點，最終還是要依靠唐姑果的證詞或刺客本人的口供來解開謎題，可惜這兩個人偏偏死了。」頓了頓，又道，「南杉讓我代他向宮正君說聲抱歉。」

孟說道：「這是為什麼？」嫛羋道：「他說他應該是第一個看到刺客取出弓弩瞄準王座之人，雖然有所反應，但他的心思全在那支射出的弩箭上。至於那墨者唐姑果當時站在什麼位置，又是何時撲倒了刺客，他竟然完全未留意到。」

孟說道：「這不過是人的本能反應罷了，南宮正何過之有？換作我，也定會如此，眼中只有那支箭。」嬃芈道：「至於那刺客徐弱為何要冒險從廣場南側移到北側，我到高唐觀現場看過後，有了一個想法。」孟說早已經見識到這位年紀輕輕卻又聰慧過人的少女的本事，連連催促道：「快說，快說。」

嬃芈道：「公主貌美，天下皆知。那刺客徐弱後來肯屈服招供，只有一個要求，那就是要見到公主的面。公主進去後，他完全是一副色迷心竅的樣子。我在想，也許徐弱只是傾慕公主的美貌，但他最開始所站的廣場南側，只能看到公主的側影，只有移到北側，才能看清公主面容；也許，他正是為了這個。」

屈平道：「可惜我們之前懷疑公主，導致她賭氣離去，我們始終不知道徐弱到底跟她說了些什麼。宮正君，你可有就此問過公主？」孟說道：「公主不肯說。我看得出她很是氣惱。」

嬃芈道：「公主殺死了徐弱，令我們都很驚訝。公主稱徐弱為惡賊，說他一直用言語挑逗她。如此可以進一步證明，這徐弱只是垂涎公主美色，在高唐觀冒險移動位置是如此，後來一定要見公主才肯招供也是如此。」

這的確可解釋徐弱冒險移動位置的理由，孟說也承認沒有什麼比這個理由更合理了，但心中還是不由自主地回想起徐弱那番話來——「我徐弱不敢與令祖孟鉅子比肩，卻也知道人當言而有信。大丈夫得以立於天地之間，百折不屈，唯『信義』二字。」想不到能說出這樣一番豪言壯語的人，居然是個惑於美色的登徒子。可是仔細回想，自古英雄難過美人關，這又有什麼稀奇呢？一度雄霸中原的吳王夫差，不就是因為迷戀越女西施才招致亡國慘劇麼？屈氏的先人屈巫不就是因為熱愛夏姬而招致滅族命運，又由此替楚國帶來滅頂之災麼[4]？再說他自己，不也是在公主的眩目美色下，答應要為她拷死刺客麼？孟說一時心有所感。

屈平歎道：「這件案子到目今的局面，已經徹底陷入困局，公主又不肯開口吐露徐弱到底跟她說了些什麼，怕是再也難以追查下去了。我預備在兩日後上朝時將所有經過情形稟告大王，宮正君以為如何？」孟說只能同意，道：「只能如此。」

出來後召集衛士，命各人分散去傳令，撤回監視嫌疑人的衛士。孟說正預備離開之際，嬃芈追出來問道：「我預備進宮去瞧瞧公主，宮正君可有話讓我轉帶？」

她明知道孟說是宮正身分，可以隨意出入王宮，卻還要為他帶話給公主，可謂是明眼人。孟說面色一紅，搖了搖頭。嬃芈見他木訥，絲毫不解女兒家心事，只得出言指點道：「宮正君既覺有愧於公主，何不……」未及語畢，一名衛士匆匆奔過來，叫道：「宮正君，大司敗正派人四處找你。」

孟說便不再遲疑，趕來外朝的官署。步進王宮庫門時，正巧遇見當今楚王的弟弟熊發。

熊發跟楚威王一母同胞，是個頗不尋常的人物，當年甚得父親楚宣王的寵信。他任令尹時，郢都的一座倉庫忽然起火，查來查去，只能肯定有人刻意放火，卻乏任何可追查的線索。楚威王十分生氣，道：「有人故意放火燒毀官庫，這還了得！不抓獲他，難保他不會把別的府庫燒光。」便下令一定要追查到縱火犯，大司敗等負責辦案的人束手無策，不知該從何查起。

熊發聽說後，略微想了一想，下令將城中所有的茅草販子抓起來，一個個仔細審問，很快就查出來了，果然是其中兩個茅草販子放的火。旁人萬分奇怪，問道：「令尹怎麼會知道是茅草販子幹的呢？」熊發道：「我聽說今年市集上的茅草很多，賣不出去，不少茅草商人虧了本，生活無著。我推測，肯定會有不法之徒想出壞主意，只要燒掉倉庫，官署必然得購買茅草重新搭蓋。」眾人聽了，無不佩服得五體投地。

熊發雖然貴為公子，卻很尊重人才，只要是有一技之長的人，他都會收為門客，加以善待正因如此，許多有本領的人都慕名前來投奔他。有一天，一個綽號叫篔簹[5]的人也來投奔熊發。這篔簹是越國有名的神偷，據說有神鬼莫測之能，能神不知鬼不覺地從越國王宮中盜取物品，因被越王追捕甚急，不得已逃來了楚國。

熊發聞報後，連衣冠都來不及整理便趕忙出來接待，對篔簹非常熱情，禮節隆重，待為上賓。其他門客都很不理解，勸道：「善偷者，本領再高，也不過是個賊，為世人所瞧不起。公子為何待這樣一個人這麼好？」熊發道：「他過去是個賊，現在到了我這裡，就是我的賓客，不能再說他是賊了，是賓客就要善待。人各有優點，篔簹的長處就是善偷，我留下他，日後自然大有用處。」

沒過多久，齊國興兵犯楚。楚國素來看重戰功，甚至連歷代楚王多有領兵出戰者，楚宣王寵愛熊發，便派他為將，抗擊齊兵。大戰之前，熊發覺得齊軍來勢洶洶，擔心楚軍難以抵擋，不免憂心忡忡。正在這個時候，偷者篔簹道：「下臣有小技，願為將軍效勞。」連夜潛入齊國軍營，摘下齊國將軍的帳鉤，回來獻給熊發，齊軍上下毫無知覺。熊發派人將帳鉤送去齊營，稱有人高價叫賣，是他自己花高價買下來的。

第二夜，篔簹又再次潛入齊軍軍營，將齊國將軍的枕頭偷了回來，熊發又派人送了回去。令齊國將軍迷惑不解的是，自從他丟了帳鉤後，便特意加派衛士守衛營帳，如此戒備森嚴，怎麼還會被人偷走枕頭呢？為防止楚國再派人下手，第三夜，齊國將軍不只在營帳內外增加更多衛士，自己也披甲掛劍在帳中坐了一夜。可是到了隔天，楚軍又派使者送了東西來，更叫齊軍將士吃驚的是，這次送來的，竟是齊將軍頭上的髮簪！

齊國將軍越發大惑不解。他一夜沒闔眼，僅僅只在凌晨時伏案打了個小盹。即便如此，他的四周站滿了當值的衛士，怎可能被偷去髮簪而沒有發現呢？他越想越是心驚，楚國有這樣的能人，要割他的腦袋豈不是舉手之勞麼？坐立不安之下，終於下令撤軍。於是楚軍不費吹灰之力，就將齊軍趕走了。熊發大喜過望，如實將經過上奏楚宣王，篔簹從此成為楚國的傳奇人物。

可惜，自古以來功臣大多沒有好的結局。有一段時期裡，郢都的權貴家中多有閉門失竊事件發生，人人都說是神偷篔簹所為。熊發當面質問，他居然也不否認，只說自己技癢難耐。楚宣王經受不住大臣們一再上書，終於下令驅逐篔簹。不久後楚宣王去世，太子商即位，是為楚威王。熊發雖是新王的親弟，卻因名望太高、權力太大而受猜忌，遂遣散門客，辭去官職，從此隱居在雲夢某地，人稱「雲夢君」。

孟說擔任宮正幾年，只見過熊發兩次，料想他必是聽到華容夫人遇刺的消息，趕來王宮探望兄長，當即讓到一邊，恭恭敬敬地行禮道：「君上。」熊發只略微點了點頭，便逕直進宮去了。

孟說遂來到大司敗府拜見大司敗熊華。

熊華道：「孟宮正，你昨晚派人送到郢都地方官府的墨者唐姑果屍首，郢都司敗命人驗過了，那人不是被鞭打致死，而是被人從後腰一刀殺死。不久前，老夫正好遇到南宮正，他聽說後，讓老夫儘快將這件事告訴你。」

孟說吃了一驚，心道：「昨夜我一路跟蹤公主到那處宅子外，翻牆而入，親耳聽見公主一進屋就厲聲質問，可見她並不知道唐姑果已死。公主既然留著他的性命有用，她的家奴自然也不會殺他，那麼殺死唐姑果的一定另有其人。」想到公主總算跟唐姑果之死撇清關係，不由得略舒了一口氣。

熊華道：「怎麼，這件事當真如南宮正說的那般重要？」孟說道：「還不好說。」正說著，有小吏來稟報道：「有一名隨姓老嫗在宮門吵嚷，說她丟了重要物事，一定要見大司敗。」

熊華皺眉道：「丟失物事，應該去找郢都的地方官員，郢正或者是司敗，來找老夫做什麼？不見！」小吏道：「那老嫗一定要見大司敗，說不見就不走。」

熊華冷笑道：「那就讓她等在那裡好了，誰有空理她！」孟說心念一動，問道：「隨姓老嫗？會不會是前日在城門被搶走包袱的老婦？」小吏道：「正是。宮正君認得她麼？」孟說道：「不認得。只是略微聽屈司馬、屈莫敖幾人提過。」

嬃芈用賽跑斷案抓獲盜賊一事已經傳遍全城，熊華也立即想了起來，道：「原來是她。」當即笑道，「快去領她進來。」孟說便道：「大司敗請自去忙公務，我想看看唐姑果的屍首。」熊華道：「屍首停放在板橋東邊的倉庫裡，宮正君請自己去看吧。」孟說道：「好，多謝大司敗君。」

孟說出來官署，卻不直接趕去倉庫，而是先來到路寢找醫師梁艾。

這梁艾也是頗有來歷之人。他原是趙國人，因得罪趙王趙肅侯而淪為刑徒，在著名的徒人城服苦役[6]。他設法逃到楚國，適逢楚威王患了癱病，經他醫治，得以痊癒，他由此成為王宮的醫師，官拜大夫。趙肅侯得知消息後，想用五十金將梁艾從楚國買回，繼續執行其徒役。但趙國使者五次來楚國相商，楚威王都不同意。趙肅侯又提出用趙國一城之地與魏國北方一城交換、再由魏國以南方一城與楚國交換，以此換回梁艾。

趙國大臣多認為太不值得，趙肅侯卻道：「國家不在大小，而在法治。如果法治嚴密，老百姓都知法守法，即便三百家的小國，也能強大起來。趙國雖然失去一座城池，但對國家不會有太大損害。如若聽任刑徒逃脫法令制裁，使刑罰不能執行，國法受到損害，即便國家多了十座城池，又有什麼用呢？」為此不惜代價一定要將梁艾追回，繼續執行對他的處罰。

但即便可以白白得到一座城池，楚威王仍然沒有答應。梁艾越發感恩戴德，全心全意地服侍楚王。楚威王也更加信任他，命他居住在王宮中，日常起居都要倚重他。而孟說跟梁艾並無多深的交情，但畢竟長期在王宮內當差，知道對方很有一些本事——梁艾的確醫術高明，尤其對外傷很有一套辦法，往往一看傷口就能判斷出是被什麼兵刃所傷，八九不離十。

堂堂楚國第一勇士來找醫師幫忙，這可是破天荒的頭一遭。

梁艾倒也有些受寵若驚，爽快地應道：「大王要與雲夢君敘舊，我有些空閒，正好隨宮正君走一趟。」孟說遂帶了纏子和庸芮兩名衛士，和梁艾一起趕來板橋倉庫。

板橋倉庫是座糧草倉庫，正是昔日熊發擔任令尹時，被茅草商人放火燒掉的那一家。熊發智破縱火案後，又在原址修建了新的倉庫，只因為這裡位於朱河、龍橋河、新橋河三河的交界之處，是郢都城中水陸交通最方便的地方。

唐姑果的屍首就停放在倉庫的門房中，已經僵硬發青。看守倉庫的衛士將屍首翻轉過來，果見後腰褲帶處有一道細若魚線的刀傷，寬不過一寸。由於正好位在褲帶處，傷口又極窄極細，出血很少，江芈公主及孟說才未發現端倪，公主的家奴還以為是自己虐待拷打死了唐姑果。

梁艾從懷中取出針袋，拈出一根銀針探入傷口深達四寸，略一思忖便道：「凶器應該是一柄鋒利的匕首，寬不過一寸，徑長不會超過七寸。」纏子道：「這樣尺寸的匕首很少見。既然驗得傷口只有四寸深，梁醫師如何能肯定匕首的刃長不會超過七寸？」

梁艾道：「你看死者傷口，皮肉平滑，沒有任何翻捲。實話告訴各位，我擅治外傷，生平見過的傷者無數，也從來沒見過如此整齊的傷口，如縫如隙，可見凶器鋒銳異常。通常來說，刀刃若超過一尺長，加上刀柄怎麼也會超過一尺五。握刀在手，勢必先回肘才能刺出，臂力加上腕力，又是如此罕見的神兵利器，必然是想刺穿死者的身體。既然死者腹部並無傷口，可見凶器是柄極為精巧的短匕，挺手就能刺出，刃身加上刀柄不會超過一尺，刀柄至少要有三寸，那麼刃身就只有七寸了。」

孟說聞言很是佩服，道：「梁醫師當真是好眼力。」

梁艾笑道：「我還可以告訴宮正君，凶手個子不高，武藝也不算強，應該連宮正君手下最普通的衛士也及不上。但這人一定是個老手，下手非但在要害之處，而且分寸拿捏得極好，剛好致命，不露痕跡，非冷靜縝密之人不能做到。他手裡能有如此鋒利的匕首，也絕不會是普通人。」

孟說心道：「當晚我到十里鋪見唐姑果，交談後，我立刻進宮稟報大王，之後隨即出宮到客棧逮他，前後不過一個多時辰。本來以為他已經逃走，誰知卻被公主派人綁去。唐姑果的下落只有寥寥幾人知道，誰也想不到一名墨者竟會住在郢都最昂貴的客棧中。公主是在我稟報大王時刻意留了心，倒也不足為奇。但這名凶手居然能跟蹤到公主家奴的外宅，在那些家奴的眼皮底下悄無聲息地殺人，當真可驚可怖。梁艾只知這殺人凶手心思縝密，卻不知道他能殺人於無形之間，能做到這一點的，只怕當世也沒有幾人。而能請得動如此的高手，大概也只有本國中的顯貴了。」

一念及此，孟說不由得又開始懷疑太子一方。

唐姑果的價值雖然有限，卻處於相當微妙的位置，因為他的口供能夠確認刺客行刺的對象是大王和華容夫人之中的某一個。江芈公主派人拷打唐姑果，無非是想知道真相——如果刺客行刺對象的確是楚威王，那麼公主當然會遷怒是他那一撲導致華容夫人被射死，也許會就此殺了他。但就算公主不殺他，如果確認是因他的緣故而導致華容夫人被殺，他也一樣會被極刑處死，因為國君夫人神聖不可侵犯。

而如果刺客行刺對象是華容夫人，那麼唐姑果的口供將對太子槐一方十分不利，公主定會千方百計地讓他活著，好當眾指認太子槐。事實是，唐姑果一直被關押拷打，可見他並沒有說出任何口供，公主既然不知道真相，當然不會殺了他，可是又不能輕易放了他，只好一直祕密囚禁著他。

唐姑果死，對江芈公主沒有任何益處，但對公主同父異母的兄長太子槐，卻有著完全不同的意義。

紀山行刺案發生後，本來按照常理推斷，人人均理所當然地認為楚威王是行刺目標，只不過被唐姑果那一撲，導致弩箭偏離，誤殺了華容夫人。倘若有這個前提，那麼刺客很可能是敵國所派。但自從江芈公主在高唐觀當殿提出疑問後，太子槐一方就變得嫌疑很重。

公主人在王宮中，必然透過侍從內外傳遞消息，凶手能輕易找到唐姑果的囚禁之處，這說明了公主一方的動靜早已被人監視。除了太子槐一方的人，還真沒有人能做到這一點。太子槐雖莽撞無謀，但他的寵妾鄭袖卻是個狷狹厲害的角色。也許是，鄭袖一方聽到孟說正派人到處搜尋唐姑果的下落，擔心其供詞對太子槐不利，因此派人殺了他滅口。

孟說心中自忖思索一番，也不對旁人說明自己的看法，見天色已然不早，便叫眾人散了，自己遂往令尹昭陽府上趕去。

郢都是天下名城，城池宏偉，城內碧波蕩漾，綠樹成行，景觀為諸侯國王都之翹楚。但其風采最迷人之際，還是在傍晚時分暮色降臨的時候——一層輕煙般的薄霧籠罩了整座郢都城，氤氳遮蓋了流水秀麗婀娜的身影。朦朦朧朧的溫情中，驀然生出無數星星點點的燈火，在波心中眨巴著眼睛，閃動著歡愉。東南一帶的鳳凰山則顯出了深沉的輪廓，於靜謐中更添幾分神祕。

楚地風氣開放，郢都並不像中原諸侯國那般在王都實行夜禁制度，即便入夜後，大街上依然人來人往，熱鬧非凡。但這種市井的繁華僅限於市集和平民區，一到鳳凰山一帶的貴族居住區，便絲毫見不到喧鬧的景象。

剛拐過鳳凰山，孟說便見一名稍見駝背的車夫正拉著一板車柴禾躑躅前行，一名年輕男子從後面幫手推車，正是南杉。

孟說跳下馬來，問道：「南宮正這是在做什麼？」南杉道：「噢，是孟宮正。沒什麼，這位大哥要送這車柴禾到令尹的府上，我也是順路幫把手。」

那車夫本不知道南杉的身分，聞言慌忙停下車子，趕過來道：「原來是兩位宮正君，小人有眼不識泰山，多有冒犯。」連連作揖賠禮，無論如何都不敢再讓南杉幫忙推車。那車柴禾堆得雖高，但有一半是茅草，也不算沉重。南杉便不再勉強，和孟說一道趕去令尹府。

昭府背倚鳳凰山，坐西朝東，東大門前有一條筆直大道直通郢都的東北城門，位置極佳。府邸規模不小，除了昭陽一家居住，還建有許多客舍，供門下的舍人居住。養士是當時的風氣，為各國國君、權貴廣泛採用，這本來就是一舉兩得的美事，既能為自己招攬心腹，又能防止人才為對手所用。

站在門前迎客的，正是最得昭陽信任的舍人陳軫，見兩位宮正、副宮正一齊到來，慌忙引了進去。

昭陽正在正堂中會客，起身笑道：「二位來得正好，本尹這裡剛好有貴客到來。」

南杉一眼認出那貴客正是曾在紀山桃花夫人墓前見過的田忌，想到衛士曾監視到，他在華容夫人遇刺當夜暗中溜去齊國質子田文的府上，不由得轉頭去看孟說。

孟說心中疑慮也頗重，先上前行禮，寒暄幾句，才問道：「君上何時來了郢都？」田忌道：「有幾日了。本來是要進宮拜見大王的，但聽說大王三日內不見外臣，只好暫時來令尹府上叨擾。」

昭陽笑道：「求之不得。」命僕人設座置酒，招待賓客。

本來按照周朝禮儀，服喪期間不得飲酒作樂，而今華容夫人新喪，正是服國喪期間，按禮，酒肉音樂在內都是禁物。但楚國風俗歷來有別於華夏諸國，從無酒肉忌諱，飲酒風氣更是諸國中最盛，到了嗜酒如命、無酒不食的地步。

昔日楚、晉戰於鄢陵，酣戰一日後不分勝負，預備次日再戰。結果，當晚楚軍主將熊反喝得酩酊大醉，楚軍不得不連夜撤退。熊反酒醒後，受到楚王責難，不得不引咎自刎。春秋戰國因主將醉酒而打敗仗，僅此一例，由此可見楚人嗜酒的風氣。楚國王宮中甚至建有專門的地下室，裡頭懸有編鐘，專供王公大臣們飲酒作樂，夜飲狂歡。之所以設在地下，就是要避人耳目，不受禮俗約束。

田忌雖略覺飲酒不妥，但想到入鄉隨俗的道理，便也欣然依從。席間少不得議論起紀山高唐觀一事。

田忌道：「聽說，大王命屈莫敖和孟宮正調查華容夫人遇刺一案，不知道案子查得如何了？」孟說道：「這個……臣慚愧，暫時還沒有什麼眉目。」昭陽道：「既然君上問起，孟宮正不妨將查案經過講出來，說不定君上會有什麼建議。」

對方是總領文臣武將的令尹，孟說只得應道：「遵命。」當即一五一十說了追查案子的詳細經過。他猜想，南杉畢竟是太子和令尹的內弟，昭陽應該早從他口中知道了一切，因此不敢隱瞞，便從追查墨者唐姑果開始，到剛剛發現唐姑果是被人殺死，連曾懷疑過江芈公主一事也做了交代，只是未提曾派人監視太子槐和令尹一事。

昭陽很是驚異，道：「那墨者是被人殺死的？」孟說點點頭，道：「正是。」昭陽「唔」了一聲，便再也沒有說話。田忌歎道：「令尹君，孟宮正公正嚴明，南宮正坦蕩無私，都是天下難得的奇男子，楚國有這樣的人物，了不得，了不得。」

昭陽道：「君上謬讚了，食君之祿，忠君之事，這不過是他們分內之事。」這才轉頭道，「本尹請二位宮正來，是因為不日要為內子舉辦壽宴，到時，太子和各位王公大臣都會光臨。加上現下是特殊時期，府內禁衛的事，就要勞煩二位宮正君了。」

孟說、南杉一同起身，躬身應道：「任憑令尹差遣。」孟說又道：「令尹君既有貴客在堂，不如由我和南宮正先行出去察看府內情形，也好有所安排。」昭陽道：「好，你們去吧。」

孟說遂與南杉出來，到堂下穿好鞋子，約好各自往南北方向巡視一遍昭府，再到大門處會合。

孟說往北而來，這一帶正好是下等舍人居住的地方。雖然都是門客，但也分三六九等——像是昭陽門下最得寵的陳軫，居住的就是南邊的上等精舍，稱為「代舍」，非但是獨門小院，有堂有室，有花有草，還有僕人服侍日常起居，飲食有魚有肉，出門可以乘坐車子。稍次一些的是「中舍」，又稱幸舍，有堂有室，有酒肉吃，但沒有僕人伺候，出門也不供應車馬。最差的是北邊下等舍人居住的「傳舍」，僅供應粟米飯，而且得兩人共住一間屋子，屋內只能放兩張床和兩張案几，堪稱陋室。

走不多遠，孟說便見到傳舍前站著一名三十來歲的青衣男子，鼠目獐頭，長相猥瑣，一雙眼睛緊盯著他不放，料想是昭陽門下的下等舍人，也沒有理睬。走出去一段，猶自感到對方目光依舊在自己身上，便又轉身折返回去，問道：「足下有事麼？」

那男子頗為驚慌，支吾道：「沒事，沒事。」孟說道：「既然沒事，你為何一直緊盯著我不放？」那男子頗為尷尬，只好答道：「我見您的腰帶是金絲鑲玉，很是少見，所以多看了幾眼。」

孟說腰間的腰帶是楚威王所賜，極為名貴。他見那男子服飾寒酸，目光中大有貪婪之意，料來其所言不虛，不過是垂涎自己的寶帶，便點點頭，正要走開，忽見另一名舍人甘茂奔了過來，叫道：「張儀，令尹君叫你。」

那叫張儀的落魄男子很是受寵若驚，道：「令尹君叫我麼？」甘茂道：「是。貴客江南君聽說你是孫臏將軍的師弟，很想見你一見。」張儀忙應了一聲，朝孟說行了一禮，匆匆離去。

甘茂乍然見到孟說在此出現，很是意外，問道：「宮正君在這裡做什麼？」孟說道：「我奉命為令尹夫人的壽宴宿衛，要先在府上巡查一下。」甘茂道：「噢，令尹君想得可真是周到呀。宮正君請自便，我還要去堂上服侍令尹。」

孟說便自行往北繼續巡視。查看一番後，他認為昭府四周均圍有高牆，外人難以闖入，只要幾隊衛士在高牆內外交叉巡查，就能將盜璧者拒於牆外。最大問題在於壽宴當晚定會賓客如雲，這些人非富即貴，個個帶有大批隨從，萬一有人魚目混珠，堂而皇之地從大門走進來，那才是真正防不勝防的事。

折到西牆邊後苑時，孟說遠遠見到前面有一條黑影匆匆走過來，料來是從南面巡查過來的南杉，便叫道：「南宮正。」那人卻頓住腳步，隨即轉身就跑。孟說長期宿衛王宮，警覺性極高，立刻拔腳就追，跑不多遠，正好遇到南杉。

南杉道：「宮正君可有看到一名男子？」孟說道：「我也是追趕他過來的。」

二人摸黑在周圍搜查一番，卻未發現可疑之處。因這裡是後院，是昭陽及家眷居住之處，不便滯留，只得回到前院。孟說當機立斷，通知大門守衛，須得緊閉大門，不放人進出。南杉則進來堂中，預備稟報昭陽，請他立即派人搜索府邸。

昭陽和田忌依舊分坐於堂首，正在聽那叫張儀的舍人與另一名舍人陳軫辯論，兩邊尚站著不少門客。

陳軫本是齊國人，是一名遊說之士。戰國時期，辯士雲湧，策說盛行，從橫參謀，長短角勢，可謂「一人之辯，重於九鼎之寶；三寸之舌，強於百萬之師」，陳軫就是這樣一位辯士。

幾年前，昭陽攻魏有功，又順勢攻打齊國。當時楚軍兵鋒正銳，齊國舉國震動。陳軫主動為齊王當說客，來到楚軍營中，告訴昭陽道：「您本來官任柱國，封上爵執珪，因攻魏有功，剛升為令尹，已是位極人臣。今日再興兵攻齊，豈不是畫蛇添足？即便您僥倖取勝，楚王亦再無可封賞。若是攻之不勝，按照楚國法律，您就會被奪取爵位，賜令自殺。」昭陽聞言深以為然，遂主動退兵，卻將陳軫留在身邊，充作自己的心腹謀士。

陳軫為人雖機智圓滑，卻是個忠誠之士，成為昭陽的舍人後，也盡心盡力為其出謀畫策，昭陽稱其為「謀臣」。不久前，韓國預備聯合秦國共同攻打楚國，卻被昭陽用巧計離間擊破，這一緩兵之計即出於陳軫之手。

張儀則是魏國人，曾經拜在衛國鬼才鬼谷子門下學習縱橫之術。

鬼谷子是當世最傳奇的人物，姓王名詡，因隱居在雲夢山[7]清溪鬼谷，故世稱「鬼谷子」。傳聞其人通天徹地，能夠預算世故，人不能及，曾斷言衛國雖然弱小，卻能在眾諸侯國之中獨存最久[8]。除了神學，他還身兼數家學問，尤以兵學和遊學最為出眾——兵學有六韜三略，變化無窮，布陣行軍，鬼神莫測；遊學廣記多聞，明理審勢，出口成章，萬人難當。鬼谷子門下弟子多俊傑之士，如張儀的師兄龐涓、孫臏學習兵學，下山後先後在魏、齊兩國叱吒風雲，兵驚天下；就連跟張儀一起學習遊說之學的師兄蘇秦，而今也貴為趙國相國，封為「武安君」，而今正致力邀集關東各諸侯國共同抗秦，混得風生水起。

可惜張儀本人仕途不順，他學業期滿後回到魏國，向魏惠王求仕。魏惠王曾經重用過張儀的師兄龐涓，用臏刑和黥刑殘害過他另一位師兄孫臏，挖出其膝蓋骨，在其臉頰上刺上墨字，由此引發了著名的「圍魏救趙」，導致魏國從中原最強大的首領之國，急遽跌為齊國的附庸，至今心有餘悸，一聽到張儀是鬼谷子的學生，立即命人將他趕出去。張儀在魏國無法容身，只好來到楚國，投奔在最有權勢的令尹昭陽門下。

楚國自吳起變法以來，一向輕視遊說之士，吳起任令尹時，曾立法禁止縱橫家遊說，「破橫散縱，使馳說之士無所開其口」。在張儀之前，其師兄蘇秦已經到過楚國遊說楚威王，但並未得到官職和賞賜，蘇秦這才輾轉去了北方趙國。張儀雖然自認口才遠比蘇秦出色，但在楚國這樣一個制度習俗不同於中原諸侯的國家，他只靠嘴皮子的功夫根本得不到重視。加上他為人多詐，常常為達目的而言過其實，久而久之，旁人都知道他是個奸詐小人，越發懶得搭理他。

他起初來投奔昭陽時，昭陽聽說他是鬼谷子的弟子，很是敬重，待為上賓，供奉在代舍。但很快便發現他除了機詐巧言，並沒有什麼真正的本事，便將他降為下等舍人，從代舍遷移到傳舍。若非他是鬼谷子的弟子，有那麼多大名鼎鼎的師兄，只怕早就將他掃地出門了。

南杉進來時，陳軫正口若懸河地道：「楚國是天下之強國，楚王是天下之賢王。楚地西有黔中、巫郡，東有夏州、海陽，南有洞庭、蒼梧，北有汾陘之塞郇陽，方圓五千里，帶甲百萬，車千乘，騎萬匹，粟支十年，這是建立霸業的資本。憑楚國的強大，大王的賢能，天下莫能當。而秦國素來是虎狼之邦，貪狠暴戾。而今天下大勢，無非是秦楚爭強，楚強則秦弱，秦強則楚弱，其勢不兩立，秦之所害者莫如楚。」

張儀歷來主張秦、楚聯盟，共傾天下，忙插口道：「秦國於楚國有復國大恩[9]，兩國素來勢氣相連，秦強則楚強，秦弱則楚弱……」

這些話都是陳詞濫調，昭陽早聽得厭煩，正好一眼瞥見南杉匆忙進來，當即毫不客氣打斷張儀滔滔不絕的話頭，問道：「南宮正有事麼？」南杉點點頭，上前低聲說了幾句。

昭陽深知自從出了所謂「得和氏璧者得天下」的讖語後，昭府就成了眾矢之的，無論是白天還是黑夜，不知有多少雙眼睛盯著這裡；近日，府門外面多了不少形跡可疑的陌生人就是明證。他早有心將和氏璧奉還楚王，免得旁人非議他有覬覦王位的野心，可是楚威王偏偏不准。本以為華容夫人一事已足夠煩心，卻又多了和氏璧這塊更加燙手的山芋，當真是麻煩不斷。

他聽南杉稟報後院出現了可疑人，第一個反應跟孟說、南杉一樣，即——有人來盜取和氏璧了！當即飛快地站起身，道：「府裡出了點事。來人，送君上到代舍歇息。其餘諸君請各自回房，不得本尹召喚，不要輕易出來。」留下面面相覷的一屋子人，趕來堂外。

孟說已指揮守衛封閉大門，並分派人手往牆根處來回搜索，防止盜賊跳牆逃走。見昭陽帶人趕到，忙上前請罪，道：「孟說不得令尹號令，便擅作主張，請令尹君治罪。」

昭陽道：「宮正君做得很好，何罪之有？」孟說道：「我和南宮正發現那可疑人後，便立即趕來前院，守衛說沒有人出去過，那人應該還在府中。」昭陽道：「好，孟宮正，你負責外圍，不准一人走脫，本尹和南杉負責搜尋府內。」當即召集人手，大盛燈火，與南杉各帶一隊，分南北兩邊搜索。

雞飛狗跳地折騰了大半夜，卻一無所獲，沒有人承認自己去過後苑。昭陽由沙場征戰起家，也是個極有決心的人，重新搜查一遍，將府中所有的人都一一點名登記，還是沒發現那個所謂的可疑人，既沒有多一人，也沒有少一人。

孟說見昭陽雖然惱恨，卻並不如何驚慌，料來和氏璧藏在一個極妥當的地方，當即道：「如此，很可能就是令尹府上的人。」有意無意地朝南邊代舍方向看了一眼。

昭陽道：「孟宮正是懷疑田忌麼？不，不可能，他是本尹的至交好友，當初他在齊國無立足之地，被逼得逃來楚國，是本尹將他引薦給大王，他才有了這十五年的衣食無憂。」

他說的是事實。也許田忌到哪個國家都會受到熱忱歡迎，但那只是因為他曾在孫臏的支持下連敗魏軍，威震天下；諸侯國爭相迎他為座上賓，無非也是想任用他、利用他的軍事才華。但田忌為人忠義，即便被齊王猜忌，被迫逃亡，依舊心懷故國，從未為楚國效過力，無論楚國對齊國、魏國用兵，還是與韓國、秦國作戰，他都保持著中立。如此一個吃白飯的寓公角色，還能跟王子公孫一樣在楚國享有封邑，則完全是出於昭陽的維護了。在昭陽看來，他與田忌傾心結交，田忌自然也是誠意回報，斷然不會藉著來昭府做客之機打和氏璧的主意。

孟說道：「我不是有意懷疑田君，只是窺測和氏璧的人不少，秦、齊都是天下強國，秦國既然能出動墨者，齊國難保也不會有所行動。田君可有跟令尹提過，他在前晚到過齊國質子田文的府上？而且走的是後門。」

昭陽道：「噢？」略微一驚，隨即露出沉重的神色來。

孟說見天已大亮，便道：「南宮正不如暫時留在這裡，我還有點事要去辦，稍後我們再商議令尹府上禁衛一事。」南杉道：「遵命。」

孟說遂獨自趕來十里鋪客棧，雖早已撤回監視腹兌和司馬錯的衛士，但尚未告知二人唐姑果被殺的消息，這件事終究瞞不住，還是要早些告訴他們才好。

幾近客棧時，遠遠見到一名墨者正在大門外徘徊，雖然戴著帽笠，看身形分明是上次見過的田鳩，忙奔了過去。田鳩略一回頭，抬腳便走。孟說急追幾步，叫道：「田先生請留步，我並無惡意，只是有要事相告。」田鳩停住腳步，慢慢轉過身來，待孟說走近，才冷然問道：「你是誰？」

他大約三十歲出頭，比孟說要大上幾歲，但臉如黑炭，看起來毫無表情，當真可當得上墨者的「墨」字；說話口吻也詭異之極，音調平平，毫無起伏。

孟說道：「在下孟說，是楚國的宮正。」田鳩道：「你就是孟鉅子的孫子？」孟說道：「是。田先生是來找唐姑果的麼？」田鳩冷冷道：「你已經不是墨者，無權過問我們墨者的行蹤。」孟說道：「我有唐先生的下落相告。請田君隨我進去，我要當著腹君和司馬君的面一併將事情說清楚。」

二人一前一後進來客棧。腹兌和司馬錯正在堂中過早，點的是十里鋪的招牌早點——糖圓[10]。

這糖圓只有楚地才有，據說是天賜之物。當年吳軍退兵後，楚昭王於復國歸途中泛舟長江，見江面漂著浮物，遂命船工撈起，卻是個團狀的東西，色白微黃。楚昭王忍不住嘗了一嘗，團子中有紅如胭脂的瓤，味道鮮美。楚昭王認為是吉兆，於是令人仿製，以糯米為皮，山楂為餡，供臣民食用，以慶祝家國團圓。這一天正好是正月十五，後世遂相沿成習。

當時，秦國軍力雖強大，在經濟、文化上卻遠遠不及關東諸國，秦國王都咸陽甚至不及楚國一個中等城市富庶。腹兌和司馬錯都是第一次來到楚國，郢都之繁華，物質之豐富，均是生平未見。此時吃到著名的糖圓，軟中有勁，酸中帶甜，簡直不知該如何讚美。忽見到孟說站到面前，心情登時從天上墜入地下。

腹兌沉下了臉，問道：「你又來做什麼？」孟說道：「我有要緊話說，不知可否換個地方說話？」

腹兌一拍案桌，正要發火，司馬錯及時拉住他，道：「也好。這就請宮正君跟我們上樓吧。」走過田鳩的身邊時，腹兌冷冷道：「怎麼，田君已經和楚國宮正混在一起了麼？」言語中大有譏諷之意。田鳩只是不答。

幾人上樓來到腹兌居住的上房。

孟說知道腹兌惱怒自己曾軟禁他，先賠罪道：「之前唐姑果直言是為和氏璧而來，孟某奉我國大王命逮捕他，因一時找不到他的人，不得已才軟禁了二位。」

腹兌怒道：「我早就跟你們說過，我們兩個只是來楚國遊玩的，我們不是墨者，憑什麼要拿我們做人質？」

孟說道：「並不是只有穿著麻衣麻褲的人才是墨者，墨家弟子有不少人在諸侯國為官，不也同樣是華服美食麼？

腹君既是腹鉅子的愛子，又跟唐姑果住在一起，我理所當然地認為你們是同一夥。不將你們二人做為圖謀和氏璧的同黨逮捕，已是看腹鉅子的面子了。」

腹兌大怒，道：「你……」田鳩一直站在門外，直到這時才踏進房裡，森然道：「好了，直接說正題吧。孟宮正是不是已經逮到唐姑果了？」孟說道：「抱歉，唐先生已經遇害了。」

腹兌雖然對孟說憤懣，卻一直是有恃無恐的姿態，似乎並不如何為唐姑果擔心，但此刻聽到他已被殺，當即張口結舌，愣在那裡。司馬錯搶上來問道：「你們楚國人居然殺了唐先生？」孟說道：「不是……」司馬錯道：「怎麼不是？當晚來叫走唐先生的是王宮衛士，分明是你的手下。」

孟說道：「當晚是有人請走了唐先生，但那人也不過是想從他口中了解真相。」當即說了唐姑果在紀山上撲倒刺客的一幕。他雖不肯提及江芈公主的名字，但並未隱瞞經過，又續道，「因為唐先生想用證詞要挾對方，那人便將他扣起來，結果有人趁虛而入，從背後一刀殺死了唐先生。我知道各位很難相信，但如果是我們楚國要殺唐先生，直截了當一刀就可以了結，根本不會有人用匕首從後腰處下手。」

腹兌連聲嚷道：「我不信，我不信！一定是你們楚國知道他是為和氏璧而來，所以暗中殺了他！」

田鳩一直默不作聲，忽然插口問道：「殺死唐姑果的那一刀，是什麼樣的？」孟說便詳細描述了傷口，又道：「我們楚國人都隨身佩刀佩劍，要殺人直接拔出兵刃當胸一刀豈不是更簡單？況且沒有唐先生的證詞，紀山行刺案便陷入困境，就是我們大王也不希望他死的。」忽有人插口問道：「孟宮正說的刀口，可是寬不過一寸、細若魚線？」孟說回過頭去，卻是那趙國商人主富的隨從卓然站在門口。

孟說記得主富在大堂和腹兌為了女樂桃姬爭執時，此人就站在一旁，差點拔刀動手，看來，也是個孔武有力的漢子，忙問道：「你見過這樣的兵刃？」卓然歎了一聲，道：「小人要是有緣見到就好了。」

孟說道：「到底是什麼兵刃？」卓然道：「魚腸劍！」

昔日越國鑄劍大師歐冶子為越王鑄劍，使用赤堇山之錫、若邪溪之銅，經雨灑雷擊，得天地之精氣，歷時兩年，方才製成五口絕世好劍，分別是湛盧、純鉤、勝邪、魚腸和巨闕。魚腸劍又稱「魚藏劍」，是五柄劍中最短之劍，通長九寸九分，刃六寸九分，柄僅三寸，小巧得能夠藏在魚腹之中。劍成後，越王請相士薛燭來相劍。薛燭對這柄精巧的魚腸劍很不以為意，道：「此劍過短，逆理悖序。若在臣手中，臣必以殺君，在子手中；必以殺父。」

越王聽說魚腸劍如此不祥，便別有用心地將這柄劍做為寶物進獻給吳國，最終到了吳國公子光手中。當時楚國人伍子胥因為父兄被楚平王殺死，逃到吳國投奔了公子光，他知道公子光覬覦吳國王位，便刻意尋找死士。某日，他在市集上看到屠戶專諸與人爭鬥，其怒有萬人之氣，甚不可當，當即上前結交，並將其引薦給公子光。

吳王僚十二年，西元前五一五年，公子光設宴宴請吳王僚。吳王僚穿了三重甲衣，兵衛陳道，立侍持刃，仍未能逃過公子光的精心算計——專諸將魚腸劍藏在所烹之魚腹中，佯裝近前獻肴，突然抽劍，如彗星襲月，一劍刺向吳王僚的胸口。那柄還沾著魚肉的小劍居然在不可思議地貫穿三重甲衣之後，又穿透了吳王僚的胸膛，直達後背，吳王就此身亡。專諸本人亦當場被吳王侍衛格殺。此後，公子光即位，即為吳王闔閭。魚腸劍遂被收入國庫中，從此塵封在歷史中。又過了許多年，越王句踐滅掉吳國，吳國府庫所積均歸越國所有，其中當然也包括這柄魚腸劍。但卻沒有人再提起它，因為這是一把逆理不順的不服之劍，只會給人帶來災難。

如此一把名劍，背後又有如此慘烈的故事，當真是如雷貫耳。卓然一語既出，立即鎮住了旁人。就連那黑炭臉田鳩也一改漠然姿態，瞪大了眼睛。

過了好半晌，孟說才道：「你如何能斷定那兵刃一定是魚腸劍？」卓然笑道：「不瞞宮正君，小人出身鐵匠世家，對天下兵器之特點、外觀、尺寸無不了然於胸，更不要說魚腸劍這等名劍了。」孟說微一沉吟，即道：「多謝。」匆匆離開客棧，趕來越國質子府邸。

越國自從滅亡吳國後，與楚國爭霸多年，楚國最終占到上風。幾年前，越王出兵攻打楚國，結果大敗，不得已只得送太子無彊到楚國為人質。質子府有楚國士卒把守，質子雖有自己的心腹從人，但進出均受到監視，而且不奉楚王命令不得離開郢都城，其實跟囚徒無異。

無彊正在堂上撫琴，琴聲哀怨，大有蕭索之意。他雖有越國太子身分，畢竟在人屋簷下，見孟說直闖進來，料想來者不善，忙起身迎接。

孟說道：「太子來我們楚國也有幾年了，一直是個明白人，臣有話就直說了。太子可知道墨者唐姑果？」無彊道：「是那在紀山上撲倒刺客的人麼？我當時也在場的。」孟說道：「他昨晚被人用魚腸劍暗殺了，可是太子派人下的手？」

無彊是當今越王唯一的獨子，越王年老多病，幾次派人接太子回國，楚威王都不肯放人，所以無彊也有行刺的動機。一國之君遇刺非同小可，他派刺客徐弱持韓國弓弩行刺，即便不能將懷疑的目光引向韓國，也足以混淆視聽。他也許聽說了唐姑果證詞的重要性，認為只要派人殺死他，就無人能證實刺客要殺的到底楚威王還是華容夫人，他猶自有渾水摸魚的可能。

無彊聞言大驚失色，道：「魚腸劍？」頓了頓，又道，「啊，不，不是我，我決計沒有派手下殺人。自從紀山上出了事之後，我一直在質子府中待著，從未外出，宮正君可以詢問門前的士卒。」

孟說心道：「無彊的第一句話是『魚腸劍』，第二句話才是為他自己辯解，顯然是魚腸劍的再現更令他震驚，由此可以推斷他並不知情。」當即點點頭，道，「好，我信得過太子的話。但太子也要告訴我，殺手的手中怎麼會有魚腸劍？這劍不是一直收藏在越國王宮中麼？」

無彊歎道：「這本是我越國的一樁醜事，但到了這個地步，也不得不說了。」舔了舔嘴唇，艱難地續道，「自先祖滅掉吳國後，魚腸劍被重新收回王宮府庫。十多年前，那盜賊篔簹居然設法潛入王宮，盜走了魚腸劍。父王大怒，懸賞千金捉拿篔簹。後來的事宮正君就知道了，那篔簹逃來楚國，反而受到重用。父王因為王宮失竊丟臉之極，不令人提起此事，是以也無人知道魚腸劍早已不在府庫中。」

孟說心道：「聽說篔簹在被大王下令驅逐前是雲夢君熊發的門客，雲夢君又湊巧來了郢都，莫非這其中有什麼巧合不成？」十幾年前，他還是少年時，曾隨父親孟卯到王宮赴宴，見過那位傳奇的神偷篔簹，依稀記得其樣子——「身形瘦小，貌不驚人」，正符合王宮醫師梁艾所推測殺死唐姑果的凶手特徵，當即告辭出來。

進來王宮時，正好在庫門遇到嬃芈和甘茂。孟說本以為嬃芈是來探望江芈公主，又見昭陽的舍人甘茂跟她在一起，不免很是疑惑，上前問道：「二位在這裡做什麼？」甘茂道：「我們是奉大司敗之命，來為幾日前的盜賊莫陵案作證。」

孟說這才想起昨日曾聽聞隨姓老嫗前來官署求見大司敗一事，道：「我昨日見過大司敗，聽說那隨姓老婦人丟了要緊的東西。」甘茂道：「嗯。」

嬃芈招手將孟說叫到一邊，低聲問道：「宮正君可知道那老婦人丟的是什麼？」孟說道：「是什麼？」嬃芈道：「她姓隨。」孟說道：「姓隨？難道還能是隨侯珠麼？」

他不過隨口一說，嬃芈卻正色道：「不錯，正是隨侯珠。」

1 章華臺：遺址在今湖北潛江。荊臺：遺址在今湖北監利。

2 伍舉：楚國大夫，伍奢之父，伍員（即伍子胥）之祖父，以敢於直諫著稱。「一鳴驚人」的典故，即出自於他直諫楚莊王。

3 今湘西常見的吊腳樓，即為其遺制。

4 屈巫原本是春秋時期楚國的大夫。楚莊王破陳國後，得到夏姬（鄭穆公之女，嫁給陳國的大夫夏御叔為妻，故稱）。夏姬雖已經為人母，卻生得蛾眉鳳眼，杏臉桃腮，有驪姬、息嬀之容貌，兼妲己、文姜之妖淫，史稱「公侯爭之，莫不迷惑失意」。當時，楚莊王及莊王的弟弟公子反都想娶她，屈巫自己想得到夏姬，遂以亡國之人不祥為由婉言勸阻。但他自己也未能如願，夏姬後來被楚莊王嫁給了連尹襄老。之後不久，楚晉兩國爆發戰事，連尹襄老被晉國大夫荀首射死（也有人稱是屈巫用暗箭射死），其屍體被帶回晉國。

屈巫以取回連尹襄老的屍體為名，先護送夏姬到鄭國，再由鄭國逃到晉國，被晉景公任命為邢大夫。楚國大怒，誅滅了屈巫全家。屈巫之弟屈蕩因是楚莊王左廣指揮車的車右（力士），為莊王信任，逃過一劫，即為屈匄、屈平等人的先祖。但事情至此還沒有結束，屈巫為了報仇，建議晉國聯合吳國，夾擊楚國。他本人擅武，親自到吳國教吳國人駕駛戰車，這成為楚國衰落、吳國崛起的序幕。

5 篔簹：讀作「雲噹」，詞義為生長在水邊的大竹子。

6 刑徒：被迫服勞役的囚犯。徒人城：一種大型的勞役型監獄，類似宋代的牢城。趙國的徒人城又名「三角城」，趙襄子所築，因其城三面，故名三角城，遺址在今山西太原西北。

7 雲夢山：在今河南淇縣西。

8 衛國，姬姓，周武王弟康叔後裔。因國內多內亂，戰國時，國力已衰敗，衛國人如商鞅、吳起均在異國揚名，而衛國則夾在趙、魏、齊、楚之間苟延殘喘，先後成為魏國、秦國的附庸。但直到秦二世元年（西元前二〇九年），二世胡亥廢衛君角為庶人，衛國才算亡，是最後一個被秦滅亡的諸侯國。

9 伍子胥帶領吳兵攻進楚國郢都後，楚平王被鞭屍，楚昭王逃往隨國，楚國幾近滅亡。楚國大臣申包胥歷盡艱辛奔赴秦國求救。起初秦人不答應出兵，申包胥立於秦庭，晝夜痛哭，七天七夜沒斷其聲。秦哀公為之所感動，歎息道：「楚國雖然無道，卻有如此忠貞的大臣，我怎能看著楚國被滅呢？」於是派軍擊吳救楚，楚昭王才得以復國。

10 即今日之元宵。

【卷四】泛彼柏舟，亦泛其流

繁星滿天，如寶石般綴滿漆黑的天幕。在如此安詳平和的星空下，諸侯為什麼不能和睦共處？人們為什麼不能友愛相守？孟說自問，他並非墨家弟子，為什麼也跟墨者一樣有著一副悲天憫人的心腸？

回到王宮，孟說先來路寢找醫師梁艾，正見到楚威王扶著江芈公主的手在殿前散步。醫師梁艾、雲夢君熊發等人均侍立一旁。

暫代孟說掌管王宮宿衛的司馬屈匄忙搶過來，低聲囑咐道：「大王的身子剛剛才有了起色，千萬不可提及朝事，尤其是華容夫人遇刺一事。」孟說道：「是。」

湊巧楚威王轉過頭來，一眼看到孟說，叫道：「孟卿，你來了。」孟說道：「是，臣見過大王。」胸口「怦怦」直跳，絲毫不敢抬頭，生怕看到公主的目光。

楚威王道：「你看起來很累的樣子，有事麼？」孟說道：「沒事，就是沒有睡好覺。臣是有事來找梁醫師和雲夢君，不敢打攪大王散步。」楚威王點點頭，道：「嗯，那你們去吧。」

孟說遂領梁艾、熊發二人出來路寢，先道：「請君上在一旁稍候，臣有幾句話先要問梁醫師。」便將梁艾叫到一邊，問道：「醫師覺得殺死唐姑果的凶器，可能是魚腸劍麼？」梁艾「啊」的驚叫一聲，迭聲道：「難怪會有這樣的傷口！魚腸劍，原來是魚腸劍！」孟說見他這副樣子，料來問不出更多有用的話，便道：「這件事還不能完全確定，請醫師暫時保密。」梁艾「嘿嘿」兩聲，道：「我知道，我知道。」

孟說便領著熊發來到自己在王宮的居室，歉然道：「陋室一間，怠慢君上了。」熊發道：「嗯，無妨。我適才聽到梁醫師說什麼『魚腸劍』，孟宮正特意帶我來這裡，是為了問明質簹的下落麼？」孟說道：「正是。君上早知道魚腸劍在質簹的手中麼？」熊發點點頭，道：「當日質簹從越國逃來楚國投奔於我，所獻見面之禮即是魚腸劍。這劍名氣雖大，卻是乖戾不祥之劍，因而我並沒有接受。但也由此知道了質簹的本事，所以我收留了他，待為上賓。」

孟說道：「那麼魚腸劍一直留在質簹手中？」熊發道：「嗯。魚腸劍逆理不順，我也勸過他，但他說他需要一柄防身的利器，而天下間沒有什麼比魚腸劍更短小精悍、更適合他了。」孟說道：「君上可知道質簹的下落？」熊發搖了搖頭，道：「不知道。自從他被先王下令驅逐，我就再也沒有見過他。怎麼，他又出來犯事了麼？」孟說便說了墨者唐姑果被殺一事。

熊發一時沉吟不語，他雖遠離朝廷，不問世事已久，但十幾年前送別賁簹的那一幕猶自深深地印在腦海中，彷彿就發生於昨日——賁簹坐在囚車中，被衛士押解出城。他扭轉頭來的一剎那，額頭和臉頰上的墨字觸目驚心，而更令人心驚的是他那仇恨的目光。一見之下，熊發就明白了，就算送了千金給賁簹，也難消其心頭之恨啊。那些恥辱的「盜賊」墨字將伴隨他終身，無論他走到哪裡，人人都知道他是一名盜賊。

孟說見熊發沉默，忙道：「臣其實並不能肯定就是賁簹所為，只是根據死者傷口來看，像是魚腸劍所刺。不知道君上怎麼看待這件事？若果真是賁簹殺了唐姑果滅口，他會不會跟紀山行刺一事有關？」熊發歎道：「賁簹做出這樣的事，我一點也不奇怪。當年雖然他犯了國法，但畢竟曾有大功於楚國，先王派人誘捕他，黥面後驅逐出城，他心中有怨啊。」

孟說道：「那麼君上可知要如何才能找到賁簹？」熊發道：「當年若不是我說能替他在先王面前求情，賁簹本來是可以從容逃走的，不必多受黥面之辱。我自知對不起他，別說我跟他失去聯繫已久，就算我知道他的下落，也不會告訴你，請宮正君體諒。」

話既然說到這個地步，也無法再繼續追問下去了。幸好王宮中有不少老衛士見過賁簹，他又被黥了面，尋找起來應該不難。孟說便來大司敗官署，請善畫的小吏在木板上畫出賁簹樣貌，到城中張榜通緝。

剛交代完畢，一名小吏匆匆奔了過來，叫道：「宮正君，那盜賊指名要見你。」孟說大吃一驚，道：「你們已經捕到賁簹了麼？」小吏道：「賁簹？不，是莫陵。」

原來，隨嫗昨日來到官署報案，稱當日她被莫陵搶劫，幸虧甘茂見義勇為追回包袱，但她回家後才發現包袱中的傳家之寶只剩下盒子，不見了寶珠。

大司敗熊華問道：「你既然遭了搶，為何奪回包袱後不當著太伯的面檢點財物？事後再來報官，可是口說無憑。」隨嫗不得已，遂咬牙說出了實情，道：「只因為那盒子裡的寶珠是隨侯珠！老身若是當眾查驗，就等於告訴旁人，隨侯珠在老身手裡，這不等於要將我們隨國鎮國之寶拱手送給楚國麼？」

熊華這才知道對方是隨國人。隨國被楚國滅亡後，上自國君，下到貴族，均被強遷到郢都居住，但隨國鎮國之寶隨侯珠卻早在隨國陷落前丟失。雖然楚王懷疑是隨侯事先藏起了隨侯珠，但反覆搜查，一直沒有找到珠子。想不到在隨國滅亡一百多年後，與「和氏璧」並稱為「二寶」的隨侯珠居然再度重現於世。

熊華十分重視，當即將隨嫗軟禁在官署中，連夜派人提出盜賊莫陵審問。那莫陵只說搶到包袱就立即逃走，後來又被甘茂追上，一路扭打，根本無暇查看包袱，無論如何都不肯承認偷拿了寶珠。

熊華料想，隨嫗不惜暴露隨侯珠的下落也要來報官，當是真有其事，便下令對莫陵用刑拷問，但酷刑用盡，他仍不肯招認。是以熊華今日一早又派人去請嫛芈和甘茂來官署作證，一是讓莫陵無可抵賴，二來也想問問嫛芈有什麼好法子能尋回隨侯珠。當然，珠子尋到後不會交還給原主隨嫗，而是要獻給楚威王，做為另一件楚國國器。

嫛芈和甘茂到大堂後，莫陵被拷打得體無完膚，依舊不肯招認。

甘茂道：「會不會是我追趕的過程中，那顆寶珠不小心從包袱中掉落？」嫛芈道：「這不可能，因為寶盒還在，不見的只有寶珠。」莫陵聽見後便嚷道：「一定是這甘茂拿走的。」

他搶劫隨嫗包袱在先，誣陷見義勇為的甘茂在後，又有誰還會相信他的話？為了追獲隨侯珠，大司敗熊華便命人嚴刑拷打。莫陵被打得死去活來，終於忍受不住，道：「是小人偷了盒中寶珠，半路丟給接應的同夥。小人願意招出同夥姓名和住處，但在那之前，小人要見孟宮正一面。」

孟說根本不認得莫陵，卻不知他為何獨獨要見自己，料來必有深意，便跟隨小吏進來刑堂。那莫陵仰臥在地，渾身是血，奄奄一息。

熊華道：「孟宮正到了，你有話可以說了。」莫陵虛弱地道：「你們都出去，我有話只能對孟宮正一人說。」熊華急於知道隨侯珠的下落，好為楚國立下一件奇功，便揮手令眾人退出。

莫陵又叫道：「這位姑娘……你……你也留下。」嬃羋聞言，便也留了下來。

孟說蹲下身來，問道：「我並不認得你，你為何一定要見我？」莫陵掙扎著抬起頭來，道：「我要見你，並不是要向你招供什麼，我想求你一件事。」孟說道：「既然不肯招供，又叫我來做什麼？」他站起身，正要離開，莫陵叫道：「我……我是陽城君的孫子。」

孟說回過頭來，吃驚地盯著莫陵。

莫陵道：「我知道你是孟鉅子的孫子。當年孟鉅子為我祖父陽城君守城，為一句承諾捨身赴義，令天下人敬仰。孟宮正雖然不是墨者，難道身上就沒有半點扶傾濟危的遺風麼？」他的呼吸陡然沉重起來，蒼白的面色上露出一絲紅暈。

孟說冷冷道：「若是你想用先人舊情來打動我，那麼你就錯了。你搶劫財物，罪當處死。」莫陵道：「我搶劫不假，卻沒有藏起那老嫗的珠子。我又不認得她，怎會知道她的包袱裡有隨侯珠？若只是為了珠子，我大可以先取走寶盒，將包袱扔給那緊追我不放的甘茂，如此，不早就能脫身了麼？」

孟說道：「你搶劫老嫗的這件案子全城轟動，人人都說那甘茂健步如飛，奔跑的速度比你快很多，你驚慌之下只顧逃走，根本沒有機會這麼做罷了。」

莫陵便轉頭向求懇嬃羋道：「我搶劫財物已是死罪，又何必在這裡多受皮肉之苦，刻意隱瞞寶珠下落？那……那可是隨侯珠，大司敗一定勢在必得。姑娘聰明伶俐，為我生平所見，我求你看在我們本是同姓的分上，查明真相。」

嫛芈道：「你留下我和宮正君二人，只為了說這番話？」莫陵點點頭，道：「只為了一個真相。我知道，你們二位一離開這裡，我最終會被大司敗拷打至死，但就算我死了，也請姑娘到我墳前告訴我真相。」嫛芈終究是女孩子，心腸本軟，又見莫陵說得慨然，便點頭道：「好，我答應你。」莫陵道：「多謝。」

孟說冷冷道：「你就是要說這些話麼？我們可要告辭了。」拉著嫛芈退出刑堂，向熊華搖了搖頭，道，「他說他是陽城君後人，沒有拿隨侯珠。」熊華道：「啊，老夫就知道。」轉頭命小吏道，「進去繼續打，打到他肯說為止。」

出來官署後，嫛芈問道：「宮正君不相信莫陵，對麼？」孟說搖了搖頭，道：「這人好歹也是個貴族，居然當街搶劫一名老婦人，被捉後又誣陷甘君，敗露後更是刺傷邑君。這樣一個人，我可不會相信他的話。」

甘茂道：「可是這於理說不通啊，莫陵已犯下重罪，招也是死，不招也是死，犯不著如此硬挺。」孟說道：「正因為他知道反正是死，所以一定要死挺到底。況且丟失的不是普通的寶珠，而是隨侯珠，是當年晉國曾願意用兩座城池來換取的隨侯珠。你們放心，大司敗已經派人去追查莫陵的同夥，相信很快就會有消息。」

甘茂道：「如此甚好。」見嫛芈似乎還有話對孟說說，便主動先告辭。

嫛芈道：「我昨日見過公主了，問了她關於唐姑果的事情。」孟說忙問道：「公主怎麼說？」

嫛芈道：「公主說，她當晚在王宮中聽到你向大王稟報唐姑果的證詞至關重要，便搶先派人出宮，到十里舖客棧誘出了唐姑果。原本是要問出刺客行刺的目標到底是誰，孰料那唐姑果笑道：『我可以按照你們主人的意願作證，她如果想讓我說目標是華容夫人，那麼我就說在我撲身之前刺客的弩箭已經射出去了。她如果想讓我說目標是楚王，那麼我就說是我那一撲改變了弩箭的方向。但有一個條件，那就是你們要助我得到和氏璧。』

「公主的侍從聽到這些話，哪裡肯輕易受他威脅，當即抓住他，帶去公主奶娘的空宅子囚禁，只說要等主人回話。公主得報後火冒三丈，當即指使人拷打唐姑果，想逼他講出真相。但那墨者雖然無恥，卻是個硬骨頭，什麼都不肯說。後來的事，宮正君就知道了。」

孟說道：「有件事我還沒來得及告訴莫敖和邑君，唐姑果不是被公主手下拷打致死的，而是被人殺死的。」當即說了經過。

嬃芈驚道：「篔簹又出現了？」孟說道：「邑君認得他？」嬃芈道：「不，篔簹橫行郢都時，我才剛剛出生。他也曾『光臨』過我們屈府，盜走了家父的一對家傳玉璧。後來，我長大後聽叔父說，這個人也不是真的缺什麼財物，他得到的賞賜不計其數，花也花不完，就是做慣了盜賊，技癢難耐。聽說他被驅逐出城時，當時的令尹君公子發，還送了他千斤黃金呢。」

孟說道：「篔簹是個傳奇人物，我也聽過許多關於他的故事。但有一點，他從來只盜竊物品，卻從來沒聽過他殺人。」嬃芈道：「嗯，這倒是。但既然有魚腸劍留下的傷口為憑，當是鐵證了。天下又有誰能從篔簹那樣的人手中盜取魚腸劍呢？」

孟說道：「我已派人畫出圖形，發榜緝拿篔簹。他既受過黥刑，應該難以遁形。」頓了頓，又道，「公主可有提過徐弱的口供？」嬃芈搖了搖頭，道：「公主還是那句話，說徐弱不斷用言語調戲他。宮正君，公主很是傷心。」孟說一時語塞，不知該如何接話，正好見到心腹衛士纏子疾步過來，便轉過話題，道：「今晚我再到府上去好好和屈莫敖商議一下案情，看看篔簹是否與刺客徐弱有關聯。」嬃芈道：「好。那麼我先告辭了。」

纏子奔過來稟道：「宮正君，剛有衛士趕來稟報，魏國公子翰的形跡十分可疑。」孟說道：「怎麼說？」纏子道：「紀山之事發生後，魏翰雖沒有出門，也沒有客人到訪，但聽下人們說，他總是不斷地在房中徘徊，寢食難安。今日，他居然打扮成僕人的樣子混出了質子府，跑去驛館尋那魏國使者惠施。」

魏國自從兩次敗於齊國田忌、孫臏之手，國力大衰，一直傾心依附齊國，對秦國、楚國兩大強鄰也是巴結有加——魏惠王先是將最寶貝的小女兒嫁去了秦國，魏國公主被秦惠王立為王后，當今秦國太子蕩即是魏公主所生；又將最寵愛的兒子魏翰送來楚國為人質。魏國這種軟弱的態度，很難有人懷疑魏國的質子參與了行刺事件。

纏子見孟說沉吟不語，又道：「當日在紀山上，不正是那魏國使者稱流傳『得和氏璧者得天下』的讖語麼？這人表面是來提醒楚國，其實不安好心。我們現在趕去驛館，還能將魏翰堵在那裡，看看他和那使者怎麼說。」

孟說聞言，便召集數名衛士，一齊趕來驛館。

路上，纏子又訴道：「昨晚還發生了一件怪事，我和庸芮奉宮正君之命送梁醫師回宮，半途有人跟在我們後面，那男子腳步很輕，武藝應該不低。我遂讓庸芮引著梁醫師先行，自己躲在一旁，突然截住了那名男子。那男子稱只是迷了路，沒有跟蹤什麼人。我聽他口音不是楚國人，便留了心，有意放他離開，暗中卻跟蹤他一路到了十里舖客棧，原來那人是趙國商人主富的手下。」

孟說心道：「今早我到十里舖告知腹兌等人唐姑果的死訊時，也是那主富的手下卓然道破了凶器就是魚腸劍。這主富的手下淨是能人，他一定不是普通人，也許是梁艾在趙國時結下的仇家。」當即問道，「你可有將這件事告訴梁醫師？」

纏子道：「沒有。未得宮正君號令，臣等怎敢擅作主張？」孟說道：「好，回頭你將這件事告訴梁醫師，向他打聽一下那自稱商人的主富到底是什麼人。萬一那夥趙國人也是為和氏璧而來，我們也可以早做防備。」纏子道：「遵命。」

驛館位於西水門附近，由於是專門接待諸侯國使者的館舍，修建得頗為豪華。

一到大門前，衛士便低聲稟報道：「魏國公子還沒有出來。」孟說點點頭，命衛士前後堵住出路，自己則逕直來到魏國使者惠施房前，也不待侍從通傳，便大聲求見。那些魏國侍從面面相覷，一時不知該如何是好。

等了好一會兒，惠施才開門出來，笑道：「原來宮正君大駕光臨，難得，難得。宮正君不在王宮宿衛，跑來驛館做什麼？」孟說道：「城中出了大盜，我是特意來通報，請使者君近日務必小心些。」惠施道：「有心。請進來坐。」

孟說便脫履進來堂內，卻見地面有些淩亂的腳印，一直通向內室，而惠施腳上卻只穿著襪子，料想魏翰已從後室跳窗逃走，便佯作不見，問道：「使者君可聽過箕簹這個人？」

惠施道：「是那個越國神偷麼？當年貴國令尹用他一人之力，便輕鬆擊退齊國千軍萬馬，這件事可是轟傳天下呢。呀，莫非宮正君說的大盜，就是箕簹麼？」孟說不回答是否，只問道：「使者君如何看待我國大王遇刺這件事，真會是韓國所為麼？」

這話表面平淡無奇，其實裡頭陷阱頗多——若惠施回答「是」，就有刻意將楚國視線引向韓國的嫌疑，那麼魏國自身嫌疑也很大；而由於華容夫人才是真正遇刺的人，若惠施回答「不是」，也等於承認楚威王才是行刺目標，魏國的嫌疑更大。

惠施正色道：「那麼我要問宮正君一句，你是真想徵詢我的意見，還是只是想試探我的反應？」他是天下最著名的辯者，對方言語中的這點小伎倆自然逃不過他的眼睛。

孟說見計不奏效，只得道：「當然是真心向使者君求教。」惠施悠然出神了半晌，才道：「抱歉，我有我的立場，實在不方便回答這個問題。」

孟說猜測對方不過是要拖延時間，好讓魏翰從容逃走，便告辭出來。纏子正候在大門邊，上前笑道：「已經在後門處捕到魏翰，就近帶去了西水門的戍所。」

魏翰被縛在戍所士卒臨時休息的土房裡。

纏子剛一挖出他嘴裡的破布，他便連連嚷道：「我是魏國公子，你們敢這樣待我，我一定會告訴華容夫人……」一語既出，才意識到失言，又改口道，「我一定會告訴你們大王。」

孟說道：「你分明一身僕人打扮，又被人看見跳窗逃走，怎麼可能是魏國公子？說，你到驛館做什麼，是不是偷東西？」魏翰道：「好你個孟說，你不過是個宮正，居然敢這樣待我。」

孟說道：「你還要冒充魏國公子麼？」轉頭叫道，「庸芮，你上次用的那個拷問刺客的法子，不妨在這位假冒的魏公子身上試一試。」

庸芮道：「遵命。」命人將魏翰按坐在地，扯脫鞋襪，隨手抄了一把木梳，往他腳底刮去。魏翰「哈哈哈」乾笑了幾聲，又掙扎叫罵一陣，終於抵受不住那種麻癢入骨的折磨，道：「停手，快停手，我說，我說。」

孟說道：「你到驛館做什麼？」魏翰道：「我去找魏國使者惠施。」

孟說道：「你找他做什麼？」魏翰大叫道：「我是魏國公子，見本國使者有何不可？」話音剛落，庸芮又舉梳朝他另一隻腳梳去。他殺豬般地尖叫起來，道：「停手，停手！我害怕，我去找惠先生是因為我害怕！」孟說道：「你怕什麼？」魏翰道：「華容夫人死了，她死了，嗚嗚……」他已經三十餘歲，居然像個小孩子那樣「哇哇」大哭起來。

孟說心念一動，問道：「為什麼華容夫人死了，你這麼難過？」魏翰哭道：「都怪我，都怪我。」孟說道：「是你派刺客徐弱去刺殺大王，結果誤殺了華容夫人，你才深感愧疚麼？」魏翰只道：「都怪我，都怪我。」

孟說道：「你為什麼要行刺我國大王？買簹人在哪裡？」見魏翰不答，又下令用刑。魏翰掙扎了幾下，便聽見「噗哧」一聲，下半身已然濕漉漉一片，一股騷臭隨即在室內彌漫開來。

纏子笑道：「呀，這假冒的魏公子居然嚇到尿褲子了。」魏翰羞辱交加，更是放聲大哭起來。

孟說見這魏國公子如此懦弱無用，一時無可奈何，只好命人找一套乾淨衣衫給他換上，再捆送到官署監獄囚禁，又親自帶人回來驛館逮捕惠施及其隨從。

惠施抗聲道：「為何拿我？」孟說道：「魏公子翰已經被捕，親手承認跟紀山行刺案有關，質子既然牽連其中，使者君難道會不知情麼？」惠施忙道：「不可能，這不可能。公子翰的原話是什麼？」孟說便敘說了一遍。

惠施道：「宮正君誤會了！公子翰跟行刺並無關聯，他難過的是華容夫人之死，他們原本是舊識！公子翰還是少年時，慕名來楚國觀摩雲夢之會。那時華容夫人還是民間一名普通少女，二人在紀山上結識相戀。就在他們要一起回魏國前，公子翰因為與人爭鬥，犯了楚國法律，華容夫人為了救他，不得已才嫁給當時的太子、也就是現在的楚王。」

孟說這才會意過來魏翰那句「都怪我」的深意，不由得十分惶恐，忙命衛士將魏翰帶回驛館。親手解開綁縛，單膝跪下請罪道：「臣太過魯莽，不明究竟便對公子無禮，請公子責罰，孟說絕不敢有怨。」他雖然理屈，終究是為情勢所逼，又是楚王身邊的紅人，居然有當眾下跪認錯的勇氣，可謂世間罕見的君子。

惠施忙上前扶起他，道：「宮正君不必如此，這只是一場誤會。公子，是也不是？」魏翰舉袖抹了一把眼淚，道：「孟宮正只是一心要查明真相而已，我非但不怪你，還很感激你。你一定要捉住那刺客背後的主使，我要親手殺了他。」孟說應了一聲。

纏子等人本來以為已經捉到行刺的主謀，卻想不到是場大大的誤會，均覺無趣。

悻悻出來驛館，見天色不早，便令眾衛士各自散去。

孟說遂獨自前來屈府，湊巧南杉也來找嫛芈，二人遂一起進來。

屈平正與姊姊在堂中交談，見兩位宮正聯袂進來，各有疲倦之色，忙命人置酒備宴，又特意交代要燙酒。

僕人先端上來一盆旺火，置在堂正中。又在火盆上置一個銅架子，將鐎壺[1]盛滿酒，掛在架子上。片刻後，酒香四溢，堂中充溢著濃郁的桂花香氣，聞之心曠神怡。等到酒沸熱時，僕人取下鐎壺，依次為各人案上的酒具中斟酒。

釀酒需要消耗大量糧食，而當時最常見的糧食是黍和豆，稻米對於各諸侯國都是較為珍貴的食物，孔子曾說：「食夫稻，衣夫錦。」稻跟錦一樣，都只有貴族才能享用。酒也相應分為兩類——用黍蒸飯釀成的酒稱「黃酒」，是人們日常飲用的酒；用稻蒸飯發酵釀製的「醪酒」，即所謂的甜米酒，是貴族在隆重場合的用酒。楚國盛產水稻，也因此出產美酒。

桂花酒也是醪酒的一種，冬釀夏熟，酒勁綿軟，不著烈字；但酒中往往混合了稻米的殘渣，稱為「浮蛆酒脂」，又名「玉浮粱」。因而斟酒時特別講究，需先在酒爵上放置一件漏斗狀銅器，那銅器的尖底上有十二個細小的漏孔，酒從中過，酒渣則被濾掉。有更講究的公卿大族，還會在銅器中墊上麻布，如此濾出的酒不帶一丁點酒脂，色清味濃。

而民間百姓家沒有貴族的財力，置辦不起精美的銅器，只能採用土法子濾去酒渣，通常是用帶毛刺的苞茅捆成一束，做為濾酒之器。方法雖簡易，卻由此誕生了楚國最著名的名酒——苞茅縮酒，又稱「香茅酒」；「苞茅」即楚國特產的苞茅，「縮」即過濾的意思。用苞茅濾出的酒帶有苞茅獨特的清香，深受中原諸國喜愛，楚國特產苞茅更被指定為周天子的貢品。昔日管仲代表齊桓公與諸侯之師宣布楚國的罪名，其中一條就是「爾貢苞茅不入，王祭不共，無以縮酒」；意思是，自從楚國不進貢苞茅，國君都沒有可以濾酒的東西了。

屈府的酒獨特在「桂花」二字，自然無須再用苞茅縮酒。這酒果真名不虛傳，色澤金黃，甜中帶酸，醇厚柔和，餘香長久。趁滾熱時濾過下肚，會有一股暖氣在全身遊走，極為舒坦。

孟說連飲數杯，乏氣大解，這才說了今日調查越國太子無彊和魏國公子魏翰之事。

屈平道：「如此看來，越國太子和魏國公子的嫌疑皆可排除。齊國公子田文之父田嬰素來為大王所痛恨，田文為及早歸國，用了不少手段奉承大王，好不容易討得大王的歡心，斷然不會在這個時候用行刺陷自己於危地。照我來看，華容夫人倒像是刺客本來的目標了。」言外之意，嫌疑無非又指向了太子一方。

但南杉曾對嫈芈說過，據他暗中觀察，當日在高唐觀雲夢之會上，太子槐一直沒有露出好臉色，好幾次對江芈公主咬牙切齒。若是其人知道當日會有行刺發生，斷然不會如此，因而他不覺得太子一方牽涉其中。

嫈芈知道南杉因與太子槐、令尹昭陽是姻親，不便開口，便少不得要從戀人的立場說上幾句，道：「證人唐姑果已死，阿弟如何能這般肯定？」

屈平道：「正是因為唐姑果死了，我才能肯定這一點。你們想想，我們一直分不清刺客的目標是誰，是因為當時正是散場之時，人人鬆了一口大氣，雖然也有人留意到刺客，比如南宮正，但你的注意力卻在刺客射出的弩箭上，而非刺客本人。只有唐姑果留意了刺客很久，因此他是唯一可靠的證人，他的證詞將直接證明刺客行刺的對象是誰，這大概也是他本人有恃無恐的原因。

「他知道楚國內部，華容夫人一方正與太子一方爭奪儲君之位，他想利用這一點來為自己牟取利益。他如果聲稱大王是被暗殺對象，諸侯國的質子自然嫌疑就很大；如果說華容夫人是行刺對象，無須我多說，太子一方嫌疑重大。現在我們來假設，倘若刺客本來的目標就是大王，華容夫人只是誤殺，那麼要殺唐姑果滅口的便很可能是諸侯國的人。如此，太子一方反而要全力保護唐姑果的安全，好敦促他說出真相。而如果刺客本來的目標就是華容夫人，那麼要殺唐姑果滅口的，就是太子一方的人。」

嫈芈道：「不錯，這些我們都知道。」

屈平道：「從第一種可能性來看，諸侯國所派的刺客未能成功刺殺大王，自然是任務失敗，他們知道必然將引發更大的風波，第一要緊的事便是將自己隱藏起來，置身事外。至於唐姑果是否出面指認大王是行刺目標又有什麼要緊，所有的人本來就是這樣認為的。也就是說，在第一種情況下，無論是諸侯國一方，還是太子一方，都不會殺唐姑果滅口。既然現在唐姑果已經死了，那麼只有第二種可能性了——華容夫人本來就是行刺的對象，疑凶是誰，自然也就不言而喻了。」

這是十分複雜而又精妙的推理。在場所有人聽了之後，除了佩服，皆無話可說。

忽有僕人進來稟報道：「外面有人找孟宮正。」孟說出來一看，卻是自家的老僕，很是意外，問道：「老單，你怎麼尋來這裡了？」老僕一邊抹眼淚一邊道：「主君，咱們家被盜了！那盜賊不知道如何溜進了家，取走了所有財物，一枚蟻鼻[2]都沒有留下，家裡連買柴的錢都沒有了。」

孟說先是一愣，隨即哭笑不得，心道：「這一定是簋簹，我派人畫出他的樣貌通緝他，他便索性來我家中掃走了所有財物做為報復。」他本來尚不能肯定那持魚腸劍殺死唐姑果的一定是簋簹，發生了如此一樁啼笑皆非的事，就完全確認無疑了。又暗道，「此人睚眥必報，當年楚國那樣待他，他斷無可能再為楚國人做事。」

一念及此，孟說忙安慰道：「財物丟了就丟了，不必煩心難過，我身上還有些錢，你先拿回去用。」命老僕先回家，自己重新回來大堂，道，「屈莫敖推理得極妙，但這其中還有一個疑點——殺死唐姑果的凶手很可能就是昔日大名鼎鼎的簋簹，你們覺得他在楚國受了那樣的待遇後，還會回來幫助太子做事麼？」

媭芈沉吟半晌，應道：「孟宮正這個問題問得極妙，這是一個矛盾之處。阿弟前面的推斷雖然毫無紕漏，卻有一個大前提，那就是——唐姑果是被刺客背後的主使，所殺人滅口。但實際上，在發生了那些事之後，簋簹是不可能再為楚國任何人所用的，任何人自然包括大王、太子、公主、令尹，甚至他以前的舊主雲夢君。」

屈平也是聰明絕頂之人，得到提示，驀然省悟，拍了一下自己的腦門，道：「對，對，這一點沒有想到。」

孟說道：「我有一個想法——以往只聽說這賁簹妙手神偷，盜取財物如探囊取物一般，從未聽過他殺人。而且他本人不參與政事，在楚齊兩軍交戰時盜取齊國將軍私物，也不過是為了報答雲夢君的知遇之恩。這樣一個只為興趣而活的人，要用金錢收買他殺人幾乎是不可能的。他一定是為了什麼特別的物事才重新回來郢都。」

屈平道：「和氏璧？」孟說道：「我認為很可能就是和氏璧。那唐姑果受秦王委託，也志在和氏璧，他對我、對公主的手下都沒有隱瞞，或許他也曾對旁人提及，傳到了賁簹耳中，因此他伺機殺死了唐姑果，一則可以除去對手，二來也可以嫁禍到公主身上。這般行事，倒也符合他神不知鬼不覺的作風。」

屈平道：「不錯，應該是這樣。孟宮正，想不到你不僅武藝高強，人也如此機智聰明。」孟說笑道：「哪裡及得上你們三位？尤其是屈莫敖的推論精妙絕倫，我不過是因為僥倖才得到的提示。」便說了老僕來報家中失竊一事。屈平道：「這一定是賁簹所為了。」忙命僕人去取一些金餅來，交給孟說暫時度日。

孟說道：「多謝。我在王宮住處還存有一些財物，回頭我取出來再還給屈莫敖。」屈平笑道：「還什麼還，拿去用就是了。我們姊弟跟堂兄們住在一起，衣食無憂，這些錢於我也沒有什麼用處。」孟說也是個豁達之人，便道謝收了金餅。

嬃芈道：「既然是賁簹殺死了唐姑果，跟刺客主使並無干係，那麼我們又回到了原處，還是分不清刺客的目標到底是大王還是華容夫人，紀山行刺一案最終還是陷入了死胡同。」

孟說道：「查到這裡，也難以進行下去了。」屈平也歎道：「一切只能等後日上朝稟報過大王再說。」眾人歎息一陣，又飲過幾巡酒，這才散了。

孟說回來家中，卻見門前槐樹下站著一朦朧人影，揚聲問道：「誰在那裡？」那人沉聲應道：「墨者田鳩。」孟說很是意外，走過去問道：「田君是特意在等我麼？」田鳩道：「嗯。孟君，請坐。」居然反客為主，請孟說就地坐在槐樹下。孟說料到對方必是有話要說，便跪坐了下來。

田鳩道：「家父是田襄子。」孟說道：「啊，原來你是田鉅子之子，失敬。」田鳩道：「沒有什麼敬不敬的，若不是令祖孟鉅子青眼有加，家父也不可能當上鉅子。我今日來找孟君，是有幾句話要問你。」孟說道：「請說。」

田鳩道：「我墨家的根本是兼愛非攻，要全力阻止一切非正義的戰爭。但而今天下風起雲湧，諸侯國互相攻伐掠奪，戰亂紛紛，根本沒有人能夠阻止。你認為墨者該如何做？」孟說還是第一次從田鳩言語中聽出音調的頓挫起伏，料想他應該是為這個問題困惑了許久，當即慨然答道：「盡一己之力，死而無憾。」

田鳩道：「好，果然不愧是孟鉅子後人。那麼，我再問你，如果有人告訴墨者，只有當強國吞併弱國、統一天下，才不會再有戰爭，人民才會真正安寧。墨者又該如何做？應該支持強國用武力蠶食其他諸侯國麼？」

孟說聞言不禁一愣，不知該如何回答。墨家素來認為攻伐是天下巨害，當然不可能支持強國侵蝕弱小，可是如果真能做到一勞永逸，又該如何抉擇？他沉吟許久，才歎道：「如果各國能夠各安其土，各守其境，那該多好。」田鳩冷冷道：「人人都有貪慾，孟君說的根本不可能發生。」站起身子，彈彈塵土，轉身去了。

孟說一時陷入沉思，抬頭仰望——繁星滿天，如寶石般綴滿漆黑的天幕。星星不似明月，有著陰晴圓缺的故事，可以照見古今滄桑；也不似煙雲，有著虛無縹緲的幻象，足以舒捲人生的感喟；它們只像人的眼眸，晶晶發亮，裡頭蘊蓄著豐富的感情，懂得微笑，懂得憤慨，懂得歡樂，懂得悲傷，即便背後是無邊無際的黑暗，也要竭心盡力地捕捉生命中最璀璨的光華。

在如此安詳平和的星空下，諸侯為什麼不能和睦共處？人們為什麼不能友愛相守？他不是墨家弟子，為什麼也會跟墨者一樣有這樣一副悲天憫人的心腸？

天與地相望於難以言傳的沉鬱蒼茫中，意空，悟淡，看遠，想透。紅塵紛擾，人世蹉跎，滄海桑田。

又隔了一日，是楚威王正式上朝的日子。出人意料的是，當群臣來到路門時，司宮靳尚出來宣布道：「大王今日改在治朝聽政。」

治朝就是正朝，是王宮的大廷。近一年來，楚威王因抱病已久，即便上朝也多是在燕朝聽政，今日忽然改在治朝，斷然有不尋常的大事發生。

群臣各自盤算，揣度必然與幾日前華容夫人遇刺一案有關。他們之中大多數人雖不知屈平、孟說等人調查的結果如何，甚至不知刺客徐弱已被江羋公主殺死，但自從江羋在高唐觀大殿當眾質問令尹昭陽後，大家的心裡早一致開始懷疑起太子槐來。甚至有人想道：「如果不是有重大冊命，大王是斷然不會改在治朝議政的。說不定，大王今日就要廢去太子，改立華容夫人的愛子公子冉為太子。」

眾人當下魚貫登上臺座，進入治朝大殿，按官秩班次站好，肅聲靜氣。宮正南杉早已率領衛士在大殿內外戒備。等了一會兒，只聽見環珮叮噹作響，太子槐、公子蘭、公子冉、公子戎四位公子一齊來到大殿，分立群臣左右。又過了一刻工夫，終於聽到司宮靳尚尖細著嗓子叫道：「大王駕到！」

楚威王扶著醫師梁艾的手，在宮正孟說的護衛下從殿左進來，到王座坐下。群臣一齊稽首行禮[3]，道：「參見大王。」楚威王先長跪答禮，這才擺手道：「眾愛卿免禮。」

令尹昭陽是百官之首，先出列問候楚王身體無恙，又稟報華容夫人葬禮一事已安排妥當，只待吉日一到，便運去荊臺王陵下葬。楚威王點點頭，表示很滿意，道：「一切就按照令尹的安排去辦。」

屈平挺身出列，正要如實奏明華容夫人遇刺一案的調查經過，楚威王已道：「華容夫人不幸在紀山遇刺，寡人極為傷慟。幸虧天理昭昭，屈莫敖、孟宮正等人已經查明了真相……」屈平大吃一驚，道：「大王……」忽見楚王背後的孟說朝自己搖了搖頭，不由得一愣。

令尹昭陽忙出列問道：「敢問大王，行刺的主謀到底是誰？」楚威王道：「就是越國太子無彊。」這一結果實在大大出人意料，群臣不由得一陣譁然。屈平更是目瞪口呆，朝孟說望去，孟說卻只流露出無可奈何的表情來。

楚威王道：「眾愛卿不必驚訝，這是刺客徐弱親口向公主招供的，無彊想要殺的其實是寡人，華容夫人只是不幸代寡人而死。」歎息了幾聲，又招手叫道，「司馬君。」屈匄應聲出列，道：「臣在。」楚威王道：「寡人命你立即帶兵包圍越國質子府，逮捕所有人，押赴市集，當眾處死。」屈匄微一遲疑，隨即躬身道：「遵命。」

太子槐一直默不作聲，忽然出列道：「等一等！父王，兒臣有話說。」楚威王道：「太子有話請講。」

太子槐道：「越國太子雖然大逆不道，意圖行刺父王，但楚、越交戰多年，從來是敵非友，他圖謀不軌也情有可原。況且他是越王唯一的兒子，越王年老，已幾次派使者來郢都，請求父王放無彊回去，父子之情，殷殷可表。如果今日殺了無彊，越王從此絕嗣，再無人為老人送終，這實在是兒臣不願意看到的。孟子有云：『老吾老，以及人之老；幼吾幼，以及人之幼。天下可運於掌。』請父王念在老越王的望子之心上，饒無彊一命。」他說得極為動情，大殿中一時靜寂了下來。

好半晌，楚威王才歎道：「太子真是仁慈孝順之人啊，將來必成我楚國的明君。好，就如太子所請，只將越國從人處死，驅逐太子無彊回越國。」屈匄道：「遵命。」自出殿領兵行事。

大殿上發生了這一幕，群臣恍然明白過來——無論這是否是楚威王與太子槐事先排演好的一場戲，這說明了熊槐的儲君地位得到了真正的鞏固。楚國王室長久以來的內鬥終於降下了帷幕，最後的勝利者居然是事先並不被人看好的太子槐。

令尹昭陽顯然也料不到今日之事，頗有些手足無措，疑惑地望著太子。太子槐卻似在一夜之間完全變了個人，恭謹謙遜地侍立一旁，面上無任何得意之色。

散朝時，屈平有意落到後面，向孟說打了個手勢。孟說點點頭，表示會意，護著楚威王從殿旁去了。

剛出殿門，太子槐便追了上來，謝道：「多謝屈莫敖查明真相，還華容夫人一個公道。」招手命心腹侍從宋遺端來一個托盤，道，「這裡有一對玉璧，是我的一點小小心意。」

那是一對扁平狀的圓形白璧，色澤溫潤晶瑩，工藝精美絕倫。難得的是，兩塊玉璧上均有「沁色」[4]，斑駁陸離，形成奇特而自然的雲紋狀圖案，越發顯得古拙蒼勁。

太子槐又笑道：「這一對玉璧出自荊山之下，由玉工唐怪親自打磨。」

玉器的好壞除了玉質本身，還跟琢玉工匠有很大的關係。竹木、絹帛、陶器等物品原料來源豐富，即便做壞了，仍然可以再做。金銀雖然貴重，卻可以熔化後再鑄。唯獨玉器最為獨特，非但原料來之不易，而且一旦雕出拙筆，再也難以彌補。因此琢玉工匠全是自幼開始習作，非經過數十年的磨練，不能在美玉上動刀。

這唐怪是楚國最著名的玉工，極有天賦，年輕時就是選料高手，一眼就能看出玉石的好壞。他發明了許多新的琢玉方法——像是用砣子磋磨玉石，使之成形；又譬如用一種名叫「昆吾刀」的石頭雕刻玉石[5]，細如毫髮；又採用葫蘆皮打磨玉器，光澤度極高。他所完成的每一件成品無不是稀世珍品，太子槐有意提及唐怪的名字，自然是要有意強調這對玉璧的貴重。

屈平明知太子心胸狹窄，多半會因此記恨，但還是拒不肯收，道：「臣實在沒有出多少力，愧不敢當。」太子槐臉上慍色一閃，隨即笑道：「屈莫敖不居功自傲，難得，難得。」乾笑了兩聲，領著侍從們自去了。

屈平遂退到外朝，正好在官署前遇到嬃芈，忙問道：「姊姊是來看望公主的麼？」嬃芈道：「不是，我是來見莫陵的，他死了。」屈平道：「莫陵不是那盜賊麼？」

嬃芈點點頭，道：「他堅決不肯招出隨侯珠的下落，終被拷打而死。」雖然莫陵並不是什麼好人，還曾用匕首畫傷過她，但想到一條鮮活的生命轉瞬變成一具冰冷的屍首，死後也不得安寧，還要被載運到市集陳屍示眾，不由得一陣傷感。

屈平卻沒有心思關心莫陵之死，忙道：「姊姊，今日朝堂上發生了大事。」當即低聲訴說了越國太子無彊被指認為刺客背後主使一事。

嫈芈很是意外，沉思半晌才道：「諸侯國中，最想殺大王的應該是韓國。但韓國並沒有向楚國遣送質子。諸國質子之中，的確以越國太子無彊嫌疑最大。之前孟宮正排除他的嫌疑，僅僅是因為他對魚腸劍一事並不知情。但我們已經知道魚腸劍在篔簹的手中，而且他志在和氏璧，跟行刺一事並無干係，因此無彊派徐弱持韓國的弓弩行刺大王，也是極有可能。」

屈平道：「這我自然知道。但指證越國太子的是公主。大王說，是徐弱親口向公主招供的。你之前不是問過公主這件事麼？」嫈芈道：「是啊，公主只說徐弱不斷用言語挑逗她。」屈平道：「我知道公主是姊姊的好朋友，但公主不是尋常人，她一向很有手段，所以她撒謊也不足為奇。」嫈芈遲疑了一下，還是道：「是。」

屈平道：「因此這裡面有一個極大的破綻。當日公主在高唐觀大殿質問令尹，問他如何能肯定刺客要刺殺的一定是大王。尋常人是想不到這一點的，因為我們當時所有人都本能地認為刺客要行刺的是大王，華容夫人不過是誤殺。公主那句話其實是要反擊太子，將懷疑的視線引向太子一方，而她也成功達到了目的。如果徐弱真的向她招供是受到越國太子無彊的指使，那麼太子槐就完全沒有嫌疑了，你認為以公主的性格，會坦然說出來麼？」

嫈芈歎了口氣，道：「應該不會。」

屈平道：「我猜，公主殺死徐弱滅口，也是因為這個。殺死了徐弱，她就是唯一知道真相的人，她當然要好好利用。當時我們所有的人都懷疑她，孟宮正當面指出她是謀害太子的首要嫌疑犯，她也沒說出徐弱的口供以證自身清白，怎可能反倒在她自己的嫌疑洗清後說了出來？這是最大的可疑之處。」

嫈芈道：「有一點，阿弟是不知道的，公主喜歡孟宮正。」屈平驚得瞪大了眼睛，道：「什麼？」嫈芈接口道：「當晚公主殺死徐弱、氣憤離開後，孟宮正一路跟蹤她，最終發現了唐姑果的屍首。以孟宮正的為人，當然越發懷疑公主。聽說兩人因此大吵一架。阿弟沒有留意到麼？之前孟宮正的腰間佩著一枚小巧的金絲容臭，那是宮中之物，一定是公主送給他的，但那晚之後就再沒見他戴過了。也許公主惱怒孟宮正居然也懷疑她，一氣之下進宮，向大王稟明了真相。」

屈平這才恍然大悟，道：「難怪孟宮正說他連夜進宮，想向大王稟報案情，卻被拒之門外，想來大王當時已從公主口中知道了徐弱的口供。大王為人深謀遠慮，有意不張揚，一定是暗中派人查驗得實後，今日才在大殿上公開。」正說著，孟說匆匆趕過來，道：「抱歉，我來得遲了。」

屈平道：「宮正君何時知道越國太子是主謀一事？」孟說道：「就在今日上殿前，大王親口告訴我，公主早已得到徐弱的口供。」嬃羋道：「宮正君可曾問過公主本人？」孟說微一躊躇，道：「我剛剛去過公主殿，公主還是不肯見我。」

他當然已經明白江羋為何要殺死徐弱，只因她當時已得到關鍵口供，但倘若想繼續對太子不利，就必須隱瞞這份口供。然而，後來因為他也跟其他人一樣懷疑她，惱恨之下，她才會向大王稟明了真相。但太子槐既無嫌疑，公子冉當上太子的可能性就小了許多，因此當孟說進宮請罪時，公主才說「太遲了」，她才會說「如果你能查到真相，我就原諒你」。因為，只有她一人有徐弱的口供，她知道孟說不可能查到真相；也就是說，她從來就沒有打算原諒他。一想到這裡，他不禁心如刀割。

嬃羋示意屈平退開，這才上前勸道：「宮正君何不再去公主殿多說幾句好話，求得公主原諒？」孟說搖搖頭，道：「公主說過，永遠不會原諒我。」嬃羋道：「通常女孩兒家受了委屈，都會這麼說的，況且她還是位公主。若是公主曾經送過東西，宮正君不妨將它戴在最醒目的位置，再去公主殿，一定會事半功倍的。」

孟說完全不懂女孩子的心事，這才茅塞頓開，道：「啊，多謝指點。」嬃羋微微一笑，遂辭別出宮。

孟說忙從袖中去取容臭，卻掏了個空，那容臭竟已失落。他連日來忙於公務，往來奔波，到過許多地方，一時也不知道掉在何處，無從找起，不由得大悔。正鬱鬱之時，忽有衛士來報道：「宮正君，大王召你立即去路寢。」孟說遂趕來路寢。

楚威王斜倚在朱榻上，江羋公主和公子冉、公子戎均侍立一旁。

楚威王道：「不日就要為華容夫人舉行葬禮，公主和兩位公子會親自扶柩到荊臺。一路舟車勞頓，就由宮正君負責護送吧。」孟說道：「臣遵命。」偷瞧江羋時，卻是滿臉的冷若冰霜，看也不看他一眼。

孟說退出路寢，命心腹衛士準備護送華容夫人靈柩出行事宜，自己卻等在庭院中。過了好久，才見江羋領著兩位公子出殿，忙上前道：「臣護送公主回公主殿。」江羋哼了一聲，也不答話，牽著兩位弟弟的手，逕直朝前走去。

孟說一路訕訕跟著，到公主殿前時被侍從擋住，道：「公主有命，不准孟宮正再踏入公主殿一步，請宮正君不要令臣等為難。」孟說只好叫道：「公主，臣有幾句話要說。」江羋卻頭也不回地進殿去了。

孟說著惱不已，卻又無可奈何，心道：「我本已對不起公主，現在又弄丟了她送我的容臭，她得知後定然越發惱恨我。如今也無法可想，只能等護送華容夫人上路時，再慢慢設法求她原諒。」

終於到了為華容夫人舉行葬禮的日子。

楚國的喪葬習俗複雜而繁瑣，先是要舉行招魂儀式。巫女阿碧拿著華容夫人生前穿過的禮服，一手執領，一手執腰，登上高處，面向代表幽冥世界的北方大聲呼喊死者的名字，以招回其魂魄。巫覡們則聚集在屍首四周，一邊起舞，一邊大聲叫道：「惟天作福，天則格之；惟天作妖，神則惠之。」表示敬天順時，請求上天和神靈施之以德，與阿碧的招魂相呼應。等到死者的魂魄被重新召回到肉體後，阿碧將禮服扔下，有人接住，鄭重為華容夫人蓋上。

隨後是祭奠。江芈公主領著公子冉和公子戎站在屍體東面，用脯醢醴酒[6]祭祀母親。東面既是祭位，也是哭位，祭奠之後，公主和兩位公子便得在哭位哭泣。

哭完之後是弔唁。太子槐率領群臣上前弔喪，慰問公主姊弟，江芈則要按照禮儀，率領兩位弟弟跪拜答謝。

然後是銘旌，即將長一尺、寬三寸的黑布條，與長二尺、寬三寸的紅布條連接起來，掛在竹竿上，樹立於西階之上。紅布條上寫著「向三之樞」，「向」是華容夫人的姓，「三」則是她的排行。

接著是宮女為遺體沐浴、櫛髮、修剪指甲、趾甲。沐浴必須用淘米水，淘過的米則用於飯含；所謂飯含，即用米摻合珠玉，填滿死者的口。之所以如此是因緣生食，即便死去，也不能令死者口中空虛；而混合珠玉，則是習俗認為珠玉有益死者形體。飯含也分等級——周天子飯黍含玉，諸侯飯粱含璧，君夫人只能飯粱含珠。

為保存華容夫人的屍首，動用了王宮冰室一半以上的藏冰，因而她的面容未有絲毫腐爛，美麗依舊，栩栩如生。宮女們均是服侍過她的舊人，想到夫人就此離開，而自己也要為夫人殉葬，都忍不住哭泣起來。

之後是設褻，即為死者穿衣，用小珠玉填耳，方面覆面，再將遺體裝入絲質的布袋中，移入靈柩。再依次放入華容夫人生前用過的金銀珠寶做為陪葬，最後合上棺蓋，將白布覆蓋在棺木上。

本來按照傳統禮儀，像華容夫人這樣地位的人，國君都會親自出面主持贈謚儀式，即根據死者生平事蹟贈予一個謚號。但楚威王抱恙在身，就由令尹昭陽主持，華容夫人被加謚號為「敏」。

按照當時習俗，人們有事出行，都要先向祖先行告訴之禮，人死後也是如此。由於華容夫人的屍首一直停放在雉門內的宗廟前，因此省去了運輸之苦，只須在靈柩前設置祖祭，向祖先告別即可。

祖祭之後，便是正式的出殯。衛士們用輴軸[7]將棺木運到王宮西側的碼頭。那裡早停放了一艘巨大的鳳形王舟，船首懸掛著長尾青羽的旌旗，因此又稱「青翰之舟」。王舟的最高等級是龍舟，只有國君和王后才能享用，華容夫人雖然生前得寵，但畢竟只是君夫人的名分，因此其靈柩只能乘坐鳳舟。

靈柩抬到鳳舟上後，以江芈公主為首的重要送葬之人相繼登船。身分低下的大臣，以及群臣贈送的各種助葬財物和車馬，只能乘坐鳳舟後方的普通舟船。楚國有厚葬風氣，除了豐富的殉葬品，還有人殉。事先選好的宮女、內侍和刑徒們被衛士押上一艘單獨的大船，當華容夫人埋入荊臺墳塋時，他們也將在那裡結束自己的人生。

一行十餘艘船浩浩蕩蕩地出發，由南至北行過新橋河，在板橋處拐上龍橋河，經東水門龍門出郢都城。行了不久後，即進入波瀾壯闊的雲夢澤。雲夢澤西邊是鬱鬱蔥蔥的陡峭山崖，東部則是遼闊無垠的湖面，景色奇麗，氣象萬千，有層巒疊嶂、煙波浩渺之致。

江芈公主終於出來船艙，走到船頭，凝視著眼前的美景。

孟說上前道：「公主，再往前數里就是長江，臣預備今晚停靠在江邊的沙洲歇息，公主以為如何？」江芈道：「嗯。」這是多日來江芈對孟說說的第一句話，雖然只有一個字，卻令他喜不自勝，又道：「湖上風大，公主可別著了涼。」命宮女取來披風為公主披上。

江芈還是第一次坐船在雲夢澤中航行。人站立在船頭，前面滄浪空闊，碧水一望無際，浩瀚無垠，有如置身大海之上。清風徐徐，水波不興，卻吹皺了湖水，恰如厚實的絲緞輕輕抖動，於凝重中透著溫柔嫵媚。遠處蘆荻青青，晴光波影中，有許多白色水鳥展翅翱翔。風中傳來輕快的歌聲，那是打魚的船夫們正在撒網。

一時為美景眩目，公主忍不住讚歎道：「真美啊。」又問道，「這裡就是昔日陶朱公和西施隱居的地方麼？」孟說道：「聽說陶朱公是住在湖東的一個小島上，從我們現在的位置，往東大概還要走三百多里的水路。」江芈出神半晌，幽幽道：「真想去那裡看看。」孟說道：「將來總有機會的。」江芈聞言，臉色登時黯淡了下來。孟說不知又如何觸怒了她，忙道：「公主……」江芈冷冷道：「你不必再說了。」賭氣進了船艙。

到傍晚時，船隊終於駛入長江，景致登時為之一變——大江橫流，驚濤拍岸，細浪噴雪，氣勢磅礴。鳳舟在江中疾渡，上下起伏，洶湧澎湃，驚心動魄，最終穿透重重洪波，停靠在細沙如銀的沙洲岸邊，頗有力挽狂瀾的意味。此刻正值夕陽西下，絲絲縷縷的陽光透過雲層灑在江面上。雲氣滾滾蒸騰，四下彌漫。上面是雲蒸霞蔚，下面則是金光粼粼，波光豔麗。盡目之處，天容水色，渾然一體，淨是比黃金還要燦爛的金碧輝煌，極為壯麗。

公子冉悄悄走了過來，道：「姊姊把自己關在房裡，誰也不見，也不肯進食。宮正君，你去勸勸她，她應該會聽你的話。」

孟說微一躊躇，即應道：「遵命。」來到公主的寢室前，見侍從、宮女全候在門口，不敢進去，便敲了敲門，道：「公主，臣孟說求見。」見無人相應，便自行拉門進去。

江芈坐在窗下凝視著外面，也不知是在觀景，還是在發呆。

孟說道：「公主。」江芈道：「你又來做什麼？」孟說料來公主依舊對自己氣結難解，便道：「臣本是愚鈍之人，之前懷疑公主是臣的錯，公主要打要罵都可以，只求公主原諒。」他本鼓足了勇氣才說出這番話，忽然驚見江芈眼淚如掉了線的珠子涔涔滾落，不由得越發手足無措，道，「公主，你別哭，是臣不好……」

江芈驀然起身，撲入他懷中，「嚶嚶」哭了起來。

船上空間有限，四周淨是耳目。孟說本想將公主推開，以免被人看見。但轉念想到她這些日子以來受了許多委屈，兼有喪母之痛，傷心難過之下不知在背後掉了多少眼淚，再也忍不下心，也不敢動。

江芈哭了一陣，自行放開了孟說，悶悶地倚靠到窗邊。

天光尚亮，外面已開始蒼蒼茫茫起來。湖面上升起淡淡的暮靄，顯出一種藍色的憂鬱。水天寂寥，浩瀚無垠，開闊之中自有一股悲壯的蒼涼。船在其中，大有渺滄海之一粟之意。

她的髮絲在風中飛揚，究竟擾亂了誰的心神？她的臉上寫滿哀戚和不平，依稀可以見到最隱祕的心事。只是，孟說覺得跟她之間始終隔著霧靄，隔著長江，縱然望斷天涯，江流依舊。

室中燃起了燈火，火苗不停地跳動，頗有幾分頑皮的味道。

孟說勸道：「公主，你還是吃點東西吧，可別餓壞了身子。」江芈停止了抽泣，卻依舊凝視著窗外，一聲不吭。孟說低聲道：「臣知道公主心裡怪我，到底要臣怎麼做，公主才肯原諒我？」江芈出神了半晌，終於轉過頭來，道：「你當真願意為我做任何事？」孟說道：「是。」江芈一字一句地道：「那好，我要你要了我。」

她望著孟說，眼睛在燃燒，雙臂就要擁住他。

他也注視著她，緩緩吸入一口長氣，眼神變得迷茫起來。

---

1 鐎壺（鐎字讀作「焦」）：楚人所獨有的水器，身如扁壺，上有提梁，有口，有蓋，旁有嘴流水，底部受火。作者本身也是楚人，故鄉距離郢都（今湖北江陵）僅一百多公里，小時候也曾見過這種鐎壺，以及夯土築成的郢都外城牆遺跡。當地家家戶戶都會自己釀製醪（讀作「牢」）酒，據作者自己的親身體驗，這種酒越冷越甜，加熱後會帶一點點酸。

2 戰國時期，珠玉為上幣，黃金為中幣，刀布為下幣。刀布，是刀幣與布幣的合稱，刀幣是銅鑄的刀形幣；布幣是銅鑄的鎛（讀作「博」），鋤一類的農具）形幣，也有錢（讀作「檢」），一種農具鏟）形的，因此也叫「布錢」。各諸侯國鑄造的貨幣在形態、重量上都不相同，如齊國、燕國主要流通刀布，魏國、韓國、趙國主要使用布幣，楚國主要使用黃金（分為長方形的金版和扁圓形的金餅兩種）和蟻鼻（銅幣）。

3 當時的習俗，人們坐的姿勢是兩膝著地，兩腳腳背朝下，臀部放在腳跟上。如果將臀部抬起，上身挺直，稱「長跪」，這是準備起身的姿勢，也是向別人表示尊敬的姿勢。如果兩膝著地，直身而臀部不碰腳跟，叫「跪」。當時行禮的拜，必須先跪，所以稱跪拜。「稽首」是當時最大的禮節，其儀為——跪，拱手下至於地，手前於膝，頭又前於手而下至於地。而後代的稽首，則是兩手分開按地。

4 沁色：指深埋在地下的玉器受到地下水或土壤礦物質長期侵蝕，玉器的部分或整體顏色發生了變化。常見的沁色有——白色水沁，紅色的朱砂沁，褐色的土沁，暗紅色的鐵沁，綠色的銅沁等等。

5 砣子：以薄鐵片或其他材料製成的圓形工具，有大小、厚薄之分。昆吾刀：以金剛石製成的尖利器具，即古語所謂「他山之石，可以攻玉」。

6 脯醢：讀作「府海」，一種用肉、魚等食材製成的醬。醴酒：甜酒。

7 輁軸：運載棺木的工具，下方無車輪，而是木軸。

【卷五】為此春酒，以介眉壽

楚人喜歡濃烈的色彩，好紅衣翠被。廳堂周圍的牆面掛上了輕軟的翡帷翠帳，綠色的輕紗輕輕飄動，在燈光下閃爍著幽光，彷若碧波蕩漾。帷帳下端垂著流蘇，流蘇上的料珠互相撞擊，發出清脆悅耳的聲音。

華容夫人遇刺案真相大白後，越國質子府裡所有的越國人都被處死，罪魁禍首越國太子無彊則因太子熊槐求情而僥倖存活，被驅逐回越國。無彊回國後不久，老越王病死，無彊登基成為新越王，立即派使者致書楚國，稱自己與華容夫人遇刺一案沒有任何關係，他是受楚國人陷害。楚國群臣認為，無彊不過是擔心楚國派兵攻打越國，因此強行詭辯，而紛紛指斥越國使者。

不料，越國使者義正詞嚴地駁斥了「所謂刺客徐弱，口供不足」為憑之後，又當殿說出另一番更令人瞠目結舌的話來，那就是——華容夫人行為不檢，一直暗中與魏國質子魏翰偷情，公子冉和公子戎其實都不是楚威王的親生兒子，而是華容夫人和魏翰私通所生。這件事是無彊在楚國為質子時，某日與魏翰一起飲酒消愁，魏翰喝醉後親口告訴他的。

據說楚威王聽了越國使者的話之後，臉色煞白，幾近暈倒，當場退朝。

朝會遂由太子槐繼續主持，魏國質子魏翰被召來大殿與越國使者當庭對質。可憐的魏翰大驚失色，汗出如漿，堅決否認酒醉後對無彊說過類似的話。太子槐遂以「妄言」為名判處越國使者烹刑，將其扔進裝滿水的大鼎中活活煮死。越國使者最終變成了一具浮腫的白肉，但其臨死前尖銳的指斥，仍一字一句傳入了大臣和衛士的耳裡，其言凜冽，其辭颯爽。

即使人們不願意，或是不能相信他的話，但它還是剜刻在每個人心底深處，不時重新浮現於腦海，偶爾也會嘀咕一下：「越王無彊真的是無辜的麼？公子冉，真的是華容夫人和魏國質子所生麼？」也有忠於王室的大臣在心中暗自慶幸：「幸虧華容夫人在雲夢之會時被刺客射死了，不然她早晚要鼓惑楚威王改立公子冉為太子，萬一公子冉真的該叫做魏冉而不是熊冉，一旦他登上了王位，楚國不就變成了魏國後院了麼？太子槐再不好，畢竟還是大王和王后的親生之子啊！」

雖然太子槐要求，當日在大殿內外聽到越國使者言語的大臣和衛士絕不可對外張揚，但畢竟世上沒有不透風的牆，流言終於慢慢流傳了開去。先是王宮中的人，隨即是全郢都的人，都開始暗中議論王宮那驚心動魄的一幕，焦點無非是越國使者提及的公子冉、公子戎的出身之事。

很快地，王宮中又有消息傳出，說公子冉、公子戎自打從荊臺回來之後，就被軟禁在各自的寢宮，連每日向大王問安的機會都被剝奪了，等於徹底失去了楚威王的寵愛。若果真如此，不是表明楚威王心中也懷疑兩位公子不是自己的親生兒子麼？越國使者的話或許是真的？那麼華容夫人遇刺的真相又是什麼？如果不是越國大王無彊，又會是誰？……各種小道消息越發滿天飛舞，真真假假，虛實相間，難以一一坐實。然而深宮事祕，裡頭真實情形到底如何，無人清楚。

越國的國力遠遠不及楚國，一度被迫臣服。然而自從越國使者被烹殺後，越王無彊亦表現出了強硬的姿態，非但拒絕遣派新質子，還就此與楚國絕交。

越國位於楚國之東，與楚國有著漫長的邊境線。對楚國而言，東鄰有越國，北鄰有齊國、韓國、魏國，西鄰有秦國；對越國而言，自從吳國滅亡，楚國就成了唯一的鄰國。越國欲重興霸業，只可能從楚國身上開刀。楚國深知此點，因而從來視越國為心腹大患，一直有心拔掉後院的這枚楔子。

有些楚國大臣見新越王無彊派使者送來措辭嚴厲的國書之後，立即上書，稱無彊指使刺客徐弱行刺在先，拒不遣送質子在後，請求楚威王派兵征討越國。

這些最先上書的大臣其實都是善於奉迎的阿諛之徒，他們揣度著——若真是無彊派刺客射殺了華容夫人，楚威王恨其入骨，雖因太子槐之請勉強放其回國，心中其實並不痛快；而倘若無彊真的如自己聲稱那般無辜，那麼楚威王便是有意令江羋公主說刺客承認了背後的主謀是無彊，而這正是興兵越國的前兆。相較之下，後一種情況的可能還要大許多，因為知情的人都知道，公主在華容夫人遇刺翌日就前往屈府見刺客，而直到三日後，楚威王才派人捉拿無彊及其隨從。這不是很不合常理麼？但不管是哪種可能，有種種明顯跡象表明楚威王對越國很是不快，因而上書請求對越國宣戰，肯定沒錯。

但出人意料的是，楚威王並未同意出兵越國，也沒有說明原因，只是將這件事壓了下來。郢都城中的氣氛越發不尋常起來。

孟說回到郢都，已是半個月之後。剛進家門，老僕便氣急敗壞地迎上來道：「主君可算回來了。主君離家後，那盜賊又來了兩次，第一晚將小人枕頭下的金餅取走，第二晚將小人縫在貼身內衣裡的珠玉拿走。況且第二個晚上，小人可是一夜沒睡，但他還是……還是……」

孟說見他頓足捶胸的樣子，忙安慰道：「這不是普通的盜賊，他名叫簹簹，老單應該聽過他的名字。」老僕不禁咋舌道：「啊，他就是昔日入齊軍軍營盜取主帥髮簪的簹簹？主君如何惹上了這麼厲害的人物？此人來無影、去無蹤，萬一他起了歹意，想要害主君性命，那可怎麼辦？」

孟說道：「你不用害怕。我下令通緝簹簹全是出於公心，跟他之間並無私人恩怨，他不過是一時之氣，折騰幾次大概也就會算了。」他口中安慰老僕，心中卻暗道，「我已經讓官署發出簹簹的圖形告示，郢都是天下第一大城，城中人煙稠密，他臉上被刻了墨字，本領再高，也不可能不被旁人看到，如此毫無蹤跡，多半是有其他原因。」

思忖一番，孟說便趕來王宮，找到醫師梁艾，問道：「可有什麼法子能去掉臉上的墨字？」梁艾立即本能地露出警惕之色來，道：「孟宮正問這個做什麼？」

孟說見他反應怪異，料想他在趙國為刑徒時，多半也受過黥刑，而今臉上不見半點墨跡，當是自行醫治痊癒了，忙道：「我正在追捕殺死唐姑果的凶手，他受過黥刑，應該不難尋找，但這些天始終沒有他的蹤跡，我懷疑他是不是用了什麼法子除去臉上的墨字，所以想請教醫師。」

梁艾道：「就是那懷有魚腸劍的神偷簞簹麼？」孟說道：「是。」

梁艾道：「嗯，大王也很厭惡這人，好，看在這點的分上，我就告訴孟宮正。的確是有辦法能去掉刺字，只是這法子有些古怪——即取活水蛭一條，將一枚生雞卵剖開小頭，放入水蛭，再將小頭蓋牢封死。水蛭吃盡了雞蛋清之後，就會自己死去。然後再打破雞蛋，取出水蛭，用其體汁搽在墨字上，如此連續一個月，墨字就會褪去。說起來很容易，做起來也不難，但卻是我們梁家的祖傳祕方。就是因為梁家曾治癒了不少受過黥刑的人，才惹怒趙王和趙國太子，將我們一家不分老幼全都關到三角城為刑徒。」

孟說道：「原來是這樣，多謝醫師坦誠相告。照這樣說來，天下只有梁家人才知道這個方子，會不會是……」梁艾搖了搖頭，道：「梁家只有我一個人僥倖逃了出來。但天下還有一人可能會知道這方子。」孟說道：「是誰？」梁艾道：「江南君田忌。」

昔日，孫臏在魏國被師兄龐涓陷害，同時受了臏刑和黥刑。到齊國顯達之後，當時還是齊將的田忌曾多方為他尋找名醫以去除臉上象徵恥辱的墨字，但始終沒有找到好的醫治辦法。「圍魏救趙」後，趙國為感激田忌和孫臏的存國之恩，派來一名姓梁的醫師到齊國，經過一個多月的精心醫治，最終除去了孫臏的墨字。那醫師，就是梁艾的大伯。

孟說道：「你是說，你大伯教會了田忌去除墨字之法？」梁艾道：「我大伯在齊國待了半年之久，就住在田忌府上，以田忌的聰明才智，應該早學會了這法子。」

孟說心道：「田忌雖是齊國人，現在卻是我楚國的封君。如果當真是他設法為簞簹除去臉上的墨字，簞簹勢必是為他所用。田忌不可能是自己想要盜取和氏璧，必然是為了他的母國齊國。莫非，他在華容夫人遇刺當晚去了齊國質子田文府上，為的就是這件事？」一念及此，忙謝道，「多謝梁醫師提醒。」

梁艾笑道：「不用客氣。我幫了宮正君一個忙，宮正君也要幫我一個忙才好。」孟說道：「醫師但說無妨，只要孟說能力所及，必不敢推辭。」梁艾四下一望，見左右無人，才道：「那日我被人跟蹤的事，衛士已經告訴我了。我自己後來設法到十里舖看了一眼，宮正君可知道那自稱主富的趙國商人是誰？」

孟說道：「是誰？」梁艾道：「趙國太子趙雍。」孟說雖早料到主富的身分非同一般，聞言仍吃了一驚，隨即點頭道：「難怪有那樣的氣度，原來是趙國太子。」梁艾道：「宮正君放心，趙雍不是常人，他生平志向極大，對和氏璧這樣的玩物是不會放在眼裡的。」

和氏璧是楚國鎮國之寶，又有「得和氏璧者得天下」的讖語，諸侯國無不趨之若鶩，他卻說是「玩物」，也可謂十分獨特了。

孟說道：「那麼醫師認為趙太子是為何來到楚國。」梁艾道：「為我，為我而來。宮正君別不相信，當初力主將我梁家盡數沒為刑徒的就是趙雍，那番『法重於城』的話也是他說出來的。聽說他曾立下重誓，非要把我抓回趙國不可。」孟說道：「既然如此，醫師為何不向大王稟報此事，由大王派人扣留趙太子或將他驅逐回國了事？」

梁艾道：「趙國與楚國雖不交界，卻一直是盟國。昔日魏國攻打趙國，楚國也曾派兵援救。趙雍這次祕密來到楚國，不肯表露身分，也是為了方便行事。我若揭破他身分，他就會立即成為大王的座上賓。宮正君也知道，大王而今病得很重，萬一趙雍說服大王，要用財物或土地等外交手段換我回趙國，那我不是要糟？」

孟說道：「那麼，醫師是要我幫你設法對付趙雍？這怕是有些難辦，畢竟他是趙國太子。」梁艾道：「眼下只有你我二人知道主富就是趙國太子趙雍，他自己不肯說出來，誰還會知道？宮正君不是奉大王之命全權負責守護和氏璧麼？只須給他冠上一個覬覦和氏璧的罪名，就可以正大光明地驅逐他出楚國了。」

孟說道：「這個……」梁艾正色道：「宮正君，我敬你是個坦蕩君子，才將所有的事情告訴你。其實我本來可以說趙雍就是為了和氏璧而來，那樣你不一樣要派人防備他麼？」

孟說道：「醫師說得極是，我也很感激，如果趙雍一直在圖謀暗中綁架醫師，劫質在楚國也是重罪，我一樣要派人調查他。醫師放心，只要有我孟說在，就絕不會讓趙雍從我眼皮底下將你綁走。」梁艾這才長舒一口氣，露出笑容來，道：「如此，就多謝宮正君了。」

孟說離開路寢，趕來官署拜見令尹昭陽，稟報質簹一事。而今楚王病重，令尹總攬國事，田忌和田文的身分都非同小可，他若要有所行動，勢必得先請示昭陽。

昭陽聞報後，道：「孟宮正親受大王之命守護和氏璧，只要事關和氏璧，可自行處置，無須稟報本尹。」他如此做，一是顯得尊重楚威王、信任孟說，有刻意籠絡這位楚國第一勇士之意；二則也可以避免親自得罪田忌。

孟說微一遲疑，即躬身應道：「遵命。」昭陽又道：「宮正君不妨再叫上屈莫敖和他那位聰明過人的姊姊做為幫手。窺探和氏璧的，有不少人是諸侯國的人，牽涉外交，這也是屈莫敖分內之事。」

孟說心道：「雖然令尹說有事不必回報，但和氏璧事關重大，終究還是要小心些才好。」忙稟道，「請令尹准許調派南宮正給臣做幫手，專門追查和氏璧之事。」昭陽見他謹慎周全，很是高興，道：「准，我會命屈司馬暫代你二人宿衛王宮之職。宮正君，你辦事精幹，這次可就全靠你了。」

孟說辭了昭陽，先到官署叫上屈平，又尋到南杉，三人一齊回來屈府，與嬃芈會合後，才原原本本說了江南君田忌有可能質簹勾結之事。

屈平道：「老實說，我一直很佩服田忌的為人，雖然被齊國逼得走投無路，不得已拋家棄子，流亡楚國，卻從未說過半句齊王的壞話。而且他來楚國十五年，重新安家落戶，也算是半個楚國人，卻從不肯為楚國效力，只是遠遠避在江南，不問朝政，不予軍事。」

嬃芈道：「如此不是越發顯得田忌可疑麼？他心懷故國，日夜盼望的就是能在有生之年再回齊國。若是齊王命他盜取和氏璧，以此做為讓他回國的條件，他會不做麼？」

孟說道：「田忌高義，天下盡知。但他確實有許多可疑之處，像是這次來到郢都，不先進王宮朝見大王，而是悄悄溜到齊國質子田文的府上。」屈平道：「這點的確是田忌的不對。按照慣例，就算是齊國使臣要見質子，也應該事先知會楚國，得到允准才行。」

孟說道：「田忌到令尹府上做客的當晚，我和南宮正就發現了可疑人。如果這也是巧合，那就實在太巧了。」南杉道：「會不會是那箕篁裝扮成田忌的隨從混入了昭府，被我和宮正君發現形跡後，又迅速退回代舍？因此我們接連搜查兩遍，仍然一無所獲。」孟說道：「我也認為是這樣。但目前我們並沒有實證可以指證田忌，也不能就憑這些推測當面質問他。」

屈平道：「我有個主意，我們可以來一招釜底抽薪。如果田忌當真是為和氏璧而來，那麼齊國質子田文一定捲入了其中，很可能還是這件事的主謀。他不是一直想回齊國麼？我這就去官署擬表，奏請大王遣送田文回國，請齊國另換新的質子。只要大王准奏，我們即刻派人祕密送走田文。等田忌知道消息時，田文早已被強行解押出境了。」

媭芈道：「這主意極妙！想來田忌也是身不由己，田文一走，應該再沒有人逼他，也許他意圖染指和氏璧一事會就此作罷。」孟說也道：「嗯，好主意，這就請屈莫敖去辦吧。不過我還有一點擔心，即便田忌肯罷手，那箕篁應該不會就此善罷甘休。田忌不是還住在昭府中麼？我們這就分頭行事吧。」

屈平遂趕去官署，孟說、南杉、媭芈則來到令尹昭陽府上。

那日昭陽府上出了風波，田忌本有心告辭，但昭陽極力挽留。田忌也覺得如果堅持離開難免會更加落人口實，遂順勢留了下來，示意自己胸無芥蒂，但卻極力約束侍從只能留在代舍中，不得再四處行走。

孟說三人進來時，田忌正在庭院中散步。

孟說上前見禮，道：「君上可還好？」田忌笑道：「好，很好。」孟說道：「城中出了大盜，已經三次『光臨』臣的寒舍，臣是特意來提醒君上多加小心。」隨即取出繪有箕簹樣貌的布帛，有意遮住字樣，道，「就是這個人。」

田忌略略一看，當即「咦」了一聲。孟說道：「君上認得這個人？」田忌道：「不認得。只是看到這人受過黥刑，令我想起了一個老朋友來。」孟說道：「這個人就是箕簹。」田忌道：「啊，居然是他！我聽說他的大名已經很久了，原來長得這副樣子。」

孟說道：「他很可能已經設法除去臉上的墨字。」田忌挑起了眉毛，明顯愣了一下，這才問道：「他又回來郢都了？」孟說點點頭，道：「應該是為和氏璧而來。我今日特意拿來他的樣貌，要請所有人看一遍，記住他的樣子，一旦有發現，就請立即通知我。」

田忌沉默半晌，招手叫過侍從，道：「將所有人叫出來。」孟說遂請田忌的部屬一一看過圖形，暗中則比照真人與箕簹的樣貌，卻沒有發現任何端倪。不僅如此，出來代舍後，又讓昭府上下看過布帛，也沒有人聲稱見過這樣一個人。

南杉道：「聽說箕簹技藝高超，從未失過手。但人的能力終究有限，昭府不是普通民宅，他如果想做到萬無一失，事先定會做許多觀察，一定已經混進來查看地貌。怎麼會沒有人見過他呢？」

孟說歎道：「這圖形是根據老衛士的描述畫的，隔了十多年，記憶已不那麼清楚，畫出來就更變樣了。我自己小時候也見過箕簹，但現在也不怎麼記得他的容貌。想不到他三次光顧我家，將我家偷得精光，我居然連他到底長什麼樣子都不知道。」

嬃芈道：「這箕簹如此膽大妄為，居然先後三次到宮正君家裡盜竊。我有個主意，宮正宮不妨命人撤下通緝他的榜文，反正這圖形也沒有多大用處。他以為宮正君服軟，自然不會再來找麻煩。不僅如此，也會越發助長他的自大心理，我們正好可利用這一點來對付他。」

雖然未能從田忌一方發現線索，孟說卻不願就此向篔簹示弱，道：「這篔簹如此狂妄，既然非要針對我，不如由我來一次誘捕。」南杉道：「宮正君打算如何做？」孟說道：「上次因華容夫人的案子，太子酬謝了一雙玉璧給我，我因受之有愧，暫時收在宮中，未帶回家。不如就用這對玉璧做餌，來誘篔簹上鉤。」南杉道：「好，我這就去安排。」

嬃芈卻很不放心，道：「當年，篔簹能在千軍萬馬中探囊取物而不為人察覺，你們再如何安排，防守能比軍營還要嚴密麼？」南杉道：「篔簹本事再大，終究只是個人，我不信他有通天遁地之能。」輕握了一下戀人的手，道，「放心，我一定會安排妥當的。」嬃芈道：「那我跟你一起去。」

孟說遂與嬃芈、南杉分手，逕直來到十里鋪客棧，問店家道：「腹兌和司馬錯可還住在這裡？」店家道：「還在這裡。不過，腹君剛剛接信出去了，司馬君應該還在樓上。」

孟說心道：「這兩人明知唐姑果已死、墨者想奪取和氏璧的意圖已經暴露，卻還滯留在這裡不走，說不定是在等待墨者的後援。」又問道，「那姓田的墨者可有再來過？」店家道：「沒有。自從他上次跟宮正君一起來過一次後，就再也沒見過他。」

孟說猜想田鳩必定已趕回秦國，向墨家鉅子和秦王稟報。遂逕自上了樓，敲開司馬錯的門，直言告道：「墨家協助秦國奪取和氏璧的計畫已經敗露，你們再留在這裡也不能有所作為。從今日起，我會派人嚴密監視這裡，如果稍有異動，我就會逮捕你們法辦。你最好還是和腹君早日回去秦國。」

司馬錯道：「我早告訴過宮正君，我和腹兌只是來楚國遊玩。難道因為腹兌是腹鉅子的愛子，就懷疑他要奪和氏璧？那麼你是孟鉅子的孫子，是不是也有奪璧的嫌疑？」孟說道：「我的話就說到這裡，這是我看在先人情分上的最後勸告。」

出來房間時，正好遇到趙國商人主富，也就是──趙國太子趙雍。

趙雍先笑道：「宮正君可有捉到那名身懷魚腸劍的凶手？」孟說道：「還沒有。主先生可有好法子？」趙雍笑道：「聽說那人就是大名鼎鼎的簋簹，我能有什麼法子？」頓了頓，又道，「宮正君此刻的心情，應當相當焦灼吧？」

孟說道：「這話從何說起？」趙雍道：「明知道那人犯了罪，明知道他姓甚名誰，卻無法將他繩之以法，宮正君難道不焦灼麼？」話中儼然別有深意。

孟說道：「我相信天網恢恢，疏而不漏，凶手落網是早晚之事。」頓了頓，又道，「主先生是明理之人，想來該知道趙國有趙國的法律，楚國有楚國的法律。如果因執行趙國的法律而要觸犯楚國的法律，那麼我是一定會干涉的。」

趙雍一時愣住，大概料不到孟說已然知其來歷和意圖，好半晌才道：「那是當然，今日承教了。宮正君，請。」擦肩而過時，又低聲笑道，「不過我想做的事，從來沒有做不到的。」孟說道：「好，我拭目以待。」

出來客棧時，正遇到昭府的管家。孟說不免很有些驚訝，問道：「管家來這裡做什麼？」

管家笑道：「還不是為壽宴做準備？夫人怕賓客太多，府上人手不夠，要從十里舖訂一些菜肴，我家少主君最喜歡這家的菜了，小人是來送菜單的。」忽聽得裡面琴聲叮咚，有女子宛轉吟唱，不由得眼前一亮，問道，「那是誰在唱歌？」孟說道：「應該是那名叫桃姬的女樂，我每次來都差不多能看到她。」不及多說，就此告辭。

正拐過街角，衛士庸芮匆匆奔來，叫道：「宮正君，我剛才無意中又看到那名墨者了！」孟說道：「田鳩？他怎麼還在這裡？」庸芮道：「他一直在跟腹兌爭吵些什麼，就在前面河邊上。」孟說道：「去看看。」

二人趕來龍橋河邊，卻見腹兌雙手緊握一柄短刃，正指著田鳩的腹部。田鳩捉住他手腕，竭力抵擋。孟說忙大喝一聲，道：「做什麼？快放下兵器！」

腹兌微一偏頭，隨即轉頭，短刃就在那一剎那刺中了田鳩。田鳩捂住腹部，慢慢軟了下來。腹兌「啊」了一聲，慌忙鬆開手，轉身就跑。孟說命道：「你看看田君還有沒有救，我去追腹兌。」庸芮道：「遵命。」

孟說提氣急追，終於在市集東面追上了腹兌，捉住他手臂，反擰到背後，喝道：「你殺了人，還能往哪裡逃？」腹兌掙扎地叫道：「我不是有意要殺他，是他逼我殺他的。」孟說道：「少廢話，跟我走。」

走不多遠，庸芮氣喘吁吁地追了上來，叫道：「宮正君，不好了，那墨者自己投河了。」原來庸芮見田鳩傷在要害之處，流血極多，便打算就近叫幾個人來，用木板抬他去醫治。哪知剛走出數步，便聽見背後有動靜，回頭一看，田鳩掙扎著坐了起來，一頭栽入河中。

腹兌聞言，咬牙切齒地道：「他這是非要害死我呀。」孟說不解地問：「你說什麼？」腹兌則因氣憤之極，再也不肯開口說話。

幾人忙重新趕來田鳩投河之處，卻只見河岸邊一灘鮮血，河上船隻往來穿梭，不見人影。

楚國水系縱橫，郢都城內所有的河流、湖泊均交叉串連在一起，又有多條明道、暗道與城外的雲夢澤、長江、漢水、沮漳河等相通，田鳩這一投下水去，也不知被暗流沖到了哪裡，怕是再也難以打撈到，最終餵了大魚，屍骨無存。

孟說又等了一會兒，還是不見人影，便道：「你先押他去官署。」腹兌道：「不，你們不能抓我。我……我是墨者。」墨家有自己的法律，但往往比諸侯國的法律更嚴酷。墨者犯法，通常都由墨家鉅子自行處置。

孟說聞言，便與庸芮押著腹兌回到十里鋪客棧，進來司馬錯房間，開門見山地問道：「腹兌是墨者麼？」司馬錯雖不知發生了什麼事，但見腹兌手上、衣襟上均有血，被庸芮執在一旁，料來是闖了大禍，若不承認是墨者，他便會立即被逮去官署，只得老老實實地答道：「是，腹兌是腹鉅子之子，自小就是墨者。」

孟說道：「那麼你也是墨者？」司馬錯道：「我不是。」他對自己的身分有著極強的榮譽感，不願靠撒謊脫身，料想到了這地步，再也難以在楚國待下去，索性實話實說，「我跟孟宮正一樣，也是軍人。不過，我是秦國的軍人，這次是受我國大王之命來協助唐先生辦事。我和腹兌喬裝成富家子，只是要掩人耳目，方便行事。」

孟說道：「既然唐姑果是你們楚國之行的主事之人，他意外被殺，你們為何還滯留在這裡？」司馬錯道：「我們已經派人回秦國稟報，正在各自等待大王和腹鉅子的命令。」

孟說道：「那麼田鳩呢？」司馬錯道：「田鳩是前任鉅子田鉅子的獨子，向來獨來獨往。」田鉅子就是田襄子，是孟說的祖父孟勝在自殺前親自選定的鉅子繼承人。

孟說道：「腹兌剛剛殺傷了田鳩，田鳩自己投河而死。」他本以為司馬錯會萬分錯愕，但對方卻一點也不驚訝，只默默看了腹兌一眼。腹兌道：「不是我要殺他，是他非逼得我殺他。」

孟說轉頭道：「先帶他回去他自己的房間。」等庸芮將腹兌拖走，這才問道：「到底是怎麼回事？你不肯說也無妨，我會立即以間諜罪名逮捕你，以殺人罪名逮捕腹兌。」司馬錯正色道：「宮正君可以逮捕我，我是軍人，敢來楚國，就已有赴死的準備。但腹兌是墨者，按照慣例，墨者傷人、殺人都由墨家鉅子處置。」

孟說道：「這我自然知道。但腹兌和你之前不都一再強調跟墨家無關麼？我怎麼知道你現在不是為了幫腹兌逃脫楚國法律，才假稱他是墨者？我看得出他很享受眼前這種錦衣玉食的生活。」司馬錯急道：「腹兌的確是墨者，田鳩跟他爭吵，也是因為認為他違背了墨者清苦的原則。」

司馬錯已知若不說實話證實腹兌的墨者身分，勢必難以脫身，只得娓娓道來：「墨家的事，具體情形我也不十分清楚。但聽說腹鉅子多病，已開始在眾弟子之中選挑選繼任。田鳩在墨者中聲望很高，是下任鉅子的有力人選。腹兌一直有心從他父親那裡繼承鉅子之位，對田鳩多少有些忌恨。」

孟說道：「可是墨家教規森嚴，選任鉅子並非公選，而是由上任鉅子任命。田鳩威望再高，如果腹𩒹鉅子指名腹𩒹繼任，他也只能遵從。」司馬錯道：「是，但許多墨者不服氣，分化為兩派，不少反對派甚至因此離開了秦國。所以這次腹鉅子同時派了腹𩒹和田鳩前來，也隱有考察二人表現的意思。」

孟說道：「那麼，為何你對田鳩之死一點也不驚訝？」司馬錯道：「孟宮正是孟鉅子後人，論起來也不是外人，我願意實言相告，但請放了腹𩒹。」

孟說心道：「腹𩒹是墨者，理該放他走。墨家法律，傷人者刑，殺人者死，他回去秦國也難逃一死。若腹鉅子袒護親子，等於公然破壞教規，從此再無聲譽可言。但無論腹𩒹的結局如何，這都是墨家內部事務，輪不到我來插手。」當即應允道，「好，我答應你，稍後就派人押送他到秦國邊境。」

司馬錯道：「腹𩒹和田鳩二人之爭，不光是鉅子位之爭，還關係墨家的派系之爭。田鳩那一派，還是墨子「兼愛非攻」那一套。而腹𩒹這一派則支持秦國統一六國，認為只有天下一統，才不會再有戰爭。我國大王自然要支持腹𩒹，所以這次派我來楚國，實際上是要我暗中殺死田鳩，為腹𩒹除去競爭對手。但田鳩的警覺性很高，一路不與我們同行，到楚國後也不同住，極少露面，我一直沒能找到合適的機會下手。」

孟說又想起那個滿天星光的晚上來，田鳩在門前的槐樹下與他相對而坐，問了一番話。雖看不清他臉上的表情，孟說卻第一次感受到了他的情感起伏。也許即便他是堅定的田派，也對多艱的時局感到茫然，因此才想問問孟說的看法。可是他為什麼偏偏選了只有過一面之緣的自己呢？僅僅因為他們都是墨家鉅子的後人麼？

沉思許久，孟說才問道：「唐姑果知道你此行的真正目的麼？」司馬錯不答，但分明就是默認。

孟說這才知道田鳩為何不等待救助，而要投水自殺——他一定是明白了過來，原來同伴想要他死。他知道自己受了重傷，再也無力回到秦國，索性投水自殺，他死了，也等於腹𩒹死了。即便腹𩒹有父親腹（黃享）的庇護，僥倖不死，但腹派在道義上也完全被打敗了，他所屬的田派自會大占上風。此人其貌不揚，看起來呆頭呆腦、木訥寡言，卻能在傷重之時考慮得如此深遠，當真是人不可貌相。

孟說問道：「多謝司馬君直言相告，這就請跟我走吧。」帶了司馬錯出來，命庸芮送腹兌到司馬屈匄處，請屈匄派一隊士卒押其出境。腹兌聽說可以回秦國，頗見喜色，又指著司馬錯問道：「他呢？」

孟說道：「他是秦國軍人，不得允准擅自進入楚國，按例要當間諜處置。你放心，他不會被處死，只會被扣押起來審問，但皮肉之苦是免不了的。」遂帶司馬錯到大獄囚禁。孟說回來王宮，正好遇到屈平喜孜孜地道：「那法子成了，令尹奏明了大王，大王也批准了。」

孟說問道：「大王同意放齊國的質子田文回齊國麼？」屈平點點頭，道：「今晚就會連夜派兵押解他到邊境。田忌那邊查得如何？」孟說道：「一無所獲。你姊姊和南宮正現下都應該在我家裡，屈莫敖稍等我一下。」

孟說隨後到王宮中的住處取了太子槐贈送的玉璧，和屈平一齊回到屈府。剛拐上街口，就見到纏子率領眾衛士笑嘻嘻地迎了上來，只不過都換上了便服。

纏子笑道：「宮正君放心，南宮正已安排妥當，那賁黨敢再來，定教他有來無回。」孟說道：「辛苦各位了。」孟說瞥見屈平一副不以為然的樣子，問道：「屈莫敖認為賁黨不會再來麼？」屈平道：「宮正君可別小瞧了賁黨，他雖然賭強好勝，卻是個機靈人，壽宴不日即到，他既意在和氏璧，絕不會因小失大。」

事情果真如屈平所料，賁黨接連三日都沒出現。孟說見如此下去只是徒然消耗人力，便令埋伏的衛士撤去，依舊將玉璧送回王宮住處，自己則專心安排令尹府中的壽宴。

齊國的質子田文被祕密遣送出郢都後三日，田忌才得知消息，立即主動向令尹昭陽辭行。昭陽雖尚不能肯定田忌是否真與賁黨勾結，計畫為齊國盜取和氏璧，但對方確實有種種可疑之處，現下他肯主動退讓，總比撕破臉皮從此絕交要好，於是也不再挽留。田忌於是自率隨從回到他在楚國的江南封地——

十年後，齊威王死，齊宣王即位，田忌終究還是受召回到齊國復職。田文則繼承了父親田嬰的爵位，廣召門客，成為著名的孟嘗君；這是後話。

如此一來，齊國和秦國兩方覬覦和氏璧的勢力均被擊破。這可是諸侯國之中最強的兩個大國，齊、秦無力再奪和氏璧，魏國、韓國，以及遠在北方的趙國、燕國就更不用提了。局面豁然開朗，令尹昭陽陰鬱許久的臉上也一下子雨過天晴起來。

知情人如孟說、屈平等人仍舊忌憚著那神龍見首不見尾的簞篭，雖心中期盼他已跟隨田忌離開，但又深知他絕非主動放棄之人，因此依舊視其為大敵，昭府內外的許多防範措施都是刻意針對他而為。

令尹夫人南娟的壽宴終於如期在昭府舉行。

男主人是位高權重的令尹，女主人則是未來王后的親姊姊，郢都城中稍有頭臉的人物自然都要趕來巴結；當然，也不是所有想來的人就能來。昭陽事先早擬定了一份賓客名單，只有在邀請名單上的人才能進入昭府。依周人禮俗，飲酒需在晚上。楚人雖不受約束，但大型宴會也習慣從傍晚天黑時開始，一般要鬧到半夜。下午申時，陸續有賓客到來，負責昭府宿衛的孟說和南杉高度緊張，親自站在門口查驗賓客身分。

孟說跟南杉、屈平等人合議，為防止竊璧者混入昭府，已做了大量準備──居住在昭府的所有人都被登記，每個人都發了一枚木牌繫在腰間。木牌是同一根楠木製成，有獨特的紋理，旁人難以仿冒。不同身分的人佩戴不同顏色的木牌──令尹昭陽、夫人南娟、獨子昭魚等家眷掛紅牌；陳軫、甘茂、張儀等門客則掛黑牌；婢女僕人掛黃牌，有資格進入廳堂服侍的奴僕，黃腰牌上則另加兩道紅槓。每一枚木牌上都刻有名字，衛士可以隨時查驗，沒有木牌者當場處死。拜壽的賓客中，主人掛綠牌，隨從掛紫牌。

昭府內又被分為數區，像宴會廳這樣重要的地方，只有掛紅牌、綠牌、黑牌者，以及掛黃紅腰牌的心腹奴婢才能進入。掛紫牌的隨從們則會被集中在南邊的一座院子中，限制出入行走。那院子原是供貴客居住的代舍，正好田忌離開後空了出來，獨立封閉，大門處有衛士嚴密監視，是理想的軟禁之所。

如此一來，賓客之中無論誰想盜取和氏璧，他和手下被不同顏色的腰牌加以區別，又被地域隔開，無法來回通傳消息，各自勢單力孤，難成其事。即便像賁當這樣身手了得的神偷，也不可能憑空而降，多半要靠喬裝成賓客隨從混進府中；但即便混了進來，也只能被軟禁在院子中，難有作為。為了準備這場宴會，孟說幾人反覆商議，才想出了這個法子，可謂煞費苦心。

守衛外圍大門等要害之處的，全是孟說臨時從王宮調來的心腹衛士，防止昭府內有人徇私，與外人勾結。除了安排一隊隊衛士往來交叉巡視，孟說還命人在府門兩旁用木頭臨時搭建了兩座瞭望臺，可居高臨下俯瞰宴會廳前院的情形。瞭望臺上各安排兩名衛士，專門負責監視異常動靜。

太陽落山時，賓客差不多都已趕到。極為意外的是，孟說居然看到了趙太子趙雍帶著數名隨從昂然而來，忙上前攔住，道：「我不記得賓客名單上有主富君的名字。」

趙雍笑道：「我是趙國太子趙雍，憑這個身分能不能進去？」孟說見他自曝身分，只得命人進去稟報昭陽。昭陽驚訝之餘，忙親自率眾門客出迎，道：「趙太子大駕光臨，當真令寒舍蓬華生輝。」孟說只得命衛士在綠牌上刻上名字，上前奉給趙雍。

趙雍奇道：「這是做什麼用的？」孟說道：「是一點防範措施，太子須得憑它在府中出入。趙雍笑道：「如此看來，今日我能一飽眼福，有幸看到聞名天下的和氏璧了。」遂接過綠牌，繫在腰間。

孟說又一一問過趙雍帶來的隨從名字，每人發給一枚紫牌，命衛士帶他們到旁邊的院子。

卓然抗聲道：「我們是太子的隨從，當然要扈從在太子身邊。」孟說道：「抱歉，今日就是本國太子殿下前來，也是這個規矩。卓君放心，趙國太子是楚國貴客，我會單獨加派人手，一定保護太子周全。」便招手叫過心腹衛士纏子，令他帶兩名衛士貼身保護趙雍。

昭陽也笑道：「臣不知道太子殿下今晚要來，不然就不會事先定這個規矩了。不過，孟宮正是奉我國大王命令便宜行事，太子還是依從了他吧。」趙雍只得訕笑道：「如此最好。」揮手命隨從將攜帶的壽禮交給纏子，轉頭重重看了孟說一眼，這才跟隨昭陽進去。

趙雍前腳剛進門，醫師梁艾後腳就到了。他是楚威王最信賴的人，自然也是昭陽奉迎的對象，是以也在貴客的名單中。而梁艾也是個聰明之極的人，知道楚威王命不久矣，不及時巴結令尹和太子槐，他很可能會被送回趙國，特意準備了一份大禮，趕來為令尹夫人賀壽。

孟說上前將綠牌遞給梁艾，道：「趙國太子趙雍也來了。」梁艾一驚，道：「他憑什麼進來令尹府？」孟說道：「他表明了趙國太子的身分，令尹親自出來迎接。」梁艾臉色頓變，恨恨道：「這豎子好陰險。」孟說道：「醫師放心，我派了人跟在趙雍身邊，今晚無論他想做什麼，都絕不可能得手。」梁艾點點頭，又搖搖頭，歎了口氣，抬腳跟著迎客舍人進去了。

暮色降低時，今晚宴會的真正主人太子槐，率領兩位夫人南媚、鄭袖乘車到來。南杉忙迎上前去，為姊夫、姊姊在腰間結上綠牌。

太子槐好奇道：「那簋簹當真會來麼？」南杉遲疑了一下，答道：「臣認為他一定會來。」太子槐笑道：「好。十幾年前我曾見過簋簹，不過那時候年紀太小，現在已經不記得他的樣子了。倒真想重新會會這位奇人。孟宮正，南宮正，抓住了簋簹後，不要傷害他，直接帶他來見我。」孟說、南杉一齊躬身應道：「遵命。」

太子槐一到，宴會廳中樂聲陡起，代表晚宴正式開始。

宴會廳設在正堂中。楚人喜歡濃烈的色彩，好紅衣翠被。廳堂周圍的牆面掛上了輕軟的翡帷翠帳，為這潮悶的初夏帶來幾許清爽的涼意。綠色的輕紗輕輕飄動，在燈光下閃爍著幽光，彷若碧波蕩漾，又彷若置身竹林，綠意盈盈。帷帳下端垂著流蘇，流蘇繫著料珠。每每有人從牆邊走過，便會帶動帷帳，料珠互相撞擊，「颯颯」作響，發出清脆悅耳的聲音。

正堂也是坐西朝東，西首為上首。上首正中央擺著一巨大木雕虎座飛鳥形座屏，造型奇特，髹有彩漆。座屏前擺著兩座青銅酒禁，分別是太子槐和主人昭陽夫婦的座次。這兩座酒禁要比其餘賓客的酒禁大出許多，顯出主人的不凡身分；也只有這兩座酒禁後面舖著精美的象牙席，其餘賓客只能席坐桂席。

太子的親弟弟公子蘭坐在北首第一座。趙國太子趙雍雖然身分尊貴，卻是不速之客，坐了南首第一座。大司敗熊華、司馬屈匄、莫敖屈平、昭陽之子昭魚等人均依官秩在座席間。

昭陽府下門客不少，分坐在南、北兩側賓客的後面，面前所擺的都是刷著黑漆的木製酒禁，雖然精美，但比起銅禁，則要明顯低一個等級，不過，即便是用木製酒禁，也備覺榮耀，畢竟只有上等門客才有此機會——這是由於人數實在太多，低階的門客沒有座次，只能站在牆邊看熱鬧；也有些自尊心強的低階門客覺得傷面子，索性賭氣躲在自己房中生悶氣，不肯出來見客。

主賓寒暄一陣，各自分案就座。各人面前的青銅酒禁上早擺滿了各色漆器，如杯、盤、豆[1]、俎、勺、匙等，紅黑相間的髹漆中描著細細的金線，色彩濃烈，華麗典雅。酒爵中早已斟滿美酒，托盤則盛滿了食物。肉如山，酒如池，一時觥籌交錯，好不熱鬧。

孟說聽到宴會開始，刻有名字的綠牌盡數發完，表示賓客均已到齊，便下令關閉大門，道：「從現在開始，任何人要走出這扇門，都必須經過我和南宮正的批准。硬闖者當場射殺勿論。」衛士道：「遵命。」正要掩上大門，忽聽見門口有人尖聲叫道：「公主駕到！」孟說吃了一驚，忙命人拉開大門，果見江芈公主一身雪衣，芳華絕代，亭亭站在門前，不由得愣住，囁嚅道：「公主，你……你怎麼來了？」江芈微笑道：「我不能來麼？」

孟說自從在鳳舟上拒絕與公主交歡後，被她狠狠打了兩個耳光，她從此再沒跟孟說說過一句話，卻不知今晚為何一改常態，變得如此和顏悅色。

庸芮搶過來道：「公主是貴客，理該由主人出迎，請公主稍候，讓臣進去通傳。」江芈道：「有勞。」

孟說垂手站在一旁，頭也不敢抬。自從荊臺之行回來後，他大多數時候都待在令尹昭陽府中為壽宴進行準備，很少回王宮，自然也很少再見到公主。他偶爾聽到一些傳聞，說是而今在楚威王身邊侍奉的都是太子槐和公子蘭，再也不是江芈公主，大約是受了關於她兩個弟弟身世流言的牽累。一直承歡膝下的掌上明珠，忽然遭逢母親去世，又被父親冷落在一邊，想來她的日子應該很不好過。

只在那淺淺的一瞥間，他發現她瘦了許多，昔日豐潤的臉龐深深凹陷了下去，本就苗條的身段越發纖弱，才花樣年華的公主，竟平添幾分深閨怨婦的落寞。他初時雖驚愕她竟會強顏歡笑地出現在這裡，但很快便猜到她今晚的用意——她失去了母親，也等於失去了父親，失去了依靠，便得竭盡全力來討好太子。畢竟，她是兩個弟弟的唯一寄託，唯一希望。不知怎地，他心中忽然一緊，異常難過，命運讓公主變成了這副樣子，而他自己卻什麼也做不了。

江芈倒若無其事，招手叫道：「孟宮正。」孟說遲疑了一下，還是走過去躬身應道：「臣在，公主有何吩咐？」江芈歪著頭想了想，歎了口氣，道：「還是算了。」深潭似的眼眸流露出一絲悵然來。孟說不禁心頭一熱，低聲道：「公主有事儘管吩咐，臣赴湯蹈火，在所不辭。」江芈微笑道：「當真？」

她反問得十分平靜，但孟說還是聽出了嘲諷的意味，不禁面上一紅。他自然知道對方意有所指，想解釋當初在鳳舟上拒絕與公主親熱，僅僅是因為她還在為母親服喪，於禮不合。他喜歡公主，心中也渴望將來有一天能光明正大地娶公主做妻子，雖然那只是一個極渺茫的希望，但在那之前，他絕不會碰公主一下。如果僅出於慾火就玷污了公主的清白，既對不起公主，也對不住自己。

江芈道：「孟宮正，這是你第二次說這類的話，我可是記住了。」似笑非笑，似嗔非嗔，似怨非怨。她就站在他面前，距離如此之近，他卻看不透她的心，彷若天上浮雲般縹緲朦朧，遙不可及。

幸好這時女主人南娟親自降階出迎，賠罪道：「公主大駕光臨，臣妾不勝榮幸。原以為公主傷心華容夫人之死，身子不好，未敢驚擾，想來是臣妾的不是。」江羋笑道：「夫人何須見外？你是太子的姊姊，太子是我的兄長，你也就是我的姊姊。姊姊過生日，妹妹理該來道賀。」南娟道：「公主有心。」命孟說刻了一枚綠牌，親自為江羋繫在腰帶上，道，「公主請進吧，大夥正在等你。」

公主的侍從隨即抬著一只大箱子跟了進來。孟說問道：「這是什麼？」江羋回頭道：「這是我為夫人準備的壽禮。」

依楚國習俗，賓客會在宴會中向壽星祝壽獻禮。南娟雖不知道箱子裡是什麼，但既是公主所送，料來非同小可，便命侍從直接抬到宴會廳外。

孟說見那箱子大得可以藏下一人，有心攔下查驗，可是又忌憚公主，不敢開口。南杉似猜到他心思，低聲道：「宮正君放心，那箱子雖大，裡頭的東西卻極輕，不會有人藏在裡面。」

孟說仔細一看，果見兩名侍從各用一隻手提著箱子兩邊的銅環，腳步甚為輕快，絲毫不似有重物在裡面，這才放下心來，命人掩上大門，用木杜門好。

南娟引著江羋進來宴會廳時，眾人的目光一下子集中在這位美得驚人的公主身上。江羋卻熟視無睹，逕直走到上首，笑道：「太子哥哥，你來得好早，怎麼出宮時也不叫我一聲？」

她兄妹二人素來有不和的傳聞，眾人聽到公主語氣中大有撒嬌之意，顯然跟太子極為親近，不由得愣住。

太子槐自然知道江羋今晚不請自來是為了討好自己，她將來必然要嫁去諸侯國，但兩個弟弟公子冉和公子戎仍在楚國；她刻意示好，無非是指望他將來即王位後，對她的弟弟好一些。可是想到之前華容夫人母女利用父王的寵愛多方構陷，想廢掉他的太子位，不免很有些想當面報復的衝動。轉念又想：「今日是令尹夫人的壽宴，還是不要鬧出什麼亂子為好。反正江芈再也不能與自己爭鋒，不如給她個好臉色，萬一將來她當上某國王后，說不定還能有用得上的時候。」當即笑道，「是我忘記了，是我的不對。來人，快些給公主設座。」

負責安排座次的管家見眾人均已就座，一時不知該將公主安排到哪裡才好，不由得露出為難之色來。

趙國太子趙雍開口道：「公主若不介意，不妨坐我的位子。」江芈見此人的座次僅次於公子蘭，可見身分極為尊貴，自己卻不認識，便問道：「足下是誰？」公子槐笑道：「江妹你不知道，他是趙國太子，跟你一樣，是今晚的不速之客。」

江芈很是驚詫，道：「趙國太子也來了？失敬。」嫣然笑道，「我還是跟蘭弟擠一擠吧，不敢有勞趙太子起身。」自行過去和公子蘭坐了一案。他們本是同父異母的姊弟，也沒有什麼可忌諱的。

只是江芈不經意轉頭，居然見到嬃芈打扮成侍女模樣，侍立在昭陽背後，不由一愣。

壽宴繼續進行，又喝過一巡，就該是獻壽禮的時候。獻禮時，照例先說一番祝辭，再捧上禮物，然後眾人對禮物品頭論足，其實就是圍坐暢談，愉情悅志，圖個熱鬧。

太子槐送的是一對瑩潤光亮的白玉玉鐲，據稱是玉工唐怪最得意的作品。既然是太子送的禮物，無論好與不好，眾人都要稱讚一番。太子槐笑道：「我這不過是拋磚引玉，一會兒大家看見了和氏璧，就知道我這不過是兩塊磚了。」

一聽到「和氏璧」三個字，堂中登時一陣譁然。和氏璧自從面世以來，就是楚國鎮國之寶，一直被收藏在王宮府庫中，見過的人少之又少。絕大多數人是只聞其名，不見其形。後來即便楚威王將它賜給昭陽，他也是鄭重收藏，從不取出來展露；是以他門下舍人眾多，卻無一人親眼見過和氏璧。

站在一旁的門客張儀忍不住出聲問道：「令尹君今晚當真會取出和氏璧，令我等一開眼界麼？」昭陽微笑著點了點頭。眾人便一齊嚷道：「快，快獻禮，獻完禮就可以觀賞和氏璧了。」

輪到江芈公主時，她起身笑道：「我這個禮物比較特別，得到堂外觀看。請各位隨我來。」當先出來堂外，親手掀開階下的那口大箱子，俯身往裡面拍了一下，登時「嘩啦」一聲，有一隻大鳥張翅從箱子中飛了出來，騰空而去。

宴會廳四周伏有不少弓弩手，聽見動靜，一齊起身，張弓瞄準。孟說忙叫道：「停，停手。」

南娟很是驚異，不知道公主為何要送隻大鳥給自己，忙問道：「公主，這是什麼名貴的鳥？」卻聽見「嘩」的一聲，那鳥又俯衝了下來，開始在上空盤旋。屈平眼尖，先辨認了出來，驚叫道：「啊，這不是真鳥，是木鳥。」江芈笑道：「屈莫敖好眼力，這正是昔日公輸般親手用木頭和竹子製作的木鵲。」

眾人聽到原來這就是公輸般那只能飛三日的木鵲，登時發出一陣驚呼聲。

公輸般是魯國著名的能工巧匠，長期居住在楚國，沉迷於製作各種新奇器具，這木鵲就是他最神奇的作品之一，能像真鳥那樣在天上飛。墨家第一任鉅子墨子也是製作器械的高手，看到這只木鵲後很不服氣，道：「我用三寸之木就可以做一個車軸，能夠承受五十石的載重，只須用片刻工夫。你做這只鳥費時費力，卻只能在天上飛來飛去，又能派什麼用處呢？」傳說公輸般聽到這話後就銷毀木鵲，從此只為楚國製造雲梯、鉤撓一類的軍事器具。想不到這只傳奇的木鵲原來還存在世上，依舊能夠翱翔。

正仰頭觀看之時，忽又發出聲響，那木鵲身上不斷撒下點點磷光，彷若點點火花，在黑魆魆的天幕中極為好看。江芈道：「這是我命巧匠在木鵲身上添加的一點新鮮玩意兒，意在為夫人賀壽。」

南娟「啊」了一聲，歡喜異常，道：「多謝公主。」

孟說一直刻意留意四周動靜，見眾賓客盡數擁到庭院中，爭相仰頭觀看木鵲，於是轉而來到了宴會廳中。卻見那女樂桃姬正從琴身下抽出一柄匕首，忙上前喝道：「你做什麼？」桃姬吃了一驚，本能地揚刀扎來，卻被孟說一把握住手腕，奪走匕首。

桃姬只覺手腕劇痛，掙扎不得，怒斥道：「放手，快放手。」與之前軟弱膽怯的女樂形象完全判若兩人。孟說不欲聲張，招手叫過兩名衛士，命他們帶桃姬出去，先捆縛關押起來，待宴會結束後再另行審問。

桃姬剛被帶走，趙國太子趙雍便匆匆進來，問道：「桃姬犯了什麼錯？」孟說道：「這是她從木琴下取出的匕首，我親眼所見。」衛士纏子緊緊跟在趙雍的背後，聞言道：「這女樂原來是個刺客。」

昭陽正好進來，悚然而驚，道：「今日貴客極多，半點馬虎不得。孟宮正，你立即派人去拷問她，問出她是否還有同黨在這裡。」孟說道：「遵命。」

趙雍忙道：「等一等，這……這只是誤會。」昭陽滿腹狐疑，問道：「誤會？太子殿下，這女樂將匕首藏在琴身下帶入本尹府中，會有什麼誤會？莫非你認得她？」趙雍道：「她……她是我未過門的妻子。」未來的趙國太子妃竟然是女樂，未免太匪夷所思。趙雍只是情急之下脫口而出，話一出口，也覺得不妥，又解釋道：「她只是假扮成女樂。」

但這句話並不能說明什麼，反而加重了趙雍本人的嫌疑。如果桃姬真是趙國太子妃，假扮女樂混進昭府，那麼趙雍今晚到來是否也別有意圖？他們要行刺的到底是誰？還是只想以行刺製造混亂，好盜取和氏璧？

昭陽見已有賓客陸陸續續地進來廳堂，便道：「孟宮正，請太子殿下到隔壁歇息。」孟說便帶趙雍來到隔壁廂房，直言告道：「殿下最好還是快些說實話。即便令尹不敢對你和你的未婚妻子如何，但你的隨從全都免不了被嚴刑拷打的命運。」趙雍急道：「哎，這真不關我的事啊，我屬下更是什麼都不知道。」孟說道：「不關太子的事？桃姬不是你的未婚妻子麼？」趙雍道：「她……她……」

孟說見趙雍神色焦灼，欲言又止，當即明白了過來——這位趙國太子喜歡上了女樂桃姬，他只是想救她，才謊稱她是自己的未婚妻子，想用自己趙國太子的身分庇護她。哪知道庇護不成，反將自己捲了進來。他若說出真相，救得了他自己和部屬，就再也救不了桃姬。

孟說道：「臣大概明白了，太子請回宴會廳繼續喝酒吧。纏子，送趙太子回去。」趙雍急忙問道：「你……你要去拷問桃姬麼？」孟說道：「抱歉，這是下臣職責所在。」趙雍道：「等一等，她……她真的不是女樂。」不得已，只能說了實話。

原來那桃姬竟然是現任韓王韓宣惠王的女兒，她名字中的「姬」不是一般「美好之女子」的意思，她是真的姓姬。堂堂韓國公主，竟然在客棧扮成女樂，實在令人跌掉眼珠。但從第一次見面就全力維護她的主富也不是什麼趙國商人，而是趙國太子趙雍。他生平最好冒險，經常喬裝成百姓遊歷民間，這次來楚國是為了捕捉那逃走的刑徒梁艾。他帶的隨從雖全都武藝高強，但梁艾一直住在王宮中，根本沒有下手的機會，只能一直派人在王宮門前監視。好不容易等到梁艾被孟說請去驗屍，他身邊又有王宮衛士，是以始終不能成事。

桃姬來到楚國已有一段日子，雖刻意裝扮成身分卑賤的女樂，但趙雍與她朝夕相處，還是很快便識破了她的身分。桃姬稱她只是想得到和氏璧，而之所以裝扮成女樂在酒肆中廝混，是因為她聽說昭陽之子昭魚喜愛十里鋪客棧的菜肴，經常來光顧，因此想利用昭魚接近和氏璧。哪知道楚國變故連連，先是華容夫人在紀山遇刺，後是太子槐一方受到懷疑，昭陽不准昭魚再像以前那樣遊走市井之間，是以她始終沒有機會與昭魚結識。趙雍得知桃姬的意圖後，心想天下多少豪傑覬覦和氏璧，她不過一弱質女流，能有什麼本事從楚國人眼皮底下奪走玉璧，因而也並未真正放在心上。

哪知道機會終究還是自己降臨了，昭府管家到十里鋪客站預訂菜肴，意外聽見桃姬的歌聲，便請她當晚到昭府彈唱，為壽宴助興。趙雍今日在客棧不見桃姬，方從店家口中得知她被請到昭府之事，很是擔心，忙趕來鳳凰山，表明自己趙國太子的身分，順利進入昭府。他也順利在廳堂中見到桃姬，但桃姬只是一意撫琴，佯作不識。

他猜想，她就算要動手也會等到昭陽取出和氏璧，那時再阻止她尚來得及，因此一直只是刻意留意她的行蹤。至於她將匕首藏在琴身下帶入昭府，意圖行凶，他則完全不知情。

孟說聽了經過，便帶著趙雍來到關押桃姬的柴房。那柴房是一間廢棄的飯堂，裡面堆了些雜物，臨時被當作囚室。孟說先讓桃姬和衛士等在門外，自己單獨進來。

桃姬被反綁在柱子上，口中塞了破布，無法怒罵出聲，只能死死盯著孟說，眼睛快要噴出火來。孟說剛一取出布團，她便朝他面上吐了一口唾沫。孟說也不生氣，坦然舉袖擦掉唾沫，道：「你這樣子可不像韓國公主。公主不應該是賢淑有禮的麼？」桃姬一愣，隨即會意過來，恨恨道：「那趙雍全告訴你了。」

孟說道：「趙國太子也是逼於無奈，他先是擔心你受辱，稱你是他的未婚妻子，但如此一來，他就等於是你的同夥，因此只好說出了你的身分。你既是韓國公主，應該不可能一個人來到楚國，你還有多少同黨在這裡？」

桃姬「呸」了一聲，怒道：「你休想從我口中問出一個字。」孟說道：「公主不肯說也無妨，我已下令逮捕趙國太子拷問，他既是你的未婚夫，肯定也是知情的。」桃姬驚道：「你明知趙雍是趙國太子，還敢對他無禮，用刑拷掠他？」

孟說道：「太子犯法，與庶民同罪。公主可知我國國君戰敗回國，觸犯律法，一樣進不了郢都？更何況趙雍只是趙國太子，他勾結韓國密謀奪取和氏璧，拷打還是輕的。」桃姬道：「不，趙雍不是我的未婚夫，他根本不知道我想做什麼，你快放了他。我……我也不是什麼韓國公主。」

門外趙雍聽見，再也忍不住，不顧衛士纏子阻攔，強行衝了進來。

桃姬這才明白究竟，又急又怒，道：「你……你們串通好了，一起來騙我？」趙雍道：「你不是韓國公主？可是我分明看見你身上有一塊刻有『姬』字的王室玉珮。」

桃姬也是個爽快性子，見事已至此，索性說了實話，道：「我是姓姬，但我不是公主，我是前相國韓侈的女兒。我騙你，不是想抬高我自己的身分，是怕你因此猜到我的意圖。」孟說這才恍然大悟，道：「原來，你想要刺殺令尹君。」

之前秦國進攻韓國，韓國無力抵擋，韓國相國韓侈獻計獻城與秦國議和，然後再與秦國聯合攻打楚國；這本是一條好計，秦國也願意接受。但昭陽向楚威王獻緩兵之計，假稱要助韓抗秦，韓宣惠王信以為真，不顧韓侈苦勸，不再與秦國議和。結果楚國背信棄義，在秦軍攻打韓國時不發一兵一卒，韓國連失數城，又將太子韓倉送到秦國作人質，這才沒有亡國。韓侈氣得吐血身亡，其獨生女兒桃姬因此恨昭陽入骨，一心要殺其報仇，居然孤身一人來到楚國，在郢都安頓下來，意圖尋機行刺昭陽。

桃姬忿忿道：「不錯，殺父之仇，不共戴天。我一個人來到楚國，就是要殺昭陽報仇，根本不是為了什麼和氏璧。」孟說得知真相，便趕來稟報昭陽。

正好是眾人獻禮之際，昭陽便退出宴會廳，跟隨孟說來到廂房，得知桃姬是韓國相國韓侈的女兒後，很是意外，一時沉吟不語。

趙雍一心要救下桃姬，忙趕來求見，懇切地道：「桃姬不過是一時意氣用事，還請令尹君高抬貴手。令尹君肯給我這個面子，將來我登上趙國王位，必然有所回報。桃姬即便不是真的韓國公主，卻也是韓王的親姪女。令尹放過她，韓王也會感激你手下留情，即便不能化敵為友，也不會再與楚國為難。」

昭陽雖是個武夫，畢竟身居令尹高位，懂得其中利益關係，斷然不會因為一名並未造成實際危害的女子，同時得罪趙、韓兩國，當即笑道：「既是太子殿下開口，本尹也只好給了這個面子。桃姬會暫時扣押在這裡，不過殿下放心，明日一早我就會派人遣送她回韓國，保證她不少一根頭髮。」趙雍大喜過望，道：「多謝。」

孟說遂命衛士到柴房解開桃姬綁索，隨便找一間空房軟禁起來，明日再做處置。

昭陽笑道：「這下太子該放心了，這就回去繼續飲酒吧。」趙雍道：「是。令尹君，請。」

纏子上前低聲道：「宮正君，我看這趙國太子就是個多情郎君，還要我一直跟著他麼？」孟說點點頭，道：「你還是跟著趙國太子，這樣距離婴芈也近些。萬一她發現了什麼可疑情形，你好及時聽她吩咐。」纏子道：「遵命。」

宴會廳中的獻禮還在繼續。禮物實在太多，但有了公主別出心裁的木鵲禮物，其他奇珍異寶實在不算什麼了。那木鵲還在昭府上空「嘩啦啦」地不停盤旋，要等到三日力盡後才會落下。到了明日天亮時，肯定會吸引全城人的目光。

孟說又四下巡視一圈，剛回到前院，便聽見一片吵嚷喧鬧聲。走過去一看，卻是衛士抓住了一名可疑男子。那男子腰間掛著黑色的木牌，逕直朝宴會廳走去。到燈光亮處時，卻被眼尖的衛士發現那枚腰牌甚為可疑，上前攔住一看，竟是一枚黃色腰牌，往灶灰裡滾了一圈，看起來是黑牌，其實是假的。男子當即被攔下，綁了起來。

自從孟說和屈平幾個想出了用不同顏色腰牌來區分不同的人之後，就再沒出現巡邏衛士因為不認識所有的人，而發生誤放過壞人或誤抓好人的狀況了。按照事先的約定，只要是不該出現在某一區域的腰牌出現，無論牌主是誰，均立即逮捕，捆綁起來丟進空房，待宴會結束後再行審訊。

那男子卻不肯服氣道：「你們一定弄錯了，我是黑牌，怎麼會是黃牌呢？」衛士譏諷道：「您老再眼花看不見，也不該分不出黃與黑吧。」正要將那男子拖走，他卻認出了孟說，叫道：「孟宮正，你不是孟宮正麼？我是張儀啊，我們見過的。」

孟說一眼認出對方正是當初那名緊盯著他腰帶的下等門客張儀，忙解下他腰間腰牌，用袖子擦了幾擦，果然是一塊下等奴僕戴的黃色腰牌，牌上的字已被利刃刮花。孟說一見那畫痕細微如髮，顯然是極鋒利的利刃，忙命人解開繩索，問道：「你剛才去了哪裡？」張儀道：「茅房啊。」

孟說道：「茅房裡還有什麼人？從你出來宴會廳到剛才被衛士攔下，一路上都遇到過什麼人？」張儀道：「這個……」孟說厲聲道：「快說。」

張儀嚇了一跳，道：「我在茅房遇到了陳軫，再沒有別人了。」忽聽見宴會廳裡一片歡呼雀躍，知道昭陽就要取出和氏璧供大家玩賞，忙道，「我得去看和氏璧。」轉身便朝廳堂奔去。

衛士未得孟說號令，本待阻攔，但也有心看看那天下至寶和氏璧到底是什麼樣子，居然只虛伸了一下手，便假意轉身去追張儀。孟說忙跟來宴會廳，命衛士立即封鎖堂門，不准任何人進出。

卻見廳堂中一下子靜寂了下來。昭陽不知按動了什麼機關，面前銅禁的面板忽然緩緩滑開，露出一個桃木盒來。原來那銅禁是中空的，和氏璧就藏在銅禁中。

難怪當初孟說和南杉發現可疑人，在昭府展開大搜捕，昭陽一點也不驚慌，原來他知道和氏璧正完好無缺地躺在他眼皮底下的酒禁中，這當真是個絕佳藏處。一般人收藏珍貴物品，都會選擇最隱祕的地方，譬如寢室的床下，書房的暗格，又譬如密室等等。這銅禁卻置放在正堂最顯眼之處，再高明的盜賊也想不到這一點。再加上銅禁本身剛硬無比，不怕刀劍，只要有機關鎖住，萬難用武力開取。昭陽雖是個赳赳武夫，在收藏和氏璧上卻花足了心思，由此可見他是何等珍惜。

昭陽打開木盒，小心翼翼地捧出一塊璞玉。看起來像是白色，但稍微轉動之下，又變成了碧綠色，等到特意捧到燈下時，又變成了青綠色；當真奇妙無比，令人讚歎。

張儀早已敏捷地擠到趙國太子趙雍的背後，凝視那玉璧流光溢彩，連歎幾聲，又提議道：「和氏璧號稱『夜光之璧』，能在黑暗中發光，令尹君何不命人熄滅燈火，讓臣等徹底一開眼界？」

孟說忙高聲叫道：「不要答應！」只是他這一聲，瞬間即被湮沒在眾人浪潮般的附和聲中。

昭陽應道：「好。」便將和氏璧小心翼翼地置放在銅禁上，叫道，「來人，熄燈！」侍立在兩旁的衛士、奴僕便一一吹滅燈燭，堂中陡然暗了下來。

人影幢幢中，只見堂首銅禁上的和氏璧發出柔和的光芒，流傳不息，帶得它周圍的塵埃不停地漂浮閃爍，彷若有生命力的活物一般。此情此景如夢如幻，心驚目眩，令人終身難忘。

廳堂酒氣本重，忽又升騰起一股奇妙的香氣，聞之心醉。

孟說根本沒有心思觀賞那和氏璧的奇異，一直留意著坐在下首的陳軫。正要走過去時，忽覺一陣暈眩，差點踩到旁邊的人。陡然想起自家老僕人說過曾經聞見異香，之後便毫無聲息地丟失貼身內衣裡的珠玉，登時一驚，大叫道：「點燃燈燭！快點燃燈燭！」

衛士們不情願地打火重新點亮了燈燭，夜光之璧的幽光黯然熄滅了。人們依舊望著銅禁上的和氏璧，各自臉上猶有戀戀不捨之色。

張儀居然已經搶身來到銅禁前方，貪婪地盯著和氏璧，道：「難怪會有讖語說，得和氏璧者得天下，這真是寶物啊。」那副模樣，簡直恨不得立即要將其據為己有。

昭陽對他的失禮很是不滿，但轉念想到今日是夫人壽誕，不便當眾喝斥，只乾笑了兩聲，上前捧起和氏璧，欲收入木盒中。手觸摸到的一剎那，便立即像火燙般縮了回來，怔在那裡。

他背後侍女打扮的嬃芈見昭陽神色有異，忙搶上前來，摸了一下和氏璧，立即叫道：「孟宮正！」孟說忙應道：「廳堂大門已經封閉，不得我號令，任何人不得走出這裡。纏子，去傳我號令，命弓弩手封住大門，硬闖者當場射殺。」纏子道：「遵命。」

太子槐驚疑交加，問道：「出了什麼事？」昭陽道：「和氏璧……這和氏璧是假的。」太子槐一呆，道：「什麼？」

一旁南娟聽見，居然嚇得跌坐在地上。眾人均大感意外，不知發生何事。

江芈道：「可是我們剛才都親眼看見它發光，明明就是那塊夜光之璧啊，怎麼可能是假的？」嬃芈道：「公主，剛才大家見到的玉璧是真的，而這塊只是樣子很像的普通玉璧。應該就在孟宮正下令點燃燈燭的一剎那，有人用假璧換走了真和氏璧。」

眾人登時一陣譁然，又見嬃芈不過是個婢女，居然敢越過主人當眾回答公主，更是暗暗稱奇。也有人認出那正是莫敖屈平的姊姊，不由得去看屈平，卻見屈平正仰頭看著屋頂，似在發呆，又似在沉思。

張儀叫道：「篔簹，一定是那篔簹來了。」

堂中又是嘩聲一片，面面相覷後，一齊去看主人昭陽。昭陽手足發冷，面色如土，嘴唇抖個不停，一句話也說不出來。

孟說忙上前道：「稟令尹君，適才熄燈前，臣已下令封閉堂門，到現在一直沒有人出去過。也就是說，盜賊與和氏璧一定還在這裡。」昭陽這才如大夢初醒，道：「好，好，這裡全交給宮正君處置。」

孟說便下令先逮捕陳軫和張儀，搜查二人身上，卻並沒有發現和氏璧。陳軫倒是神色平靜，一言不發。張儀則連聲辯道：「不是我，怎麼會是我呢？一定是那篔簹換走了我的黑牌，混進堂中，偷走了和氏璧。」

孟說也不理睬，命將二人綁起來，帶出去分開關押。眾人雖不知道孟說為何一開始就針對陳軫、張儀，但見二人被衛士粗暴拖了出去，想到這一幕也許很快就要發生在自己身上，這才開始有驚懼之色。

孟說道：「太子雖然無干此事，不過為表公正，這裡的每個人都要搜查，請恕下臣無禮。臣搜過殿下後，殿下交回腰牌，就可以先回宮了。」太子槐雖然惶惑，卻也不願繼續留在這裡，當即點點頭，又道：「趙太子是貴客，不如放他先走。」

孟說道：「趙太子暫時還不能走。不過請殿下放心，臣絕不敢對趙國太子無禮，臣只是還有幾句話要請教。」言外之意，分明是指趙雍有很重的嫌疑。太子槐遂不再多問，道：「宮正君，請搜吧。」

孟說上前親自搜了太子槐，嬃芈則搜了太子妻妾南媚和鄭袖，示意無異。孟說便命衛士送三人出去。

太子槐都肯接受搜身，剩下的事情就好辦多了。公子蘭、大司敗熊華、司馬屈匄等大小官員全都主動上前，讓衛士搜查。

嬃芈道：「公主，我搜一下你，也好讓你早些回宮歇息。」江芈道：「好啊。」等嬃芈搜過之後，似笑非笑地看了孟說一眼，揚長而去。

很快地搜過一輪，賓客除了趙國太子趙雍還沒有搜過，餘人都沒有嫌疑，盡數繳回腰牌離去。當然，再出大門時，他們乘坐的車馬，以及一直被軟禁在院中的隨從也又再經過一輪嚴密的搜查。廳堂一下子空了許多，接著就該輪到昭陽門下的舍人了。

屈平一直在堂中轉來轉去，一會兒看天，一會兒看地，連每具酒禁下面都俯身看過，行止極為古怪，忽叫道：「不用再搜了。宮正君，你快來看！」

孟說和昭陽都以為他找到了和氏璧，歡喜異常，擁到堂首，齊聲問道：「找到了麼？」屈平搖搖頭，指著木雕座屏道：「他已經從這裡離開了。」

原來那座屏後面的地上，竟不知何時開了一個洞。嬃芈道：「啊，原來他是從這裡離開的。我……我就站在令尹君背後，居然沒有絲毫覺察。」一時自責不已。

孟說忙俯身一探，見洞口太小，以自己的身形無論如何都難以爬過，忙叫道：「來人，快來人！」預備選一個體型稍小的衛士下地道追蹤。

嬃芈道：「不必叫了，我個子小，還是我去吧。」孟說道：「這可不行，萬一……」嬃芈急道：「我們才剛剛發現這地道，已耽誤了不少時候。若是地道通到外面，我們知道了地點，也許還能來得及搜索。」也不等孟說答應，自行鑽進了地道。

南杉忙提醒道：「幸好現在是晚上，各城門已經封閉。令尹君，請你立即傳令封鎖城門，以免天亮時盜賊攜璧出城逃走。」昭陽道：「啊，好，好。」忙取出令尹節信，派南杉馳去各城門，敕令天亮後也不得開啟城門。

孟說走到趙雍面前，道：「實在抱歉，臣須得暫時扣留趙太子。實話告訴太子，你有嫌疑，是受張儀牽累。不過，眼下臣沒有工夫審問張儀，請太子到隔壁廂房稍事休息，等事情弄明白，自會放太子和隨從離開。」趙雍道：「好說。」

孟說又命衛士繼續搜查餘下的舍人、奴僕，一一核驗腰牌，這才出來廳堂，長歎了一口氣，既感慨又氣憤。孟說自認為了今晚的壽宴殫精竭慮，想不到還是被賀篙在眾目睽睽之下取走和氏璧。且不說他如何花費工夫掘了一條地道，單是在燈燭點燃的一剎那，他能以假璧換走真璧，又越過爰芈等人，悄無聲息地鑽進地道，這是何等敏捷的身手！難怪其人昔日能於齊軍軍營中輕取齊將髮簪，當真是聞名不如親見。

忽聽見頭上「嘩啦」一聲，孟說急忙抬頭，卻見一個黑影盤旋地飛過去，原來是江芈公主送給令尹夫人的那只木鵲。昭陽正好出來，也嚇了一跳，厭煩地罵道：「這個破木鳥！」又問道，「本尹剛才就想問宮正君，張儀倒也罷了，陳軫怎麼會有嫌疑？」

孟說道：「張儀被人換走腰牌，他自稱途中只遇見過陳軫一人，那麼陳軫也有嫌疑。」昭陽道：「但那賀篙不是從地道中出入的麼？」

孟說道：「不，賀篙是從地道中出去，但卻是從大門進來的。原因很簡單，臣在宴會前反覆檢查過宴會廳，並沒有發現任何異常，可見地道只是打到座屏後，並沒有貫穿。宴會開始後，堂中賓客如雲，人來人往，賀篙更不可能從地道裡鑽出來，那樣動靜太大，勢必引起注意，因此地道只是他逃離之路。宴會開始後不久，他應該就正大光明地進來了，一直靜待機會。」

昭陽道：「進入宴會廳需要特殊的腰牌，他怎麼會有呢？」孟說道：「臣一直在全力防範外來的賓客，對昭府內部的人則沒有關注太多，臣猜想，賁簹應該早就混入了昭府做奴僕，因此他身上有黃色腰牌。今晚，他用自己的黃色腰牌換走了張儀的黑色腰牌，堂而皇之地進了宴會廳。令尹君放心，臣正派人一一核驗腰牌，很快就能找到他。」

昭陽道：「但是他已經帶著和氏璧從地道逃走了呀。」孟說道：「如果臣沒有猜錯，那條地道的出口一定就在昭府內。」昭陽愕然道：「這是為什麼？」

屈平亦跟了出來，接話道：「這是因為鳳凰山一帶居住的全是王宮貴族，當街挖掘地道根本不可能，只能祕密進行。昭府這麼大，最近的也是幾里外的景府，挖地道費時費力，他又只有一個人，半里都嫌太長。他既然混進了昭府為奴，必然會就近行事，譬如從他的住處開挖，這是唯一可行的辦法。」

孟說道：「令尹君放心，四面牆邊都伏有弓弩手，他出得了宴會廳，也出不了昭府。我們只要仔細搜尋，一定能找到他。」

昭陽還是半信半疑，正好衛士引著披頭散髮的嫛芈過來，這才完全信服。

孟說忙上前問道：「地道出口在哪裡？」嫛芈道：「舍人張儀的床下。」

昭陽「啊」了一聲，臉上怒氣大盛，迭聲問道：「張儀人關在哪裡？本尹要親自拷問個清楚。」

孟說不及理會，與屈平姊弟趕來北邊下等舍人的傳舍。命衛士舉火，認明寫有張儀的門牌，進來房中——果見房中擺有兩張床和兩張案几，一張床鋪有被褥，掛著帳子；另一張床則空著，上面堆了一些雜物。床鋪下有一只木箱子，箱子後有地洞，正是地道的出口；空床下則堆滿了土，顯是挖地道所鏟出的浮土。

如此看來，張儀是將自己的黑色腰牌換給了賁簹。但他自己又忍不住想看看和氏璧的神奇，或者想親眼看看傳奇神偷如何在眾目睽睽之下盜走和氏璧，因此，特意將賁簹的黃色腰牌用灶灰滾黑，試圖魚目混珠以瞞過衛士視線，重新進入宴會廳中。

搜查張儀的私人物品時，發現了一封趙國相國蘇秦寫給張儀的書簡，信中稱很是懷念昔日同窗之誼，力邀張儀到趙國為官。

屈平道：「日期寫的是兩個月前，會不會是趙國太子帶了這封信給張儀？」孟說道：「我懷疑趙國太子，也是因為我親眼看見張儀用假腰牌闖入宴會廳後，立即趕到趙雍的背後，俯身說了幾句什麼話。」

也許趙雍這次來到楚國，並不是為了捉拿梁艾歸國，真正的目標還是和氏璧。蘇秦寫信給張儀，無非是要用同窗之誼讓張儀為趙國效力。張儀在昭陽門下本就不得志，收信後自然喜出望外，又有趙國太子當面做保證，遂決意投靠趙國，為趙雍做內應，盜取和氏璧。

如此看來，篔簹也是為趙雍所用。梁艾說過，梁家人都被趙雍下令關在三角城為刑徒，只有他一人逃了出來。但三角城中的梁家人應該還有活著的，懂得治癒黥刑之法，也許趙雍用了什麼手段，讓他們去掉篔簹臉上的墨字，篔簹感激之下，答應為趙國盜取和氏璧。那麼之前推斷篔簹是為江南君田忌所用，就完全是冤枉田忌了。

孟說和屈平計議一番，越發覺得趙國太子趙雍可疑。嬃芈卻不同意，道：「如果趙雍真是幕後主使，他為什麼今晚要刻意暴露身分赴宴呢？地道口就在張儀的床下，若是搜到蘇秦寫給張儀的書信，不是會立即懷疑到趙雍身上麼？」

孟說歎了口氣，道：「趙雍今晚貿然現身，是為了一個人。」當即說了桃姬的事。

嬃芈道：「啊，難怪南夫人讓我留神那女樂，說她的眼睛總往令尹身上瞟。如此看來，趙雍也是有情有義之人。」屈平卻極為讚歎桃姬的事蹟，道：「堂堂貴族，居然肯放下身分，裝扮成女樂，好為父報仇，當真是個奇女子。」

忽聽得外面有爭吵聲，出來一看，卻是衛士捉住了舍人甘茂。

孟說道：「做什麼？」衛士道：「我們剛剛巡邏到這裡，發現他坐在花叢下，覺得他形跡可疑，就將他抓了起來。」嫛芈道：「甘茂君，今晚是你主母壽宴，你不在宴會廳裡，在這裡做什麼？」甘茂道：「我……我有些不舒服，宴會開始不久就回房了。適才覺得氣悶，出來散步，正好遇上衛士。」衛士道：「你可不是在散步，你是坐在那邊花叢下。」甘茂賭氣道：「坐在花叢下看風景不行麼？」

孟說道：「你的腰牌呢？」甘茂道：「在這裡。」從懷中取出黑色腰牌，遞了過來。孟說驗過腰牌無誤，遂命衛士放開甘茂，道：「這腰牌我先收了，你回自己房中待著，不要輕易出來。」甘茂道：「是。」又問道，「出了什麼事麼？」孟說道：「大事。」

幾人離開傳舍，走出老遠，屈平忽道：「你們不覺得這個甘茂很可疑麼？」嫛芈道：「可疑在哪裡？」屈平道：「今晚是令尹夫人壽宴，郢都城中的權貴都到了，這可是門客露臉的大好機會。就算他不想巴結主人，難道不想親眼看看和氏璧麼？別人想看還沒有機會，他可是有黑牌的。」嫛芈道：「話雖如此，可是甘茂君並非普通門客。他原是蔡國公子，而今雖然落魄，傲氣還在。他是下等門客，沒有座次，他不願站在廳堂中受辱，也是情有可原。」

屈平卻不同意，道：「人天生就有好奇之心，如果連和氏璧也無法吸引他進堂看上一眼，那麼這個人一定是非常人。一個非常人在令尹府中當一個下等門客，本身就是一件非常可疑的事。姊姊，我知道甘茂感激你救過他，來找過姊姊幾次，姊姊是不是有些偏袒他？」

他姊弟二人正爭論不休，孟說忽然插口道：「甘茂的確可疑，他明明受了傷，卻不肯說出來。」他早看出甘茂腳下虛浮，雖強行忍耐，但臉上依然不時露出痛苦之色，偶爾會舉手撫摸後腦。屈平愕然道：「原來宮正君早看了出來，那麼剛才為什麼不當面問甘茂？」孟說道：「這個人很倔，不會輕易說實話。他的住處就在張儀的旁邊，我已命衛士暗中監視他。如果他有牽連，一定會查出來的。」

三人趕來關押張儀的柴房。昭陽正命人將張儀吊在房梁下鞭打，張儀不斷哀告嚎叫，卻不肯承認與盜竊和氏璧有關。

孟說道：「與張儀同住一房的人是誰？」昭陽道：「名叫向壽，來府裡當門客有半年多了。一個多月前，張儀向本尹告發向壽是華容夫人的族人，是華容夫人安在我府中的細作。本尹問了向壽，他也承認與華容夫人同族，我一氣之下將他趕了出去。」又問，「地道出口果真在張儀的床下麼？」

孟說點點頭，道：「向壽的床下淨是浮土。看來是張儀有意告發向壽，趕走同房，他才好下手挖掘地道。」

昭陽聞言更加忿怒，奪過鞭子，親自抽打張儀，喝問道：「和氏璧在哪裡？貧簹人在哪裡？快說！」

1 豆：用來盛放肉醬、鹹菜（當時稱「菜菹」）的高腳盤，多附有蓋子。

【卷六】夜如何其，夜色未央

公主素衣如輕煙淡霧，不染塵埃。體態輕盈，像柳絮游絲般柔和纖麗，婷婷嬝嬝，盡態極妍。月色微醉，清風緩步，萬種風情中，彷若不食人間煙火的仙子，醉了夜色，醉了人心。

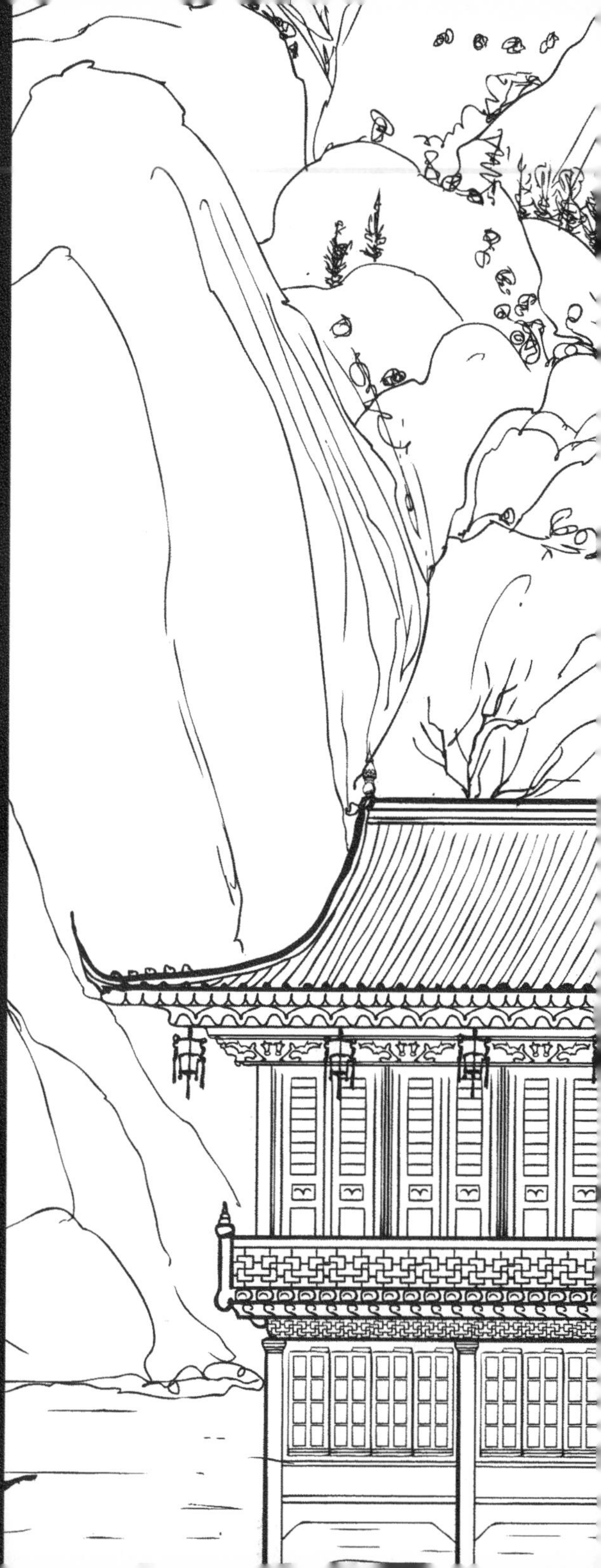

孟說與屈平來到軟禁趙雍的廂房，拿出從張儀房中搜到的書簡，問道：「這信可是太子替貴國相國蘇秦帶給張儀的？」趙雍道：「不錯，是蘇相國委託我帶給張儀。」孟說道：「這麼說，張儀早就知道趙國太子來了楚國？」趙雍道：「那倒不是。我只是派手下送信給張儀，並未提及我來楚國之事。」

孟說道：「那麼令尹取出和氏璧前，張儀奔來太子的背後，對太子說過些什麼？」趙雍不悅地道：「這是我和張儀之間的私人談話，宮正君如此咄咄逼人，意欲何為？」孟說道：「臣不敢對趙太子無禮，只是張儀有串通篔簹盜取和氏璧的重大嫌疑，臣不得不問。」

趙雍道：「張儀串通篔簹？」孟說見他不信，便說了在張儀床下發現地道之事。趙雍連連搖頭道：「我聽蘇相國說過張儀這個人，我不相信他會做出這種事。」孟說道：「太子殿下何以這樣認為？」

趙雍道：「聽說張儀這個人極為機巧奸詐，貪名貪利。蘇相國跟他同窗數年，既然這樣說他，一定不會錯。這樣的人不會輕易冒險。不說別的，那篔簹從地道逃走，地道口雖然隱蔽，但終究可以找到，只要派人沿著地道追索，就會立即追到張儀身上。他若真捲入其中，應該早就逃走了，還會留在昭府等你們抓他麼？」

孟說道：「也許是他沒有找到逃走的機會。昭府從三日前就已封閉，沒有令尹的親自批准，任何舍人、奴僕都不得隨意進出。」屈平道：「這張儀的表現著實可疑，最先提議的熄滅燈火是他，不顧禮儀衝到最前面觀看和氏璧的也是他。如此局面之下，太子居然還肯為他辯解，這僅僅是看在貴國蘇相國的分上，還是有什麼別的緣故？」

趙雍這才會意過來，道：「原來你們是懷疑我跟張儀串通？」孟說道：「請太子恕臣等無禮，臣不得不懷疑這裡面有個特別的緣故。」當即說了緝拿篔簹已久，卻一直毫無所獲，由此推斷篔簹已設法去除臉上墨字之事。

趙雍道：「如此，你們也該知道，那些為私利而治癒受黥刑者的醫師之可恨了。」屈平道：「殿下此話從何講起？」

趙雍正色道：「對刑徒施以黥刑，無非有兩個用意，一是警示世人，二是利用旁人監視受刑者，令他無從遁形，自難以再次犯案。然而像梁艾這樣的醫師，卻貪圖重利，專為受黥刑者去除臉上的墨字，公然與律法作對。是我下令緝拿梁氏全家，不分老幼關入三角城中，目的就是要讓受黥刑者再無可治癒。為了追捕逃脫的梁艾，我甚至親自追到楚國來。你認為我還會讓梁氏出面為篔簹醫治麼？」頓了頓，又道，「至於你們楚國的國器和氏璧，雖然珍奇，但在我看來也不過是一塊玉璧而已，我從來就沒有放在眼裡。稱霸天下，雄領中原，靠的是富國強兵[1]，而不是靠一塊會發光的和氏璧。」

趙雍這番話說得極為慷慨，屈平也不禁動容，深深一揖，道：「太子殿下志向高遠，見解非凡，臣十分佩服，是臣等誤會殿下了。」

趙雍道：「孟宮正何以這副表情？莫非還是不相信我麼？」孟說忙躬身道：「臣不敢。只是太子這番話，我曾聽人說過。」趙雍問道：「誰？」孟說道：「梁艾。他曾經對我說過，以太子的性格絕不會將和氏璧這樣的玩物放在眼裡，最了解殿下的人是梁艾啊。」趙雍很是意外，愣了半晌，才歎道：「想不到他居然是我的知己。」

孟說遂不再多說，道：「我這就派人送太子殿下離開。至於桃姬，如果太子願意，也可以一起帶走。」趙雍大喜過望，道：「如此，便多謝了。」孟說遂命衛士送趙雍和從人出去。

屈平道：「既然趙雍並未派人替篔簹醫治墨字，那麼就只剩一個人可疑了。」孟說道：「是梁艾麼？我覺得他應該沒有捲入這件事。這一年來他都住在王宮中，幾乎寸步不離地守在大王身邊，篔簹根本沒有機會接近他，更不要說求他去除墨字了。」

屈平道：「嗯，有道理。又或者幫篔簹醫治的人，跟這件案子並無干係。雖然梁艾有他梁家的祕方能夠去除墨字，然而天下之大，高人能士本就層出不窮。昔日公輸般技藝精湛，為天下工匠之首，卻又出了一個墨子，能與他一爭高下。」話音剛落，正巧那只木鵲從頭上「嘩」的一聲飛過，頗有應景味道。

迄今為止，離開昭府的都是賓客和從人，離開之前並且得繳還腰牌，與名冊上登記的名字相核驗。二人料到貿簹一定仍滯留在昭府，遂來到庭院，指揮管家和衛士將所有的奴僕集中起來，一一核查腰牌。之前曾有人用黃色腰牌偷換了張儀的黑色舍人腰牌，只要比照名冊篩選，就能找到身上有黑色腰牌或是沒有腰牌的奴僕，那也就是貿簹了。

昭府奴僕將近百人，免不了一番費事。此時天已濛濛發亮，有巡視的衛士在草叢中發現了一塊黑色舍人腰牌，上面正刻著「張儀」的名字。孟說心中越發有數，對管家道：「勞煩管家將最近三個月才來到府上的人先挑出來。」

管家一番尋找，拉了幾個人出來，到第五個名叫阿郎的奴僕時，一眼見他腰間沒有木牌，吃驚地倒退幾步，道：「啊……你……你是貿簹。」阿郎莫名其妙，道：「管家說什麼？」

一旁衛士早已虎視眈眈，一擁而上，將阿郎扯出隊列。阿郎驚慌地大哭起來，道：「不是我……不是我……」孟說道：「放了他，不是他。」管家一愣，道：「可是阿郎身上沒有腰牌啊。」屈平道：「阿郎身材粗壯，斷然鑽不進那地道。」

孟說問道：「你的腰牌呢？」阿郎哪裡見過這種場面，顫聲道：「剛剛……剛剛……還在身上的，小人親手摸過的。」孟說道：「剛剛站在你左手邊的是誰？」阿郎道：「阿銀……廚下打雜的阿銀。」

管家忙道：「阿銀是上個月才來的。」往隊列中尋了一遍，道，「可是我沒有看到他呀。」孟說命道：「立即搜捕阿銀。」衛士大聲應命，正要各自散開，忽聽見有人笑道：「你們是要找我麼？我人就在這裡。」

一名奴僕打扮的中年男子，推著昭陽的獨子昭魚從內廳走了出來。那男子正是當晚孟說赴昭陽之約途中見過的車夫，南杉見他身形瘦小，勢弱力孤，卻拉著一大車柴禾，還好心幫他推過車子。孟說一眼認了出來，很是意外，道：「原來你就是簞簹。」

簞簹笑道：「正是區區在下。孟宮正，讓你手下的衛士退開些，架在昭魚頸中的可是魚腸劍。」魚腸劍舉世聞名，卻沒有人親眼見過，忽聽到這柄逆理之劍就在眼前，眾人登時一陣譁然。果見昭魚頸中架著一柄形狀古樸的短劍，長不及尺，寒光四射。昭魚的手臂被反剪在後，臉色發白，像要哭出來似的，雙腿抖簌個不停。

孟說道：「簞簹，這裡已經布下了天羅地網，你萬難活著離開這裡。快些放了昭魚，交出和氏璧。大王仁慈，說不定會饒你一命。」簞簹笑道：「即便不能活著走出這裡，我也有昭魚陪葬。孟宮正，這事你做不了主，還是快派人去叫令尹來吧。這柄魚腸劍可是天下第一利器，萬一我一個不小心，傷了令尹的獨生愛子，這份責任可要歸你囉。」

孟說無奈，只得命衛士去叫昭陽。

屈平心中尚有許多疑惑，忙上前道：「簞簹先生有禮，我有幾個問題始終想不明白，想問問先生。」簞簹雖然技藝高超，畢竟是個飛天大盜，生平還是第一次被人尊稱為「先生」，心下大悅，笑道：「你這個小娃兒很有禮貌，有什麼問題儘管問吧，我儘量滿足你的好奇心。」

屈平道：「先生在亮燈的一剎那間出手，身手精妙超絕，實在令人佩服。這是先生早就計畫好的麼？怎麼會想到利用地道退走？畢竟挖掘地道太過費時費力，這不符合先生一貫的作風。」簞簹哈哈大笑道：「不錯，地道確實不是我的作風，但這條地道最早不是用來逃走的，是用來盜璧用的。只是我一直沒想出破解銅禁機關的辦法，遲遲不能下手，因此才等到今晚。」

屈平聞言大驚，道：「原來，先生早就知道和氏璧藏在銅禁當中。」不僅屈平意外，就連昭魚也極為驚訝，原來和氏璧的藏處只有昭陽一人知曉，他和母親都不知道。

簞篙極為得意，笑道：「這可全要感謝孟宮正。」孟說聞言驀然想了起來，道：「原來那晚在後苑鬼鬼祟祟的人就是你。」

簞篙這次重回郢都，意在盜取楚國鎮國之寶和氏璧。他設法混進昭府做下人已有一些日子，四下打探，卻始終沒有發現和氏璧的藏處。就在遇到孟說、南杉的當晚，他回到昭府後，發現府中多了不少陌生面孔，打聽之下，才知道是江南君田忌帶領從人來到昭府做客，遂有意在孟說和南杉前暴露形跡，其實是使一手「打草驚蛇」的巧計，既能引昭陽立即去查看和氏璧是否安然無恙，又有齊國人田忌做替罪羊。

哪知道昭陽聽到南杉稟報時，直接便帶人在府裡展開搜捕。想那和氏璧是楚國鎮國之寶，又有干係天下的讖語，其重要性可想而知，說是比昭陽本人的性命重要都不為過，但他卻立即趕來了大門，可說極為反常。唯一可解釋得通的，那就是──和氏璧一定就在昭陽的眼皮底下，無須去查看。

但那麼大一塊玉璧，又不可能隨時帶在身上，唯一的可能便是藏在廳堂上。變故發生時，昭陽人正坐在堂上，所以他才會知道和氏璧仍安安穩穩地躺在那裡，並未被盜，因而第一反應才是直接搜捕盜賊；這是十分簡單的推理，但也只有簞篙這樣經驗豐富的老盜賊，才能想得出來。

確認和氏璧就在大堂中後，簞篙設法混了進去，一眼就看出堂首的兩具銅禁是最佳藏璧之處。但他試了許多次，都打不開銅禁的機關，遂決意等今晚昭陽取出和氏璧後再動手。當眾盜璧難度更高，這也是他更樂於嘗試的挑戰。本來按照他的習慣作法，都是憑藉吊繩從屋頂出入，但他的同伴卻不同意，認為他昔日曾幾度大鬧齊軍軍營，如入無人之境，或許會有人猜到他進出的手法，事先加以防備，遂決意改挖一條地道。地道一直挖到廳堂的座屏後，離地面只有薄薄一層土，從來沒有人會踏足那裡，孟說曾帶人反覆查驗廳堂，居然都沒發現端倪。事實也證明了簞篙同伴的高瞻遠矚。幾日前，孟說派人在大門兩旁搭起瞭望臺，可居高監視，簞篙那套從天而降的老法子再也行不通。

今晚宴會開始後，賁簹裝扮成舍人，用黑牌混入宴會廳中。待燈火點燃的一剎那，便用藏在胯下的假璧換走了真的和氏璧，再迅疾退到座屏後，用魚腸劍捅穿地面，鑽入地道逃走。堂中站滿賓客和衛士，卻無一人知覺。如此迅如風、疾如電的身手，足以駭人聽聞。

屈平道：「那麼，先生是用自己的黃色腰牌換走了張儀的黑色腰牌麼？」賁簹道：「不錯，張儀這小子壞得很，我就是要讓他吃點苦頭。」頓了頓，又歎道，「可惜，我實在想不到孟宮正事後還要收回腰牌，不然我就不會多此一舉了。」

原來，賁簹化名阿四在昭府做下人時，曾遭張儀喝斥，一直存心報復，因此有意將地道口選在張儀的床下。他並且在每晚送給張儀的飯菜入迷藥，令其呼呼大睡，渾然不知床下之事。至於畫亂自己的黃色腰牌，拿來換取張儀的黑牌，則是因為他實在討厭「阿四」這個化名，總令他想起小時候鄰居的大黃狗來。況且他人高藝大，不認為一塊腰牌就能將自己陷在這裡。哪裡知道，最後暴露他的還是這枚令他厭惡之極的腰牌。

孟說聞言卻是心中一動，問道：「你說的多此一舉……」一語未畢，昭陽已然率人趕到，怒喝道：「賁簹，快放開我孩兒。若是他少一根頭髮，我就將你剁成肉醬。」賁簹笑道：「昭魚可是我唯一的護身符，恕小人難以從命。」

昭陽道：「你到底想要怎樣？」賁簹道：「令尹君如此大張旗鼓，無非是想尋回和氏璧。不錯，昨晚是我從堂上盜走了和氏璧，但眼下卻不在我手中。只要你放我走，我就放了你獨子。」

孟說忙道：「我們怎麼知道和氏璧不是藏在你身上？」賁簹道：「孟宮正明明知道和氏璧在誰手裡，卻還有意問出這樣的話，真真可笑。」

孟說愕然道：「我怎麼會知道和氏璧在誰手裡？」箕簹打了兩個「哈哈」，道：「廢話少說，令尹君，你可以看我身上穿著這樣一身衣服，可藏不下那麼大一塊和氏璧。」特意轉了兩下，又分別抬起兩條腿，道，「看清了吧？令尹君，你放人還是不放？我死也無妨，反正有你的獨生愛子陪葬。」

昭陽道：「我怎麼知道我放你走，你一定會放了我孩兒？」箕簹傲然道：「就憑我箕簹的名字。」昭陽氣得咬牙切齒，卻又無可奈何，揮手命道：「放他走。」孟說道：「令尹君，切不可如此，事情還沒有……」昭陽怒道：「他身上又沒有和氏璧，放他走！」

孟說只得揮手命衛士讓開一條路。

箕簹道：「你們誰也不准追出來。不然，嘿嘿……」挾持著昭魚，昂然從大門走了出去。孟說正要親自追出去，昭陽厲聲叫道：「站住！孟宮正，和氏璧到底在誰手裡？」孟說道：「臣不知道。」昭陽道：「箕簹明明說你是知情者。」孟說道：「臣真的不知道。」

屈平忙道：「令尹君，這不過是箕簹的挑撥離間之計，他惱恨孟宮正畫出圖形告示緝拿他，之前已連續多次到孟宮正家盜取財物。他是有意這麼說，就跟他栽贓嫁禍張儀一樣。他今日難以將和氏璧帶走，玉璧一定還留在府裡。」

昭陽聞言，忙命人搜索箕簹的住處。

孟說道：「箕簹不會將和氏璧藏自己的住處，他還有同夥在這裡。」昭陽狐疑道：「聽聞箕簹獨來獨往慣了，從來沒有同夥一說。」孟說道：「剛才箕簹與屈莫敖交談，不小心說漏了嘴，他說他想不到我在事後還要收回腰牌，不然他就不會多此一舉。」

屈平也立即會意過來，道：「既是多此一舉，說明箕簹原是有法子進入宴會廳的。他換走張儀的腰牌後，隨手將自己的腰牌丟在草叢裡，無非是想戲弄張儀，讓他看不了和氏璧。」

孟說道：「這個同夥，要麼是令尹門下的舍人，要麼是心腹奴婢。」昭陽聞言，不免更加煩心，怒道：「只要能找到和氏璧，不管是誰，孟宮正儘管抓起來拷問。」

忽聽見衛士叫道：「昭魚少主人回來了。」

轉頭望去，卻見昭魚軟倒在門檻邊，連站起來的力氣都沒有。忙上前查驗，幸好沒有受傷，只是人受了驚。

昭陽又恨又怒，忙命人抬愛子回房歇息，又派人追捕篔簹。

正好南杉馳馬趕到，道：「令尹君，大王急召你入宮。」昭陽料來楚威王必然已經知道和氏璧失竊一事，要為這件事斥責自己，越發心煩意亂，卻又不得不去，轉頭命道：「孟宮正，南宮正，這裡就交給你們，就算掘地三尺，也一定要找到和氏璧，找出篔簹的同夥。」遂恨恨出門登車去了。

屈平道：「這可要怎麼辦？剩下的人腰牌都對上了，難不成真要像令尹說的那樣，將所有的心腹奴婢和舍人抓起來拷問？」南杉道：「篔簹還有同夥在這裡麼？」孟說遂將大致情形告訴了南杉。

南杉道：「那篔簹用假璧換走真璧後，令尹第一眼居然沒有發現那是假璧，可見假璧與真璧外形甚像。可是天下見過和氏璧的人寥寥可數，篔簹又是從哪裡弄到一塊足可以假亂真的假璧？」

屈平道：「呀，我怎麼沒有想到這一點？玉工，一定是王宮中的玉工郭建。」南杉道：「但郭建是王宮的世襲玉工，怎麼可能聽從篔簹的吩咐，為他打造一塊假和氏璧？」孟說道：「帶玉工來問一下就知道了。」忙命衛士逮捕玉工郭建，帶來昭府審問。

嬃羋匆匆奔了過來。南杉見她面前衣襟上滿是鮮血，不禁嚇了一跳，忙問道：「你哪裡受傷了？」嬃羋道：「這不是我的血，是張儀的，他被拷打得不成樣子，我看他可憐，就放他下來，為他梳洗了一下。」屈平道：「姊姊還不知道，張儀確實是冤枉的。」

嬃羋聽了經過，沉吟半晌，道：「我問過張儀，他說向壽是華容夫人族人一事，是甘茂告訴他的。」屈平道：「甘茂，又是甘茂。會不會他就是篔簹的同夥？他有意將向壽的身分告訴張儀，張儀向令尹告發後，向壽就被趕了出去，張儀也變成一個人居住，這樣甘茂才好從張儀床下挖地道。」孟說道：「很有可能。我們當面去問甘茂。」

來到甘茂的居室前，孟說敲了敲門，卻無人應答。一旁張儀門前的衛士稟報道：「昨晚趙太子一行來接被關在對面飯堂的桃姬，順路來探過甘茂。」

孟說很是意外，道：「趙國太子認得甘茂？」衛士道：「似乎並不認識，認識甘茂的應該是桃姬。他們進屋說了幾句話就走了。甘茂人一直在裡面，沒有再露面。」

孟說遂推門進去。這房間跟隔壁張儀房間格局一樣，小而簡陋，前面是門，後面是窗，但只放了一張床和一張案几，顯然只住了一人。甘茂和衣躺在床上，背朝外面，似正在熟睡。

婁芈叫道：「甘茂君，抱歉打擾了休息，不過我們有幾句要緊話要問你。」甘茂卻依舊不應。衛士纏子是個火爆脾氣，上前一步，將甘茂從床上扯了起來，道：「別睡了！發生了這樣的事，你居然還能睡得著？」待看清對方面容，不禁愣住，道，「你……你不是趙太子的隨從麼？」

那假扮成甘茂的人正是趙國太子趙雍的隨從卓然，他見再也難以隱瞞，便起身笑道：「小人見過宮正君。」孟說道：「怎麼會是你？甘茂人呢？」卓然道：「他走了。」

孟說忙帶著卓然趕來大門處，查驗名冊和腰牌，果然在繳回的腰牌中發現了卓然的紫牌，他的名字也被畫去，表明已有人用他的腰牌冒名頂替地混出昭府了。毫無疑問，那人就是甘茂。孟說登時又驚又悔，忙命人速去十里鋪客棧逮捕趙國太子趙雍一行。

卓然道：「慢著！宮正君，這件事跟我國太子無關。我和甘茂是舊識，我跟著太子來這邊接桃姬時，湊巧遇見了他。他說昭府和氏璧失竊，張儀正被嚴刑拷打，下一個說不定就輪到他，所以他要搶先逃走。是我自己決定要幫他的。」

屈平道：「你在說謊。你大概還不知道，甘茂在宴會開始後不久就回來了這裡，他應該並不知道張儀正被嚴刑拷打的事情。」卓然顯然料不到這個，「啊」了一聲，又解釋道：「他是聽人說的。」

孟說道：「你難道沒有想過甘茂急於逃出昭府，很可能跟和氏璧失竊有關？」卓然愣了一愣，仔細回想了半天，這才搖了搖頭，道：「我沒有看到他身上有和氏璧。況且就算他假扮了我，出大門時一樣要被衛士搜身，不可能帶著玉璧出去的。」

嬃羋匆匆趕來，道：「甘茂床下也有一條地道，尚未挖成。」孟說道：「來人，先把卓然關起來，等逮到趙國太子再一併處置。全城通緝甘茂。」

回來甘茂房中，果然看到床下也有一個洞口，卻不是通往廳堂方向，而是朝東伸向府外，才剛挖了一小段，不足十餘尺。大約甘茂沒有料到孟說接管昭府宿衛後，會按照王宮的那一套法子，不僅進來難，出去更不容易，因此臨時決定再挖一條預備逃離用的地道。但鳳凰山一帶居住的都是王公貴族，每一戶宅邸規模不小，距離居室最近的也是一里之外的大道，而且是交通要道，成日車水馬龍，根本不可能在下面挖一條地道而不被人發現，遂索性放棄。

屈平道：「看來甘茂就是貧篙在昭府中的同黨了。」召來管家一問，果然得知貧篙化名阿四，正是甘茂介紹進來的傭工。

眾人這才明白，為什麼人人爭相往宴會廳觀看和氏璧時，甘茂卻要獨自留在住處，他是要接應從地道逃出的貧篙。如此，貧篙那句說漏了嘴的「多此一舉」，也就解釋得通了——原來，甘茂在宴會廳晃過一圈後，便出來將自己的黑牌交給貧篙，好讓他進堂行事。貧篙不知為了什麼緣故懷恨另一名舍人張儀，便順手用自己滾過灶灰的黃腰牌換走了張儀的黑腰牌。順利盜取和氏璧後，簋簹自地道退走，從張儀床下的地道口出來，再將甘茂的腰牌還給了他。

孟說道：「我們先後懷疑過不少人，江南君田忌、趙國太子趙雍等人皆有權有勢，覬覦和氏璧倒也在情理之中。但甘茂不過一個下等門客，有什麼能力染指和氏璧？」屈平道：「甘茂不是蔡國的公子麼？蔡國被楚國滅掉，也許他想報復楚國。」

孟說道：「他有動機，這我知道。我說的是能力，像簋簹這樣的人，獨來獨往慣了，這次怎麼會選一個下等門客來做同夥呢？」屈平道：「也許簋簹知道甘茂心懷不軌，是最好的同夥。」孟說道：「可是這實在不符合簋簹的作風。」

南杉道：「宮正君說的不錯。從整件事看來，即便沒有甘茂的協助，簋簹一個人也能盜取和氏璧。他雖然是靠甘茂的黑牌進入宴會廳，但他不也一樣輕鬆盜取了張儀的腰牌麼？」

孟說道：「對，我正是這個意思。我覺得這件事倒更像是，甘茂雇用了簋簹來為他盜取和氏璧。他有動機自不必多說，我奇怪的是，他本人如此窮困潦倒，能用什麼打動簋簹這樣的人為他所用？」

屈平道：「會不會是甘茂設法去除了簋簹臉上的墨字？」孟說道：「這倒是有可能。」

嬃芈道：「我知道甘茂是用什麼打動了簋簹。」重重歎了口氣，道，「我真是看錯了他，我早該懷疑他的。」屈平愕然道：「姊姊為何這樣說？甘茂到底用什麼打動了簋簹？」嬃芈道：「隨侯珠。」

天下能與和氏璧相提並論的奇珍，唯有隨侯珠。如果甘茂有隨侯珠在手，相信不只是簋簹，世上的絕大數人都會為他所用。

嬃芈最初認識甘茂，正是因為那椿隨嫗當街被搶包袱的案子。她本來也想不到甘茂和隨侯珠的失竊有牽連，但驚見如此多的證據表明這個男子心計深沉時，不由自主地重新審視起與他有關的過往——那被認定盜竊了隨侯珠的盜賊莫陵，遭拷打得奄奄一息時，曾當面懇求她：「姑娘聰明伶俐，為我生平所見，我求你看在我們本是同姓的分上，查明真相。」又道，「我最終會被大司敗拷打至死，但就算我死了，也請姑娘到我墳前告訴我真相。」當時她雖答應了他，但那不過看在他是陽城君後人的分上，並不真的如何相信他的話。而後莫陵被酷刑折磨致死，隨侯珠從此下落不明，遂成一樁懸案。

其實真正的盜賊一直在她身邊，那就是甘茂。原因很簡單——包袱自從離開隨嫗後，只經過莫陵和甘茂二人之手。如果莫陵沒有拿走隨侯珠，那麼一定是甘茂。事實上，莫陵奪走包袱後一路奔逃，很快便被甘茂追上，隨即被捕，身上並未搜出財物。他也一再聲稱只是臨時起意，事先根本不識隨嫗；如果真是甘茂趁與莫陵扭打之際暗中取走隨侯珠，那麼他一定是事先便知道她。至於他所謂的見義勇為，也就相當可疑了。他大概一直尾隨在隨嫗背後，想伺機奪走隨侯珠，不料平地冒出個莫陵來，搶先下了手，才不得不充當俠士前去追趕盜賊，如此心機，可驚可怖。

而她居然一度與這個人走得極近，居然一再為他辯護。若非當日不是她正好路過、想出賽跑的法子替甘茂解了圍，那麼太伯屈蓋一定也會搜查這甘茂的身上，必然會找到隨侯珠，那麼之後的事大概也就不會發生了。她那被全城人稱頌的賽跑法子，其實是幫了倒忙。這，是冥冥中的天意麼？

屈平、孟說幾人均是聰明之人，經嬃芈一語提示，便立即想到了其中的關聯。

孟說歎道：「當日莫陵苦苦哀求於我，我卻不肯相信他的話，看來是我錯怪他了。」屈平道：「簞籥雖是盜賊，卻是言而有信之人。倘若甘茂果真用隨侯珠來聘請他，那麼他盜得和氏璧後應該交給了甘茂，和氏璧應該在甘茂手中。」孟說道：「昭府內外戒備森嚴，連簞籥都沒有法子暗中逃出去，甘茂是不可能帶走和氏璧的，他一定藏在什麼地方。」

儘管箕篙、甘茂二人先後設法逃走，和氏璧一定還在昭府。然而衛士們四處搜尋，折騰了大半日，幾乎將昭府翻了個底朝天，還是沒有發現和氏璧的影子。

趙國太子一行被重新逮來昭府，趙雍倒依舊一副若無其事的樣子，氣度從容。

孟說道：「太子大概也知道為什麼又會回來這裡。甘茂人在哪裡？」趙雍倒也不否認私自帶甘茂出府，道：「我們一起出來昭府後，他就自己離開了，我也不知道他去了哪裡。」

孟說道：「太子大概還不知道，甘茂正是昨晚盜取和氏璧的主使。太子將他假扮成隨從帶出昭府，可是犯了同謀之罪。」趙雍大吃一驚，道：「他？甘茂是主使？」孟說道：「抱歉了，太子殿下，你的嫌疑太重，臣須得扣押你和你的隨從。太子如果尚愛惜你的下屬，就快快交代出甘茂的藏身之處。」見趙雍不答，便命人帶那些隨從下去拷打盤問。

忽聽見有女子聲音道：「慢著！」桃姬風風火火地闖了進來，道：「孟宮正，這件事跟趙國太子無關，全是我的主意，你要抓的人是我。」孟說道：「你？」桃姬道：「是我稱甘茂是我的遠房親戚，求趙國太子帶他出去的。」孟說道：「甘茂是你的親戚？」桃姬道：「不是，我只是故意那麼說，趙國太子才會同意幫他。昨晚之前，我根本不認得甘茂。」孟說道：「那你為什麼幫一個根本不認識的人？」桃姬道：「因為他也姓姬，他當面向我發誓，一定會為我殺昭陽報仇。」

原來，桃姬從木琴下取出匕首、意欲行刺昭陽時，其實第一個看見的不是孟說，而是甘茂，但他卻沒有聲張，反而認為是個好機會。哪裡知道，瞬間孟說進來，撞見了桃姬意圖不軌，將其擒獲。因趙國太子趙雍出面求情，昭陽決意暫時軟禁她，次日再驅逐出楚國。衛士臨時找不到空房，便將桃姬鎖在下等舍人傅舍的一間飯堂。甘茂將自己的黑牌交給箕篙後，便逕直回來房中等消息。他一直留意外面的動靜，忽聽見對面有女子的叫喊怒罵聲，便聞聲尋來，附到窗口問道：「你是誰？」

桃姬見對方一身舍人打扮，便道：「我是韓國故相韓侈之女，特來刺殺昭陽。」甘茂道：「啊，你是韓公之女，那麼一定是姬了，我也姓姬。」當即說了自己是蔡國公子的身分，又道，「我跟楚國有滅國之恨，不共戴天，你我可謂是同路人。」桃姬恨恨道：「可惜我尚未動手，就被孟說撞見，多日籌謀，功虧一簣。」

甘茂卻親眼見到趙國太子趙雍為桃姬向孟說求情，料到桃姬沒有被繩索捆綁，而是臨時關在這裡，事情必有轉機，忙道：「我屈身在昭陽府中為舍人，一直有所圖謀，但過了今晚可能就會敗露。我有一件事求你，你無非是要昭陽死，若你能救我出去，我向你發誓，將來一定替你向楚國報仇，不殺昭陽，誓不為人。」

桃姬道：「我自己都被他們關在這裡，如何能救你出去。」甘茂道：「你是大富大貴之人，馬上就會有轉機，只須記住我的話。」桃姬不明白究竟，但對方既是楚國的敵人，也就是自己的同伴，慨然應道：「好，如果我能出去，一定救你。」甘茂遂重新回到自己居室，等候簞簹的消息。

再後來和氏璧失竊，孟說訊問過趙雍之後認為他並無嫌疑，便放他及隨從離開，也允准他同時帶走桃姬。桃姬大感意外，越發覺得甘茂不是個普通人，遂帶著趙雍來找甘茂，提出要帶他一起走。

趙雍道：「我們進府時，每個人都發有腰牌，離開時也要繳回腰牌才能出去。甘茂的黑牌既然已被孟宫正收回，斷然是出不去的。」桃姬道：「不行，這個人是我遠房親戚，現下昭陽已經知道了，馬上會對他不利，太子沒看見門外還有衛士監視他麼？我今晚一定要帶他走。」

她說得堅決，趙雍信以為真，以為甘茂真是桃姬的親戚，是她行刺昭陽的內應，為討佳人歡心，遂命卓然與甘茂交換衣裳和腰牌。甘茂便用了卓然的腰牌混出昭府，卓然則留下來冒充甘茂倒在床上大睡。趙雍料想即便次日昭陽發現真相，但他既然肯放過桃姬，想來看在趙國的面子上也不會多為難卓然。

孟說聽了經過，問道：「那麼甘茂現在人在哪裡？」桃姬道：「出了昭府後，他就跟我們分開了。我本來還想繼續幫他的，但他說自有法子逃離郢都。孟宮正，趙國太子跟這件事毫無干係，你快些放了他和他的下屬。」

孟說搖了搖頭，道：「你們已經先後惹出了一大堆麻煩事，可不能就此輕易罷休。勞煩二位暫時受些委屈吧。」一招手叫過心腹衛士庸芮，命他帶一隊人馬將趙雍一行和桃姬押到驛館軟禁起來。

恰好衛士逮捕了王宮玉工郭建，帶到孟說面前。

郭建已得知和氏璧失竊一事，嚇得魂不附體，不待孟說詢問，便主動交代了真相——原來六個月前，巫女阿碧帶著一塊玉石找到郭建，請他根據和氏璧的樣子打造一塊玉璧。楚國巫風熾盛，巫女經常代表王室舉行降神、占卜等儀式，而與神通靈多需要用到玉璧。昔日楚共王從五位公子中選立太子，就是用玉璧占卜。郭建以為阿碧是出於祭祀儀式所需，遂遵命打了一塊玉璧給她。

孟說忙帶郭建來到宴會廳，指著那塊假和氏璧問道：「是這塊麼？」郭建道：「不錯，這塊正是小人為阿碧打造的玉璧。」孟說不由得一愣，想不出阿碧這位冷美人如何會捲入這件事，但既有玉工的口供，便命衛士立即去帶阿碧來訊問。

屈平和媭芈姊弟才剛搜索貿篙的住處回來，孟說忙將玉工郭建的供詞告訴二人。

屈平道：「這可奇怪了，六個月前，大王還沒有將和氏璧賜給令尹，和氏璧還好好地在王宮當中，阿碧要玉工打造一塊假和氏璧做什麼用？」孟說道：「我覺得奇怪的也是這一點，已經派人去找阿碧了。」又問，「貿篙的住處可有什麼發現？」

媭芈道：「我在他枕頭下撿到一樣東西。」掏出來一看，卻是一枚精緻的容臭，正是江芈公主曾親手為孟說結上的那枚。

孟說大吃一驚，道：「這容臭怎麼會在貿篙手中？」屈平道：「孟宮正不是曾經和貿篙面對面說過話麼？就是南宮正幫他推車子的那次，也許他趁機從你身上扒走的也說不準。」

嬃芈笑道：「還給宮正君，這次可別弄丟了。」孟說道：「是。」隨口謝了，接過容臭，略微摩挲一下，收入了懷中。

搜索了一整天，還是沒有發現和氏璧。傍晚時又有不好的消息傳來，巫女阿碧已經帶著一名男性隨從出城，稱要立即前往紀山高唐觀為楚威王祈福。本來城門已經封閉，但她是巫女，沒有人敢質疑她的話，又事關大王病情安危，遂放她出城。

孟說道：「那隨從一定就是甘茂。」屈平道：「甘茂既然如此痛恨楚國，一定還會報復。我推測他多半要逃去秦國，藉秦國之力來對付楚國。」孟說道：「屈莫敖說的有理。」忙派人畫出阿碧和甘茂二人的圖像，請司馬屈匄派出輕騎馳送邊境各關卡，希望還來得及攔截住二人。

屈平幾人連續忙了兩天一夜，均又疲又累。昭陽自被召去王宮，就一直沒有回來，也不知到底發生了什麼事。還是昭府管家道：「各位不如先回去好好歇一晚上，反正這裡有南宮正。」孟說道：「也好。」

嬃芈想到張儀無辜受刑，特意叮囑道：「找個醫師好好替張儀看看。」管家道：「府裡這麼亂，誰還能顧得上他？」嬃芈道：「聽他說，在府外租了一處房子給他妻子住，不如我送他回去，好讓他妻子照顧他。」管家不敢擅自作主，見孟說點頭同意，才道：「好吧。」

回到家中，孟說往床上一倒，昏睡了過去。次日一早醒來，梳洗一番，便出門來尋屈平和嬃芈姊弟。

正好在屈府門前遇見太伯屈蓋，孟說見他行色匆匆，問道：「出了什麼事？」屈蓋道：「東水門發現了一具屍首，把柵欄都給擋住了，我得趕緊去看看。平弟和阿嬃正在堂上，宮正君自己進去吧。」

孟說遂進來廳堂。

屈平道：「宮正君，你來得正好。我正和姊姊討論，甘茂到底會把和氏璧藏在什麼地方。」嫢芈道：「一定是一個很難想到的藏處。」

屈平道：「我們已經想了很多地方，譬如水池、房梁、屋頂、廚灶，已經列成名冊，打算現在就去令尹府上一一對照尋找。宮正君可還有想到什麼隱祕的藏處？」孟說看了一眼木簡，搖了搖頭，道：「實話說，這些都是我根本想不到的地方。」

三人遂趕來昭府，南杉聽說後急忙重新派人搜索，居然還是沒有和氏璧的蹤跡。

屈平撓頭道：「這可奇怪了，我還以為肯定會在水池下呢。」嫢芈道：「看來甘茂的智慧更在你我之上，我們窮盡心智想出來的這些藏處，根本就不是他所想。」

屈平道：「會不會和氏璧已經不在昭府中了？」孟說道：「這不可能，昭府戒備如此森嚴，出去的人都被仔細搜身，兩位太子也不例外，更不要說是其他人。根本沒有人能帶著那麼大一塊玉璧出門。」嫢芈道：「不，有人出去時沒有被搜過。」

孟說道：「只有簠簹沒有被搜過，可是我們都仔細看過他身上，他的身上不可能藏得下和氏璧。」嫢芈道：「不，除了簠簹，還有一人沒被衛士搜過——令尹的獨子昭魚。」孟說這才想起來：簠簹當時穿著僕人的衣服，上衣下褲，一目了然。但被他挾持的昭魚卻是一襲長袍，眾人目光都集中在簠簹和他手中的魚腸劍上，倘若和氏璧就藏在昭魚的長袍下，一時沒有發現端倪也說不準。

四人忙到後院來見昭魚。

昭魚受驚不小，憶起前晚之事猶自心有餘悸，道：「宴會廳中出了事後，父親大人讓我陪著娘親回來內室，我們一夜都不敢睡，盼望會有好消息傳來。第二日清早，我看娘親實在支撐不住，便扶她到床上躺好，自己守在外面。正迷迷糊糊打盹時，只覺得手臂劇痛，已經被人反擰到背後，不等我呼救，就有人將兵刃架到我頸中，低聲道：『別出聲，乖乖聽話，我就不會殺你。』之後的事，你們就全親眼看見了。」

屈平道：「那麼篔簹可有將和氏璧藏在你的長袍下？」昭魚「啊」了一聲，道：「那……那是和氏璧麼？」

孟說道：「這麼說，篔簹的確在你身上藏了東西？」

如果真是昭魚帶著和氏璧出府，那麼無論他知不知情，都是篔簹的同謀。楚國律法苛嚴，就算他是令尹之子，怕是也難逃一死。

昭魚畢竟是名門之子，轉瞬就想到了其中的利害關係，連忙否認道：「那盜賊的確是將一包東西掛在我的褲襠下，但那絕不是和氏璧。」卻不知越急著否認，越顯得有嫌疑。

幾人回來前院，屈平對篔簹讚歎不已：「這人非但身手了得，而且有勇有謀，若是能為楚國所用，當真可敵得上千軍萬馬。可惜，可惜！」連歎幾聲，顯是為篔簹昔日被楚國驅逐而感到惋惜。

孟說道：「篔簹利用昭魚帶贓物出府確實非常高明，但有一點我還是想不通。我們已經知道是甘茂雇傭了篔簹為他盜取和氏璧。按照常理，篔簹將舍人的黑色腰牌還給甘茂時，就應同時將和氏璧交給甘茂，二人之間的約定就算了結。和氏璧自應在甘茂手中，而不是在篔簹手中。」

嬃羋道：「這一點不難解釋，和氏璧失竊後，全府戒嚴，甘茂料到難以攜璧逃脫，所以又將和氏璧送回篔簹手中，請篔簹代為帶出昭府。」屈平道：「以篔簹的為人，勢必又要提出新的條件。他這樣的人，一張口就會是大價錢，甘茂又以何酬謝呢？」

嬃羋道：「阿碧既然是甘茂的同夥，想必早有所準備。」憶起當日甘茂來到家中道謝時，曾見他與巫女阿碧眼神相會，自己還好奇地問二人是否認識，卻被斷然否認。

孟說道：「但和氏璧失竊後，我們便很快根據地道出口追到傅舍的舍人房間，也就是那個時候，甘茂被衛士逮住，我收走了他的黑牌。沒有了黑牌，他便無法在府中自由行走，要帶著玉璧去找篔簹也難以做到。」

屈平道：「甘茂不是被衛士逮到坐在花叢底下麼？宮正君還發現甘茂後腦勺受了傷。會不會是篔簹依約將和氏璧交給甘茂時，二人因什麼緣故起了爭執，篔簹索性打暈了甘茂，自己帶走和氏璧？而甘茂醒來後也不敢聲張，最終藉助趙太子之力逃了出去。」

孟說道：「如此倒極有可能。」想到和氏璧一旦流出昭府，即便還在郢都城中，以郢都之大，人口之眾，也萬難尋回，忍不住長歎一聲。

嬃芈安慰道：「宮正君不必太難過。我們不妨從好的方面來想，和氏璧落入了篔簹之手，總比落入其他人手中要好。」

篔簹是個盜賊，既沒有爭奪天下的實力，也沒有要當諸侯的野心，和氏璧於他不過是奇物一件，跟其他金銀珠寶沒有差別。但和氏璧本身的意義已經不只是一塊玉璧，有著干係天下的讖語，有著象徵王權的政治寓意，倘若落到其他有心人如甘茂的手中，意義就完全不一樣了。

還有一層意思，嬃芈沒敢說出來，但她心中其實是這麼想的——目今，和氏璧是眾豪傑爭相競逐之物，如秦國曾有公然以武力奪取玉璧的計畫，而群雄的目光都集中在楚國身上。讖語說「得和氏璧者得天下」，楚國憑什麼該擁有和氏璧，楚國憑什麼能得天下？如果楚國能得天下，其他諸侯國又該立於何地？眾目睽睽，敵意昭顯。而今和氏璧失竊，雖然對令尹昭陽是一件丟臉之極的事，他本人極可能受到楚威王的重罰，但楚國的外在危機也相應解除，不再是眾矢之的，至少不會再有諸侯國因想得到和氏璧而對楚國用兵。從這點上來說，和氏璧的失竊不失為一件好事。

南杉道：「眼下城門封鎖，出城極難，只要和氏璧還在郢都，我們耐心搜索，終究能尋得到。」正說著，有衛士來報道：「已經捉到巫女阿碧了，正用囚車押送來令尹府中。」孟說忙問：「甘茂人呢？」衛士道：「只捉到阿碧一人。」

阿碧是楚國著名的巫女，經常代表楚國王室主持公開祭祀儀式，楚國許多人都認得她的容貌。昨日她與甘茂逃出郢都後，直朝西面秦國方向奔逃。甘茂料到追兵在後，當晚不敢投宿客棧，便到鄉人家借宿。不料那鄉人認出了阿碧，欣喜異常，忙懇請巫女為自己病重的母親乞神降福。阿碧推辭不過，只得臨時擺壇做法。鄉人又四下告知鄉鄰，原是想難得遇上巫女，要請阿碧造福一方百姓，卻由此驚動了追兵。

司馬屈匄得知甘茂就是盜取和氏璧的主謀後，特意派出了精銳輕騎追捕。楚國軍隊有「輕利剽遫，卒如熛風」之稱，訓練有素，效率遠在官署吏卒和王宮衛士之上，阿碧當場被逮捕，甘茂卻趁夜色和混亂逃脫。

等到下午，阿碧終於被押進了昭府。她雙手被縛在後，頭髮散亂，衣衫不整，樣子極其狼狽。

屈平道：「阿碧姑娘，你是楚國巫女，深受大王信賴，怎會自甘墮落，勾結甘茂，盜取和氏璧？」阿碧只是一言不發。孟說道：「巫女，我並不想冒犯你。不過，若你堅持不肯吐實，再無禮的事我也做得出來。和氏璧在哪裡？」阿碧反問：「我怎麼會知道和氏璧在哪裡？」

孟說道：「甘茂串通賀籓盜取和氏璧，你先是讓玉工郭建造一塊假璧，昨日又助甘茂逃走，他會不告訴你和氏璧的下落麼？」阿碧道：「和氏璧的下落只有甘茂一人知道，他沒有告訴我。」

嫛芈大奇，有意問道：「巫女不顧身分，如此維護甘茂，為他做如此危險的事情，你二人關係一定非同一般，他怎麼會不告訴你和氏璧的下落？」阿碧道：「他說他早已將和氏璧藏妥，如果告訴我，萬一我們被捕，就等於我也有了危險。」

孟說道：「藏在哪裡？是藏在昭府中，還是別的地方？」阿碧道：「我不知道。」遂命人帶下阿碧。

孟說繼續和幾人議道：「如若阿碧的話是真的，和氏璧應該還在昭府中。」南杉道：「臣這就帶人再重新搜索一遍，看是否有遺漏之處。」嫛芈卻道：「我不相信阿碧。她這個人沉默少言，冷傲剛硬，絕不會是輕易屈服的那種人。為什麼孟宮正剛一問她，她便主動說出只有甘茂才知和氏璧的下落？」

屈平道：「會不會是她有意轉移視線，想掩護什麼人？」孟說道：「但那些鄉人已經看過圖形，確認昨晚跟阿碧在一起的，就是甘茂。」轉頭朝心腹衛士庸芮使了個眼色，庸芮會意，自去拷問阿碧。

正好昭魚扶著母親南娟進來，眾人忙一齊起身行禮。南娟道：「有勞幾位了。」命僕人為各人一一奉上酒漿。昭府地下建有藏冰室，這些酒漿全放入了冰珠子，甜中帶冰，一杯下肚，極為清爽。南娟又命人送上果子、食物，擺了滿滿一酒禁，道：「各位有任何需要，只須告訴管家，不必客氣。」眾人慌忙道謝。

南娟這才道：「小魚剛才跟我說了盜賊簞篭利用他攜帶物品出府之事。有一件事我還沒來得及告訴各位，和氏璧失竊當晚，我放在臥房裡的金銀細軟也全部丟失了。」孟說道：「夫人的意思是，簞篭利用昭魚帶出去的，很可能是那些首飾？」

南娟點點頭，道：「不是我想要偏袒小魚。不過，府裡反覆搜過這麼多遍，也沒有發現一件首飾的影子，它們總該有個去處吧。」孟說道：「是，多謝夫人提醒。」

送走南娟，孟說道：「南夫人的話有道理，很可能是簞篭將和氏璧交給甘茂後，又順手牽羊捲走了南夫人的珠寶。」屈平道：「如果簞篭藏在昭魚身上的僅僅是南夫人的失物，那麼和氏璧一定還在府中，阿碧也就沒有說謊了。」

孟說遂趕來囚禁阿碧的柴房。她被反吊在房梁下，已被鞭打得不成樣子。孟說命衛士退開，問道：「巫女還是不肯說實話麼？」阿碧冷冷看了他一眼，哼了一聲，道：「實話我都已經告訴孟宮正了。」孟說便命人繼續訊問。鞭子落在阿碧身上，她竟然哼也不哼一聲。

屈平追進來道：「她不是已經說了實話麼？宮正君為何還要派人拷打她？」孟說搖了搖頭，道：「她沒有說實話。屈莫敖可以看她的眼神，哪有半分屈服的樣子？」

屈平便上前問道：「甘茂既已逃脫，阿碧姑娘何必繼續維護他？快說出和氏璧的下落，對大家都好。」阿碧道：「我不知道。」頓了頓，居然又補充道，「就算我知道和氏璧在哪裡，也不會告訴你們。」她的態度如此強硬，屈平也無法繼續為她求情，只得與孟說一道退了出來。

孟說道：「天色不早，不如屈莫敖先回去，這裡有我和南宮正在，一有消息，我會立即派人到府上知會。」屈平料想對方要用更厲害的手段對付阿碧，不欲自己在場，忙道：「上次刺客徐弱一案，我曾經請巫女到府中協助，事雖不成，總是欠她個人情。不如讓我姊姊出面，先開導她一下。她若冥頑不靈，宮正君再用刑不遲。」

孟說尚有所遲疑，正好有衛士來報道：「宮正君，大王召你即刻進宮。」孟說道：「令尹還在宮中麼？」衛士點點頭，道：「令尹和幾位重臣一直守在路寢外面。」猶豫了一下，還是說了實話，「大王的病情似乎加重了。」孟說遂不再猶豫，道：「那好，阿碧就暫時交給屈莫敖和令姊處置。如果我從宮中回來她仍不肯招供，可就不要怪我手下無情了。」屈平道：「是，多謝宮正君。」

孟說出來昭府，上馬朝王宮趕來。進來路寢時，天色已完全黑了下來，卻見令尹昭陽、司馬屈匄、大夫景翠、大司敗熊華等人均候在廊廡中，忙上前見禮。

司宮靳尚叫道：「孟宮正，大王正在等你，快些隨臣進來。」孟說應道：「是。」忙摘下佩劍，脫下鞋履，跟隨靳尚進來楚威王寢殿。

楚威王躺在象牙床上，臉色灰白。除了醫師梁艾和宮女，太子槐、公子蘭、公子冉和公子戎以及江芈公主也都侍立一旁。孟說上前拜道：「臣孟說拜見大王。」

楚威王喘了幾口氣，道：「不必多禮。」招手將孟說叫到床榻邊，道，「孟卿，你是寡人最賞識的勇士，寡人有一件事要你去辦，你能做到麼？」孟說道：「大王儘管吩咐，臣必當竭心盡力，以報大王。」

楚威王道：「好，好。」指著一旁的江芈道，「公主……公主就交給你了。」孟說大吃一驚，不由得轉頭去看公主，卻見她臉色極為平靜，甚至還有幾分冷淡，似乎楚威王的託付絲毫與她無關。

孟說結結巴巴地道：「臣……臣……」楚威王道：「公主就要嫁去秦國，你要好好保護她，一生一世保護她，你能做到麼？」孟說聽了前面的話，以為楚威王是要將公主嫁給自己，雖然意外，雖然受寵若驚，但還是有幾分狂喜，卻料不到後半截竟是這樣的結局，一時怔住，還是梁艾從旁提醒道：「孟宮正，大王問你話。」

孟說道：「臣……遵大王命。」他說得極為艱難。話音落地那一刻，他覺得心底那一點希望被人生生地從身體中掏了出來，撕裂得粉碎，丟在地上。

楚威王卻長舒一口氣，露出了欣慰的笑容，道：「如此，寡人就放心了。孟卿，你先退下。你們都退下，太子留下，寡人有話說。」眾人遵命退了出來。

江芈公主獨自一人步出廊廡，趿著鞋履在花下漫步。雲髻鬆鬆，鉛華淡淡。素衣如輕煙淡霧，不染塵埃。體態輕盈，像柳絮游絲般柔和纖麗，婷婷嬝嬝，盡態極妍。月色微醉，清風緩步，萬種風情中，彷若不食人間煙火的仙子，醉了夜色，醉了人心。

孟說遠遠地凝視著公主，只感到一種怪陌生、怪異樣的朦朧。她的模樣輕倩，神色看起來相當恬淡，應該早就知道自己將要出嫁秦國。這到底是什麼時候決定的事？為什麼她一直不肯告訴他？他又想起了那個夜晚——公主站在他面前，親手為他結上了容臭；還有那日在鳳舟上，她讓他要了她的身子，因為他的拒絕，她狠狠打了他。這些過去了的往事，清晰得就像昨夜的星辰，又遙遠得好像許久以前的夢。

等了許久，太子槐出殿來傳楚威王之命，令眾人散去，獨留下令尹昭陽。又叫住孟說，吩咐道：「父王病重，軍國大事均有賴於令尹，和氏璧一案，就由孟宮正負責。」孟說道：「臣遵命。」

出來路寢，正預備出宮時，一名內侍追上來叫道：「宮正君留步。」孟說道：「有事麼？」那內侍道：「請宮正君隨下臣走一趟。」神色頗為神祕。孟說心中明白了幾分，便默默跟在他背後。穿過甬道，正見江芈站在前面的花叢邊。

孟說道：「臣見過公主。」江芈道：「免禮。」揮手斥退內侍，才歎道，「你現在終於知道了。」孟說心如刀割，忍不住問道：「大王是什麼時候決定的？」

江芈一改平靜從容的姿態，驀然暴躁起來，道：「就在你跟蹤我的那天晚上。你忘記我說的話了麼？是你先辜負了我，現下的一切都是你造成的，你毀了我，也毀了你自己。」

孟說道：「臣……臣不明白。」江芈道：「終有一天，你會明白的。反正你已經答應了父王，要一生一世保護我。你還要跟我去秦國，以後的日子還長著呢。但是我要你記住，我永遠不會原諒你。」她上前兩步，抓起孟說的手腕，用力挖了下去。尖利的指甲深深陷入了他的皮肉，血流了出來。孟說只是強忍疼痛，一聲不吭。

江芈嘲諷道：「果然是楚國第一勇士，這點痛是不算什麼的，對吧？」正欲再加勁力，不知怎地，她忽然留意到孟說黯然的神色，積蓄了很久的怒氣驀然消失得無影無蹤。她的心軟了下來，伸出手來輕輕撫摸他的臉龐。柔若無骨的玉指滑過他的眉眼，滑過他挺拔的鼻梁，最後是他緊閉的雙唇。最後，她鬆開了手，凝視著他，眼淚怔怔流了下來。

孟說彷若石雕人像般，一動不動地站在那裡。江芈離開了許久，巡邏的衛士發現了他，他這才回過神來。他無心再回昭府審問阿碧，心灰意冷地回到家，喝光了所有的酒，頹然倒在床上，沉沉睡去。然而到半夜時，卻又毫無徵兆地驚醒過來，大口地喘氣。

他知道自己心中已經放不了公主，可是大王偏偏又要將她嫁去秦國。更殘酷的事實是，他被楚威王親自指定為公主的貼身侍衛，從此以後，他能日日看到她，卻永遠不能再接近她。咫尺天涯。

他就這麼一直呆坐到天亮。老僕進來，發現他一大早坐在床上嚇了一跳，問道：「昨晚沒睡好麼？」孟說道：「嗯。」老僕勸道：「主君日日奔波勞碌，還是要好好休息才是，不然鐵打的漢子也受不住。」

孟說應了一聲，匆忙吃了兩口早飯，便趕來昭府。

不想屈平正等候在柴房外，孟說不由得一愣，問道：「屈莫敖一夜都在這裡麼？」屈平點點頭，道：「我姊姊在裡面。」孟說很是驚異，道：「邑君一整晚都在裡面？」屈平道：「女孩子之間，總是有許多話的。」

孟說遂推門進來，果然見到嬃羋陪著阿碧坐在牆邊聊天，也不知道在聊些什麼。孟說上前問道：「巫女說出和氏璧的下落了麼？」嬃羋甚是尷尬，道：「我們還沒有談到這個。」孟說道：「請邑君先迴避一下。」命衛士綁起阿碧，重新吊在房梁下，又命道：「剝光她的衣服。」

時人敬畏神靈，認為巫女可以通鬼神，阿碧因此而受人尊敬，身分非同一般。衛士聞言均是一驚，面面相覷，不敢動手。

孟說便親自走到阿碧面前，兩隻手分扯住阿碧胸前的交領，問道：「和氏璧到底在哪裡？」阿碧料不到孟說會使出這樣卑劣的手段，臉上大有驚恐之色，但還是堅決地搖了搖頭，道：「我不能說。」

孟說正要用力撕爛她的衣衫，嬃羋尚未出門，忙叫道：「等一等！勞煩宮正君先退開，我還有幾句話要對巫女說。」孟說哼了一聲，悻悻鬆了手，讓到一旁。

嬃羋勸道：「經過昨夜長談，我已了解巫女對甘茂君的心意，你心甘情願為喜歡的男子付出，哪怕犧牲生命也在所不惜，這實在是一件值得佩服的事情。那麼你有沒有想過，甘茂君待你的心意又是怎樣呢？他主動接近你，追求你，很可能只是要利用你。」阿碧先是愕然，隨即轉為憤怒，道：「嬃羋，我本來視你為知己，所以才向你吐露心事，想不到你居然用挑撥離間這樣的手段。」

嬃羋正色道：「那日在我家中，我和你從後堂出來，正好遇見甘茂，我見你二人神色有異，隨口問你們是不是認識，甘茂卻搶著回答『不認識』。我當時沒覺得什麼，現在想來，這話大有漏洞。你是巫女，也曾出入過令尹府邸，他是令尹的門客，怎麼可能不認識你呢？如此刻意掩飾，越發顯得心中有鬼了。」

阿碧道：「甘茂君說他只是個門客，而我卻是巫女，不能讓別人知道他在跟我交往，不然別人會誤以為他想藉我攀附權貴。」

嬃芈道：「這件事，我本來是不想說的，不過事情到了這個地步，我也不想再隱瞞了。那日甘茂來我家，說是感激我的相救之恩，還送了一枚香草給我。」香草本是情侶之間定情之物，甘茂送香草給嬃芈，自然是表示愛慕。阿碧的呼吸陡然急促了起來，尖聲叫道：「我不信，甘茂君怎麼可能送香草給你？」

嬃芈正色道：「巫女應該很清楚，我嬃芈是編不出這樣的故事的。巫女前晚被追兵捕獲，甘茂獨自逃脫。你被士卒帶走時，他人應該還在附近，他明知道自己才是追兵真正的目標，卻並未挺身出來救你。他也知道你被押回郢都後，勢必要受到嚴刑拷問，他卻沒有主動回來投案自首。你因為他在這裡被侮辱、被拷打，他都是知道的，但卻完全沒有放在心上。這一切的一切，難道你還看不清他的為人麼？」

阿碧的眼淚流了下來，情形煞是可憐。嬃芈忙讓衛士鬆開綁繩，上前扶阿碧靠牆坐下，道：「好了，他已經脫險了，已經到秦國了，不值得你再為他繼續受辱了。把所有的事情都說出來，好麼？」

阿碧哭了一陣子，這才道：「我是去年認識甘茂的，一直在暗中交往。有一次他向我打聽楚國鎮國之寶和氏璧的事情……」她的聲音逐漸低沉，思緒也重新回到了一年前——

那一晚，她和甘茂在她的宅邸中約會，一番激烈的雲雨後，兩人都累得精疲力竭。她溫柔地躺在他的懷中，他忽然問起了和氏璧，說是很想見見這件楚國鎮國之寶。她答道：「那是不可能的事。自楚昭王以來，和氏璧一直祕密收藏王宮中，只有歷任大王才知道藏處。」甘茂很是驚異，道：「你是巫女，與鬼神通靈難道不需要用到玉璧麼？」她答道：「和氏璧不是普通的玉璧，雖說昔日楚共王就是用它來選立太子，但自楚昭王開始，和氏璧就被徹底珍藏了起來。」

甘茂越發好奇，想知道原因。她經不住戀人軟磨硬泡，只得說了實話：「我曾祖觀射父是楚昭王的大巫，曾經用和氏璧預算將來，得到『得和氏璧者得天下』的讖語，斷定和氏璧將成為至高無上權力的象徵。當時吳強楚弱，楚昭王得知讖語後，生怕引來吳兵再度攻楚奪取和氏璧，遂命曾祖不得外洩；從此，和氏璧和讖語的祕密只在國君之間代代相傳。」

阿碧講到這裡，孟說、屈平、嬃芈幾人都吃了一驚。

自從「得和氏璧者得天下」的讖語流傳開來後，許多楚國人都懷疑這是敵國如韓國有意編造的謊言，目的在於將諸侯國的目光引向楚國，使楚國成為全天下的敵人，卻萬萬料不到當真有這樣一個讖語，而且還是出於大巫觀射父之口。

屈平道：「巫女可有想過你將如此重大的機密洩露於外人，很可能會被人所用。」阿碧道：「聽到『得和氏璧者得天下』的讖語傳開後，我也很驚訝，問過甘茂。可是他賭咒發誓，絕不是他所為。」孟說冷笑道：「天下只有大王和你兩個人知道和氏璧的讖語，你又告訴了甘茂，不是他透露的還有誰？可惜大王居然沒有懷疑你。」

阿碧繼續道：「後來，他不知從哪裡找來一塊玉石，說想照和氏璧的樣子打一塊假的和氏璧，我實在拗不過他，就請王宮的玉工打了一塊玉璧給他。」屈平道：「和氏璧是楚國國器，巫女居然幫甘茂偽造假璧，你難道一點都沒有懷疑他的動機麼？」

阿碧道：「沒有。因為和氏璧當時還在王宮中，並沒有賜給令尹昭君。大王雖偶然會取出來令玉工潤玉，但從不對外示人。甘茂只是個舍人，怎麼可能見到真的和氏璧？我以為他只是好玩而已。但後來……後來……」孟說道：「後來如何？」

阿碧道：「後來甘茂問我如何看待大王打算廢除太子槐、改立公子冉為儲君一事。我說，大王似乎心意難定，很為這件事煩惱——一方面大王寵愛華容夫人，對她言聽計從；另一方面太子槐立為儲君已有十年，大王不願輕言廢立。甘茂聽了道：『大王心裡偏向的一定是太子。』我聽了很驚訝，因為朝野上下都認為太子失寵已久，被廢是早晚之事。甘茂卻道：『如果大王有心，必定會先對令尹昭君下手。淡而今令尹執掌軍政，位高權重，不正是太子最好的輔佐麼？』我聽了還是不怎麼相信，因為我親眼所見，大王一刻也離不開華容夫人，對太子卻一直愛理不理。甘茂遂道：『既然如此，何不仿效昔日楚共工用和氏璧占卜，讓神靈來決定誰做太子？你是楚國的巫女，有責任為大王分憂解難，應該主動提醒大王才是。』

「正好有一天大王召我詢問祭祀之事，我見大王眉頭深鎖，便有意提起昔日楚共王用和氏璧占卜一事，雖然沒有明說占卜是為選立太子一事，但大王一定明白了。想不到過了一陣子，大王忽然決定將和氏璧做為賞賜賜給令尹。我還跟甘茂討論過這件事，說大王怎能將代表天下的國器賜給臣子呢。他說，這才是大王的真正高明之處，和氏璧不是要賜給令尹，而是要賜給太子槐，鞏固太子的地位。」

屈平「呀」了一聲，轉頭去看孟說，二人雖沒有交談，心底卻恍然明白了過來——原來，和氏璧是這個用處。看來，楚威王從沒有要廢除太子槐的意思，他對華容夫人一派的恩寵和偏袒都是表面榮光。想不到他們這些在朝中為大臣的人，居然還不如舍人甘茂有眼光。

阿碧續道：「這件事之後，我開始有些疑心起來，總覺得甘茂眼光犀利，見識不凡，卻在令尹門下做一個下等舍人，實在是有些委屈。我曾跟他提過，可以找機會向大王引薦他，但他說還不到時候，他要跟楚莊王一樣，三年不鳴，鳴必驚人。」

楚莊王是楚國歷史上最著名的君主，即位之初沉迷聲色，荒於政事，並下令拒絕一切勸諫，違者「殺無赦」。大夫伍舉進諫，稱楚國高地有一大鳥，棲息三年，不飛不鳴，不知是什麼鳥。當時楚莊王即位已有三年，他知道伍舉是以大鳥諷喻他，於是回答：「大鳥三年不飛，飛則沖天；三年不鳴，鳴必驚人。」後來果然勵精圖治，先後任用伍舉、蘇從、孫叔敖、子重等卓有才能的文臣武將，整頓內政，厲行法制，百姓安居樂業，國力日益強盛。

楚莊王曾在王宮中大宴群臣，命寵愛的美人許姬向大臣敬酒。忽有疾風吹過，筵席上的蠟燭都熄滅了。有人趁機拉住許姬的袖子，捏她的玉手。許姬非常聰明，毫不驚慌，順手將那人帽子上的纓帶扯下，隨即掙脫，向楚莊王告狀。楚莊王聽了，忙傳令群臣全部摘下纓帶，這才點亮蠟燭。君臣盡興而散，這次宴會，史稱為「絕纓會」。事後，許姬埋怨楚莊王。

楚莊王道：「君臣宴飲，意在狂歡盡興。酒後失態乃人之常情，若要究其責任，加以責罰，豈不大剎風景？」三年後，晉、楚兩國交戰，臣子總是帶頭衝鋒陷陣，奮不顧身。楚莊王十分驚訝，召來唐狡詢問原因。唐狡回答：「臣就是當日酒醉失禮者，大王隱忍不加誅殺，臣不敢不肝腦塗地，以報答大王之恩。」此戰因唐狡作戰勇猛，楚軍大勝，楚國遂稱霸中原。

屈平聽到甘茂敢以楚莊王自比，暗暗心道：「此人若是逃脫，日後必成楚國心腹大患。」

阿碧又道：「再後面的事我就不大清楚了。多日前，甘茂來找我，讓我在令尹夫人壽宴這天晚上一定要在家等他。我恍然有所感覺，但卻不願多想。前天夜裡，他倒是真的如約來了，神色驚慌，說他本來盜到了真的和氏璧，可是有人打暈了他，從他手中奪走玉璧，他須得立即逃命，讓我送他出城。」

孟說道：「是誰打暈了甘茂？」阿碧道：「天黑，他沒看清楚面貌，不過那兩個人腰間都掛著黑色的舍人腰牌。」屈平道：「既是如此，巫女為何不早說出實情，非要受這麼多苦楚後才說？」阿碧低下頭，道：「我原想多拖幾日。你們以為和氏璧是被甘茂所藏，一心想追問出下落，追捕他時就會手下留情，起碼不會用弩箭射殺他。」眾人這才恍然大悟，想不到，這阿碧外表冷若冰山，居然會對昭陽門下一名下等舍人迷戀成這樣。孟說見再也問不出什麼，便命人將她押送至大獄囚禁。

屈平道：「既然是兩個人，那麼一定不是箕簹了。既然不是箕簹，那麼和氏璧一定還在府中。我們得再去搜一遍舍人的房舍。」孟說道：「好。」

嬃羋叫住孟說，低聲問道：「宮正君今日如此煩躁，可是有什麼心事？」孟說本待否認，轉念想到嬃羋聰明絕頂，又素來與公主交好，此事無須瞞她，道：「公主……她就要嫁去秦國了。」嬃羋「啊」了一聲，問道：「這是什麼時候的事？」孟說道：「昨晚大王親口對我說的。」嬃羋點點頭，遂不再多問。

幾人趕來傅舍，預備先從下等舍人的住處開始搜起。

正好昭陽回來，聽說究竟，怒氣大生，趕來傅舍，下令將舍人們集中起來，連聲喝問道：「是誰？到底是誰？快自己站出來！」他門下出了一個甘茂不算，又冒出來兩個奪璧人，難怪令他大發脾氣。

孟說道：「這兩個人當中，至少有一位擁有極強的觀察力，跟甘茂的關係也還算不錯，所以才能及時覺察甘茂的意圖和異樣。令尹君可想得到有這樣的人？」

昭陽想了想，搖了搖頭。他花錢養門客不過是妝點門面，並未花多少時間了解這些人的性格、特色。他自知丟失和氏璧的罪名不輕，若能尋回，還可將功補過，忙道：「孟宮正的手下不是很有辦法麼？不如將這些人全都抓起來嚴刑拷問。」

舍人們聽在耳中，無不心驚膽寒。

一名舍人不服氣地道：「捉賊要捉贓，既然找不到和氏璧，如何能肯定一定就是我們藏的？照我看，那和氏璧早就被人帶出去了。不然，何以搜了幾天都搜不到？」有人帶頭開了口，餘下舍人的膽子也就跟著大了起來，況且干係自己的生死存亡，紛紛附和。又有舍人道：「你們總說府裡戒備森嚴，沒有人能將和氏璧帶出去，但為什麼不懷疑那些衛士？如果有他們做內應，別說和氏璧，就是堂首的銅禁也能悄無聲息地運出去。」

昭陽「呀」了一聲，轉頭看著孟說，雖然什麼也沒說，但眼裡分明升起了懷疑的意味來。

1 趙雍，即後來著名的趙武靈王；即位後，勵精圖治，推行「胡服騎射」，攻取中山國及胡地，使得趙國一躍成為諸侯強國，形成秦、齊、趙三強鼎立的局面。

正如小說中所提，其人為人豪邁，不拘形跡，曾多次喬裝出遊，最厲害的一次是喬裝成趙國的使者出使秦國，當面與秦昭襄王辯論。秦王感覺使者奇偉英武，氣度非凡，暗中派人到驛館調查，才知道那是趙武靈王，但這時趙武靈王已經出函谷關回趙國去了。秦昭襄王非常震驚，派兵追趕不及，長歎不已。

【卷七】日居月諸，胡迭而微

她正微笑地凝視著楚國的大地，帶著傲視人生與宿命的驚雲氣度。即便是氣勢雄渾的滔滔長江，也不過是她腳下縮微的小水溝。而他，只是雲夢澤中一葉微不足道的浮萍。

昭陽門下舍人在眾人面前提出衛士們更可疑之後，孟說自己心中也「咯噔」了一下，暗道：「不錯，我從來沒想過這一點。可是，當晚看守大門的衛士都是我心腹手下，我了解他們，我決計不信他們會做出這種事。」但不信歸不信，行動上還是要繼續調查。他遂請屈平姊弟繼續主持搜索和氏璧一事，自己來找衛士纏子，問道：「和氏璧失竊後，你一直負責大門的看守，可有留意到奇怪的事？」

纏子道：「奇怪的事，沒有吧。」想了想，又道，「要說奇怪之處也有，就是公主從廳堂出來後，一直站在庭院中，似乎並不著急離去。太子和其他大臣都是一路小跑出去，巴不得早些離開這地方才好。」

孟說道：「後來呢？」纏子道：「過了好久，庸芮領著公主的從人到來，公主就走了。其實也不奇怪，換做是我，也想留下來看看到底是誰盜走了和氏璧。倒是那些匆匆忙忙離開的人才可疑呢。」

孟說便派人叫來當晚負責在瞭望臺上監視的衛士，問道：「你們可有留意到，離開的人之中有什麼奇怪之處？」一名衛士道：「最奇怪的就是公主了。她從廳堂出來，一直站在庭院中，不斷地仰頭張望。」隨即不好意思地笑了笑，道，「臣一開始還以為她是在瞧我們，後來才明白，她是在看天上飛的木鳥。」

孟說心中一動，暗道：「我一直將重點放在搜查出府的人身上，怎麼沒想到和氏璧憑空也能飛出去？公主……該不會是公主……」那名衛士又道：「公主仰著頭看了好久，都有些發癡了。臣心下揣度，公主心中多半捨不得這只大鳥，這可是公輸般的傑作，世上再也不會有了。」

孟說這才釋然，心道：「不錯，公輸般何等技藝，世上僅此一只木鵲，而這只木鵲現在還在昭府上飛呢。是我多疑了，我居然又懷疑起公主來了。」明知道公主對這些並不知情，心中還是油然生出一股愧疚之情來，遂又問道，「那麼我們自己人呢？衛士們可有言行舉止異常的？」

一名黑臉的衛士道：「有一件事，臣不知道該說不該說？」孟說道：「什麼該說不該說的，快說！」黑臉衛士道：「公主出來宴會廳後，立即有衛士到南邊的院子領出了她的從人，搜身後放出府外。但公主卻還一直等在那裡，直到後來庸芮領著兩名從人過來，這才一起走了。」孟說心中登時一緊，道：「庸芮和那兩個人，是不是從北邊下等舍人住處傳舍方向過來的？」黑臉衛士道：「那倒不是，依然是從南邊出來的。」

孟說這才略舒一口氣，派人叫來庸芮，問道：「當晚公主的那兩名隨從是怎麼回事？為何落在後面？」庸芮道：「噢，那件事。臣一直候在門外，公主出來後，就命臣去叫她的從人出來。臣去了南院，發現從人之中少了兩人，很是緊張，四處尋找，最後才發現他們一齊蹲在茅廁裡，所以晚了些時候出來。」

孟說道：「這件事你怎麼早不說？」庸芮道：「臣想，這不過是公主的兩個隨從拉屎耽誤了時辰而已，也沒什麼要緊的。」孟說道：「任何異常情況都是要緊的。你可知道有兩個人打暈了甘茂、從他手裡奪走和氏璧？」庸芮大驚失色，道：「該不會就是這兩個人吧？可是他們身上只有紫牌，根本不可能走出南院啊。」

孟說道：「你跟我去見公主。」庸芮道：「遵命。」

兩人遂來到王宮公主殿。江芈這次倒是爽快地出來，問道：「什麼風又把孟宮正吹來我這公主殿了？」孟說道：「臣是為和氏璧失竊一案而來。請恕臣冒昧，臣想見見公主的那兩名隨從。」轉頭問道，「他們叫什麼名字？」庸芮道：「楊良，王道。」孟說道：「臣想見見這兩個人。」

江芈驚道：「他們兩個跟和氏璧失竊有干係麼？」孟說道：「臣聽說他們兩個失蹤了一陣子，推測時間，應該正好是甘茂拿到和氏璧的時候。甘茂就在那時被兩個人打暈，和氏璧也被奪走了。」江芈道：「難怪，難怪。」孟說道：「難怪什麼？」江芈道：「他們兩個是我的家奴，和氏璧失竊當晚，他們護送我回王宮之後就失蹤了，再也找不到人影。」

孟說道：「公主為何不早說？」江芈不以為然地道：「不過是兩個家奴失蹤，況且我又不知道他們跟和氏璧失竊有關。」孟說問道：「那他們可有住址、家眷在城中？」江芈道：「或許有吧，或許沒有，這我可不知道。

孟宮正想知道詳情，得去問我的家令。」孟說道：「是，臣告退。」

江芈道：「孟說站住！你不能說來就來，說走就走。你們全都退下。」孟說的心「怦怦」直跳，不知道公主單單只留下自己一人做什麼。

江芈緩緩走到他面前，道：「你不是很想知道真相麼？我現在就將真相告訴你。」孟說失聲道：「當真是公主指使手下盜走了和氏璧？」江芈大怒，揚手搧了他一耳光，斥道：「你又在懷疑我！我手裡根本沒有和氏璧！」孟說愕然道：「那麼公主說的真相是什麼？」江芈道：「就是我娘親華容夫人遇刺的真相。」

自打從荊臺回來之後，孟說也聽說了許多關於越王無彊無辜受過的謠言，雖不知如何相信，但這些風言風語就像天下的白雲，即便阻擋不住普照的陽光，終究還是在大地投下了斑斑陰影。指控無彊為行刺主使的唯一證據就是刺客徐弱的口供，而徐弱的真實口供又只有江芈一個人知道，也就是說，江芈是唯一知道真相的人。此刻她忽然要主動和盤托出真相，孟說心中登時生起一種不祥之感來——莫非，無彊當真是清白的？這其中有什麼內幕？公主之前為什麼又要說謊？

江芈道：「這世上只有我和父王兩個人知道真相，現在你是第三個，你要答應我，絕不能再讓第四個人知道。」孟說驚疑不定，不知公主為何突然要將如此重大的祕密告訴自己，但他心中還是難以抑制對真相的渴望，當即點了點頭，道：「下臣遵命。」江芈歎了口氣，道：「那刺客徐弱背後的主使，就是我娘親。」

原來，刺客徐弱要行刺的對象正是楚威王本人，而派他來行刺的不是旁人，正是華容夫人本人。華容夫人有寵於楚王，多次要求楚威王改立自己所生的兒子公子冉為太子。楚威王表面答應，卻從無實際行動。他並不是不愛公子冉，甚至他也認為公子冉比太子槐更有才幹，但他著實有兩大顧慮——一是春秋戰國時期已經確立了嫡長繼承制，諸侯、卿大夫應該以自己嫡妻所生之子繼承爵位和身分。如若「廢嫡立庶」，意即以妾所生之子為宗法繼承人，便構成犯罪，這往往成為討伐或刑懲的理由。

魯昭公八年，楚國出兵滅掉陳國，就是以「廢嫡立庶」為其罪名。春秋五霸之一的齊桓公主持葵丘之盟，所訂的國際條約，裡頭也有「無易樹子」的內容。熊槐是故王后所生之子，有嫡長子的身分，立為太子已久，又無大的過失，倘若楚威王貿然廢去熊槐的太子位，改立華容夫人所生的公子冉為太子，本身就是一種極大的冒險，給了其他諸侯國攻打楚國的理由；其二是，楚威王多少聽到一些關於華容夫人的風言風語，雖然從沒有發作過，但也有所懷疑。如此，他更不願立血緣不清不楚的公子冉為太子。

只是，楚威王這番真實心意從不對外表露，實在是因為他太過迷戀華容夫人的風情和肉體，他想享受她所帶來的歡愉至死，因此不能讓她覺察到異常，如此她才會全心全意地侍奉他。她原以為只要繼續討好他，親生兒子終究會被立為楚國太子。所有的人都被楚威王瞞在鼓裡，郢都因而滿城風雨。太子槐一方以為已經失寵，惶惶不可終日。

但知夫莫若妻，華容夫人終究還是看出了端倪。尤其楚威王將楚國之寶器和氏璧賜給令尹昭陽後，她越發明瞭丈夫的心意，不由得又氣又恨。她本有自己傾心愛慕的男子，只是為了保全愛人的性命，才勉強嫁給年紀比自己大許多的楚威王為侍妾。現在，楚威王非但毀了自己的一生，還要毀去親生兒子的一生，這可不是她想看到的。最毒莫過婦人心，華容夫人當下起了殺機——她反覆盤算，楚威王活著，公子冉就當不上太子；楚威王死了，她可以趁機將罪行推到太子身上，這樣，她還有很大的機會當上王太后。

計議已定後，華容夫人派人找來一名武藝高強的死士，即是徐弱，交給他一副韓國弓弩，令他在雲夢之會上射殺楚威王。又問徐弱的心願，徐弱久聞江芈美豔無雙，隨口應道：「只願與公主一親芳澤。」華容夫人遂許諾，事成後一定將徐弱從獄中救出，再將江芈公主許配給他。徐弱明知這些都是空話，他到紀山行刺，無論能否得手，都會立即被捕下獄，遭受各種拷掠，即便不死在酷刑之下，也必會被處以車裂酷刑，既無活命的機會，當然也絕不可能娶到公主。

因此他早有打算，預備一旦行刺成功，就立即用藏在袖中的匕首自殺。但當他到紀山上預備動手的時候，看到臺座上江芈公主的背影，心中忽然起了一種極其微妙的感覺，因此他從南側擠到了北側，只為在死前看清公主的花容月貌。等到這一切完成後，他才取出弓弩來；正瞄準楚威王時，墨者唐姑果驀然撲了上來，導致弩箭微偏，正好射中了這一切的始作俑者華容夫人。

唐故果那一撲不但誤殺了人，還令徐弱失去了自殺的機會，他被一擁而上的衛士牢牢按住，當場捆縛起來。他自然對此沮喪無比，心中報了必死之念，因此被捕後始終一言不發。直到後來，衛士庸芮用常人難以想像的刑罰對付他，令他求生不得，求死不能，心中越發思念起那位美貌無雙的江芈公主，便主動妥協，以此換得見上公主一面。

江芈來到屈府，按照徐弱的要求，令侍從、衛士退出，連孟說也不例外。徐弱這才笑道：「公主，你本該是我的妻子。」江芈對母親生前安排之計一無所知，自然大為意外，怒氣頓生，又上前抽了徐弱幾個耳光。徐弱卻毫不以為意，道：「是真的，華容夫人親口承諾要將公主許配給我，雖然我從沒有奢望過，但只要能再看到你，我就很心滿意足了。」當即將華容夫人的計畫告訴江芈。

江芈震驚無比，良久說不出一句話來。徐弱卻連連催促道：「公主，殺了我吧。殺了我，你就是世上唯一知道真相的人。只要你不說，再沒有人知道華容夫人才是主使。夫人雖死，局面仍然對你有利，你大可以咬定，我供出了太子槐是行刺華容夫人的主謀。」一語驚醒夢中人，江芈遂拔出匕首，一刀刺死徐弱。

孟說隨即闖了進來，斥責江芈不該殺死徐弱，因為她本人正是最大的嫌疑人。江芈有苦說不出，遂忿然離開屈府，趕來囚禁唐姑果之處。是唐姑果那一撲造成了她娘親之死，她自然不會放過他。哪裡知道世事難料，唐姑果暗中被人殺死，孟說又一路跟蹤到現場，以為是她打死了唐故果。她既難以從嫌疑之中脫身，又傷痛被心愛男子懷疑，一氣之下回到王宮，將徐弱的口供原原本本告訴了楚威王。

楚威王聽後良久不發一言，只是不停撫摸泣不成聲的女兒頭髮，最終才道：「你不希望你娘親背負罵名，寡人也不希望夫人背負罪名，這件事只有天知、地知、你知、我知，就這麼算了。但楚國太子之位，你們也別再指望了。來為你提親的諸侯不少，既然七國之中以秦國最強，你就帶上你的兩個弟弟，嫁去秦國吧。」

至於，後來楚威王為何要將罪名推到越國太子無彊身上，這份心思則不是江芈所能了解。

孟說默默聽完經過，心中的震撼難以形容。他終於明白為什麼江芈一再說是他毀了她，原來就在那一晚，她遭逢了世上最慘烈、最沉重的打擊——母親華容夫人被自己的陰謀害死。公主被真相驚駭得無所適從時，又被傾心的男子懷疑是幕後主使，遂一怒之下將真相告訴了唯一可以倚靠的父王，卻又被父王斷然推開！她在一夜之間，經歷了所有至親之人的背叛，難怪她如此傷心欲絕，難怪她始終不肯原諒孟說。

江芈講述這一切的神情倒極為從容，彷彿在敘述一件完全與她不相關的事。在經歷了那麼多之後，她陡然變得成熟起來，不再是那個懵懂的少女。

江芈見孟說神色變幻不定，知道他心潮澎湃起伏，再也無法平靜下來，遂道：「你既然已經明白了經過，我也沒什麼可說的了。」拍手命人送孟說出去。

出來王宮時，正好遇到太伯屈蓋請醫師梁艾去驗一具屍首的傷處。屈蓋連叫幾聲，孟說才回過神，問道：「有事麼？」屈蓋道：「沒事，我就是打個招呼。宮正君生病了麼？臉色這麼不好。」梁艾道：「宮正君跟我們一道吧，反正也不遠，一會兒忙完，我給你把把脈。」

孟說只覺渾身燥熱，急需找些事做，好轉移思緒，遂跟著屈蓋來到停放屍首的倉庫。

那屍首停放在庭院中，身上蓋著一條麻布。庸芮一眼留意到伸在麻布外的手，驚叫道：「那個人……有六隻手指。」孟說登時想起，宴會當晚為公主抬木箱的一名隨從就有著六根手指，忙搶上前掀開麻布，面容雖已被河水泡得發漲變形，依稀可認出正是那名叫王道的隨從。庸芮道：「呀，他真的是公主那名失蹤的家奴王道。」

屈蓋聽說死者是江芈公主的家奴，很是驚異，道：「我還沒查出死者的身分。今日特意請梁醫師來，是因為檢驗屍首的兩名牢隸臣爭執不下，一人說是自殺，一人說是他殺。」

孟說心中疑雲大盛，暗道：「我剛剛追查到楊良、王道二人身上，就發現了王道的屍首，莫非他是被人殺人滅口？」忙問道，「這人是什麼時候死的？」屈蓋道：「屍首是昨日清晨在東水門發現的，我不是還告訴過宮正君麼？但就來泡水程度來看，應該是大前天晚上就死了。」

孟說心道：「大前天晚上，不正好是和氏璧失竊那晚麼？」心中越發肯定王道牽連其中，多半是他與另一名家奴楊良爭奪和氏璧，而被楊良殺人滅口。梁艾上前看了一番，道：「這人左手的老繭比右手多，應該是左撇子。頸上一刀，右深左淺，應該是自刭而死。」

屈蓋很是意外，道：「他是自殺？那可奇怪了。發現屍首時，他身上綁著繩子，應該有人在他身上綁了石頭，沉進河裡，但後來繩子鬆開，他又浮了起來，被水流沖到水門，卡在柵欄裡。如果他是自殺，為什麼還有人想毀屍滅跡呢？」

孟說道：「毀屍滅跡倒不奇怪，大概是他的同伴不想讓人發現他死了。奇怪的是，他怎麼會是自殺？」轉頭問道，「梁醫師，王道真的是自殺麼？」

梁艾聞言拂然不悅，道：「既然信不過我，還找我來做什麼？」提起藥箱，逕自離開。

庸芮道：「這件事實在蹊蹺。宮正君，我們要不要再去問問公主？」孟說沉默許久，才道：「你去吧，我是沒臉再見公主了。你進宮將這件事稟報公主，然後看看如何能找到另一名家奴楊良。」庸芮道：「遵命。」

孟說意興闌珊地回來家中。老僕忙捧著一個書簡迎上來，道：「不久前，有人往門下投了一封信，說是留給主人的。」

孟說正要拆信，忽聽見敲門聲，開門一看，卻是南杉，背後跟著數名全副武裝的衛士，不由得一愣，問道：「南宮正有事麼？」南杉道：「宮正君，恕下臣無禮，這就請你跟臣走一趟吧。」孟說道：「去哪裡？」南杉道：「官署。」

孟說遂不再多問，默默跟著南杉出來。

來到官署，卻見大堂正中坐著大司敗熊華，一旁坐著令尹昭陽，均正襟危坐，神色異樣。孟說心知不妙，上前見禮，問道：「令尹君和司敗君召臣前來，有何差遣？」昭陽也不回答，直接命道：「搜他的身。」

吏卒上前在孟說的身上摸索一番，搜出了容臭和書簡，奉到昭陽案前。

昭陽道：「這容臭是孟宮正的麼？」孟說道：「是。」昭陽道：「可是本尹怎麼聽說是在簀簹枕頭底下發現的？」孟說道：「臣的容臭前些日子曾經失落過，這次意外在簀簹枕頭底下發現，想來是他趁臣不留意時從臣身上盜取了去。」

昭陽道：「好，本尹再問你，和氏璧失竊當晚，看守大門的都是你心腹衛士，所有出入腰牌的發放都是由他們經手，是不是？」孟說道：「是。」昭陽道：「那麼，你怎麼解釋這多出來的兩枚黑色舍人腰牌？」

原來，行事精細的南杉重新檢查了所有的腰牌，卻發現多了兩枚黑牌。當晚，每位賓客和從人進來時，均發給腰牌，登記名字；出去時，交還腰牌，畫去名字，對昭府內部的人也是如此。所有的名字都畫去了，與名字相應的腰牌也全數收回，卻多了兩枚黑色木牌，刻的是「張三」、「李四」的名字，一望就是假名。負責刻字和發放腰牌的都是孟說的心腹衛士，如此一來，孟說登時變得嫌疑很大，因此昭陽一得知消息，就立即命南杉帶他來官署盤問。

孟說這才恍然大悟，心道：「這兩枚腰牌一定就是王道和楊良用來行事時用的。可是這兩個人進門時明明佩戴著紫牌，又從哪裡弄來兩枚多餘的黑牌呢？腰牌的發放只由衛士經手，除非是衛士之中有人幫他們。」

熊華見孟說沉吟不答，道：「來人，把當晚經手過腰牌的衛士，全部逮起來拷問。」孟說忙道：「等一等，請司敗君給下臣一點時間……」昭陽忽道：「不必了，罪魁禍首就在這裡。來人，拿下孟說。」吏卒遂一擁上前，擰住孟說手臂，強迫他跪下。

南杉忙上前跪下請罪道：「如果孟宮正有嫌疑，臣身為他的副手也該有嫌疑，請令尹君一併治罪。」昭陽道：「南宮正，你來看看這封書簡。」南杉起身走過去，接過書簡，便即愣住。

昭陽道：「這是剛剛從孟說身上搜出來的，可謂鐵證如山了。」孟說道：「我才剛剛接到書簡，還沒來得及看，南宮正人就到了。信上寫的什麼？」

南杉遂將書簡舉到孟說的面前，只見木簡上寫著寥寥數字——「和氏璧已出城，多謝指點迷津。」最下面落款處，還畫著一隻模樣古怪的飛鳥。

孟說一時呆住，心道：「這是誰寫的信？為什麼要寫給我？是有意栽贓於我麼？」

南杉問道：「宮正君，這是怎麼回事？」孟說道：「我……我也不知道。」他雖然也是懵懂一片，反應究竟異於常人，知道自己立刻就會身陷囹圄，再難有所作為，忙道，「南宮正，你立即將這件事告訴屈莫敖姊弟，請他們設法查明真相。」南杉微一遲疑，即應道：「遵命。」

昭陽卻早已等得不耐煩，喝道：「孟說，你現在還有什麼話說？快交代出你同黨的名字。」孟說道：「臣對此事一無所知，也沒有什麼同黨。」昭陽便起身道：「司敗君，這名要犯就交給你審問。只要能找到和氏璧，你可以使用任何手段。」熊華道：「令尹君放心，我一定親自訊問。」

昭陽見南杉尚呆立一旁，道：「南宮正，從現在開始，你就是正宮正。你也不要再留在這裡了，去忙你的正事吧。」南杉料來自己留下來也護不了孟說，只得應道：「是。不過這封書簡可否交給臣帶走？臣可以比照筆跡，好追查那同黨的下落。」昭陽道：「好，你去辦吧。」

熊華親自送昭陽出堂，這才回轉身來，命人將孟說拽來刑堂，道：「孟宮正，你是個聰明人，早點說出和氏璧與同黨的下落，可以少受許多皮肉之苦。」孟說道：「臣絕沒有跟人勾結盜取令尹府上的和氏璧。」

熊華雖是楚威王的親弟弟，但楚國江山馬上就是太子槐的了，他一心想討好昭陽，哪裡肯聽辯說。見孟說不肯招認，便立即下令用刑。孟說被按伏在地，四肢分開，以繩索固定。兩名刑吏上前，舉起杖，朝他背、臀、大腿上擊打；打了十棍後，再換兩名刑吏繼續行刑。如此換了四、五次行刑者，孟說已是皮開肉綻，全身上下血跡斑斑，動也不能動彈一下。

熊華畢竟上了年紀，精力不濟，折騰得也累了，見外面天色已黑，便道：「孟說，老夫念你服侍大王多年，給你一夜時間考慮。如果明日還不肯招供吐實，就別怪老夫動用重刑了。」

戰國執行刑罰一般採取勞役方式，監獄並不是執行場所，而是未決犯臨時囚禁之地。熊華為人昏庸，司敗署未決之案極多，以致獄中人滿為患，有所謂「拘者滿圄，怨者滿朝」之語。偏偏孟說是重犯，須得單獨關押，獄卒左挪右動，好不容易才騰出一間牢房來。

孟說被上了戒具，拖來牢房中，雙手被銅拲束在背後，脖頸和雙腳戴了笨重的桎梏，伏在潮濕的地面上，動彈不得，後背、臀部、大腿上的刑傷如炙過一般，火辣辣的疼。當此境遇，自然耿耿難寐。他反覆思慮，也想不出手下哪名衛士會有可能與外人串通。如若真有衛士暗中給了楊良和王道兩枚黑色腰牌，而這兩個人從甘茂手中奪走了和氏璧，他們又是如何將玉璧帶出昭府？王道為什麼會在得手後自殺，又為何被人沉屍河底？他二人都是公主的家奴，公主對這一切難道真的一點也不知情麼？

一想到公主，他忍不住又黯然起來。他的確對不起她，在她最艱難的時候，不但沒有給她任何安慰，反而給了她重重一擊，造成她必須遠嫁秦國的局面。他絕不可以再懷疑她，絕不能再懷疑她。

次日上午，孟說又被提來刑房。熊華喝問幾句，便下令用刑。刑吏用夾棍夾住孟說雙腿，正要用力壓緊，南杉、屈平、嫛芈幾人匆匆闖了進來。

南杉道：「大司敗，給我們一點時間，讓我們勸勸孟宮正。」他是太子槐和令尹昭陽的內弟，熊華少不得要給幾分面子，道：「由你們幾個出面勸勸孟說也好。」命人鬆開刑具，自己先退了出去。

屈平道：「宮正君，眼下你被定罪的關鍵證據是這封信。你家的老僕也已經被逮捕拷問，他說是有人將信從門下塞入，他並沒有見過送信人。但照我看來，這封信並非有意要陷害你。」孟說道：「恕我愚鈍，屈莫敖的意思是懷疑我？」嫛芈忙道：「抱歉，是我阿弟沒有把話說明白，我們不是懷疑孟宮正。阿弟的意思是，這封信，應該就是那個真正得到和氏璧的人寫給你的。」

屈平道：「這封信只有十二個字，前面一句『和氏璧已出城』是告知你和氏璧的去處，後面一句『多謝指點迷津』是感謝你的提點之情。如果真有人要陷害你，信的內容絕不會是這樣。這個人，宮正君一定是認得的。」

孟說道：「可是，我想不出認識的人之中有這樣一個人。他既已得手，為什麼還要特地寫一封信給我？」屈平道：「我猜，他的用意應該是讓你不要再做無謂的追查，以牽連更多無辜。沒想到，正好令尹懷疑到你身上，這信遂成為你與他通謀的鐵證。」

嫛芈道：「我們都覺得這封信是那個神祕人特意寫給你的，但不是要陷害你，而是要故弄玄虛。」

南杉道：「我已經查過那兩名可疑的失蹤家奴，除了發現王道的屍首，楊良則下落不明。另外，當晚所有經手過腰牌的衛士都已經被逮捕，但沒有人承認多刻了那兩枚黑牌。我仔細核對過腰牌的刀跡，那多出來的兩枚，上頭名字跟其他腰牌名字的刀法不同，很可能是楊良、王道事先刻好帶在身上混進來的，跟衛士們無關。」

孟說道：「不，這件事決計是我們內部人所為。腰牌之事是嚴格保密的，赴宴的賓客和隨從都是到達昭府門前才知道。就算楊良、王道從別的管道打聽到腰牌的事情，自己事先仿造了腰牌，但他們出去時仍然必須交出衛士所刻發的紫牌，而那偽造的黑牌必定早就藏在身上。即便擔心出府時被搜身，也該隨手扔在什麼地方，怎麼可能又繳還回衛士呢？」

屈平道：「不錯，一定是楊良、王道進來時，有衛士將黑牌交給他們。後來他們辦完事，跟那衛士接頭後，又將黑牌還給了衛士，那衛士則隨手丟在收回的腰牌堆中。他以為不會有人發現，卻沒想到南宮正極有耐心，將數百枚牌子全部核驗了一遍。」

孟說道：「正是這個道理。不過即便有衛士做內應，和氏璧應該還在昭府中。收買一個衛士容易，不可能將二十餘名衛士全部買通，畢竟，出去搜身是在眾目睽睽下進行的，不可能同時瞞過那麼多雙眼睛。正如邑君所言，那封信很可能是個幌子，讓我們放鬆警惕，神祕人好趁機從昭府中轉移和氏璧。」

南杉道：「是，我會在令尹府上繼續搜查的。」孟說道：「多謝幾位信任我。南宮正，我想拜託你一件事。」南杉道：「宮正君請吩咐。」孟說苦笑道：「我已經不是宮正，也不再是你的上司。」南杉道：「孟君不過是暫時受點委屈，事情一旦弄清楚，自會立即官復原職。」孟說搖了搖頭，道：「我想見見庸芮，我有事情交代他去辦。」

庸芮因為向太子槐舉證公主家奴有功，已被破格提拔為副宮正，南杉一時不忍提及此事，只點頭道：「好，我會讓他來見你。」

屈平道：「宮正君真的想不到，會是誰寫這封信給你麼？」孟說道：「我成日忙於公務，少有朋友，實在想不到此人會是誰。」屈平道：「如此，我們再設法去查吧。」

正好大司敗熊華進來，問道：「孟說肯聽幾位的勸，說出和氏璧在哪裡了麼？」嫈芈道：「孟君是無辜的。」朝南杉使了眼色，示意他為孟說求情，想來熊華顧及他兩位姊姊的身分，多少要留些情面。

南杉為人本就謹慎，雖不相信孟說會勾結外人圖謀和氏璧，依舊不敢貿然開口，更不願意沾兩位姊姊的光，只是默不吭聲。嫈芈見狀，賭氣走了出去。

屈平忙道：「孟說是楚國第一勇士，也是大王指名護送公主出嫁秦國的侍衛。雖然現下證據不利於他，但將來終有真相大白的一天，大司敗還是手下留情些好。」

熊華見南杉不出聲，也不以屈平之語為意，待三人出去，照舊命刑吏拷問孟說。孟說始終一言不發，只咬牙強忍，昏死過幾次之後，熊華自己也失去了耐性，命人將孟說拖回大牢囚禁。

昏昏沉沉中，也不知道過了多久。到半夜時，孟說驀然驚醒過來，聽到頭頂上方有動靜，本能地想抬頭去看，但脖子的頸鉗與腳鐐相連，限制了他的移動，略一抬頭即被鐵鏈扯住。想側過身子，背上淨是刑傷，竟連翻轉的力氣都沒有。

有人提起他雙臂，將他拖到牆邊，讓他靠牆坐下。腿上的刑傷磕在石板上，擦得生疼。藉著牢房中昏暗燈光定睛一看，那拖他坐起的人竟然是箕篙。

孟說吃了一驚，道：「怎麼是你？你……你怎麼進來的？」隨即看到房頂的瓦片被揭開，洞中垂下一根黑繩索，旋即明白了過來，道，「你好大膽子，敢來這裡。」

箕篙笑道：「膽子不大就不是箕篙了。不過你可別高興，我不是來救你的。也別緊張，我也不是來殺你的。我是實在不甘心，想找個人說話，想來想去只想到了你。」孟說道：「你不甘心？你不是已經得到隨侯珠了麼？」箕篙道：「呀，你連這個都猜到了！你果然是我箕篙生平遇見最厲害的對手，不枉我今晚冒險來見你。」

孟說道：「你想從我這裡得到什麼？」箕篙笑道：「你是楚國第一勇士，我是天下第一神偷，我就是想看看，是你這個第一厲害，還是我這個第一厲害。」孟說道：「那麼，你是來幸災樂禍的麼？我現在無力反抗，你大可以殺了我。」

簣簹道：「我不想殺你。其實你現在這個樣子，我多少也有點責任，是我盜竊了你的容臭，有意落在房裡，也是我有意用話引得昭陽父子懷疑你。不過，我不想殺人，我生平只殺過一個人，就是那墨者唐姑果。」

孟說道：「你為什麼一定要殺死唐姑果？」簣簹道：「反正也時過境遷了，我可以告訴你全部的事情。但如果我有問題問你，你也要據實回答。」孟說道：「好。」

原來，甘茂一直有心從主人令尹昭陽手中盜取和氏璧，遂千方百計地尋到神偷簣簹，許以千金，請他出手。簣簹卻道：「天下寶器之中，以和氏璧與隨侯珠最為著名，我年紀已大，若要請我出面為你盜取和氏璧，非得以隨侯珠酬謝不可。」

他本是隨口一說，畢竟那隨侯珠已然失落上百年，當年楚王滅掉隨國，舉兵四下搜尋，也未能尋獲，甘茂不過是個依附於他人乞食的卑賤門客，又如何能尋到這顆絕世寶珠。但打發走甘茂之後，簣簹自己也心潮起伏，回想楚國對自己的忘恩負義，便決意往郢都走一趟盜取和氏璧，不為任何人，只為他自己。

但他受過黥刑，額頭和臉頰上刻有墨字，無論走到那裡，都會被人知道是盜賊身分，行事極不方便，遂花重金四處尋訪名醫去掉臉上的墨字。試過無數方子，最終尋到一個土法子，即用未滿月的小兒屎敷在刺字上，連敷一個月，刺字便慢慢消失了。他辦妥這一切，正要出發時，甘茂又登門了，這次是帶著隨侯珠而來。他驚訝得不敢相信自己的眼睛，但那顆的確是貨真價實的明月珠，能在黑暗中發光。

甘茂也當真是個有心人，當年隨國被楚國滅亡，隨國貴族均被強遷到郢都居住，楚國卻並沒有得到隨侯珠，他猜想一定有人事先藏起寶珠，因而刻意在隨國的貴族後人中尋找。他打聽到隨國的貴族後裔不論男女均姓隨，表示不忘故國，因此暗中查訪了郢都中所有姓隨的人。這件事說起來容易，真做起來卻費時費力，又不能張揚，他為此花費了幾個月的時間。

正好雲夢之會當日他來找隨姓老嫗，看到她將一精緻的小木盒裝入包袱，預備出城。他見那木盒紋理古樸，似是古物，覺得盒中也應該有不凡之物，遂一路跟隨。湊巧的是，正當他要向隨嫗下手時，盜賊莫陵捷足先登，他遂假扮義士，為隨嫗追回包袱。與莫陵的完全不知情相比，他目的明確，爭奪包袱時，便順手將木盒中的珠子取出。至於之後莫陵反誣他為盜賊，則完全出乎他意料。幸虧嬃芈及時出現，用巧計令他脫罪。而他盜取的那顆珠子，果真就是消失百年的隨侯珠。

箕簹雖是盜賊，卻是守信之人，由於事先答應了甘茂，對方既奉上隨侯珠，只得同意出山。至於唐姑果被殺，則並不是因為他與箕簹是競爭對手，而是甘茂有志恢復蔡國，曾祕密聯絡秦國，雖被秦惠王拒絕，卻由此知道了甘茂這個人。唐姑果本是為秦惠王奪取和氏璧，得知甘茂是令尹昭陽的門客後，便想利用這一點要挾他助自己奪璧。甘茂為人深沉有謀，表面答應唐姑果，暗中卻讓箕簹殺他滅口。箕簹本不願輕易殺人，但他得到了隨侯珠，按照事先的約定，一切要聽從甘茂的安排；況且，唐姑果也志在和氏璧，終究是個難纏的對手，遂用魚腸劍暗殺了他。

孟說這才知道，甘茂為恢復蔡國苦心經營已久，他有意散播讖語、盜取和氏璧，大概也只是諸多計畫中的一個。此人如此處心積慮，不擇手段，當真是個極為可怕的敵人。他心中尚有疑慮，問道：「你盜取了和氏璧之後，就直接交給甘茂，然後就沒有再管了麼？」箕簹道：「嗯，我們事先的約定就是這樣，和氏璧交到他手裡，我們從此各奔東西。不過，我看得出他很緊張，對能不能脫身並無把握，因為你那一套腰牌制度實在很厲害。但這就是他自己的事了，我也沒再多管閒事。」

孟說道：「可是你剛走不久，甘茂就被人打暈，另有兩個人奪走了和氏璧。」箕簹還是第一回聽說這件事，很是吃驚，半晌才歎道：「果然強中更有強中手。」

孟說道：「我之前一直懷疑是你重新從甘茂手裡奪走了和氏璧，但自日得到甘茂同黨阿碧的口供，才知道原來有兩個人。」簋簹笑道：「怎麼可能是我呢？和氏璧雖好，卻是塊燙手山芋，誰有它誰倒楣，我可不想因為它一輩子被天下人追得不得安生。我告訴你，這兩個人一定是秦國派來的人。」

孟說道：「你如何能肯定他們是秦國人？」簋簹道：「你想啊，只有秦國人才知道甘茂隱伏在楚國是別有異圖，之前墨者唐姑果不就是想利用這一點麼？唐姑果人死了，還有其他秦國人知道啊。他們猜到甘茂一定會盜取和氏璧，因此早已派人埋伏在他住處周圍，等我一將和氏璧交給他，便立即下手奪走玉璧。嘿嘿，厲害，厲害！想不到我簋簹被甘茂利用，甘茂又被秦人利用，厲害，太厲害了！」

他連說四個「厲害」，這才道：「你問我的問題，我都回答了，現在我也要問你，你和你手下的衛士當真沒有徇私，讓和氏璧流出昭府麼？」孟說道：「沒有。」

簋簹道：「那就奇怪了，和氏璧到底是怎麼出昭府的呢？」孟說道：「你怎麼能肯定和氏璧一定出了昭府？」簋簹道：「你們搜了那麼多遍，如果和氏璧還在裡面，早就搜出來了。那搶走和氏璧的人也不是傻子，不把玉璧運出昭府，他是不會離開的。大不了像我脅持昭魚一樣，他可以脅持和氏璧啊，不讓他出門他就摔破玉璧，大不了一拍兩散。到此局面，你們敢不讓開麼？」

孟說一直不能肯定和氏璧是否真被帶出了昭府，聽了這話才徹底確認。正如簋簹所言，盜取和氏璧的人費盡心機，不親眼看到和氏璧出門，他是絕對不會離開的。到最後沒有辦法的時候，他還可以如簋簹那般以摔破和氏璧做威脅，強行離開。

簋簹想了半天，還是想不明白究竟，歎道：「我們都這麼厲害，怎麼可能讓兩個秦國人從中得了便宜？孟宮正，你當真沒跟秦國人勾結麼？」孟說道：「沒有。」

簋簹道：「那麼，他們一定是用別的法子將和氏璧運出了昭府。」目光不經意地轉來轉去，驀然得到某種提示，哈哈笑道，「我想到了，我想到了！我想到了秦國人是用什麼法子將和氏璧運出昭府的。」孟說道：「是什麼？」賁簹道：「你想知道？你可要想好了，如果你知道了真相，這對你只是一種痛苦。」

孟說道：「為什麼這麼說？」

賁簹笑道：「我知道那容臭是江芈公主送給你的。你跟她在唐姑果屍首前爭吵時，我其實就伏在屋頂上，暗中看得一清二楚——你將容臭還給公主，公主又扔到你的臉上。我可以肯定地告訴你，江芈公主才是這一切的主謀，你供出她，你就沒事了，但你也保不住你心愛的女人，你等於親手把她推上死路。」

孟說斥道：「胡說八道。你剛剛不還說是秦國人盜取了和氏璧，怎麼轉瞬又成了公主？」賁簹笑道：「我已經說得太多了，孟宮正，我會一直留在郢都，等著看你們兩個人的結局，看是你死，還是公主死。」

孟說道：「你……你……」驚怒之下，渾然忘了處境，本能地想去抓住賁簹，一時扯動傷口，竟暈了過去。再醒來之時，賁簹已經不見了，房頂完好如初，牢房內也沒有留下任何痕跡，彷若這個人從來就沒有出現過一般。

第二日，孟說照舊被提來刑堂拷打。他昨夜見過賁簹後，心下已能確認許多事情，卻不敢據實說出來。眼下，南杉正在調查江芈公主失蹤的兩名家奴，他若再說出奪走和氏璧的是秦國人，不等於是說公主跟秦國人通謀麼？這可是叛國大罪，即便她是公主，也一樣要遭車裂之刑。雖然他並不相信公主真的會跟秦國人勾結，但公主正要嫁去秦國，無論是誰聽到這樣的話，大概都會信以為真。尤其是太子一方，更會大作文章。

正如賁簹所言，他要保公主，就得他死；他若說出實話，那麼就是公主死。如果一定要在這兩個結局中選擇一個，那麼他當然寧可自己死。

鞭子如雨點般落下來，將他的衣衫扯爛，又將他的皮肉一點一點撕裂。錐心的痛苦，殘酷的刑訊，令他的身體不停地抖索。他感到自己像一只飄蕩的小船，一下被拋上浪尖，一下又被扔向浪底，無休無止，不知哪一刻會被肆虐的暴風雨擊成粉碎。然而到了最後，肉體痛楚到了極致轉而變得麻木，他的身子彷彿已不再是自己的，意識越發模糊了起來……

再醒來時，卻是身在牢房中，嫛芈正蹲在他面前，一邊垂淚，一邊用手帕拂拭他臉上的血跡。孟說道：「邑君……」嫛芈道：「你別動，也別再叫我邑君，叫我阿嫛，或是嫛女。」她往背後看了一眼，刻意壓低了聲音道，「有一件事我要告訴你，今日我仔細去看過那王道的屍首。」

孟說道：「有什麼特別之處麼？」嫛芈道：「他不是公主的家奴，他是個苦修的墨者。他的身子雖被河水泡得發腫，但雙腳上的繭比尋常人要厚許多……」

墨者崇拜大禹，生活清苦，勞作不休，一般都穿麻衣草鞋；孟說聽到這裡，已有些會意過來。

嫛芈續道：「尤其是雙腳的大腳趾和食趾有粗繭，分明是長期穿夾趾草鞋的結果。本來，在城外辛苦勞作的鄉人也會是這樣，但聯想到他雙手之繭不及雙腳，還有不可理喻的自殺，分明是墨者無疑。」

她本以為孟說會大吃一驚，不料對方甚是平靜，訝然道：「孟君早就知道了？」孟說沒有回答，只問道：「這件事，邑君……阿嫛你可有告訴旁人？」嫛芈道：「當然沒有。我知道孟君也不希望我這麼做。」孟說道：「謝謝，謝謝你。答應我，不要說出去。」

嫛芈凝視著他，那雙本來朗若星辰的雙目，在酷刑的反覆折磨下變得黯淡無神，臉色萎靡憔悴，完全失去昔日英俊挺拔之氣。她的眼淚「唰」地滾落下來，道：「可是孟君你卻要多受這麼多苦楚。」孟說笑道：「我沒什麼。」一面上雖然微笑，內心卻甚為淒苦。

孟說已然完全明白——王道和楊良二人都不是什麼公主的家奴，而是墨者。二人裝扮成公主的隨從混入昭府，又從甘茂手中搶到了和氏璧，隨即以木鳥運出昭府。天下的確只有一只公輸般的木鵲，但許多墨者皆承襲了墨子的衣缽，都是製作機械的高手；有一只能飛上三天三夜的木鵲在前，那麼要仿造一隻勉強能飛出高牆的木鳥，並不算太難。

公主將公輸般木鵲做為生日禮物送給令尹夫人，主要目的是為了引開弓弩手的注意力，替另一只木鳥飛出昭府做掩護。公主一行出了昭府後從木鳥身上取到和氏璧，兩名墨者隨即自殺，這樣即便旁人追查到二人身上，也可以斬斷追蹤線索；公主則令侍從，將二人屍首捆上石頭，沉入河中。哪知天不遂人意，捆在王道身上的繩子鬆了，他的屍首浮了出來，被人發現。

孟說根據衛士的證詞追查王道、楊良二人時，江羋公主有意將他一人留下，告訴他華容夫人遇刺的真相，也是刻意為之。她已經預料到，他可能很快就會接近真相，因此要及時阻止他。她所採用的阻止方式，就是利用他的內疚。她確實非常了解他的性情，現在即便他知道了一切，也絕不會對旁人吐露半個字。

唯一想不明白的是那封信。按理這一切的事件，江羋公主是最大的贏家，和氏璧也落入了她手中。以她的性格和處境，只會希望事態越亂越好，她絕不會寫這樣一封信來告訴孟說不要牽連無辜。那麼，寫這封信的神祕人到底是誰？會不會是公主身邊知情的人不願看到孟說像一隻無頭蒼蠅般亂轉？可是，他跟公主身邊的人並沒有什麼交情啊。

嫈羋剛走不久，孟說便重新被帶到刑堂，等在那裡的除了大司敗熊華，還有太子槐。他連日受刑，後背和雙腿血肉模糊，高高腫起。腳下虛浮，站都站不穩，只能由刑吏攙扶著對太子下跪。

熊槐臉色一沉，道：「孟說，你可知罪？」孟說雖是無辜受刑，但現下知情不報，一樣是大罪，一時不知該如何回答，只好道：「下臣該死。」熊槐道：「我知道你也是身不由己，你只是聽命於公主而已。你只要肯招出公主和公子冉是盜取和氏璧的主謀，就不必再受這些皮肉之苦。」

孟說見對方神情閃爍，隱有焦灼之色，猜想太子槐懷疑公主，也不過是因為衛士的供詞牽涉到王道和楊良，而那兩名所謂的公主家奴又已自殺，死無對證。既沒有人證，也沒有找到和氏璧做為實證，太子槐要對付公主便只能依靠口供。當即搖了搖頭，道：「臣沒有協從公主盜取和氏璧。」

太子槐道：「你喜歡公主，對不對？但她已是秦惠王名義上的妃子，就算這次能逃脫罪名，她也是別人的女人。你何必為了一個根本不可能得到的女人，毀掉自己的一生？」孟說道：「無論太子怎麼說，臣還是這句話，臣沒有協從公主盜取和氏璧。」太子槐臉上怒氣頓生，冷笑道：「既然孟君不吃軟的，那麼就只有來硬的了。」拂袖而去。

大司敗熊華見太子槐怒氣沖沖地離去，連聲斥道：「好個不識好歹的孟說，太子馬上就是一國之君，他親自來問你話，何等榮幸，你居然不識好歹！」孟說聞言一驚，問道：「難道大王他……他已經……」

熊華冷笑道：「這全是拜你孟說所賜，大王聽到你與奸人勾結盜取和氏璧之後，急怒攻心，當即暈了過去，已經好幾日了，至今沒有醒來。大王待你不薄，你還不快些招出背後主謀？」見孟說不答，便喝道，「來人，繼續用刑。」

如此連日用刑，孟說被拷打得體無完膚，九死一生。但他始終不吭一聲，太子槐得不到孟說的口供，也無法牽連恨之入骨的江芈公主等人。

這一日，孟說又從獄中被提出，架來刑堂。刑吏卻沒有再例行地鞭打他，只是強迫他跪在一根矮木樁前，將他牢牢反縛在上面；又用繩繫住他的頭髮，一併拴在木樁上，迫得他仰面朝天。

孟說滿以為刑吏會一顆顆敲落自己的牙齒，或是要挖出自己一雙眼珠，或是割掉鼻子，但始終沒有人上來動手。過了好一陣，終於來了一名帶著小刀和黑墨的小吏，孟說這才明白他們要對自己行黥刑。

黥刑又稱墨刑，即在受刑者臉上刺字，然後塗上墨或別的顏料，做為犯罪的標誌。這種刑罰屬於肉刑中最輕的一種，雖在肉體上的痛苦不及劓、刖、臏、宮等刑罰，卻是精神上極大的羞辱，恥辱將伴隨受刑者終身。當年，秦國秦孝公任用商鞅變法，太子駟犯法，商鞅黥太子傅公孫賈以儆效尤。太子駟和公孫賈為此恨商鞅入骨，待秦孝公一死，太子駟即位為秦惠王，立可將商鞅處五馬分屍的車裂酷刑，以報之前羞辱。

孟說雖並非出身貴族世家，但也是個極重名譽之人。他本已抱了必死之心，卻想不到這些人並不殺自己，而是改以黥刑來侮辱，又驚訝又憤怒，喊道：「我要見大司敗。」那小吏笑道：「你以為自己還是宮正麼，想見就見誰？大司敗忙著處理公務，可沒有工夫見你。」拿起尖刀，扎了下來。

孟說竭力掙扎，但他的四肢和頭髮都被繩索緊緊束縛住，根本避不開小吏手中的刀尖。伴隨著臉上一陣陣刺痛，血汩汩流了下來，迷住了眼睛，流過了嘴唇。那種獨特的鹹淡血腥味提醒著他，這輩子再也擺脫不掉叛國背君的罪名，不由得發出一聲如狼嘯般淒厲而絕望的嘶叫。

正在黥面的小吏嚇了一跳，生怕這位楚國第一勇士會就此掙脫束縛，慌忙退開。一旁的幾名刑吏搶上前來，各舉皮鞭、刑杖，疾風驟雨般朝孟說身上招呼。他昏迷了過去，但很快又被臉上一刀一刀的刺痛喚醒。只是這次他連叫喊的力氣也沒有了，彷若跌入了無窮無盡的深淵，再也踩不到底，只能不停地墜落，墜落……

忙了一個多時辰，小吏終於在孟說的額頭和臉頰上鑿好方形字樣，染上黑墨後，再舉火燒炙傷口。這樣，臉上留下的墨跡成為永久性的記號，以後再也擦洗不掉。

受完黥刑，孟說又被重新戴上三木刑具，拖回牢房囚禁。他知道黥刑才剛剛是個開始，後面一定還有更大的侮辱等著他，但他已顧不上將來，所有的心思都在臉上的那些墨字，雖然看不見，但它們卻像毒蛇般一點一點咬噬他的心。他想起了祖父的英名，父親的威名，以及他自己——他一生對楚國忠心耿耿，從無二心，卻落得如此下場。淚水終於流了出來，一滴一滴落在冰冷的地面上。

牢房忽然打開了，有人走了進來，跪在他身邊，將他的頭抱起來放在自己的膝蓋上，輕輕地用手撫摸他的臉龐。孟說喃喃道：「是公主麼？我又在做夢了。」江芈柔聲道：「你沒有做夢，真的是我在這裡。」孟說勉力抬起頭來，果然見到了江芈，那張絕美的臉上掛滿淚珠，甚為淒涼。

孟說忙側過頭，道：「我的臉……別讓我的臉嚇著公主。」想努力掙開公主，卻沒有絲毫力氣。江芈捧起他的臉，哭道：「你這個傻子……傻子……是我害了你，我沒想到事情會變成這樣，對不起……」孟說勉強笑道：「不要說『對不起』，我……我是心甘情願的。這地方太髒，不適合公主，公主還是快些走吧。」

江芈道：「是太子逼我來看你，他想讓我看看你變成了什麼樣子，還說黥刑只是開始，如果我不交出和氏璧，就會對你接著用劓刑、刖刑、臏刑，最後是宮刑，讓你生不如死。他……他好狠毒，知道我心底還是喜歡你，所以用你來對付我。」

孟說歎了口氣，道：「臣賤命一條，公主不必放在心上。」江芈哭道：「我怎麼能不放在心上？受苦的人是你呀。可是我真的沒有和氏璧，父王又昏迷不醒，王宮內外全是太子的人，我……我實在沒有法子救你。我該怎麼辦？」孟說勉力挺了挺身子，道：「公主不必救我，就讓臣刑罰加身好了。」

江芈道：「不，我……」一語未畢，牢門打開，庸芮領著幾名衛士闖了進來，大聲喝道：「公主可看清楚了？這就請公主回宮吧，太子還等你的答案呢。」命衛士上前拉起公主，強行押了出去。

孟說又驚又怒，道：「庸芮，你……你敢對公主無禮？」庸芮笑道：「如今我已是副宮正，是太子殿下的心腹了。孟說，你想不到會有今天吧？」孟說歎道：「的確想不到。」庸芮道：「念在你一直待我不錯，我也略有回報。來人，去了犯人的手拲。」

獄卒忌憚孟說楚國第一勇士的威名，均在他的手、足、頸上了最重的戒具。他的雙手一直被銅拲緊緊禁錮在背後，坐不能坐，臥不能臥，難受萬分，手拳一去，身子登時鬆弛了許多。

庸芮忽然蹲了下來，低聲道：「宮正君放心，公主正在設法營救，不會讓太子繼續殘害你，請多一點耐心，稍安勿躁。」

孟說本以為庸芮已投向太子一方，忽聽到他自認是公主一夥，不由得驚奇萬分，驀然省悟過來，道：「是你，你就是公主的內應，對吧？」庸芮低下頭去，低聲道：「對不起，宮正君，我只是聽命於公主，實在不知道事情最終會牽連到你身上。」

原來那日在鳳舟上，江羋主動對孟說獻身，卻為孟說拒絕，她狂怒之下打了孟說，將他趕出去，卻隨意叫了一名侍衛進來與她交歡。那侍衛正好就是庸芮。庸芮面對這飛來的豔福，又惶恐又不安又歡喜。而既與江羋公主有了魚水之歡，他發誓從此效忠公主，為公主辦事。

庸芮又道：「這件事，你也不能怪公主，實在要怪，就怪那墨者田鳩。」孟說聞言大吃一驚，道：「田鳩不是已經死了麼？」庸芮道：「他只是假死，這是他和公主事先安排的計謀。」

江羋當日激憤之下，將刺客徐弱的供詞原封不動地告訴楚威王，原以為父王會讚賞她的誠實，但換來的卻是出嫁秦國，她姊弟三人等於從此被放逐，再也不能回來楚國。她傷心之下，又心有不甘。而當得知墨者唐姑果來到楚國，是為了幫助秦國得到和氏璧，遂派人尋到另一名墨者田鳩，表示要跟他合作。田鳩猶自不能相信堂堂楚國公主竟會背叛楚國，江羋道：「那麼我先告訴你一個還沒有公開的消息，我就要嫁去秦國，成為秦惠王的妃子。」田鳩雖然吃驚，但最終還是答應了下來。

他二人有了協議，遂開始祕密謀畫。田鳩告訴江羋，同伴腹兌和司馬錯會礙事，必須先行將二人送回秦國，遂先上演了一場假死的好戲，這樣無論如何再沒有人會懷疑到田鳩身上。庸芮早為公主美色所迷，聽公主之命，有意將孟說引到河邊，讓孟說親眼看到腹兌刺傷了田鳩。孟說去追捕腹兌時，庸芮便用小船將田鳩運走療傷，對孟說則稱田鳩跳水自盡。因為這件事，司馬錯身分敗露，被孟說逮捕；腹兌則被解送回秦國，很快便因殺死田鳩之罪被親生父親鉅子腹（黃享）處死。據說秦惠王親自出面說情，還是沒能救下腹兌的性命。

除去了腹兌，田鳩遂開始與江羋公主精心謀畫盜取和氏璧之事。田鳩和唐姑果都知道甘茂祕密與秦國通謀一事，唐姑果得知甘茂是昭陽門下舍人之後，還想利用這一點逼甘茂做內應。先前唐姑果被殺，旁人都以為是貿簹為除去競爭對頭而下手，只有田鳩想到，很可能是甘茂殺人滅口。他猜想，甘茂必然要趁令尹夫人壽宴當晚下手盜取和氏璧，因此早早派了心腹手下王道和楊良扮成公主的隨從混入昭府，一來是操縱木鵲和木鳥，二來也是做為交給江羋一方的墨者人質。

孟說用不同顏色腰牌區分每個人的法子固然高明，但防備不了有衛士做內應的狀況。本來兩名抬箱子的墨者王道和楊良該發紫牌，庸芮卻另外給了他們兩枚事先備好的黑牌。那兩人隨即脫下外衣，裝扮成昭府的門客，便可隨意地進出宴會廳。

果然一切如田鳩所料，貿簹盜到了和氏璧，又交到甘茂的手中。待甘茂攜璧出來時，一直埋伏在附近的墨者王道和楊良打暈了他，奪走和氏璧，隨即將玉璧綁在早已準備好的木鳥身上。木鳥向西飛出昭府後，直接到了鳳凰山上。那裡是王室禁苑，常人難以接近。田鳩早已事先潛入山上，專門負責接應木鳥。

然而事情的關鍵就出在田鳩身上，其實他也並不是為秦國做事，他是前任鉅子田襄子的獨子，自小就是意志堅定的墨者，對唐姑果等人親附秦國很是不滿，這次雖奉鉅子之命來為秦國奪取和氏璧，但事先早已決定，一旦得到和氏璧，就將它帶去一個不為人知的地方收藏，讓那所謂的「得和氏璧者得天下」成為一句空讖。

是以他一拿到木鳥，便立即消失了。而江羋公主一行到了事先約定的地方時，根本不見田鳩的影子，這才知道中了計。江羋命侍從逮捕墨者王道和楊良拷問田鳩的下落，兩人卻搶先一步自殺。江羋竹籃打水一場空，不得已只好下令將屍首沉入河中。

之後，孟說從蛛絲馬跡追查到了王道和楊良的身上，江羋料到自己無論如何難以脫嫌，幸好二人已死，死無對證。她料到太子必然想方設法利用這一點來對付自己，遂令庸芮搶先去向太子告密公主的家奴可疑，以此為晉升之階投靠太子，做為預先埋伏下的棋子。

孟說聽說了經過，這才明白過來，那封十二字的信是田鳩寫給他的，落款也不是什麼飛鳥圖形，而是一個「鳩」字。只是他一直以為田鳩已死，竟絲毫沒想到會是此人。他本以為剛才公主說「真的沒有和氏璧」是假意推託，現在才知道是真有其事。她沒有和氏璧在手，居然還想救他，除了武力劫獄，怕是再沒有別的法子。一念及此，忙道：「不，你們不要冒險救我。我死不足惜，公主卻是千金之體。」

庸芮苦笑道：「宮正君還不了解公主這個人麼？她決定了的事，不管旁人如何相勸，她都是不會聽的。宮正君先暫時委屈一下。」站起身來，又假意大聲喝斥了孟說幾句，這才去了。

孟說心急如焚，想要阻止公主冒險，可是當此境地，又有什麼法子？

過了兩日，孟說被提出大獄，架來大堂。南杉、庸芮正等在那裡。

南杉忙命人打開他身上的頸鉗和腳鐐，道：「孟君受苦了。」奉上一套乾淨衣衫，道，「快些換上吧，他們都在等你。」

孟說不解地問道：「誰在等我？」

南杉道：「今日是公主出嫁的日子，大王赦免了你，命你依舊扈從公主去秦國。」

原來，楚威王在聽到最信任的宮正孟說與外人勾結的消息之後，當即暈了過去，連續多日沒有醒轉。連醫師梁艾都放棄希望，讓太子槐開始準備後事。但到了前天，老國君又醒轉過來，問起江羋公主。公主已被太子槐軟禁，只須得到孟說的口供就會被處死。楚威王要見公主，太子槐不得不將江羋放了出來。

江羋到楚威王床榻前的第一件事，就是跪下哭著懇求父王放過孟說。楚威王知道自己時日無多，他老了，也累了，再沒有心思去追究誰盜取了和氏璧，他臨死前的最後願望就是要趕快將江羋公主嫁去秦國，以免自己死後發生骨肉相殘的慘劇。他雖怨恨華容夫人，但終究還是愛自己如花似玉的女兒，他不能眼睜睜看著太子一步步逼死她。女兒要救孟說，也就如了她的心願吧，這是他能為她做的最後一件事了。於是匆匆準備兩日，楚國公主江羋倉促出嫁，今日就要啟程前往秦國。

孟說聞言感慨萬分，遂換好衣衫，來到宮門處。公主一行已經告別宗廟，正要出宮，大臣們站在兩旁相送，屈平、嬃羋也在其中。

屈平見到南杉攙扶著孟說到來，忙上前握住他的手，懇切地道：「我有一件事要拜託孟君。公主不是一般女子，她遭逢此番挫折，必然不會輕易罷休。將來她一旦在秦國得勢，怕是不會輕易放過太子。我知道是太子下令對孟君行黥刑，可是……」

孟說道：「屈莫敖放心，私人事小，國家體大，孟說知道輕重。只要公主還肯聽我勸，我一定會阻止她對付楚國。」屈平這才長舒一口氣，道：「好，好。多謝。」扶著孟說到宮外上馬，揮手道，「再見了！」

孟說自是知道這次分別，將很難再見，一時百感交集，嘴唇蠕動了幾下，最終還是無語凝咽。忽然，轉頭在道旁的人群中看見了篔簹，正詭祕地笑著——事情並不如篔簹所預料的那樣，他孟說活了下來，公主也活了下來，他們誰也沒死，還可以一道奔赴秦國。可是，為什麼前行的步履會變得如此沉重而遲緩？

回頭凝視巍峨的宮闕，一切都模糊了起來。再見了，王宮！再見了，郢都！再見了，楚國！再見了，故鄉！

這一日，公主一行到達了楚國邊境。

江芈忍心有所感，命馭者停下車子，登上附近的一座山包，回身眺望故國。又命人召來隨行的秦國人司馬錯，問道：「是我們楚國好，還是你們秦國好？」

司馬錯道：「論地廣物博、富饒美麗，自然是楚國好。不過，公主已經是我們秦國大王名義上的妃子，也就是秦國人了。這些楚國的土地，早晚都會是我們秦國的。」江芈登時笑逐顏開，道：「說的好，你叫司馬錯[2]對吧，你很有志向，我一定會稟報大王，好好地重用你。」

後來，司馬錯果然得到秦惠王的重用，率領大軍攻打巴蜀，一舉滅掉長江上游的巴、蜀兩國，不僅令秦國人力和物力大增，並直接對長江中下游的楚國形成居高臨下之勢，嚴重威脅到楚國的安全。

一旁的孟說聽見，不由皺起了眉頭，正想著如何相勸江芈，忽有衛士稟報道：「有一名叫田鳩的墨者，指名要見孟君。」江芈不禁冷笑一聲，道：「我正要派人去找他，他倒自己送上門來了。」命衛士帶田鳩過來。

田鳩道：「公主，孟君，別來無恙？」江芈雖惱恨田鳩，但一直很好奇他是如何將和氏璧運出搜查極嚴的郢都城，當即問道：「你當初是如何將和氏璧帶出郢都的，還是用木鳥那一招麼？」田鳩道：「不是。其實說起來很簡單，我將和氏璧用繩子捆在小船的船身下，從水門出城。守門的士卒雖然細細搜了船和船上的人，卻沒有想到水底下還有玄機。」

江芈這才恍然大悟，冷笑道：「我以為墨者都是言而有信的俠士。田鳩，我可是上了你的大當。」田鳩道：「做大事者不拘小節。不過，我既有負與公主之約，願意以死謝罪。」手腕一翻，袖中甩出一柄匕首，逕直刺入自己胸口。

江芈驚道：「你……你是來送死的？快說，和氏璧在哪裡？」孟說搶上來扶住田鳩，將他身子慢慢放下，道：「你這又是何苦？」田鳩苦笑道：「誰教我是墨者。對不起，孟君，是我連累了你，害你成了這副樣子。和氏璧在我手裡，你想知道它的下落麼？你如果想知道，我就告訴你。」孟說道：「不，田君不必告訴我。」

江芈大怒，喝道：「孟說，快問和氏璧在哪裡！」孟說搖了搖頭，田鳩勉強笑了笑，就此閉上了眼睛。江芈氣急敗壞，道：「你為什麼不問他？」孟說反問道：「公主要和氏璧做什麼？」

江芈一時愣住，她只是千方百計地想得到和氏璧，但一旦真得到了手，要用它來做什麼，她卻從來沒想過。孟說抑制不住內心的衝動，道：「公主，你不要嫁去秦國了，我們一起走吧，去一個沒有人認識我們的地方，就跟當年的陶朱公一樣。」

陶朱公即是楚國人范蠡，他在功成名就時，帶著美人西施隱居在雲夢澤中。孟說懇切地望著江芈，只要她點頭，世間就會從此多一段英雄美人的千古風流佳話。

但江芈卻毫不遲疑地搖了搖頭，道：「不。我在楚國失去的一切，一定要在秦國重新拿回來。」

她那種沒有絲毫猶豫的決絕態度，令孟說失去了所有美好的期盼。他心頭的火焰熄滅了，欠了欠身，道：「那麼，請公主准許臣隱居山林。」江芈卻道：「不行，我不准你離開我。你答應過我，要永遠保護我。不論我在哪裡，你都要留在我身邊。」頓了頓，又柔聲補充道，「你是我今生唯一愛過的男子，如果再也見不到你，我會活不下去的。」

孟說知道公主並沒有她說的那麼愛他。她也許不愛任何人，只愛她自己，她到了人生地不熟的秦國後，需要自己的心腹；她挽留他，不過是要繼續利用他。但對他來說，又有什麼分別呢？他只是愛這位能夠顛倒眾生的公主，甘心被她利用，曾經為她身敗名裂，還要繼續為她赴湯蹈火。

他知道她的心很大、很廣，她有著永不服輸的性情和孤注一擲的勇氣。他看到她正微笑地凝視著楚國的大地，帶著傲視人生與宿命的驚雲氣度。即便是氣勢雄渾的滔滔長江，也不過是她腳下縮微的小水溝。而他，只是雲夢澤中一葉微不足道的浮萍。

極目神州，山川圖畫。蒼莽大地，誰主沉浮？

這一行人雖淒涼地離開了楚國，卻各自成為歷史上著名的人物——

江羋嫁到秦國後，被秦惠王封為「八子」[3]，名分雖然不高，卻極得秦王寵幸，先後生下三個兒子，為王后魏國公主所忌恨。

孟說雖遭黥面之刑，武藝猶在，從楚國第一勇士搖身變成秦國第一勇士，與酷好武藝的秦太子趙蕩[4]成為至交好友。秦惠王死後，太子蕩即位為秦武王，孟說更是深得寵幸，被拜為內廷校尉，負責秦王宮宿衛。秦武王即位四年後，與孟說比賽舉鼎，結果自己失手被大鼎砸斷臏骨而死，孟說因此被誅殺。

孟說個人雖遭不幸，這件事卻成為江羋在秦國崛起的重大契機。因秦武王沒有兒子，江羋先是用武力控制了咸陽，殺死眾多爭位的公子，隨後立自己的兒子趙稷為國君，是為秦昭襄王。江羋被尊為王太后，史稱宣太后。秦昭襄王年少，由宣太后主政，是為中國歷史上太后聽政之始。

宣太后又封其長弟公子冉為穰侯，二弟公子戎為華陽君，封次子趙市為涇陽君，三子趙悝為高陵君，形成黨親專政的格局，完全控制了秦國軍政大權，從此開始了長達四十一年的臨朝稱制。數十年來，秦人只知秦國有宣太后和穰侯，而不知有秦王。

江羋嫁到秦國後不久，楚威王病逝。太子熊槐即位，是為楚懷王，但他的日子並不好過——楚軍屢屢為秦軍所敗，主帥昭陽自殺，大將屈匄等人成為俘虜，楚懷王被迫獻城向秦國求和。楚國既無力與秦國爭勝，遂決定向東方謀取越國。楚懷王派昭滑到越國進行間諜活動，使越國發生內亂，又趁機進攻越國，殺死越王無彊，消滅了越國。

但攻滅越國不過是暫時的榮光，隨著江羋在秦國的得勢，楚國越發陷入了危難的境地。就連楚懷王熊槐自己也一再被這位異母妹妹玩弄於鼓掌之間。他最後聽信了張儀的謊言，被誘騙到秦國為人質，受盡凌辱，最終逃跑不成，客死秦國。其子楚頃襄王，和其弟令尹公子蘭不敢得罪秦國，均被迫娶秦國公主為夫人。

至於和氏璧一案，對外人而言仍然是個謎團——涉案之人不是被放逐國外，便是被祕密處死，真相最終被掩蓋了起來。而在江芈出嫁前逃離了楚國的甘茂、張儀卻各有奇遇，兩人先後為秦惠王信用，當上了秦國的丞相。甘茂大展軍事才華，攻占楚國漢中之地，逼迫楚軍主帥昭陽自殺。張儀則利用連橫之計，對付東方六國之合縱策略[5]，為秦國的強盛以及最終滅掉六國，發揮了決定性的作用。

因讖語而身價備增的和氏璧，日後，成了江山社稷和至高皇權的象徵。中國千餘年的歷史潮汐，被這塊如明月般的玉璧牽引著。和氏璧的故事，還遠遠沒有結束……

作者的話：

楚國和氏璧的故事到這裡就結束了。根據歷史記載，和氏璧自從在昭陽的宴會上離奇失蹤後，從此下落不明，直到四十餘年後才在趙國重新出現，由此上演一場「完璧歸趙」的千古傳奇。本書餘下的篇幅「卷八至卷十」，講述的即是完璧歸趙的故事，後面這三卷跟前面七卷的內容並無本質上的關聯，因而可視為一獨立的故事。

1 沒收為官府奴婢者，男為隸臣，女為隸妾。牢隸臣妾，則是類似刑徒、並具有奴隸身分的人。

2 司馬錯，即西漢著名史學家司馬遷的七世祖。司馬錯之子司馬靳為秦國名將白起的副手，參與了長平之戰，坑殺趙卒四十萬人。

3 秦國的後宮分為八級——王后、夫人、美人、良人、八子、七子、長使、少使。

4 秦國國君為嬴姓趙氏，同趙國。因此，秦始皇嬴政，應該叫做趙政。

5 合縱與連橫：戰國時期，各諸侯大國相互攻伐，在外交與軍事上展開激烈的鬥爭。所謂「合縱」，即「合眾弱以攻一強」，是指許多弱國聯合起來抵抗一個強國，以防止強國兼併。合縱策略主要是在關東的趙、魏、韓、齊、燕、楚之間展開，而對付秦軍東進則是他們的目的。所謂「連橫」，即「事一強以攻眾弱」，就是由強國聯合一些弱國，從而進攻其他的弱國，達到兼併土地的目的。連橫主要為秦國所採用，目的是要兼併土地，統一天下。所謂「縱橫家」即是因應此種政治需要而產生，他們鼓吹依靠合縱、連橫來稱霸或成王，最著名的代表人物是蘇秦和張儀。但縱橫家的不足之處在於重視依靠外部力量，而不若法家那樣從改革政治、經濟，以謀求富國強兵入手；此外，還常常過分誇大計謀策略的作用，視其為國家強盛的關鍵所在。

【卷八】北風其涼，雨雪其雱

邯鄲自古多美女，且個個能歌善舞，所謂「朱唇動，素腕局，洛陽少童邯鄲女」。那鼓瑟女生得肌清骨秀，身姿窈窕，正用一雙纖纖萇手來回撫弄著趙瑟，為酒客們助興。一根琴弦，一縷情思，絲絲弦弦，羈絆住逝去的華年。

趙國是著名的「四戰之國」，四周無險可守，強敵環伺，西有秦國，南有魏國，東有齊國，東北有燕國，北方則是林胡、樓煩、東胡等剽悍善戰的遊牧民族，附近還有小國中山國。由於被多個強國包圍，國勢很弱，經常不得不靠割地來求得生存。最著名的例子如西元前三五四年，魏惠王派大將龐涓攻打趙國，趙國國都邯鄲一度被魏軍攻克。趙王不得不以新近占領的中山國許以齊國，以換取救兵。齊威王帳下大將田忌用軍師孫臏之計，圍魏救趙，趙國才未遭滅頂之災。

西元前三二六年，趙王趙肅侯去世，秦、楚、燕、齊、魏五國各派一萬精兵，前往趙國都城邯鄲參加葬禮。趙國太子趙雍就在異國五萬精兵雲集邯鄲、強敵環伺的情況下登上了王位，即為中國歷史上著名的趙武靈王，是為趙國國君稱王之始。

當時，趙國北面的林胡、樓煩、東胡等胡人部落時常侵擾趙國，人數雖不多，卻都是短衣長褲，輕騎良弓，馳騁往來，靈活自如，打起仗來往往能以少勝多。而趙國軍隊儘管武器優於胡人，卻依舊是中原傳統的步兵和兵車編制，將士均是上衣下裳，寬袍大袖，行動起來多有不便。

趙武靈王巡行邊境考察之後，決意向胡人學習，在趙國強制推行「胡服騎射」，頒布了〈胡服令〉。「胡服騎射」施行後，趙軍戰鬥力大增，趙國迅速強大起來，在軍事上取得了一連串的勝利，以後起之秀的姿態崛起於北方，儼然有與齊國、秦國三足鼎立之勢。

正當趙國國力如日中天之時，趙武靈王卻一手釀造了一起毀滅自己的悲劇。

西元前二九九年，正值壯年的趙武靈王做出一項驚天之舉，在邯鄲趙王城東宮舉行大朝會時，忽然宣布廢除長子趙章太子位，禪位於年僅十歲的次子趙何，立其為王，是為趙惠文王，自己退位，號「主父」。

太子趙章的生母桃姬為韓國故相韓侈之女，與趙武靈王相識於楚國，韓宣惠王封其為公主，嫁給趙武靈王為王后。趙章因母親是王后之故，出生不久即被立為太子，自小嬌生慣養，驕橫無禮。然而女人終究要靠容色侍奉國君，桃姬逐漸年老色衰，又不懂得奉迎，逐漸失去了趙武靈王的歡心。

某日，趙武靈王夢見少女彈琴而歌，心中極為留念，多次在酒宴上與群臣談起這個夢，描繪夢中少女的容貌，期待能夠遇到她。趙人吳廣聽說後，覺得少女和自己的女兒孟姚很像，便將孟姚送入宮中。孟姚能歌善舞，深受趙武靈王寵愛，被封為王后，趙人稱之「吳娃」，很快便生下了公子趙何。幾年後，孟姚病死，死前懇求立趙何為太子，趙武靈王傷心欲絕下，當面答應了她。

昔日，楚國楚威王寵愛華容夫人母子，曾許諾改立公子熊冉為太子，但最終還是由太子熊槐繼位為楚懷王，結果熊冉跟隨姊姊江芈到秦國後，改稱魏冉，示意跟楚國決裂，並利用秦國的勢力全力對付楚國。楚國不僅喪師失地，就連楚懷王自己也被江芈派人誘騙到秦國軟禁起來，受盡屈辱而死。

當初，公子熊冉與太子熊槐爭奪儲君之位最激烈之時，趙武靈王本人正好在楚國，親身感受到楚國國勢的動盪，他認為這是楚威王處理不當的結果——既然喜愛熊冉，又答應過華容夫人，就該當機立斷易立太子。他不願楚國的悲劇繼續發生在自己身上，決意遵從對孟姚的諾言，立次子趙何為國君，以三朝老臣肥義為相國，輔佐新君，自己則擺脫繁瑣的朝務，全身心投入與天下諸侯的爭霸戰爭。

不久，群臣朝見趙惠文王。趙武靈王在一旁觀察，看見趙章身為長兄，卻不得不對幼弟趙何俯首稱臣，忽然想起病故的結髮妻子桃姬，起了憐憫之心，想把趙國一分為二，封趙章為代王，與趙惠文王並立。

趙武靈王共有四子，太子趙章是長子，餘下依次是趙何、趙勝、趙豹。趙章為第一任王后桃姬所生，趙何和趙豹為第二任王后吳孟姚所生，三人均是嫡子身分，唯有趙勝是庶子，為宮中美人所生。但這位庶子卻是趙武靈王四個兒子當中最有賢名之人，史稱「翩翩濁世佳公子」，封平原君，酷愛養士，有門客千人。

趙武靈王欲將趙國一分為二、立太子趙章為代王時，特意私下徵求趙勝的意見。趙勝道：「父王昔日廢掉趙章，改立趙何，已經錯了一回。而今君臣名分已定，不可一錯再錯了。」趙武靈王不以為然地道：「趙國權力都在我掌握之中，有何不可？」但因朝中重臣如相國肥義等人也跟趙勝同樣持反對意見，所以這個計畫暫時擱置了下來。趙惠文王得知後，心中大為不滿。趙章也變相得到了激勵，開始厲兵秣馬，預備用武力從弟弟手中奪取本該屬於自己的王位，於是引發了歷史上著名的「沙丘宮變」。

沙丘位於趙國都城邯鄲以北，地勢平衍，土壤概係沙質，到處堆積成丘，故名「沙丘」。商紂王曾命人在這裡大興土木，增建苑臺，放置了各種鳥獸，還設酒池肉林，使男女裸體追逐遊戲，狂歌濫飲，通宵達旦。到了戰國時期，沙丘為趙國屬地，趙王又在這裡設置離宮別館。

西元前二九五年，趙武靈王和趙惠文王一同出遊沙丘，在沙丘宮分宮而居。趙章認為時機已到，設下兵馬埋伏弟弟趙惠文王，但只殺死了相國肥義，兄弟二人隨即各領兵馬，在沙丘宮附近展開激戰。趙章最終不敵，逃入趙武靈王居住的鹿臺，趙武靈王接納了他。趙惠文王隨即派重兵包圍鹿臺，搜出趙章，當場斬殺，並下令封鎖行宮宮門。

趙武靈王欲出不能，在宮中找不到食物，把樹上的小鳥都掏出來吃了，最終還是被活活餓死。這位自以為處理家事比楚威王高明的豪傑人物，終以極其悲慘的命運謝幕。後人有詩吟誦道：「武靈遺恨滿沙丘，趙氏英名從此休。」趙惠文王為父親取謚號為「武靈」，取「剋定禍亂曰武，亂而不損曰靈」之意。

趙武靈王餓死時，趙惠文王趙何才十四歲。據說，封閉鹿臺行宮宮門並不是他的主意，而是出自太傅李兌。李兌帶領四邑騎兵趕來援助趙惠文王，打敗趙章後，又強行闖入鹿臺，斬殺了趙章。趙武靈王忍不住淚水潸然。李兌見狀，又與部下商議道：「我們圍攻過主父的行宮，倘若就此休兵，一定會被滅族。」於是繼續圍困鹿臺，放行宮宮人離去，唯獨困住趙武靈王，三個月後才敢派人進宮查看。昔日形貌偉岸的趙武靈王已成一具枯屍，其狀之慘令人悚然。

李兌雖出頭充當了黑臉惡人，但亦得到了趙惠文王的默認和許可。沙丘宮變後，李兌因「功」被拜為司寇，不久又升任相國，長期專斷國政。他深知自己困死趙武靈王之舉並不得人心，為消除隱患，大力迫害誅殺趙武靈王的親信。

許多人被迫逃離趙國，其中不乏軍事才華傑出者，如趙武靈王的心腹侍衛長樂毅，逃往燕國後被燕昭王拜為上將軍，率領燕國全國之兵攻齊，以少勝多，連戰皆勝，一舉攻下齊國王都臨淄，盡取齊國寶物、財物、祭器。齊國幾乎被滅，後雖勉強復國，卻元氣大傷，一蹶不振，由強國跌入弱國之列，再也無力與眾諸侯爭奪天下。

這樂毅本是魏國人，先祖是魏國名將樂羊，曾率兵攻取中山國，因功被封在靈壽，樂羊死後，子孫亦定居在這裡。中山國復國後，又被趙武靈王所滅，樂毅也就成了趙國人。他少年聰穎，喜好兵法，深得趙武靈王喜愛。若非沙丘宮變，原本可以成為趙國的一員良將。

樂毅破齊後，威名震動天下，諸侯無不爭相奉迎籠絡。不久，燕國中了齊國大將田單的離間之計，削奪樂毅兵權，召其回國。樂毅慨然道：「善作者不必善成，善始者不必善終。」交出了兵符，卻拒絕歸燕，轉而回到趙國。趙惠文王喜不自勝，親授樂毅相國之印，封其為望諸君，極盡尊寵之能事。

樂毅重新在趙國得勢，就意味著李兌的失勢。事情還不僅僅如此，李兌被趙惠文王免去相國之日，邯鄲百姓奔走相告，人人拍手稱快。趙主父的威名在趙國依舊凜凜如生，人們為他的慘死而忿忿不平，都在暗中盼望有朝一日罪魁禍首李兌會為他償命。這一天，眼看著就要到了。

李兌的宅邸位於大北城渚河北岸，傍河而建，風景秀麗。

自從李兌被免職的消息傳開，許多邯鄲百姓自發趕來，爭相朝這座豪華宅邸擲扔瓦片、石頭、穢物等，發洩被壓抑許久的怒氣。於是，門庭若市的前相國宅邸一日之內變得門可羅雀，眾多門客一哄而散。不少僕人也意識到大勢不妙，暗中逃走，以免禍及自身。

李兌焦躁在堂中轉來轉去，盤算著下一步計畫。他雖依舊有「奉陽君」的名號，在趙國享有封地，但他心中很清楚自己在趙國的好日子到頭了。昔日，趙國人對他不滿，他還可以靠著權柄來壓制；一旦失去了相國的地位，不等樂毅來報復他，這些愚蠢的邯鄲人也會騷擾得他雞犬不寧。

金銀細軟早已收拾妥當，只待決定逃亡的去處了——燕國是斷然不能去的，燕惠王雖一度猜忌樂毅，但很快便覺醒過來，一再邀請樂毅重新回燕國，雖為樂毅拒絕，仍然封樂毅之子樂閒為昌國君。

秦國則更不能去了，昔日秦武王死，秦惠王的妃子江芈及其弟魏冉以武力控制了秦國，本來要立江芈的次子公子市為秦王，但趙武靈王派兵護送在燕國做人質的江芈長子趙稷回秦國，用計威逼江芈改立趙稷為國君，是為秦昭襄王，因而趙武靈王對當今秦王有再造之恩，秦國又怎麼會收留他呢？

齊國雖曾是東方大國，而今卻殘破不堪，明智之士都不會選那裡；魏國是樂毅的母國，韓國則完全依附於秦國，均不值一慮；剩下的就只有李兌自己的母國楚國了，他的曾祖父老子在楚國享有盛名，他以老子曾孫的身分返回楚國，應該還是會被接納吧。

計議已定，李兌命僕人將行裝裝到車子上，預備明日一早啟程離開邯鄲。

哪裡知道世事難料，到傍晚時，忽有一大群市井小民強行闖進宅邸，將他停放在庭院中的財物一搶而空。若非大將軍廉頗正好帶兵經過，趕來驅散了哄搶的人群，只怕李府中所有能搬動的值錢家什都被搶走了。

他李兌也曾有過叱吒風雲的輝煌時刻。四年前，韓、趙、魏、齊、燕五國聯合攻打秦國，史稱「五國攻秦」，五國聯軍的主帥就是李兌。連連強大的秦國也不得不派使臣來討好籠絡，表示要為他謀取封邑。雖然這次聲勢浩大的合縱由於五國各懷心機，貌合神離，不能協力，很快便煙消雲散，但他李兌畢竟曾是五國軍隊之首，一度指點江山，揮斥方遒，而今卻被一群無知的小民欺辱，眼睜睜看著經年所積的金銀珠寶被人當面奪走，自己卻無力阻攔。尤其是廉頗離開前那冷冷一瞥，更讓他連日積累的驚恐、憂懼一時迸發，忍不住嚎啕大哭起來。

殺死前太子趙章能怪他麼？他不過是奉命行事，趙惠文王下了死命令，一定要斬下趙章的人頭。餓死趙主父又能怪他麼？他闖進鹿臺行宮，殺死趙主父極力庇護的趙章，趙主父不死，他自己就要被滅族，況且這也是趙惠文王默認的呀。這些愚蠢的趙國人不敢怪罪他們的國君，非要將這些罪過算到他頭上，其實，趙惠文王才是那個殺兄殺父的真正惡徒啊。

這位前相國坐在遍地狼藉的庭院中痛哭流涕，家眷、從人們也跪伏在一旁跟著垂淚不已。時值寒冬，每個人雖然穿著厚厚的絮衣，依舊抵不住北方的寒氣，凍得鼻涕都流了出來，混合著眼淚，當真是涕淚交加。

天黑了下來，無邊的黑暗籠罩著森然冰冷的漫漫長夜。空中忽然飄下雪花來，像糾纏不清的柳絮，絲絲縷縷，滿天飛揚。李兌也哭得累了，終於站起身來，命大家各自散去。他獨自來到書房，默默坐在燈下。

忽然間喧鬧都消失了，四周呈現出死亡般的寂靜，充滿霾迷、悽惶，給人一種不可言狀、異樣、複雜的感覺。偌大的房間中只有一點橘黃的亮光，那亮光照著人，將人影投到牆上，不斷隨著火苗浮動，陰森森的，看久了，令人感到毛骨悚然。

李兌凝思了好一陣，才站起身，正往書架上摸索書簡時，忽聽見有人輕輕走了進來，以為是妻子楊姬，忙道：「夫人放心，老夫還藏有一件寶貝，價值連城，有了它，你我……」驀然心有所警覺，回過頭去，站在背後的卻不是楊姬，而是一名身材魁偉的男子，穿著府中下人的衣服，卻用黑布蒙住了臉，只有一雙眼睛和手中的利刃在燈下閃閃發光。

李兌恍然間便明白了過來，正要出聲呼救，那男子已搶上前一步，左手扼住他咽喉，粗暴地將他推到書架上，右手持刀逼住胸口。李兌臉漲得通紅，喉嚨「呵呵」作響，似有話要說。那男子便將左手略微鬆開了些。

李兌喘了幾口粗氣，顫聲問道：「你……你到底是誰？」那男子冷笑道：「你只須知道我是特意來取你性命的。」李兌忙道：「等一等！壯士若肯饒我性命，我願奉上稀世珍寶。」對方卻僅是嗤笑一聲，絲毫不為所動。

李兌道：「和氏璧！我說的奇珍就是和氏璧！得和氏璧者得天下，只要壯士肯放過我，和氏璧就是你的，將來天下也是你的。」那男子冷笑一聲，道：「如果你有和氏璧在手，怎麼還會有今日的下場？」李兌忙道：「是真的，和氏璧原本藏在沙丘宮鹿臺中，當年是我從主父身上……」

他不提還好，一提趙主父的名號，對方越怒，用力挺出利刃，正中他的胸口。

李兌道：「啊……你……你是……」他雖在臨死一刹那認出了對方的眼睛，卻再也沒有力氣說出那個名字來，軟倒在地，抽搐了幾下，就此死去。

那作僕人打扮的男子抽出利刃，往李兌的衣衫上擦乾血跡，又恨恨地朝屍首踢了兩腳，往書架尋找一番，這才揚長而去。

邯鄲的得名頗為有趣，東城下有小山名邯山，「單」則是盡頭之意，邯山盡頭之處的城邑即為邯鄲。這座城邑背靠太行山，南臨漳河水，交通便利，且靠近中原，鄰接齊、魏，是黃河以北最大的城市；原屬於衛國，後併入晉國，戰國時屬於趙國。成為趙國的都城後，歷任趙王皆對其苦心經營。

做為城池而言，邯鄲並非一個整體，而是分為「城」和「廓」兩個部分。

城，即趙王城，是趙國王宮所在地，由西城、東城、北城三部分組成，呈「品」字形。三城均為正方形，周圍十餘里，布局嚴整，排列有序。其中，東、西兩城坐落在太行山餘脈一個丘陵之上；東城又稱外城，是朝堂和中央官署所在地；西城為內城，是國君和嬪妃起居的地方，中央有高達近百尺的龍臺，氣勢雄偉；北城是王宮禁苑所在，有諸河橫貫其中，苑中種滿奇花異草。

廓，稱為「大北城」，位於趙王城西北，總面積要比趙王城大，周長三十餘里，是邯鄲的居民區、手工業區和商業區。沁河和渚河兩條河流由西至東穿過全城，河水蕩漾，夾岸楊柳成蔭，是邯鄲一大著名景觀。

沁河原名牛首水，西出紫山，東貫邯鄲後注入滏陽河。它正好從中將大北城一分為二，而成南北兩區的天然分界線，這條河流的兩岸也相應成了大北城的市集中心。除了以船做為交通工具，沁河上還有一座木浮橋，名為沁河橋，又稱學步橋，著名的「邯鄲學步」即發生在這裡。昔日，有個燕國少年聽說邯鄲人的走路姿勢優美，極為仰慕，於是不遠千里來到邯鄲學習步法。結果，不但沒學成，反而連自己原來走路的步法也忘光了，最後只好爬著回去。

沁河橋是跨越沁河的唯一橋梁，理所當然地成為大北城南北的交通要衝，時稱「三輔鎖鑰」。橋的附近淨是酒肆市集，繁茂如煙，揮汗成雨。

衛國商人呂不韋站在自家珠寶舖窗前，偷眼打量著對面酒肆的鼓瑟女。

邯鄲自古多美女，且個個擅長彈奏琴瑟，踏腳尖起舞，時有所謂「朱唇動，素腕局，洛陽少童邯鄲女」的俗語。那鼓瑟女生得肌清骨秀，身姿窈窕，正用一雙纖纖荑手來回撫弄著趙瑟[2]，為酒客們助興。一根琴弦，一縷情思，絲絲弦弦，羈絆住逝去的華年。

他一時望得呆了，連有主顧進來也未曾留意。還是那人等得不耐煩了，自行叫道：「店家，我有玉要當。」呂不韋漫不經心地應了一聲，回來櫃檯。那僕人打扮的男子便從手中包袱中取出一塊玉璧來。呂不韋一見之下，立即露出驚異之色，道：「好一塊玉璧，你從哪裡得來的？」那僕人道：「是我家主母交給我的。」

呂不韋依稀覺得對方有些眼熟，料其主人必是邯鄲城的達官貴人，便點點頭，仔細摩挲一番，才問道：「做價多少？」那僕人道：「五百金。」呂不韋雖然才十七歲，卻已是經驗老道的商人，替其父主持在趙國的生意。

儘管揣度那玉璧確實也值五百金，還是有意地搖了搖頭，道：「五百金太高，五十金還差不多。」

僕人急道：「五十金？我家主母說這玉璧至少值千金，若不是急著籌措路費，斷然不肯五百金賤賣。」呂不韋道：「既是等著錢用，那我做一回好人，八十金，不能再多了。」

那僕人氣得全身發抖，將玉璧一包，賭氣道：「不賣了！」呂不韋笑道：「你可要想好了，我是邯鄲城中最大的珠寶舖，別家一下子可拿不出八十金來。」

僕人道：「我不信沒有識貨的人。」轉身出去，正好在門口遇到一人下車，被那人瞧見他手中的玉璧，上前問道：「你那玉璧是拿來當的麼？多少錢？」僕人道：「五百金。」那人見那玉璧在陽光下熠熠生輝，光彩奪目，便索要過來仔細查看一番，道：「好，我要了。你這就跟我回家取錢去。」

呂不韋有意狠壓價格，遂與上好的玉璧失之交臂，不免有些後悔，但隨即認出新買主是宦者令繆賢，國君身邊的大紅人，絕對不能得罪，忙跟著出來笑道：「恭喜令君，這可是件極品玉璧，至少價值千金。」

一旁僕人聽見，恨恨道：「你適才不是才出八十金麼？」呂不韋笑道：「我是商人，令君是識貨之人，怎可相提並論？」

繆賢聞言心下大悅，喜孜孜帶了玉璧乘車回來家中，命管家取了五百金給那僕人。又召來門客一齊觀賞玉璧。眾門客紛紛讚賞不已，唯獨藺相如一人皺緊眉頭，默不作聲。

繆賢心中大奇，待眾門客退去，特意留下藺相如，問道：「先生適才為何一言不發？莫非覺得這玉璧不值五百金？」藺相如道：「臣不是玉工，無法斷定這塊玉璧是否值得五百金。但此玉品相不凡，必是珍品，對令君而言，怕不是什麼好事。」繆賢更是不解，道：「先生不妨直言。」

藺相如道：「昔日，楚國垂涎隨國的隨侯珠，出兵滅了隨國。楚國又有和氏璧，一度引來多方爭奪，聽說秦相張儀、秦將甘茂、秦相魏冉曾先後全力對付楚國，均與和氏璧所引發風波有關。人性貪婪，只要是奇珍異寶，就會有人覬覦，禍事往往因此而生。臣擔心這玉璧也會給令君帶來禍端。」

繆賢素來信服藺相如的見識，聞言道：「先生言之有理。就算僥倖我得了佳璧，還是不要張揚為好。」

繆賢心中究竟好奇這塊玉璧到底價值幾何，於是特意請趙王城的玉工汲恩，來家中相璧。

汲恩小心翼翼地拿起這錦緞包著的玉，仔細一看，立即大吃一驚。他是王宮玉工，見多識廣，識玉本領當然遠在玉器商人呂不韋之上。

繆賢見他神色，一顆心立即提了起來，問道：「怎麼，成色不好麼？我可是花了五百金。」汲恩搖搖頭，嘖嘖連聲道：「這是和氏璧啊！和氏璧失落已久，想不到居然被令君無意中買到，恭喜。好玉，真是好玉，小人磨了一輩子玉，也沒見過這麼好的玉。」

繆賢大喜過望，一把搶過玉璧，反覆看了許久，又問道：「這就是名聞天下的和氏璧？玉工，你沒弄錯吧？」汲恩十分肯定地道：「小人絕不會看錯。和氏璧又稱『夜光之璧』，黑暗中可以自然發光，令君若不信，將玉璧拿到暗室，一試便知。」繆賢「啊」了一聲，忙道：「我們這就去內室試一試。」

試璧的結果令繆賢欣喜若狂——那玉璧果真能在陰暗中發出幽光，如星辰般柔和安詳，彷若夢境，見之令人傾醉。繆賢不斷撫摸著和氏璧，當真是愛不釋手，直到外面門客一再叫喚，這才收好和氏璧，不情願地出來內室，臨出門又叮囑汲恩道：「和氏璧一事，千萬不可對外張揚。」

汲恩料想他是怕旁人知道和氏璧的下落，心道：「讖語有云『得和氏璧者得天下』，你不過是個寺人，難道還想要爭奪天下麼？這璧在主父或當今大王手裡還差不多。」心中嘀咕，表面還是不敢得罪，連聲應道：「小人知道。」

繆賢命人取了一些財物送給汲恩，這才問那門客道：「慌慌張張的做什麼？」那門客名叫李銀，道：「令君還不知道麼？奉陽君李兌昨晚被人殺了，現在滿大街都在議論這件事，說是新相國望諸君派人下的手。」繆賢

「啊」了一聲，呆在那裡。

李銀忙提醒道：「令君還不趕快進宮看看麼？」繆賢這才回過神，道：「你說得極對，快叫人準備車子，我要進宮。」又迭聲叫道，「快去叫藺先生來。」

李銀與藺相如同鄉，均是代地人[3]，二人同時投到繆賢門下當舍人已有三年。他見繆賢遇大事只叫藺相如一人，頗為不悅，但惱色也只是一閃而現。

過了一會兒，藺相如趕來堂中，見繆賢不停地絞動雙手，一會兒驚，一會兒喜，一會兒歎，一會兒愁，忙見禮問道：「令君如此不安，是為那塊玉璧麼？」繆賢道：「正是。」命從人退下，這才壓低聲音道：「那就是和氏璧。」

即便性格沉靜如藺相如，聽聞「和氏璧」這三個字也吃了一驚，但旋即鎮定下來，道：「和氏璧名氣太大，多少年來，天下不知道有多少人想得到它，也有不少人為了它無辜喪命。如若讓別人知道和氏璧在令君手中，必然要帶來許多風波。如此珍貴之物，令君不宜留為己用。」

繆賢道：「先生放心，而今知道這件事的只有你、我和玉工三人。我已封住汲恩的嘴，只要先生不說，就再也沒人知道和氏璧在我這裡。」藺相如道：「那賣璧人呢？他是什麼來歷？」繆賢道：「我叫先生來，正是為他。本來今日我買玉璧時並沒有認出那人，只依稀覺得他眼熟，適才李銀來報，說李兌昨夜被人殺死，我才陡然想起曾在李兌府上見過那賣璧人，他是李兌的心腹僕人。和氏璧，恐怕正是從李兌府上流出來的。」

藺相如沉吟道：「這件事蹊蹺得很。」繆賢道：「我也是這麼想。但不管怎樣，我都不想交出和氏璧，請先生幫我想個穩妥的法子，我先進宮去打探消息。」匆忙交代了幾句，帶上侍從，出門上車往趙王城去了。

藺相如一時也無法可想，正好遇到李銀相約，遂一道往城西而來。

邯鄲是中原北方的大都會，各諸侯國雖互相征伐不休，但各國之間的商業往來卻相當頻繁，各國的都城同時也是商業中心，邯鄲當然亦為趙國最重要的商業中心。

這大北城的城西是趙國的手工業集中地，如金屬冶煉、製陶、釀酒等；其中最發達的莫過於城西南的冶鐵業，冶鐵作坊隨處可見，最大的冶鐵作坊主郭縱、卓然均因冶鐵而富比王侯。

城西北則是酒務泉，堪稱趙國的釀酒中心，所釀「趙酒」甘甜醇厚，在諸侯國中享有盛名。有酒的地方就有酒肆，有酒肆就有酒客，有酒客的地方就有閒話，自然是打聽消息的絕佳去處。

牛首酒肆位於城西的沁河邊，酒美價廉，是大北城最大的酒肆。趙國風氣慷慨尚武，人民好氣任俠，重商而惡農作，多懶慢。邯鄲男子平日多好相聚遊戲，對酒悲歌，牛首酒肆是他們最愛來的地方，是非自然也就最多。

藺相如來到酒肆時，裡面已坐了大半酒客，熙熙攘攘，彷若鬧市。但出乎他意料的是，這裡的酒客並未談論李兌之死，而正在熱議公孫龍的「白馬非馬」。

原來，趙國自趙武靈王推行「胡服騎射」以來，大力發展騎兵部隊，對馬匹有諸多限制，譬如平民騎馬出城要為馬匹交稅。前些日子，有個叫公孫龍的人騎著一匹白馬要出城，守門士卒上前攔截，告訴他：「馬匹一概要交稅後才能出城。」

這公孫龍不但是平原君趙勝的門客，而且是著名的辯者，諸子各家普遍認為他的觀點極為詭辯，但又無法在辯論中勝出。孔子的六世孫孔穿為了駁倒公孫龍的主張，曾來到邯鄲與他辯論，結果大敗而歸。

這位天下第一名家高手顯然不願出這份稅錢，見守門士卒為人質樸本分，當即心生一計，道：「我騎的是白馬，白馬並不是馬。之所以叫白馬，是因為牠有兩個特徵——一是白色的，二是具有馬的外形；但馬卻只有一個特徵，就是具有馬的外形。因此，具有兩個特徵的白馬怎會是只具有一個特徵的馬呢？所以，白馬非馬。」守門士卒哪裡遇見過這等辯才高人，難以應對，唯有放行。

但公孫龍的辯才也不光是逞口舌之利，他的確曾為趙國外交解決過實際問題——秦國和趙國一度訂有盟約，即兩國互不侵犯；秦國所做之事，趙國要從旁協助；趙國所要做之事，秦國也要從旁協助。

不久前，秦國進攻魏國，趙國因平原君的夫人是魏公子信陵君無忌的姊姊，預備發兵相救。秦國現派使者對趙國說：「如果趙國救魏，就違背了我們兩國之間的盟約。」趙王告訴平原君趙勝此事，趙勝又告訴公孫龍。公孫龍道：「趙國也可以派人到譴責秦國：『趙國要救魏國，秦國不協助，這也不符合兩國之間的盟約。』」秦國遂無話可說。

李銀在酒肆坐下來靜聽了一會兒，道：「這個公孫龍近來在邯鄲很出風頭，藺兄如何看待他的詭辯之術？」藺相如道：「飾人之心，易人之意，能勝人之口，不能服人之心。」

鄰座一名三十七八歲的長袍男子回過頭來笑道：「心服者未必口服，其實仍是不服；口服者未必心服，至少面上已服。足下願意選那種呢？」藺相如道：「我選心服口服。」那男子道：「服即是服，非心服，亦非口服。」

藺相如道：「先生來這裡是飲酒的麼？」那男子道：「不錯。」藺相如道：「這裡只有趙酒，按照公孫先生的觀點，趙酒非酒，先生可是來錯地方了。」那男子先是一愣，隨即哈哈大笑起來，道：「你怎麼知道我就是公孫龍？」

藺相如道：「我只是胡亂猜的。」李銀聽說對方就是平原君門下最得寵的舍人公孫龍，忙道：「公孫先生如不嫌棄，不妨過來一起坐。」公孫龍對藺相如也頗有興趣，便起身移座，同坐一案。三人互相道了姓名。

公孫龍道：「二位居然是繆府的舍人？」既有驚異，又有惋惜。繆賢雖然官任宦者令，是王宮內侍首領，但畢竟只是個寺人，一般人尚且看不起他，更不要說公孫龍這等人物了。

李銀聞言，不禁臉有愧色，藺相如卻神態自若，道：「是的。」公孫龍便不再多問，叫道：「薛大，再來三角酒。」又笑著補充道，「是趙酒。」

那店家薛大，是平原君趙勝家臣的親戚，也算是平原君的門客，與公孫龍相熟，親自送酒過來，加意奉承。正好田部吏趙奢來收賦稅，等了老半天無人理睬，忍不住走過來叫道：「薛大，我可是第二次來了。」

趙奢大約二十八九歲年紀，身材高大健壯，一張古銅色的臉甚是引人注目。他是前趙國大夫趙固之子，也算是名門之後，但由於父親早逝，家道中落，生活極為落魄，最近才透過平原君謀到了田部吏的小官職，專管收取市集賦稅。

薛大笑道：「吏君不知道麼？這家牛首酒肆，其實也是平原君的產業。」言下之意，無非是你趙奢做官憑的是平原君的關係，平原君名下酒肆的賦稅就不用收了。

趙奢肅色道：「我走了九家商肆，九家都這麼說。即便是平原君名下的酒肆，也一樣要交稅。限你午時前到旗亭繳齊，不然我可要依法行事。」薛大訕訕笑道：「你們瞧他，還挺認真的。」趙奢卻不再理會，逕直帶著吏卒去了。

公孫龍笑道：「聽說趙奢這個人就是認真，薛大，你還是老實交稅吧，又不缺那點錢。」薛大也笑著回應：「錢倒還是其次，我若主動交了稅，平原君的面子往哪裡擱？不用理睬他。」正說著，忽有一名漢子奔進來大喊道：「你們聽說了麼？李兌昨夜被人殺了。」

酒肆頓時沸騰起來，薛大也連連嚷道：「哎喲，這可是大事，大事。」公孫龍微一沉吟，便起身告辭。

藺相如與李銀繼續留在酒肆飲酒，聽旁人談論李兌遇刺一事。幾乎所有的人都認為李兌是罪有應得，又不免議論起誰是那個除害的英雄。趙人大多心直口快，有人道：「那還用說，一定是新拜相國的樂毅。當年，樂毅差點死在李兌之手，如今回國掌權，勢必要報復。」

李銀問道：「藺兄也認為是樂毅派人所為麼？」藺相如道：「應該不是，樂毅沒有必要這麼做。」李銀道：「我覺得也是。李兌當年困死主父，在趙國引起公憤。他任相國時，眾人還只敢怒不敢言，一旦去職，怒氣立即迸發，想殺他的人應該不少。但是有一個人……」

李銀沒有再說下去，藺相如卻已經明白了他的意思——有一個人嫌疑最大，那就是趙惠文王。雖說李兌是困死趙武靈王的罪魁禍首，然而明眼人都知道，倘若沒有趙惠文王的默許，他決計不敢這麼做。而今他被罷去相國之職，成了人人喊打的過街老鼠，萬一他忿怒之下向天下人公開，之所以逼死趙武靈王其實是趙惠文王的授意，那麼趙惠文王的國君位子就岌岌可危了。有了這層顧慮，趙惠文王一定非要李兌死不可。

二人又坐了大半個時辰，藺相如留神地聽著，始終沒有聽到「和氏璧」三個字，遂起身離開。剛出酒肆，便見到田部吏趙奢率領吏卒氣勢洶洶地闖進酒肆，片刻後將薛大扯了出來，強迫他當眾跪在肆門前。

趙奢手按劍柄，喝問道：「抗稅不交，依法當斬。薛大，你交還是不交？」薛大面色如土，卻還是挺著脖子道：「趙奢，你敢對我無禮，就是對平原君……」話音未落，「口匡」的一聲，趙奢已拔出長劍，揚手一揮，一道血光飛過，薛大的首級當場被斬了下來。看熱鬧的眾人一時呆住，片刻後才譁然一聲，各自心生畏懼，往後退了幾步。

趙奢厲聲道：「誰再敢抗稅不交，這就是下場。」圍觀的人群中不少都是商販，見趙奢連平原君的門客都敢殺，慌忙應道：「交，這就交。」

李銀極為駭異，隨即連連搖頭道：「這趙奢好大的膽子，得罪了平原君，不出三日，他必定成為一個死人。」藺相如微一沉吟，道：「你先等我一下。」走過去叫住正要離開的趙奢，低聲說了一番話。趙奢甚是平靜，只點了點頭，道：「多謝。」

李銀道：「藺兄是想指點趙奢逃過此劫麼？平原君好客養士，當年曾為挽留門客而殺死笑躄者。這趙奢當眾殺死門客，可是大大駁了平原君的面子，我看他除了立即逃出趙國，別無法子可想。」

平原君趙勝禮賢下士，好養賓客，門客多達數千人。他家中建有一座畫樓，專供美人居住，可以望見樓下的大街。有個跛子總是一瘸一拐地出來打水，正好被趙勝寵愛的小妾看到，忍不住哈哈大笑起來。第二天，跛子登門求見，請求趙勝殺死愛妾，以表明他貴士而賤妾。趙勝隨口答應，卻遲遲不做，門下一半多賓客大失所望，先後離去。趙勝查問之下，才知道門客們認為他重女色，輕士人，不值得侍奉，後悔莫及，便將愛妾殺死，並親自登門向跛子道歉，離去的門客才陸陸續續地回來。

這個「殺笑躄者」的故事廣為流傳，為趙勝贏得了極高的聲譽。秦國秦昭襄王聽說之後，十分仰慕趙勝的風采，想請他到秦國任相國。有臣子道：「趙國的平原君不算什麼，齊國的孟嘗君才是真正的賢公子。」於是秦昭襄王便派人將孟嘗君田文請到秦國，才有了後來「雞鳴狗盜」的故事。

李銀言下之意，無非是平原君為了籠絡門客，不惜為了一名微不足道的跛子殺死心愛的美人，而今這趙奢居然當眾斬殺門客，這讓平原君和其餘門客情何以堪？因此推斷起來，他是非死不可了。藺相如歎道：「趙奢這樣的人是絕對不會逃走的。他能不能活，就要看他自己了。」

返歸繆府，繆賢正好回來，道：「滿朝大臣都在議論李兌被殺之事。」

李銀忙問道：「那麼大王有何反應？」繆賢道：「大王的反應很是奇怪，雖有些惋惜，卻並不憤怒，也沒有立即派人調查李兌之死，只下令妥善安排後事。不少大臣暗中議論，說是新相國樂毅派人殺了李兌，所以大王才故意不問。」

李銀與藺相如交換了一下眼色，二人均是一般的心思：「比較起來，只怕趙惠文王的嫌疑要比樂毅大很多，他總不能派人調查他自己。」繆賢一心惦記著和氏璧，道：「李先生，你先下去歇息，我有話單獨跟藺先生說。」李銀應了一聲，悻悻去了。

繆賢道：「我留意聽了許久，大家都只提李兌，並沒有提到和氏璧三字。我猜想，應該沒有人知道和氏璧原來一直在李兌手中。」藺相如道：「這件事怕是難以瞞住。實在不行，須得先找到那名賣璧的僕人。」

繆賢道：「這是為什麼？」藺相如道：「和氏璧如此珍貴，李兌一定祕密收藏，從不示人。和氏璧被拿到市集上叫賣，一定是在他死後。那僕人即便跟李兌之死無關，也不會是主母派他來賣璧。那李夫人也是名門之後，怎麼可能蠢到派人拿著和氏璧公然叫賣？多半是那僕人自己暗中偷盜出來的。」

繆賢道：「這麼說，那僕人未必知道這玉璧就是和氏璧？」藺相如道：「有可能知道，也有可能不知道。如果令君真想隱瞞和氏璧這件事，最好還是找到這名僕人弄清楚為好。」

繆賢道：「好，好。」招手叫進來管家，命他取出二十金，預備車馬，要親自帶著藺相如前去李府弔唁。

李兌自被免職後，立時成了眾人落井下石的對象，連市井小民也敢闖入其家中搶劫財物，將軍廉頗雖帶兵驅散暴民，卻並無進一步動作，連一句安慰的話都沒有，可見李兌在朝野名聲之壞。而繆賢卻不避嫌疑，攜帶重金前去李府弔喪，這其中誠然有和氏璧因素的驅使，但也相當值得玩味。

藺相如心道：「繆君長年貼身侍奉大王，應該是最了解大王真實心意的人。他當此風頭之際，還敢前往眾人避之不及的李府，並不如何以此事為意，必是因為他知道大王並沒有真正厭惡李兌。如此推斷起來，也不會是大王派人殺了李兌滅口，倒是那賣璧僕人的嫌疑越發重了。」

乘車來到李府，卻見內外一片狼藉，許多花草都被連根拔起，情形甚為淒涼。

李兌之子李園才十餘歲，正指揮僕人為亡父搭建靈堂，聽聞有人乘車來弔喪，很是驚異，親自迎出來，淚眼汪汪地拜謝：「有心。」繆賢勸道：「人死不能復生，賢姪也不要太難過了。」命侍從取出二十金奉上。

李府昨日遭人哄搶，連李夫人的首飾也被人順走，府上一窮二白，要拿出治喪費用已十分困難，連靈柩也是李夫人取下頭上金釵臨時換來一副棺木。繆賢這二十金無異於雪中送炭，李園感激涕零，當即拜伏在地。

繆賢忙扶起他，攜了他的手進去，在靈柩前拜祭後才問道：「府上何以如此冷清？」李園道：「門客們早散了，奴僕們也大都逃去，只剩下這幾人，還算忠心。」

繆賢留意那幾名忙碌的僕人，並沒有今日一早見過的賣璧者，忙道：「我記得之前來府上做客，曾見過一名伶俐的僕人奉酒。」大致描繪了賣璧者的形貌。李園道：「噢，那是秦亮，從昨晚起就沒再見過他，大約也趁亂逃走了。」

繆賢猜想秦亮盜璧得金後便已遠走高飛，心中當即放下一塊石頭，又安慰了李園幾句，正要告辭，藺相如忽道：「我想去奉陽君遇害的地方看看。」

李園一時不解，滿臉愕然。

繆賢忙道：「這是我的門客藺相如。他天生有分絲析縷、明察入微的本領，心中覺得奉陽君死得不明不白，想要查明真相。」

他不過是隨口敷衍，好為藺相如掩飾，李園卻當了真，當即拜伏在地，連連頓首，道：「若是藺先生能找出家父被殺害的真相，我李園當結草銜環相報。藺相如忙扶起他，道：「不敢當。」微一沉吟，即應道，「那麼我就盡力而為吧。」

李園便領著二人來到書房，告道：「家父就是在這裡遇害的。」藺相如問道：「當時奉陽君是一個人麼？」李園點點頭，道：「昨晚府裡被搶後，他讓我們各自散去，而後獨自一人留在書房，不讓人打擾他。後半夜時，家母久不見他回內室，忍不住來這裡叫他，才發現他已經死去多時。家母當即暈厥了過去，迄今還躺在床上，未見醒來。」

藺相如見案几後面書架上的書簡排列凌亂，有翻動的痕跡，問道：「有人動過這裡麼？」李園道：「沒有。書房是府中的禁地，不得家父召喚，連家母和我都不能隨意進來。昨晚出事後，我讓人將家父的屍首抬了出來，就掩了門，再沒有人進來過。」

藺相如舉手撥開上排的書簡，卻見書架後的牆上露出一個暗格來，裡面放著一只精緻木盒，打開木盒一看，卻是空的。

李園從不知道書房中還有這等機關，呆得一呆，才問道：「這木盒原來放的是什麼？那殺死家父的凶手，目的就是為了得到它麼？」

繆賢知道藺相如不願撒謊，生怕他就此說出真相，忙道：「賢姪都不知道木盒中放的是什麼，我們如何能知道？藺先生，這裡沒有什麼可瞧的了，要查找凶手，難道不該從奉陽君的傷口下手麼？」藺相如道：「令君提醒的極是。」當即重新回來廳堂，查驗李兌傷勢。卻見那傷口在雙乳下方一寸之處，乾淨俐落，顯是一刀致命。

李園早將藺相如當作救命稻草，見他站在棺木邊，沉吟不語，忙催問道：「藺先生可有什麼發現？」藺相如道：「奉陽君的咽喉處有瘀痕，胸口刀傷比尋常的刀劍要窄一些，殺死奉陽君的應該是一柄短刃。我推測，凶手比奉陽君高出半個頭。」

適才在書房，藺相如除了發現上排暗格前的書簡有挪動痕跡，中排不及肩處的幾處書簡則有往裡推動的痕跡，遂聯想到那處地面有著少量血滴，推測——凶手應該是先扼住李兌的喉嚨，將他推到書架邊，李兌的後背磕上書架，由此將中排的書簡撞上牆裡，然後凶手才下手刺死了李兌。既是近距離殺人，當以短刃為最佳。通常短刃刺出，均在齊肘高度，譬如兩個身材一般高矮的人對面而站，一人出刀，另一人中刀必在胸腹之處。而李兌的傷口在雙乳一寸以下的部位，大致相當於那凶手肘部位置，推斷起來，那人當比李兌高出半頭。

李園聽了這等析毛辨髮的分析，大為佩服，再次向藺相如下拜，道：「家父慘死，是否能沉冤昭雪，全仰仗先生了。」藺相如忙扶起他，道：「但目前的線索也只能查到這裡為止。雖然比奉陽君高出半頭的男子不多，但也不少。邯鄲十餘萬人口，可謂人海茫茫，要找到此人，怕是難上加難。」

李園道：「家父本是武將出身，精於騎射，身手不弱，近年來雖然未加練習，但武藝還在。那凶手能悄無聲息地進來，一舉制服家父，絲毫未驚動旁人，必是個武藝高強的精壯男子。」藺相如道：「這個……」繆賢忙搶著道：「即便如此，嫌疑人也實在太多，城裡這麼多駐軍，個個都是精壯男子。」

邯鄲雖是趙國王都，卻靠近南部邊境，此地與魏國北部邊塞僅相距二百餘里，因而城中時時囤駐不下十萬之數的重兵，占趙國常規軍隊的三分之一。這些人之中的一多半都曾經跟隨趙武靈王南征北戰，對其大膽推行「胡服騎射」的主張更是佩服得五體投地，因李兌困死趙武靈王而恨之入骨也不在少數。李園一聽，便先行洩了氣，再無話說。繆賢便趁機告辭。

出來李府，繆賢不禁埋怨道：「我當時只是隨口一說，先生怎可順勢答應李園為他調查這件案子？不用我多說，先生也該知道，敢在邯鄲王城中殺死李兌的人，一定不是普通人，大有來頭，我們惹不起的。」

藺相如道：「難道令君也認為是新相國樂毅派人所為麼？」繆賢道：「不，一定不是樂毅，這個人氣度恢弘，當真是國之良器，可惜當年被李兌逼去了燕國。」連聲歎息。他雖無遠見，但畢竟長期侍奉國君左右，所見俱是王公重臣，自有一番閱人之能。

藺相如道：「聽令君的語氣，莫非知道誰是凶手？」

繆賢道：「先生一定要知道麼？好，我告訴你，這起凶案，平原君的嫌疑最大。他最善於收買人心，樂毅目今是趙國最要傾心籠絡的人，大王甚至不惜罷免親信了十餘年的李兌。但人人都知道樂毅跟李兌有仇，當年李兌兵圍鹿臺，將樂毅等親信侍衛強行從主父身邊綁走，樂毅未能在主父身邊盡忠，多年來銜恨不已，如果李兌之死能讓樂毅從此安心留在趙國，平原君一定會毫不猶豫地這麼做。」

雖與藺相如同坐在車上，身邊並無旁人，繆賢仍本能地左右看了一眼，壓低聲音道：「先生還不知道，大王在聽到李兌被殺的消息後，錯愕之餘，第一反應就是去看平原君。我猜想，一定是平原君曾建議他殺李兌以安樂毅與國人之心，但大王感念舊情，沒有表態，平原君便自己派人動了手。」藺相如道：「原來如此。」

二人回到繆府時，天色已黑。卻有司寇下屬的幾名吏卒站在門前燈下，一見繆賢回來，忙迎上來道：「大司寇平原君，命小人來請令君到司寇署走一趟。」

平原君時任大司寇，掌管趙國司法，其官職如同楚國之大司敗。繆賢不禁吃了一驚，問道：「出了什麼事？」一名吏卒道：「似乎與奉陽君被殺一事有關，具體情形小的也不清楚，這就請令君跟小人走一趟吧，免得平原君久候。」

繆賢忐忑不安，心道：「壞了，定然是平原君知道我去了李府，懷疑我看出什麼端倪，所以要用言語試探我。只是這件事他自己尚且要掩飾，為何不召我去他府上，去王城官署不是更引人注目麼？」

繆賢雖是國君身邊的心腹，但畢竟只是個寺人，無法與平原君這樣的貴公子抗衡，只得訕訕應了，遂帶著藺相如一道往司寇署而來。

趙國的中央官署位於趙王城的東城中，四周淨是高大圍牆，圍牆上有多名弓弩手來回遊弋，彷若一座戒備森嚴的堡壘。

進來南門，映入眼簾的是一處寬闊的廣場，廣場上有兩座高臺，分置南北，稱為「點將臺」，趙王有時會在這裡閱兵。

穿越廣場，有一座坐北朝南的檀臺，稱為「信宮」，這是趙國君臣朝會的正殿，昔日趙武靈王就是在這裡傳位給趙惠文王。

這處大型宮殿所用木料全是魏國出產的上等檁木，算得上大有來歷。當年魏國圖謀進攻趙國，先向趙成侯進獻了大批木料，讓他用來建造檀臺，其實只是要麻痺趙國，消耗其國力。趙成侯果然上當，大興土木，縱情聲色。不久，魏國十萬大軍突然包圍了邯鄲，邯鄲因此被魏軍占領。後來，是齊國大將田忌用孫臏之計，圍魏救趙，魏軍大敗，這才將邯鄲歸還趙國；歷任趙王每每在信宮朝會時，都會想起這件往事，引以為戒。

信宮的東西兩旁分建了幾排廂房，是趙國中央官署的辦公之處。其中，以相國官署最為重要，位於西面緊挨信宮之處；司寇署則位於東面，與相國官署遙遙相對。

司寇署大堂的牆壁上繪有彩色玄鳥，那是趙國的圖騰。平原君趙勝正倚靠著案几，坐在堂首。他大概二十五六歲的樣子，生得唇紅齒白，一副貴公子模樣，正不斷撫弄著手中的玉珮，意態閒雅，全然不似在審案，而是在賞玩玉珮。大堂下跪伏著一名犯人，只穿著單衣，手足戴著桎梏，背部、臀部血跡斑斑，顯然已經受過嚴刑拷打。

吏卒領著繆賢和藺相如進來大堂時，那犯人聽見腳步聲，本能地側頭仰望。繆賢一眼便認出他竟然就是白日賣和氏璧給他的李府僕人秦亮，一顆心頓時沉了下去。

趙勝最重禮儀，見繆賢進來，忙起身相迎，笑道：「這麼晚還派人叫令君來這裡，實在不好意思。只是這犯人的口供牽涉到令君，我也是不得已為之，抱歉了。」繆賢心神不寧，一時竟答不上話來。幸好趙勝轉而留意到他背後的藺相如，問道：「這位是……」繆賢忙道：「這是臣的門客藺相如。」

趙勝略一招呼，即指著道：「這犯人今日雇車出城，士卒檢見他神色慌張，便上前攔住，查出車子帶有重金。士卒懷疑這些錢來路不明，便將他扭送到官署，拷問之下，他稱車上的五百金是賣璧所得，而宦者令君就是買璧人。有這回事麼？」繆賢聞言，連連點頭道：「有，有。」

趙勝笑道：「什麼玉璧竟然能值五百金，我倒真想瞧上一瞧。」繆賢一時冷汗直冒，不敢對答。趙勝又道：「不過，令君仔細瞧這名犯人，像是擁有五百金玉璧的人麼？我聽到他稱是賣玉璧得到五百金，無論如何都不相信，因此才連夜請令君來對質。」

繆賢知道趙勝表面和善謙遜，彬彬有禮，有禮賢下士之名，其實跟那齊國的孟嘗君一樣，極精於算計，容不得絲毫忤逆[4]；再加上他在邯鄲城中的耳目眾多，繼續隱瞞真相只會對自己不利，只得如實答道：「這個人賣璧時，稱是家中主母交給他拿出來賣的，臣未及細察就買了下來。後來才想起他是奉陽君府上的家僕，心中亦有所懷疑。因此適才特意趕到李府查驗，方得知他名叫秦亮，昨夜就離開李府逃走了。」絲毫不提「和氏璧」三個字，仍心存僥倖，暗賭秦亮並不知道那塊玉璧就是名聞天下的和氏璧。

趙勝本來一直漫不經心，似乎並未將這樁案子太放在心上，忽然聽到「奉陽君」三個字，立即嚴肅起來，挺身坐直，問道：「這麼說，這秦亮是背主盜璧了？」繆賢小心翼翼地答道：「臣也是這樣想。」

正好數名吏卒押著一名五花大綁的男子進來，稟報道：「田部吏趙奢帶到。」

藺相如一直站在一旁默不作聲，想不明白堂堂平原君何以會親自關心秦亮這樣一樁案子，不惜晚上仍滯留官署中。但見到趙奢被帶進來時，才恍然大悟——趙勝是在等趙奢押到，秦亮一案不過他無聊時隨意打發時間的玩物，但他現下已然知道秦亮是李兌的家僕，狀況恐怕就不一樣了。

果然見趙勝擺了擺手，道：「先將趙奢押到一邊。」親自走到秦亮身邊，問道，「是不是你窺見玉璧精美，臨時起了歹意，所以殺了奉陽君奪璧？」秦亮直呼冤枉，道：「決計沒有的事，小人冤枉。」

趙勝臉色一沉，下令動刑。

秦亮忙道：「君上開恩。小人的確盜了主人的玉璧，但沒有殺人。昨晚奉陽君心情鬱悶，獨自去了書房，夫人怕主人一時想不開，命小人跟在主人背後。但書房是禁地，小人不敢擅入，就坐在階下花叢裡打盹。後來聽見動靜，小人溜到書房邊，看到有一名打扮成僕人模樣的陌生男子正在書架上翻著什麼，主人則倒在一旁。

「小人嚇得魂飛魄散，忽見那男子轉身出來，小人急忙藏躲，等那男子走遠，才敢進去，卻見主人倒在血泊中，已經沒氣了。小人一時好奇，也在那男子翻尋的地方找了一番，無意中發現原來書架後的牆上有一個暗格，暗格中有一只木盒，裡面有一塊玉璧。小人心想奉陽君已經死了，李家算是徹底完了，不如趁早為自己打算，因此小人便藏起玉璧，一早拿去市集叫賣，得了錢之後，打算逃出城去，結果卻被士卒逮來了這裡。」

趙勝冷笑道：「你謊話連篇！那陌生男子既是為玉璧而殺人，如何能空手離開，反而讓你得到玉璧？分明是你暗中窺見奉陽君從牆上暗格中取璧，你臨時見財起意，殺死了主人，奪走了玉璧。哼，你這等奸猾小人，不動大刑，諒你也不會招供。來人，夾起來！」刑吏應了一聲，抬過夾棍，將秦亮的雙腿套進去，緊緊夾住。

藺相如忙道：「且慢！君上，秦亮不是殺死奉陽君的凶手。」趙勝愕然道：「你如何能知道？」藺相如便將在李府的發現一一說了，又指著秦亮道：「他的身高不及奉陽君，一刀刺出，不可能刺到胸口。」

趙勝聽完究竟，大為佩服，讚道：「藺先生真是奇人。」又問，「那麼，藺先生認為這秦亮的口供可信麼？」藺相如道：「他的口供跟臣親眼見到的書房情形並無衝突，應該是真話。」

趙勝道：「那麼，先生又如何解釋凶手在書架上來回翻找，最終竟一無所獲地離去？」藺相如道：「這點我暫時無法解釋。我看過那暗格，雖然隱蔽，但並沒有機括，任誰都能輕易打開。」

秦亮忙道：「也許是那凶手一時沒有發現暗格罷了。」他不開口還好，一辯解反而引來了災禍。趙勝怒道：「你貪財背主，已是重罪。說，是不是你趁奉陽君席坐在地時舉刀刺死了他？」見秦亮矢口否認，便下令動刑。

繆賢心道：「這平原君是有意要找秦亮做替罪羊啊。」見藺相如還要出聲阻止，忙扯了扯他衣袖，示意他不可再多管閒事。

大堂中很快充斥著秦亮尖厲的長聲慘叫，在這寧靜的夜晚分外刺耳。

一旁趙奢忍不住道：「君上沒有真憑實據，便要逼迫家僕承認殺人，這不是屈打成招是什麼？」趙勝揮手命刑吏停止用刑，冷笑道：「我沒有理你，你倒是自己著急了。也好，反正我也等了你一晚上。趙奢，你當眾殺死薛大，殺人償命，我判你死罪，你可心服？」

趙奢大聲道：「下臣當然不服。薛大抗稅不交，下臣殺他是依法行事。君上殺下臣，分明是假公濟私，想為您的門客報仇，讓您挽回面子。」趙勝大怒，命道：「來人，立即將趙奢拖去堂外梟首。」趙奢掙扎叫道：「下臣不服，死也不服！」

藺相如重重咳嗽了一聲，道：「君上息怒，這趙奢不識大體，觸怒君上，死不足惜。但既然他心有不服，必定還有辯解之詞，君上不妨聽聽他怎麼說，再殺他不遲。」

藺相如關於凶手身高的一番推論頗令人刮目相看，趙勝又有重士之名，少不得要給幾分面子，揮手命人將趙奢押回，問道：「你還有什麼可辯解的？」藺相如忙道：「趙奢，這是你最後的機會，可不要再意氣用事了。」

趙奢瞪視他半晌，終於點了點頭，昂然道：「下臣的確還有幾句話要說。君上是趙國的貴公子，地位尊貴，理該帶頭奉公守法，您卻聽任門客藐視破壞國家法令，君上可有想過這麼做的後果？如果滿朝文武都像君上一樣置國家法令於不顧，那就會引起民憤。民心不附，國家就會衰敗，諸侯就會趁虛而入，趙國就有滅亡的危險，君上還能在這裡安詳富貴麼？昔日主父還是太子時，就深知執法的重要性，不惜親赴楚國追捕逃亡的刑徒梁艾，所以後來推行〈胡服令〉，才能令出如山。」

趙勝無言以對，半晌才道：「即便你要處分抗稅之人，也該先向本公子請示。」趙奢道：「處置抗稅之人本來就是田部吏的職責，難道執行法律還需要請示麼？」趙勝一時躊躇不語。

藺相如道：「君上手下有趙奢這等執法公正的能人，正是君上好招賢納士的結果啊。」趙勝微一沉吟，隨即換了一副欣然之色，命人解開趙奢綁索，笑道：「藺先生說的不錯。趙君很有才幹，讓你做一個小小的田部吏實在委屈了你。」

趙奢卻是個硬脾氣，道：「多謝君上。不過，君上如果是因為剛才那番話而認為臣有才幹，那麼臣須得告訴君上，那番話其實是藺先生教我說的。」趙勝大奇，道：「是藺先生教你的？」趙奢道：「臣今日在酒肆門前斬殺薛大時，藺先生正好在場。他大約預料到君上要逮臣問罪，因此事先教了臣那一番話。」

趙勝不由得越發對藺相如刮目相看，恨不得立即將他收為己用，只是礙於繆賢在場，不便公然開口，當即哈哈笑道：「趙君為人誠實，不居他人之功，很好。明日你跟隨本公子上朝，我要當面向大王舉薦你。」趙奢雖性情耿直，然則剛剛經歷了一番死裡逃生，也知道好歹，忙上前拜謝。

趙勝道：「趙君先退下，明日我自會派人去叫你。」趙奢道：「遵命。」猶豫了一下，又問道，「君上還要繼續訊問秦亮麼？」趙勝道：「事干奉陽君之死，當然要儘快弄個水落石出，才好平息朝野浮言。」下令繼續對秦亮用刑，逼迫他招供。

慘叫聲登時又起，秦亮只覺得兩條腿就快生生被撕裂，實在抵受不住酷刑，只得哀告道：「小人願意招供。」趙奢本已走到門口，聞聲心中不忍，又返回堂中，跪下請罪道：「下臣有罪，是下臣殺了奉陽君。請君上不要再對秦亮用刑。」

趙勝吃了一驚，道：「是你？」非但他驚奇，連一旁的藺相如也瞪大了眼睛，無論如何都想不到這執法如山、不徇私情的賢良小吏，居然就是殺人凶手。

趙奢道：「的確是下臣所為。下臣早有心殺死李兌，計畫昨夜動手。夜幕時分，小臣到了李府，正好在牆根底下撿到一套僕人的衣服，猜想是某人逃走時脫掉的，我便換上了它，趁亂混入府中。後來我跟蹤李兌到書房，趁他獨自一人的時候闖了進去。一切正如藺先生所言，我當即扼住他的咽喉，先將他推到書架上，然後一刀捅死了他。」

趙勝喝道：「趙奢，你是不是糊塗了？在這裡胡說八道。來人，先帶趙奢下去，本公子還要聽取秦亮的招供。」他既起了惜才之意，便有心庇護趙奢。趙奢卻是個倔強性子，不肯領情，更不願他人無辜替自己受過，道：「適才臣還說過君上要帶頭奉公守法，臣既然殺了人，甘願伏法，請君上重重治我的罪，不要牽連旁人。」

趙勝忙命人先押下秦亮，這才道：「你可知李兌是趙國封君，殺害重臣是滅族之罪？」趙奢道：「知道。但事情確實是我做的，大丈夫敢做敢當。」頓了頓，又道，「況且我也只是奉命行事。」趙勝奇道：「奉命？奉誰的命令？」趙奢道：「主父。」

趙奢幼年喪父，很小就跟在趙武靈王身邊做侍衛。趙武靈王親自教他騎射之術，待他如親子，以致有宮人暗中議論趙奢其實是趙武靈王的私生子。沙丘宮變後，李兌大肆迫害趙武靈王的近臣，年僅十七歲的趙奢也被拘押，後僥倖逃脫，去了燕國。多年後風聲平息，才重新回來趙國，經人推薦，透過平原君趙勝，在朝中謀取了一個田部吏的差事。

趙勝大略知道趙奢的經歷，聽說是故去的父王命他殺死李兌，十分吃驚，問道：「父王何時命你刺殺李兌？」趙奢道：「就在沙丘宮變後幾日。」

原來，當年李兌為追捕太子趙章，率兵圍住趙武靈王居住的行宮鹿臺。侍衛長樂毅出去交涉，當場被李兌逮捕，強行綁走。李兌隨即帶兵衝入行宮，當面向趙武靈王索要趙章。趙武靈王臉色不豫，道：「章兒不在這裡。」李兌便命人四下搜捕，最終從夾牆搜出了趙章，當即一劍刺死，割下首級。趙武靈王趕來營救時，卻已經遲了。

李兌自知觸怒趙武靈王，便索性鋌而走險，命人封鎖宮門，將趙武靈王關在行宮中，又告訴宮人和侍衛：

「你們都趕快出來，後出的都要滅族。」於是宮人們紛紛逃出行宮，有些侍衛卻不忍棄趙武靈王而去。趙武靈王道：「你們也都趕緊出去，去告訴大王，主父被李兌困在這裡，讓他快些來營救。」侍衛們遵命而出，只有趙奢一人尚留在行宮中。

如此過了幾日，始終不見救兵到來，行宮中食物已盡。趙武靈王長歎道：「我兒是被李兌蒙蔽了呀。」叫過趙奢，「你現在就出宮去，他們要關的人是我，不會難為你，你找機會殺了李兌，鹿臺之圍便會就此而解。」趙奢本不願離去，卻經不住趙武靈王連聲催令，只得叫開宮門，獨自一人出來。哪知道還沒見到李兌的人影，就被埋伏的士卒按倒在地，繳去兵刃，牢牢捆縛起來。他隨即被裝進囚車，押運到邯鄲插箭嶺山下的小城軍營，和樂毅等人關押在一起。

三個月後，終於傳來趙武靈王困死鹿臺的消息，侍衛們無不失聲痛哭。又過了數日，有同情他們的士卒來告道：「李兌新拜了大司寇，預備明日將你們這些人全部處死，你們還是快些逃離趙國吧。」暗中打開獄門，縱樂毅、趙奢等人逃走。侍衛們亦各自分散逃命。趙奢還要去殺那李兌為趙武靈王報仇，卻被樂毅阻止，二人遂一起逃到燕國。

過了十年，樂毅得到燕昭王重用，成為中原風雲人物，趙奢也被拜為郡守。但他一直心懷故國，終於還是放棄燕國的高官厚祿，回來趙國，設法在平原君底下謀了一份田部吏的差事，一邊設法安頓下來，一邊尋找機會刺殺李兌。

趙勝聽趙奢自稱刺殺李兌是奉趙武靈王之命，一時無語，半晌道：「這件事，我也不能自作主張。來人，拿下趙奢，先關押起來，待明日上朝稟報大王後再行處置。」命人押下趙奢，又道，「抱歉耽誤了二位。今晚之事，事關重大，在大王有決議前，還請二位不要聲張。」繆賢忙道：「君上有命，臣等自當遵從。」

告辭出來，繆賢長長舒了一口氣，想到終於可以將和氏璧據為己有，忍不住喜形於色。轉頭見藺相如若有所思，不禁一愣，問道：「先生還有什麼擔憂麼？」藺相如道：「嗯，如果臣猜得不錯，趙奢應該是知道和氏璧之事的。」繆賢大吃一驚，道：「先生是說，秦亮稱看見凶手在書架上翻找，其實就是趙奢在尋找和氏璧？」藺相如點點頭。

繆賢道：「那麼趙奢適才為何絲毫不提此事？」藺相如道：「這也是臣想不明白的地方。」正說著，一名內侍匆匆奔過來，叫道：「原來宦者令君在這裡！大王正派人到處找令君呢。」繆賢道：「大王這麼晚還召我去西城內宮？」頓覺不妙，不由得去看藺相如。藺相如道：「令君去見大王吧，臣等在這裡便是。」

東城與西城僅一牆之隔，出東城的西門就是西城。

繆賢跟著內侍進來西城的內宮時，趙惠文王正站在龍臺上俯瞰邯鄲的夜色，神色深沉。

龍臺位於西城正中央，是一座高臺宮殿。臺上有軒，軒上又有館，館的頂層有迴廊，是邯鄲城的最高點。白天時憑欄四望，可俯視邯鄲全城，遠近之風貌歷歷可數；晚上則只能看見四周黑幕中星星點點的燈火。

繆賢強忍內心不安，上前深深一揖道：「臣參見大王。不知大王深夜召臣前來，有何要事？」趙惠文王猛然回身，逼視著繆賢，道：「聽說繆卿得了一個寶貝，價值連城，是不是？」繆賢心中「突突」直跳，嘴唇發澀，支支吾吾地道：「這……沒有的事，大王聽誰說的？」

趙惠文王道：「哎，繆卿，聽說你得到了和氏璧，這麼天大的喜事怎麼不告訴寡人呢？」繆賢道：「不……沒有，大王千萬不要聽信別人的謠言。」

趙惠文王仍然笑容滿面，道：「寡人久聞和氏璧的大名，很想一見。聽說繆卿花了五百金買下了和氏璧，寡人願用千金來換，如何？」繆賢終於鎮定下來，裝出為難的樣子，道：「大王，臣手中確實沒有和氏璧。和氏璧天下聞名，失蹤已久，怎麼會在臣的手中呢？」

趙惠文王登時露出不快之色來，但隨即強行忍住，擺擺手道：「好吧，看來寡人也是誤聽誤信了。既然和氏璧不在繆卿手中，你就先下去吧。」繆賢道：「是，臣告退。」

下來龍臺之後，繆賢這才發現背上衣衫全濕透了。一時驚魂不定，匆忙出來西城，與藺相如會合，將事情經過告訴了他。

藺相如道：「呀，令君可是犯下了欺君之罪。」繆賢道：「我知道，我知道，可是我脫口就說出那樣的話。大概我太喜歡和氏璧了，實在捨不得讓它離開我。」一想到和氏璧，居然讓他忘記即將到來的風暴，道，「我得趕緊回去，看看和氏璧還在不在。」

次日，平原君趙勝派人來請繆賢和藺相如到府上做客。

二人應邀到來，趙勝親自出堂迎接，引二人進來坐下，才道：「今日請二位來，還是為昨晚之事，大王已經赦免趙奢殺人之罪，任命他為田部令，總管全國的賦稅。」繆賢道：「這可是件大喜事。」

趙勝笑道：「當然是喜事，趙奢已經走馬上任，被大王派去代地收稅去了。另外還有一件事，就是關於李兌被殺，而今朝野眾說紛紜，流言極多，大王以為既然秦亮肯招承背主殺人之事，總比重提沙丘宮變要好，二位可明白我的意思？」

繆賢道：「明白，完全明白。」趙勝道：「明白就好。我已派人張榜公布秦亮罪名，預備明日當眾處以車裂之刑。」繆賢道：「如此最好。」

趙勝笑道：「談完公事，我們也可以找點有趣的事做。來，我為二位引見，這是我府中門客公孫龍。公孫先生，這位是宦者令繆君，這位是……」公孫龍道：「藺相如，我們之前已經見過了。」當即說了昨日在酒肆一事。趙勝道：「原來兩位是不辯不相識，如此最好不過。」忙命人備酒置宴，款待賓客。

繆賢和藺相如乘車出來平原君府邸時，已是傍晚。走不多遠，便見到玉工汲恩揹著一個小小包袱，一路疾跑，幾乎撞上車子。

繆賢忙命人停車，問道：「玉工為何如此慌慌張張？」汲恩道：「啊，令君還不知道麼？大王趁你出門，派人強行闖入你府中，搜走了和氏璧。」

繆賢大吃一驚道：「什麼？」汲恩道：「小人不敢多待了，大王若是知道小人早知和氏璧在令君手中，卻知情不報，多半要殺了小人。小人告辭了！令君，我勸你也趕緊逃命去吧！」一口氣說完，轉身便走。

繆賢一時手足無措，呆了呆，跳上車子，叫道：「快，快逃出城去！」藺相如忙拉住繆賢的衣袖：「令君預備逃到哪裡去？」繆賢道：「燕國。」藺相如道：「令君如何肯定燕王一定會收留你？」繆賢道：「我曾跟隨大王在邊境與燕王會面，燕王私下拉著我的手說『願與君結交』，態度十分誠懇，現下我去燕國投奔他，他一定會收留我。」

藺相如道：「令君錯了，趙國強大，燕國弱小，而令君先前又受到趙王的寵幸，因此燕王願意與你結交；但他真正想結交的不是令君，而是趙王。現在，令君得罪了趙王，逃到燕國，燕王害怕趙王派兵討伐，一定會命人捉住你，押你回趙國向趙王獻媚，到那時，令君的處境就危險了。」

繆賢猶豫起來，更加著急，道：「聽起來有理。那該怎麼辦？藺先生，我素來佩服你的見識，我也真後悔當初沒聽你的勸告，不該將和氏璧留下。只是事已至此，無可挽回，先生快替我出個主意才好。」

藺相如道：「其實令君也沒有太大的罪過，只是沒有早點獻出和氏璧而已。大王並不昏庸糊塗，何況他已經得到了和氏璧，怒氣已消。你只要袒露臂膀、負著斧鉞去向大王請罪，他一定會饒過你。」

繆賢不免半信半疑，但也無法可想，只得點頭同意，當即驅車趕往趙王城。

藺相如遂獨自回來繆府，卻見李兌之子李園正在大門前徘徊，見到他回來，忙迎上前，道：「我是特意來找先生的。先生可有看到司寇發出的榜文？那上面說是秦亮貪圖財物，殺死了家父。但之前藺先生不是說凶手應該比家父高出半頭麼？那秦亮身高不及家父，怎麼可能是凶手？」

藺相如心道：「趙奢行刺李兌乃源於一樁舊事，他奉有主父之命，連大王也無話可說。況且趙奢此人剛直勇決，將來必成大器，我大可不必為了一個死去的李兌毀了他的前程。」當即道，「據秦亮招供，他是在奉陽君起身離座時一刀刺進了他胸口，又將他頂到書架邊上。此點細節是我沒有考慮到的，抱歉。」

李園這才釋然，道：「原來如此。」向藺相如鄭重道了謝，這才去了。

夜深時，繆賢歡天喜地回來，原來一切都如藺相如所料——他肉袒向趙惠文王請罪後，趙王不僅原諒了他，還賜給他千金，做為和氏璧的補償。雖然就此失去了和氏璧，心中未免悵然，但能夠死裡逃生，也算是不幸中之大幸。自此，繆賢越發器重藺相如，對其言聽計從。

而和氏璧重現邯鄲的消息一夜之間傳遍了全城，那句「得和氏璧者得天下」的讖語又被反覆提起，趙國人對此都深為慶幸，認為這是天佑趙國。

最鬱悶的人當數衛國商人呂不韋，他雖不知詳細經過，也大略可猜到趙惠文王手中的和氏璧，就是當日秦亮拿到自己鋪子的那塊玉璧；與天下最有名的奇珍擦肩而過，自然悔之莫及。至於，後來結交了在趙國為人質的秦國公子異人，他苦心經營，奇貨可居，最終扶持異人登上王位，則又是另一番人生奇遇。

1 沙丘宮：遺址在今河北廣宗。除了趙武靈王斃命於此，沙丘宮亦是秦始皇的殞身之地。秦始皇趙政出生於趙國，最終也死在趙地沙丘宮的平臺上。

2 指「瑟」，弦鳴（撥奏）樂器；因這種樂器在戰國時期的趙國流行，故稱趙瑟。歷史著名的澠池會上，秦昭襄王要趙惠文王鼓瑟，即指趙瑟。

此樂器最早見於《詩經》：「琴瑟友之，鐘鼓樂之。」瑟的形制為——瑟體是長方形木製音箱，瑟面稍隆，首端有一個長嶽山，尾端三個短嶽山。尾端裝有四個繫弦的枘。首尾嶽山外側各有相對應的弦孔。另有木質瑟柱，演奏時施於弦下。多為二五弦，也有二四弦、二三弦，按五聲音階調弦。

古代宴享儀禮活動上，多以瑟伴奏歌唱。魏、晉、南北朝時代，是伴奏相和歌的常用樂器。隋、唐時則用於伴清樂；唐詩人李商隱名作〈錦瑟〉，即指這種瑟。宋代後，瑟只用於宮廷雅樂，民間不傳。近代已失傳。

3 代地：今山西。

4 孟嘗君田文靠著雞鳴狗盜逃離秦國後，路經趙國，平原君趙勝出城三十里迎接，以貴賓相待。趙國人聽說孟嘗君賢能，都出來圍觀想一睹風采，卻沒想到田文是個其貌不揚的矮子，見了之後便嘲笑說：「原以為孟嘗君是個魁梧的大丈夫，今日才知道只是個瘦小的男人。」田文聞言大為惱火，命侍從下車殺死嘲笑他的人，共砍殺了幾百人，毀了趙國一個縣才離去。

【卷九】豈曰無衣，與子同袍

趙惠文王怏怏退朝後，只捧著和氏璧坐在路寢殿中發呆。這位靠母親得寵意外登上王位的國君，才得到天下至寶兩個月，歡天喜地之情即被濃密的愁思所替代。他陡然想起那位客死在秦國的楚懷王來……

和氏璧再現邯鄲之後，趙國又發生了一件大事，那就是換了相國。自樂毅被燕國猜忌、逃歸趙國後，趙惠文王極盡寵信禮遇之能事，親自交付相國大印，封其為望諸君，使得燕、齊大為震動。樂毅任趙國相國後，某日出城，見到一名老人涉水過沁河，因水寒冷，下河後走不動，不得不坐在河中。樂毅起了憐憫之心，命隨從護送老人上岸，分一件衣服給他，但隨從均無多餘之衣，樂毅便脫下自己身上的裘衣送給老人。此事轟傳一時，人人稱讚樂毅愛民如子。

平原君趙勝得知後卻極為反感，告訴趙惠文王：「昔日樂毅出征在外，有燕國大臣告發他有謀反之心。燕昭王不但立即處死告發者，還賜王后服飾給樂毅的妻子，賜公子服飾給樂毅之子。樂毅因此致信燕昭王，感激知遇之恩，表示將盡忠於燕，至死不渝。他雖被新燕王猜忌，逃來趙國，但新燕王已經悔悟，多次派使者邀請他回燕國，又封他的兒子樂閒為昌國君。樂毅寧可拋妻棄子，也不回燕國，留在趙國肯定別有所圖。他是相國之尊，卻脫下自己的裘衣送給路邊老人，這是有意收攬民心，想替燕國謀取趙國。」

趙勝遂建議趙惠文王，以樂毅能為趙王分憂、體恤百姓饑寒為由，嘉獎樂毅，再下令查找國中有饑寒之困的百姓，予以供養，這樣就可將樂毅對百姓所施的小恩德變為大恩德。趙惠文王納其建議，嘉獎樂毅，又下令收養有饑寒之困的百姓。趙國百姓都以為樂毅體恤下民，是趙惠文王的教導所致。

樂毅智謀過人，知道趙惠文王對自己起了戒心，遂主動辭去相國一職，回到趙國封地，從此再不過問諸國國事。一代名將，再無作為，直至默默死去。趙惠文王於是以平原君趙勝為相國。

三個多月後，田部令趙奢從代地收取賦稅回來，聽聞和氏璧之事後大吃一驚，忙來繆府尋找藺相如，問道：「這和氏璧，就是宦者令君從秦亮手中買下的那塊玉璧麼？」藺相如道：「正是。」

趙奢道：「原來，李兌當真有和氏璧在手。我殺死他前，他曾向我求饒，願意用和氏璧換取性命，我沒有相信他的話，一刀刺死了他。但想到我進來時他正在書架上找尋東西，因此也在書架上大致找了找，沒發現什麼就離開了。」

藺相如道：「這和氏璧就收藏在書架後牆上的暗格中。想來令君並不十分相信李兌所言，因此沒有留意尋找。」趙奢道：「不，我應該想到的。我在沙丘宮扈從主父時，曾聽主父提過和氏璧。」

藺相如道：「聽說，當年楚國令尹昭陽為夫人舉行盛大的壽宴，取出和氏璧給賓客們觀看，當晚主父也是座上賓。」趙奢道：「我聽主父講過這件事，他說和氏璧當真是天下奇物，見到它的人無不想得到它，倒不是因為那句『得和氏璧者得天下』的讖語，而是那塊玉璧本身的誘惑實在太大。但我實在想不到，和氏璧原來一直在主父手中。」

藺相如道：「令君如何知道和氏璧原先是在主父手中？」趙奢道：「李兌臨死前說過，和氏璧原本藏在沙丘宮鹿臺中，是他從主父身上奪得的。」歎了一口氣，道，「藺先生該知道，當年昭陽宴會之上和氏璧離奇失蹤一事吧？」

藺相如道：「當然知道。當年和氏璧莫名失蹤，牽連了無數人——昭陽的舍人張儀、甘茂二人都因這件案子被迫逃亡秦國，結果一人成為秦國相國，一人成為秦國大將，反過來對付楚國，令楚國疲於應對。」

趙奢道：「不僅如此，聽主父說，楚國公主江芈（也就是當今秦國的王太后），以及宮正孟說（就是那位因秦武王失手砸死自己、而遭滅族的秦國第一勇士），當時均牽涉其中，孟說還為此受了黥刑。一些涉案的人犯如巫女阿碧等均被處以醢弄之刑[1]，牽連極廣。但即便如此，楚國依然未能尋回和氏璧。我實在沒想到，原來是主父……」臉上頗有失望之色。

藺相如道：「原來令君懷疑當晚是主父竊取了和氏璧，這根本不可能。」趙奢本來對趙武靈王盜璧頗感痛心，忽聽藺相如否認其事，忙問道：「先生何以能肯定？」

藺相如道：「主父當時是在楚國做客，權勢遠遠不及楚國公主江芈和宮正孟說，這兩個人都未能得到和氏璧，更不要說主父了。這其中一定另有緣由，主父得到和氏璧，一定是在離開楚國之後。」

趙奢大喜過望，道：「不錯，不錯。」歪著頭想了想，道，「有個人應該會知道。」遂邀請藺相如上了自己的車子，一齊來到城西南的冶鐵作坊，尋到趙國最大的冶鐵作坊主卓然，詢問當年趙武靈王一行離開楚國後所發生之事。

卓然已年過七旬，鬚髮全白，卻滿面紅光，聲音洪亮，頗有鐵匠的氣度。他還記得趙奢是趙武靈王身邊的心腹侍衛，見對方突來詢問當年趙武靈王的楚國之行，雖然詫異，依舊如實答道：「當年，楚國丟失了和氏璧，我們都被軟禁在驛館之內。直到一個多月後，楚威王病死，太子槐即位為新楚王，才將我們放出來。新楚王倒沒有多為難我們，還將刑徒梁艾捆縛起來，交給主父帶回趙國。主父對此自然很感激，與新楚王約定要互通友好。」

趙奢道：「那你們離開楚國後，有沒有發生什麼特別的事？」

卓然道：「特別的事？嗯，主父先是送桃姬，也就是前王后回韓國。路過魏國時，我們遇見了一名受傷的墨者，倒在路邊，奄奄一息。主父命人上前救助，那人卻敵意極盛，橫刀相向。後來主父表明他趙國太子的身分，那人才道：『救我可以，但我有話要先對趙太子一個人說。』主父也當真膽大，命我們退下，他獨自上前，蹲在那墨者的身邊，聽他說了一番話。大概是主父答應了他，他才從身子底下取出一個包袱交給主父。」

趙奢道：「那墨者呢？」卓然道：「在魏國境內就死了。」趙奢道：「你可知道包袱裡面裝的是什麼？」卓然搖了搖頭，道：「只有主父一個人看過，他沒說裡面有什麼，我們也不敢多問。後來回到趙國，大夥也就忘了這事。」

趙奢便道了謝，出來道：「一定是那墨者將和氏璧交給主父的，他要主父答應他保密，主父也當真做到了，一直祕密地將它收藏在沙丘宮中，從未對人提過。但後來發生沙丘宮變，李兌害死主父後，搜出了和氏璧。他本來就是楚國人，以他的眼光，應當認出那就是楚國國器和氏璧，利慾薰心之下，當即據為己有。藺先生，我的推測對不對？」

藺相如點了點頭，道：「當是如此。」

雖然終於弄清事情究竟，趙奢還是不由得感慨萬分：「讖語有云，得和氏璧者得天下，主父被困在沙丘宮時，撫摸著這塊世間罕有的玉璧，又是怎樣惆悵的心情？」

藺相如心中亦越發沉重了起來：「自從和氏璧在楚國離奇丟失後，碰過它的人似乎都沒有好下場——墨者暴斃魏國，主父餓死鹿臺，李兌慘死家中。這塊舉世聞名的玉璧到底是祥兆，還是詛咒？得到它，當真就能得到天下麼？沒有了趙武靈王的趙國，還能與天下諸侯一爭高下麼？」

回來繆府時，繆賢正在堂中徘徊，一見藺相如便道：「先生總算回來了。」招手叫過婢女，道，「這是一套新衣裳，明日上殿穿的，先生試一試，看看合不合身。」

藺相如道：「上殿？」繆賢道：「我向大王舉薦了先生，由你擔任使者，出使秦國。」

原來，今日有秦國使者來到邯鄲，稱秦昭襄王聽聞趙王得到了和氏璧，十分仰慕，願意用酉陽的十五座城池來交換和氏璧。趙惠文王召集群臣商議，大臣們面面相覷。有人道：「這一定是秦國的詭計，就跟當年張儀巧言詐楚一樣。」也有人道：「而今秦國雖有秦王，實際上卻是宣太后一黨掌權，宣太后、相國魏冉、將軍白起、向壽等實權人物都是楚國人，秦王興許是真的想用城換得和氏璧，用楚國舊物來討好太后。」

雖然看法不同，但人人均知秦國強大，如不獻璧，怕立即就有兵禍上門，一時苦無良策，不知該如何應對秦國。只有大將軍廉頗慨然道：「大王不必憂慮，若是秦國有何陰謀，本將願為主帥，抗拒秦軍。」

趙惠文王聞言卻並無喜色，意態慨慨地退朝後，只捧著和氏璧坐在路寢殿中發呆。這位靠著母親得寵意外登上王位的國君，才得到天下至寶兩個月，歡天喜地之情即被濃密的愁思所替代。他陡然想起另一位國君來，不過，並不是被他親手逼死的父親趙武靈王，而是那位客死在秦國的楚懷王。

楚懷王熊槐自登上王位後，便大肆任用親信，排斥異己，屈平等忠臣後來反而遭到放逐，致使國事日非。秦國相國張儀與楚國有仇，謊稱秦國願意割讓六百里土地，換取楚國與齊國絕交。楚懷王中計，與齊國斷交後只得了六里地。楚懷王惱怒下發兵進攻秦國，三戰皆敗，楚國徹底走上沒落的道路。楚懷王被迫送太子橫到秦國為人質，又娶秦國公主為夫人，才換來秦國退兵。

西元前二九九年，即趙惠文王初登王位這一年，秦國宣太后江芈執政，以兒子秦昭襄王的名義邀請楚懷王到武關會面訂盟。楚懷王不聽當時大夫屈平的勸告，來到武關，結果等在那裡的並非秦昭襄王，而是秦國重兵。楚懷王被挾持到咸陽，被押送到章臺朝見秦昭襄王和宣太后[2]。宣太后對待這位異母兄長如屬國臣子，不行平等禮儀，並要挾他割讓楚國兩郡土地。楚懷王怒不可遏，斷然拒絕，宣太后便將他拘留在秦國，不斷侮辱取樂。楚懷王被扣留後，楚人立太子橫為王，是為楚頃襄王。

被拘禁兩年後，楚懷王終於想方設法逃離了咸陽。秦人發現後，派重兵封鎖所有通往楚地的要道。楚懷王不得已，只得逃來趙國。當時趙武靈王尚在世，正在代地巡遊，趙國國政由趙惠文王主持。趙惠文王與大臣商議後，最終還是畏懼秦國，沒敢接納楚懷王。楚懷王憤恨不已，又改逃到魏國，卻被秦兵追上，抓回秦國。楚懷王不但不受盡羞辱折磨，回到咸陽後不久就病死了，最終，還是死在他所痛恨的妹妹江芈手中。他的兒子楚頃襄王不但不顧國恥父仇，反而娶了秦國公主為王后，並將太子元送到秦國做人質，可謂對強秦已到了畏其如虎的地步。

當初，趙國君臣商議是否要接納楚懷王時，趙惠文王年紀還小，朝政均由相國李兌決議，而且那件事並非關係到自己的切身利益，似已變得非常遙遠，早已成為歷史的塵埃。但此時此刻不知為何，趙惠文王忽又重新想起那位可憐的落難楚國國君，他甚至還能深深體會楚懷王當年的絕望與無奈——明知秦國相邀很可能是騙局，卻不敢不去。趙惠文王自也知道秦國所謂「以十五城換取和氏璧」的建議是騙局，卻不敢不雙手奉上和氏璧呀。

侍奉在旁的繆賢小心翼翼地問道：「大王是在為秦國派使者來，要用城換璧一事發愁吧？」趙惠文王歎了口氣，道：「寡人雖有廉頗將軍這樣的猛將，畢竟秦國強大，如果不答應秦國的條件，就會加以得罪。秦國若是藉機興兵，趙國就有大麻煩了。」

難怪趙王如此犯愁，秦國確有銳不可擋之勢，風頭正勁——原先的秦國只是關中之國，而今秦將司馬錯攻滅了巴、蜀，二國土地戶口盡為秦國所有，並從此對楚國形成居高臨下之勢，令楚國惶惶不可終日。韓國亦難敵秦國，主動割讓武遂二百里之地。魏國則在秦國的不斷進攻下，先後獻河東、安邑、河內之地[3]。

此關中之國衝出了函谷關，中原局面頓時為之一變。各諸侯國生怕自身成為秦國的下一個目標，爭相討好秦國，派使者向秦王表示祝賀。趙惠文王也派出使者，但到了咸陽後一直得不到通稟，更別說見到秦昭襄王本人，最終無功而返。這件事之後，趙惠文王一直很憂慮，認為這是秦將要攻趙的徵兆。

繆賢道：「既然如此，大王何不答應秦國的條件，派人將和氏璧送去秦國？」趙惠文王道：「寡人就怕將和氏璧給了秦國後，秦國失信，不肯交付十五座城池。」

繆賢道：「臣有一計，大王可選派一名有勇有謀的使者，命他帶著和氏璧出使秦國，若是得到十五座城，就把和氏璧給秦國，否則就帶璧回趙國。」趙惠文王道：「這倒確是兩全之策，但此次出使秦國非同小可，到底派誰去為好？今日朝堂上的情形你也看到了，大臣中怕是難以找到合適的人。」繆賢道：「臣門下舍人藺相如智勇雙全，如果要選派前去秦國的使者，沒人比他更合適了。」

趙惠文王道：「藺相如？他不過是你門下一個舍人，能勝任麼？」繆賢道：「藺相如雖然名不經傳，卻機智過人。大王還記得，有一次在大殿上開玩笑問的上下東西之事麼？」

原來，某日趙惠文王閒來無事，忽然童心大起，問群臣道：「什麼在上？什麼在下？什麼在東？什麼在西？」有大臣答道：「天在上，地在下，東城在東，西城在西。」雖也合景，趙惠文王卻總覺得不大滿意。繆賢記在心裡，回家之後有意拿這個問題問門客。藺相如當時正在菜園摘菜，應聲答道：「黃瓜在上，茄子在下；冬瓜在東，西瓜在西。」繆賢一看，果是如此，預備進宮告訴趙惠文王。

藺相如得知究竟後，忙道：「臣身在菜園裡，所見淨是瓜果蔬菜，所以才如此應答。令君到了朝堂，看到的情形完全不一樣，如果再這樣回答，就有辱罵大臣的意味了。應對也須得因時而宜，因地而宜。」又教繆賢道，「令君不妨這樣答——大王在上，群臣在下；文臣在東，武將在西。」

繆賢如此告訴趙惠文王之後，果然大得讚賞[4]。

趙惠文王聽說繆賢當時的應答，其實是藺相如教的，沉吟道：「人倒是夠機靈，但究竟只是雕蟲小技。不知藺相如的見識如何？」

繆賢道：「當初臣一時糊塗，貪戀和氏璧，沒有及時呈交大王。事發後臣本想逃走，虧得藺相如及時止住了臣，說大王胸襟廣闊，只要臣真心向大王請罪，大王一定會饒恕臣。事實也果真如此。僅此一件事情，便可知此人眼光過人，胸中大有丘壑，是個難得的人才。」

繆賢竭力推薦藺相如，倒不是有什麼忠君愛國之心，也不是有舉賢薦才之意。在他內心深處，其實捨不得推薦藺相如，以藺相如的才幹，一旦顯露頭角，必能出人頭地，為趙王所用之後，他門下就再也沒有見識不凡的舍人了。但自從和氏璧一事後，趙王雖待繆賢如故，平原君等重臣看他的眼神卻疏遠冷淡了許多，他感到危機深重，急需向趙王獻媚固寵，不得已，只好亮出藺相如了。

趙惠文王與其父堅毅的性格完全相反，耳朵根子軟，因而雖才幹平庸，卻有善於納諫的賢名。雖對繆賢的話半信半疑，依舊道：「既然如此，明日寡人再召眾大臣議論此事，你就帶著藺相如一起來，讓寡人和眾大臣一起看看他的本事。」

藺相如聽了事情的經過，無憂無喜，一時沉吟不語。繆賢忙道：「天色已晚，藺先生，你早些安歇吧，明日一早你我一起進宮拜見大王。」

次日一早，群臣到東城大殿議事。行禮之後，趙惠文王神色焦慮，不斷地往門口張望。平陽君趙豹微覺詫異，問道：「王兄是在等什麼人麼？」話音剛落，便見宦者令繆賢帶著一名三十來歲的中年男子走了進來，一起拜見趙王。

趙惠文王道：「免禮。你就是繆卿門下的舍人藺相如？」藺相如道：「正是下臣。」趙惠文王問道：「秦王要用十五座城來換和氏璧，先生認為可以答應麼？」

大臣們見大王居然謙虛地徵求一官位低微的舍人意見，不禁議論紛紛，品頭論足。平原君趙勝和田部令趙奢雖認得藺相如，卻見他忽然氣定神閒地出現大殿上，也極為驚異。

藺相如答道：「回大王話，而今秦國強大，趙國弱小，不答應不行。」趙惠文王道：「倘若把和氏璧送了去，秦國取了璧，卻不肯交出十五座城，那該怎麼辦？」

藺相如道：「秦國用十五座城來換一塊玉璧，即便是和氏璧，這價值也足夠高了。要是趙國不答應，理曲在趙國。趙國不等十五城到手就先獻上玉璧，禮節上已對秦國非常恭敬。要是秦國不履行諾言交付十五座城，那麼曲在秦國。下臣認為，寧可答應秦國的條件，讓對方去擔這個錯。」

趙惠文王暗中留意這藺相如的神態，見他從容不迫，侃侃而談，比起朝堂上那些大臣，自有一番風度，心中暗喜，忙道：「寡人想找一個人出使秦國，保護和氏璧，先生能為趙國去一趟麼？」藺相如道：「如果大王實在沒有合適的人選，臣願意帶著和氏璧前往秦國。」

忽有侍衛匆忙進來稟報道：「邊關急報，秦將白起突然帶領三萬大軍屯兵我國邊境。」趙惠文王又驚又怒，道：「秦國到底要做什麼？」

大將軍廉頗忙出列奏道：「臣以為，秦國根本想以換城為名騙取和氏璧。現在又增兵邊境，分明是要威逼大王交出和氏璧。大王，請讓臣帶兵前去迎擊白起，讓秦國知道我趙國不是好惹的。」

藺相如道：「不妥。秦國目前只是增兵，並沒有主動向趙國挑戰，在敵強我弱的情況下，我們不宜主動出擊。」廉頗是趙國嬴姓貴族，忽聽得一名小小的舍人當眾反駁自己，登時怒氣沖天，諷刺道：「那麼藺先生的意思是，一定要等到秦軍打到趙國家門口，我軍才能反擊？」

藺相如道：「當然不是。廉將軍，相如以為，如今天下形勢，秦國最強，攻城略地，列國都無可奈何。跟十五座城池比，一塊和氏璧又算什麼？由此可以推斷，秦國不過是想用以城換璧這件事情來試探趙國的態度和力量。趙國如果不敢派人前往，那秦國便會以為趙國沒有能人，以後便更加輕視趙國，要地要禮，難以拒絕。」

此番話有理有據，群臣紛紛點頭。平原君趙勝道：「藺先生分析的有理。」

趙惠文王終於下定決心，拍案道：「好，就依藺先生所言，請藺先生出使秦國。」藺相如深深作了一揖：「請大王放心，如果秦國交割了城池，臣就把和氏璧留在秦國；否則，臣一定把璧完好無損地帶回趙國。」

廉頗哼了一聲，道：「你說得容易，如果秦國不交城，你如何能保證『完璧歸趙』？」藺相如道：「臣願意以性命擔保。」廉頗冷笑道：「你以為你藺相如的命……」

趙奢忽然站出列來，躬身道：「大王，臣也願意以項上人頭擔保，藺相如一定能完成使命。」趙奢是平原君力薦的人物，而今在趙王面前正得寵，他既出面為藺相如擔保，旁人也再無話說。

趙惠文王終於舒展了眉頭，道：「好！寡人便拜藺先生為大夫，為趙國使臣，保護和氏璧，前去秦國。」趙奢道：「當年主父微服訪秦，臣也是侍從之一，熟識秦國地貌。臣願意做為使者侍從，護送藺先生到咸陽。」

昔日，趙武靈王將王位傳給趙惠文王後，預備出擊秦國。為摸清秦國地形，觀察其國勢，他偽裝成趙國使者進入秦國。秦昭襄王在殿中設宴，款待趙國使臣一行，見趙武靈王形貌偉岸，談吐不俗，很是為其風度傾倒。

後來，秦昭襄王與宣太后談起趙國的使臣，宣太后因曾在楚國令尹昭陽府壽宴上見過當時還是太子身分的趙武靈王，當即道：「這人一定就是趙主父。」秦昭襄王猶自不信，派人到驛館打探，才知趙國使臣的確就是趙主父，急忙派兵追趕，但此時趙武靈王已驅馬離開了秦國邊卡。秦國上下，無不驚愕。

趙惠文王見趙奢主動請命，很是高興，道：「好，准趙卿所奏。」頓了頓，又道，「出使人選，隨藺卿和趙卿挑選。」

戰國七雄之中，以楚國地域最大，但從地利上來看，則以秦國位置最佳——左有崤山函谷，右有隴山高地，南有巴蜀之饒，北有胡苑之利，阻三面而固守，獨以一面東制諸侯。如此金城千里的關中地勢，為秦國爭霸天下創造了極好的條件。

關中土壤肥沃，物產豐富，為九州膏腴，號稱「陸海」。這裡又是一處要地，形勢險阻，四塞固守，因而又被稱為「天府」[5]。史稱秦地「田肥美，民殷富，戰車萬乘，奮擊百萬，沃野千里，蓄積饒多，地勢形便，此所謂天下之雄國」。

秦國最早立國，源於周平王東遷雒邑時，秦襄公因護送有功，被封為諸侯，封地在岐西一帶。但此時關中東部已被諸戎控制，周王朝鞭長莫及，因而周平王告訴秦襄公：「戎無道，侵奪我岐豐之地，秦能攻逐戎，即有其地。」遂成為秦國伐戎的有利藉口。經過幾代秦王的努力，秦國終於奪回了關內周地的大部分地域。

秦國都城亦隨著秦國疆域的變化幾度遷徙。到了秦孝公時，商鞅在秦國主持變法，最重大的其中一項措施便是東遷王都。當時的局勢是，天下七雄並列，魏國最為強大，占有秦的河西之地，隔水與秦對峙。但隨著秦進魏退的變化，將都城往東遷移，則符合秦國進一步東伐的長遠目標。因而雖反對者眾，秦孝公還是堅持將王都從櫟陽遷至咸陽。

咸陽建在關中陸海天府的中央，因在九嵕（讀作「宗」）山之南、渭水之北，山水俱陽[6]，故名咸陽。這裡正當水陸津梁，兼有漕運之利，進退戰守俱可，可謂絕佳的建都位置。

咸陽原本只是一個鄉邑，成為秦國王都後，才開始大肆營建。建築設計以「象天」為原則，即將都城主要建築與天空星象，在分布上加以相對應。

最先修建的是象徵國君威嚴的冀闕。闕，是立於王宮前面大道兩旁的一對多層建築物，冀意為記。君主常在冀闕出列教令，大臣則常在這裡待詔記事。商鞅主持修建的冀闕，上下三層，木衣綈繡，土被朱紫，極其華麗。下層臺基是數個單室，出簷設廊；中層正中央是主體居室，南臨露臺，北有寬敞的臺榭；頂層則是四望的樓閣，居高臨下，俯視渭川。

冀闕建成，始有咸陽都城的雛形，之後相繼有咸陽宮、咸陽城——咸陽宮是秦王辦公居住之所，位於咸陽城之北；咸陽城則是手工業作坊、平民居住區、市集等集中所在地，四周圍有高牆，是一處獨立的城郭。秦惠文王執政後，大肆增建宮室，咸陽遂從渭北擴展到渭南。諸多宮殿建築以渭水為軸線，南北伸展，如飛鳥雙翼，橫空而行。為使南北隨意相通，又建了石柱橫橋，稱渭橋；寬六丈，南北長二百八十步，宏麗寬長，猶如天虹臥波。

而眾多宮殿群之中，地位最高的莫過於渭北的咸陽宮，宣太后江羋長期居住在這裡；其次是渭南的章臺宮，是秦昭襄王的居處和朝宮。太后一黨雖擅權已久，但畢竟秦昭襄王才是秦國名義上的君主，因而重大政治活動均在章臺進行。昔日，楚懷王被秦國誘騙挾持到咸陽後，第一件事就是被帶到章臺，迫以臣子的禮儀朝見秦昭襄王和宣太后。

藺相如一行到達咸陽後，也被立即帶來了章臺宮。

到得北宮門前，趙奢和侍從腰間的佩劍忽然如活了一般，被一股大力吸引，脫身而去，「咚」的一聲貼到了門框上。趙奢倒也不以為意，兩名侍從嚇了一大跳，驚叫出聲，如見鬼魅。

引領趙國使者一行的是秦國華陽君羋戎，即之前的楚國公子熊戎，為楚威王和華容夫人所生。他跟隨姊姊江羋來到秦國後，改名羋戎，示意與楚國決裂。因其外甥公子稷當上了秦昭襄王，他的地位也跟著水漲船高，成為秦國的封君。

章臺宮的北門又稱「卻胡門」，門框內裝滿了磁石，無非是利用磁石召鐵的特性吸附朝見者的兵器，以神奇來恐嚇那些心懷貳心者。羋戎之前有意不提此事，原是要暗中觀察趙國使臣諸人的反應，但見使臣藺相如和侍衛首領趙奢均若無其事，不由得暗暗稱奇，當即笑道：「這門是磁石所鑄，有些蹊蹺。使者君，請。」

章臺宮的主殿是章臺，是一處高大的臺榭建築，坐北朝南。一行人剛到臺下，大良造[7]白起便帶一群士卒圍了上來。

白起雖在秦國揚名，其實是楚國羋姓貴族，是楚人白公勝的後人。他在秦國長大，少年從軍，後被同為楚國人的相國魏冉發現其才幹，破格提升為左庶長，率兵大勝韓、魏聯軍於伊闕，斬首二十四萬，從此以名將的身分崛起，威震諸侯。因其人深通韜略，殘忍好殺，有「人屠」之稱；也正因這位「人屠」的存在，六國不敢攻秦。據說，韓、魏兩國的小兒聞白起之名夜不敢哭，晝不敢笑。

自藺相如一行進入秦國境內起，白起便以保護和氏璧的名義，親自帶兵護送，表面雖然還算客氣，但一路嚴格限制趙國使臣的自由，不令跟外人接觸，情形跟押送差不了多少。

趙奢對這位成名後大肆進攻母國楚國的「人屠」並無好印象，見他來意不善，當即挺身擋在藺相如面前，喝道：「白將軍想要做什麼？」白起道：「奉大王之命，要搜查趙國使者身上，以防你們私藏兵刃，心懷不軌。」趙奢道：「我們的兵器已被磁門吸走，身上再無兵刃。」白起搖了搖頭，道：「這裡是秦國，可不是你說了算。來人，搜身！」趙奢還要再抗議，藺相如忙止住他，道：「我們問心無愧，就讓他們搜吧。」

秦士卒一擁而上，兩人夾住一人，往藺相如等人身上仔細摸索了一遍，這才道：「稟報將軍，沒有發現。」白起道：「使者君手中的盒子也要搜。」

藺相如道：「慢著！這木盒裡面盛裝的是和氏璧，貴國大王還沒有看過，將軍真想先睹為快麼？」芈戎忙道：「木盒就算了。萬一出了差錯，可不好向大王交代。」

芈戎是相國魏冉的弟弟，魏冉則對白起有知遇之恩，既然芈戎開口圓場，白起也就算了。當即讓趙國侍從等候在臺下，只領著藺相如、趙奢二人上來章臺。

眾人脫掉鞋履，登上臺階，在殿外等了一會兒，有內侍出來，陰陽怪氣地叫道：「大王宣趙國使臣進殿。」

章臺大殿中彌漫著一股淡淡的芬芳之氣，大約因梁木都是木蘭木的緣故。地面光滑堅硬，呈現出一種奇特的暗紅色。東、西兩邊的牆壁上有墨繪的幾何紋圖案，掛著許多黑色的壁帶，令幽深的殿堂添了許多凝重的氣氛。

大殿內的設施完善，殿側不但設有冷藏食品的豎井和取暖的土爐，還有傾水池、陶水道、滲井等等，相當於一套完整的供水、排水系統。整座殿堂嚴肅不華，質樸實用，正是秦國國風的體現。

秦國的重臣如相國魏冉、內史向壽、將軍司馬錯、涇陽君趙市、高陵君趙悝等人均已侯在殿中。

秦昭襄王坐在正首，他寬寬的額頭，高高的顴骨，細長的眼睛，短小的下頜，臉色灰黃。這位國君已經四十二歲，早過了不惑之年，卻依舊未能掌握實權，秦國國政仍然在他母親江羋一黨手中。長期不得志的鬱悶明顯寫在他的臉上，然而當他看到藺相如雙手捧著木盒進來時，眼裡一下子有了難以言喻的光彩。

羋戎道：「大王，趙國使臣到。」藺相如與趙奢上前行禮，通報了姓名。

秦昭襄王卻迫不及待地想看到和氏璧，一改平日說話細聲慢氣的習慣，連連擺手道：「使臣不必多禮，和氏璧帶來了麼？」藺相如道：「帶來了。」遂將木盒交給趙奢，自己打開盒蓋，取出以錦緞包著的玉璧。

大殿中登起一片驚歎之聲。

秦昭襄王忙命內侍奉上玉璧，見玉璧潔白無瑕，很是高興，命道：「來人，帶玉工上殿。」應聲上殿的卻是昔日趙王城的玉工汲恩，他見到藺相如在場，頗感難為情，側過頭去，佯作不識。

秦昭襄王招手叫道：「玉工，你來鑑定一下，看這玉璧是不是和氏璧。」汲恩道：「諾。」上前仔細察看了一番，即躬身道：「恭喜大王，這的確是真的和氏璧。」

秦昭襄王撫摸著和氏璧，口中嘖嘖歎息，又命內侍將玉璧交給左右群臣傳看，笑道：「相國，你在楚國王宮長大，應該見過和氏璧，你來看看這玉璧是不是真的和氏璧。」

相國魏冉本是楚國公子，當年一度與太子熊槐（也就是後來的楚懷王）爭奪儲君之位。華容夫人被刺殺後，有謠言說公子冉並非楚威王親生之子，而是華容夫人與魏國公子魏翰所生。後來，公子冉被當作姊姊江羋的隨嫁人員，一路來到秦國，等於從此被楚國放逐。他憤恨之下，改熊氏為魏氏，表示從此不再是楚國公子。儘管他改了姓氏，隱有自認為魏國公子的意思，但對魏國也從來沒有客氣過，一再興兵，連續數年攻打韓、魏，兩國被迫割地求和。

魏冉聞言答道：「回大王話，和氏璧號稱楚國鎮國之寶，楚王一直藏在深宮，祕不示人。臣當年雖有楚公子之名，也只在楚威王將玉璧賜給令尹昭陽時見過一次。」他對這天下共傳之寶似乎並無太大興趣，只略略一看，便轉手遞給身旁的涇陽君趙市。

眾大臣傳看完畢，一齊上前道賀，連呼「萬歲」。秦昭襄王十分得意，叫道：「楚國太子，春申君，你們不妨也上前來開開眼界。你二人出生之時，和氏璧已經失蹤，這可是出自你們楚國的寶器，難道不好奇麼？」

趙國使臣這才知道，站在最下首的華服少年，原來是在秦國做人質的楚國太子熊完；他身旁那名三十歲出頭的男子則是著名的春申君黃歇，與趙國平原君趙勝、齊國孟嘗君田文、魏國信陵君魏無忌，並稱「戰國四公子」。四公子之中，平原君和信陵君地位最尊，都是國君之子；孟嘗君則是齊相之子；唯有春申君是平民出身，由此可見黃歇的才華學識何等出眾。他原是楚頃襄王熊横為太子時的伴讀，熊横在秦國做人質時殺死了秦國大夫，全靠黃歇以身代罪才逃回楚國，黃歇亦因此事差點被秦人處死。後來熊横即位，亦傾心回報，重用黃歇，拜為太傅，封春申君，專門負責教導太子熊完；熊完到秦國為人質，黃歇亦主動要求隨侍。

熊完才十一歲年紀，臉色蒼白，身形不足，看起來病懨懨的樣子，聽到秦昭襄王呼叫，只是本能地轉頭去看黃歇，顯是對這位太傅極為依戀。

黃歇忙出列道：「和氏璧出產於楚國，曾是楚國鎮國之寶，而今卻歸秦國所有，是秦國之寶器，楚國不敢再覬覦。」秦昭襄王聞之欣悅，哈哈笑道：「好，說的好！從此和氏璧就是秦國之寶器。」招手叫過內侍，命道，「將和氏璧包好，送去後宮給美人觀看。」

藺相如見秦昭襄王遲遲不提十五座城的話頭，心中不妙，忙上前奏道：「這塊和氏璧雖然名貴，可是也有點小毛病，玉璧上有點瑕疵，不容易瞧出來，讓臣來指給大王看。」玉工汲恩聞言先是一愣，正要說話，忽見趙奢正朝自己怒目而視，心中一驚，又將已到嘴邊的話頓了回去。

秦昭襄王卻信以為真，忙吩咐內侍將和氏璧傳給藺相如。

藺相如一拿到玉璧，往後側退了幾步，快步靠近宮殿上的一根大柱子，道：「大王，各位秦國大臣，和氏璧是天下至寶，秦國大王為了得到它，派使者到趙國來，說情願用十五座城來換和氏璧。本來，趙國有人認為秦國自負強大，毫無憑證地索取玉璧，因而擔心玉璧到了秦國，趙國卻得不到十五座城。」秦昭襄王急道：「一派胡言，寡人是秦國大王，怎麼會不講信用？」

藺相如道：「臣也這麼認為。昔日秦國任用商鞅變法，商鞅為取信於民，派人在市集南門豎起一根三丈長的木頭，告知百姓只要能把木頭搬到北門，立賞十金，卻無人相信。商鞅將懸賞提高到五十金，終於有人扛起木頭到北門，果然獲得五十金。商君此舉，無非表示秦國令出必行，絕不欺騙，因此才有了『徙木立信』的佳話，秦國也得以推行新法；信字，可謂是秦國強大的根本。」秦昭襄王笑道：「先生說的極是。」

藺相如的面色卻越來越嚴肅，道：「臣決計相信大王是誠信之君。布衣之交相互之間還講信用，何況是萬乘大國的君主！因此，我國的國君特意吃了五天的齋，然後才派臣奉送和氏璧，對大王已然恭敬到極點。今天大王召見臣，態度倨傲，坐著接受玉璧，讓左右傳看，又想叫後宮美人玩弄，可見毫無誠心。臣已知道大王沒有交換十五座城的意思，因此又將和氏璧拿了回來。如果大王想以武力威逼，臣的腦袋就會和這塊和氏璧一同撞碎在柱子上，寧死也不讓秦國得到玉璧！」一邊說著，一邊舉起和氏璧，瞪大眼睛，怒氣沖沖，朝著柱子決然就要做出砸璧之舉。

大殿上忽起變故，兩旁秦臣和侍衛都不及上前阻止，不由得面面相覷。

白起拔出長劍，架在趙奢頸中，喝道：「趙國使臣，你好大膽子，敢在秦國大殿上要挾大王。快些放下玉璧，向大王請罪，不然我就殺了你的副使。」手上加勁，劍刃陷入肉中，登時有血線沁出。

趙奢卻哼也不哼一聲，朗聲道：「藺大夫不必管我。」又冷笑道，「我今日方才知道，原來秦國真正主政的是白起將軍，秦王和相國還沒發話，你就搶先要動手了。」秦昭襄王臉色一變，喝道：「白將軍，不可無禮。」

相國魏冉見大王面上有拂然之意，知道趙奢刻意挑撥離間的話起了作用，忙使個眼色，命白起放開趙奢。

秦昭襄王寫信給趙王，提出用十五座城換取和氏璧，無非是想惹是生非，雖嚮往和氏璧的風采，但若真要以秦國十五座城換取，那是萬萬不可能。但當他親眼見到和氏璧後，才知道為什麼有那麼多人拚死要奪取它——那種質地和光澤，當真令人不由自主地想擁有它，彷彿芳華絕代的美人誘惑那般，令人無法抗拒。

秦昭襄王心中反覆盤算，究竟還是愛惜玉璧，怕藺相如就此撞碎，弄得個一拍兩散的結局，連忙道歉：「等一等！使者君何須如此，寡人怎敢失信趙國！來人，快取地圖出來，為使者君指出預備給趙國的十五座城。」魏冉上前一步，正待說話，秦昭襄王向他點頭，示意心中有數。

藺相如卻道：「不用了。大王，和氏璧是稀世珍寶，天下人無不想得到它。我國大王雖然也愛不釋手，卻不敢得罪大王，因此臨派臣出來時，齋戒五日，並將群臣全部叫來，向玉璧拜辭。如今大王也應該齋戒五日，準備隆重的迎璧儀式，臣才敢獻出和氏璧。」

魏冉再也忍不住了，怒道：「藺相如，你好大的膽子，敢一而再、再而三地要挾我們秦國大王！大王，請立即下令將趙國使臣一行拿下，押到市集斬首示眾，以昭我秦國之威。」

藺相如腳下凜然不動，只將手中的和氏璧高高舉起，對準柱子。大殿上一下子安靜了下來，靜得連一旁傾水池中的滴水聲都能聽得一清二楚。

秦昭襄王心道：「趙國使臣如此無禮，當殿對寡人不敬，其實倒是一件好事，秦國正好有了出兵趙國的藉口。寡人可以下令將趙國使臣一行全部處死，再命白起率大軍攻打趙國。可是為什麼寡人心中就是割捨不下那塊玉璧呢？」他心神不定，凝視了和氏璧好一陣，目光終於還是柔和下來，道，「好，寡人答應齋戒五日。」命內侍將盛放玉璧的木盒遞還藺相如，道：「請趙國使臣先回驛館休息，五日後再於章臺舉行迎璧儀式。」藺相如臉上亦不見喜色，平靜如初，躬身道：「多謝大王。」

秦昭襄王又叫住趙奢，問道：「你既是趙氏，可是跟趙國代相趙固有什麼關係？」趙奢道：「趙固正是先父。」秦昭襄王這才恍然大悟，道：「難怪寡人第一眼看到你，就覺得你有些眼熟。你的身形、眉目，倒真的跟趙固有幾分相似。」

昔日，秦武王與勇士孟說比賽舉鼎，秦武王失手砸死了自己，秦武王無子，諸弟爭立，但秦惠王「八子」江芈棋高一著，命弟弟魏冉控制王宮禁軍，隨即殺死奪位的眾公子，預備立次子公子市為秦王。

江芈所生的長子公子稷當時在燕國為人質，趙武靈王聽到秦國內亂的消息後，立即派代相趙固率兵迎公子稷入趙，又一路護送到秦國，以武力要挾江芈改立公子稷為秦王。江芈因內局未定，不欲外結戰火，只得如趙武靈王所請，改立長子趙稷為秦王，是為秦昭襄王。趙武靈王雖是出於趙國的利益考慮，但論起來依舊對秦昭襄王有大恩，秦昭襄王一直對現任趙王不豫，就是因為趙惠文王困死了趙武靈王。

秦昭襄王當年由趙固護送到咸陽，二人風雨相伴，也算得上是交情親密的故人。他忽然認出趙奢是趙固之子，一時回憶起無數往事來，百感交集，最終改變了派人在半途強力奪取和氏璧的想法，道：「趙君先回驛館歇息，回頭寡人得空，再專門設宴好好款待你。」趙奢道：「多謝大王。」

藺相如一行剛下章臺，白起便帶士卒追了上來，道：「白某奉命護送幾位回去驛館。」藺相如料來對方無非是要監視軟禁自己，以免和氏璧有失，當即點點頭。

出來卻胡門時，一名內侍迎上來道：「你們是趙國使臣麼？太后請幾位到咸陽宮相見。」

太后即當今秦王的親生母親江芈，也是秦國的實際掌權者，人稱宣太后。這位宣太后行事任性，常令人瞠目結舌。某一年，楚國攻打韓國，韓國早已臣服於秦國，便派使者尚靳向秦國求救。尚靳是韓國有名的辯士，口才出眾，到了咸陽後，用一番唇齒相依的道理說服了秦昭襄王。秦昭襄王預備出兵救韓，宣太后卻不同意，還將尚靳召進宮中，讓他當面解釋。

尚靳又將韓、秦兩國「唇亡齒寒」的大道理說了一遍。宣太后道：「本太后當年侍奉先王，先王一旦把大腿壓在我身上，我就覺得沉重無比，疲憊不堪；但先王將全身都趴在我身上時，我反而覺得很舒服，這是什麼緣故呢？其實，是後面這種姿勢對我比較有利。現在，秦國去救韓國，兵不眾糧不多，不足以解救韓國。若真要興師動眾，我們秦國日費千金，又能得到什麼好處呢？[8]」

語驚四座，口齒伶俐的尚靳非但無言以對，還當場流下了眼淚，由此可見宣太后之為人何等放縱。

藺相如料想宣太后忽然召見，必定與和氏璧有關。他不欲再起風波，推謝道：「臣剛剛拜見過秦國大王，正要回驛館為迎璧儀式做準備，不如改日再去拜見太后。」

白起為相國魏冄從士卒堆中發掘，是堅定的太后一黨，冷眼喝道：「太后召見，豈能不去？」喝令士卒擁了藺相如幾人，強行帶來咸陽宮。

咸陽宮位於咸陽城北的二道原上，地勢高爽，南臨渭水，北倚高原，居高臨下，控制全城。這座王宮布局嚴謹，仿效天上的紫宮而建，宮門四開，如天子星再現人間。藺相如等人被帶到一座名叫「六英之宮」的臺榭。內侍命餘人留在殿外，只帶藺相如一人進去。

趙奢生怕宣太后心存歹意，忙道：「我既是副使，也是藺大夫的貼身侍衛，一定要在藺大夫身邊。」他的兵刃已在宮門處被侍衛繳去，內侍上下打量他一番，大約見他有忠心護主之心，便點頭同意。

這處六英之宮其實是一座寢殿，兩邊的牆上繪著彩色壁畫，正首的方形大帳中放著一具象牙床榻，床榻上半躺著一名紫衣婦人。一名年輕的彩衣男子正伏在婦人腳下，為她輕輕捶腿按摩。那男子面如白玉，眉若翠羽，齒如含貝，活脫脫的一個美男子。

內侍上前稟告道：「太后，趙國使臣到。」通報了藺相如的官職和名字。

那紫衣婦人正是江芈，她已年過六旬，但因長期生活優裕，駐顏有術，迄今髮如烏漆，不見一根白髮，看起來不過四十來歲模樣。

江芈聞報，揮手命那彩衣男子退開，坐起身來，問道：「藺大夫手中捧的可是和氏璧？」藺相如道：「正是。」江芈笑道：「你能捧著和氏璧進去章臺，還能捧著它出來，看來是真有幾分本事。」藺相如道：「臣沒有什麼本事，全因秦國是守信之邦，秦王是守信之人。」

江芈登時「咯咯」大笑起來，道：「秦國是守信之邦？這話本太后還是第一次聽說，有趣，當真有趣。」藺相如和趙奢見她言行隨意，對秦國的聲譽似乎並不如何維護，頗為驚駭。

江芈又道：「藺大夫，你這就將和氏璧取出來，讓本太后好好看看。」

藺相如心中有所猶豫，遲疑不答。

江芈笑道：「怎麼，你怕本太后看過和氏璧後，會不還給你麼？你身在秦國，不過是刀俎上的魚肉，我若真要強行占有，你又能奈我何？難道還要把你在章臺大殿上對付秦王那一套，又重新搬出來麼？你前後左右都是我的人，怕是你沒有機會舉璧撞柱了。」

藺相如道：「太后何必苦苦相逼？秦王已經答應齋戒五日，五日後舉行隆重的迎璧儀式，到時太后再見和氏璧不遲。」江芈道：「和氏璧本是楚國之物。本太后在楚國時，曾經見過兩次，其實也沒什麼稀奇。不過它忽然重現人間，倒讓我想起一些往事來，我是非瞧不可。魏醜夫，你去替本太后把和氏璧拿過來。」

藺相如一聽那彩衣男子原來名叫魏醜夫，心道：「這美男子，應該就是魏國進獻的公子魏醜夫了。」

原來江芈自當上王太后後，生活盡情放蕩，養了許多情夫。她美貌出眾，以前在楚國時就有楚國第一美女之稱，加上王太后的身分，許多秦國大臣被她迷得神魂顛倒，就連來秦國朝見的桀驁不馴義渠王[9]也甘心拜倒在她石榴裙下，從此約束部落，不再侵擾秦國邊境。

秦國日益強大，魏國一再割地求和，仍阻擋不住秦國的蠶食。後來還是魏王聽取勸告，投江芈所好，選了一位名叫魏醜夫的公子做為特別禮物送到咸陽，專門侍奉宣太后。這魏醜夫雖名字叫醜夫，卻是魏國有名的美男子，體貌嫺麗，俊美無雙，與楚國大夫宋玉並稱天下兩大美男子。

魏醜夫雖是魏國貴公子，卻善於奉迎，把江芈服侍得舒舒服服，她心悅之下向秦王發了話，秦國這才沒有繼續進攻魏國。因而時有俗語稱「一相十城，不及一魏醜夫」，「一相」是指秦惠王時的秦國相國張儀，他用連橫之計，破其師兄蘇秦之合縱，一度被關東六國縱約長齊宣王懸賞十座城池買他的人頭；「十城」則指魏國不斷被秦國鯨吞，先後失去十餘座城池。而當魏醜夫侍奉江芈後，秦國便停止攻打魏國，改為借道韓、魏攻打齊國。

魏醜夫應命上前，逕直來取藺相如手中的木盒。

趙奢搶過來將他推開，喝道：「秦國是天下大國，太后是秦國之母，怎可做出這等強盜之事？」他這一下出盡全力，魏醜夫被推得連退幾步，跌坐在地上。

江芈道：「咦，你這孩子倒是頗有幾分氣力。你叫什麼名字？」趙奢道：「臣名叫趙奢，是藺大夫的副使。」江芈見他一身胡服，英姿挺拔，長身玉立，很是歡喜，溫言道：「趙奢，你先退開，本太后有話對藺大夫說。」趙奢卻挺身不讓。

江芈「噗哧」輕笑了一聲，道：「你這孩子真是傻得厲害，本太后如果真想要和氏璧，你們還能好好站在這裡麼？」

藺相如見事已至此，不取出和氏璧，無論如何都難以脫身，遂命趙奢讓開，將木盒奉給魏醜夫，讓他奉到江芈面前。江芈打開木盒，取出玉璧，歎道：「上次是在昭陽府中見過它，這一晃，居然四十多年都過去了。」

她原先在楚國為公主時，就不太將和氏璧放在眼裡，後來之所以起意爭奪，不過是要跟太子槐一黨作對而已。而今她在秦國，不僅早已取回在楚國失去的一切，而且權傾天下，昔日所有得罪過她的人全都被她一一剷除，沒有了對手，對權勢也就有些意興闌珊了。

她只是輕輕摸了一下和氏璧，便命魏醜夫還給藺相如，道：「請趙國使臣回驛館歇息，趙奢留下。」趙奢一愣，不知這位高高在上的太后為何要單獨留下自己，一時不及多想，低聲道：「護住和氏璧要緊，藺大夫先回驛館。」藺相如見江芈爽快地將玉璧還回，料來她既然對和氏璧都沒有興趣，也不會如何為難趙奢，便點了點頭，行禮退了出去。

江芈招手叫趙奢走得近些，問道：「聽說你是趙國代相趙固之子？」趙奢道：「是。」江芈笑道：「趙國是想利用當年趙固護送秦王回國即位的舊情，所以才特意選派你做侍從麼？」

趙奢道：「不是，臣是主動請命。臣當年曾隨主父來過咸陽，對咸陽頗為熟悉。」江芈道：「原來你從前是趙雍的侍從，難怪，難怪。」歎息兩聲，扶著魏醜夫的手站起身來。

趙奢叫道：「太后。」

江芈卻恍若未聞一般，頭也不回地往內室去了，內侍、宮女也跟了進去。

剎時，堂中只剩下趙奢一人。他又等了一會兒，還是不見江芈出來，便逕直出門，卻被侍衛舉戟攔住，道：「不得太后懿旨，不可離開。」趙奢道：「太后進了內室，勞煩通稟一聲，趙某就要告退了。」那侍衛冷冷道：「太后既然沒有發話，你等在這裡便是，無須另外通稟。」

趙奢無奈，只得重新回來堂中。正好見魏醜夫出來，忙上前道：「太后還有事麼？臣尚有使命在身，該告退了。」魏醜夫冷笑一聲，道：「太后看上了你，所以特意留下你伺候。這是對你們趙國天大的恩惠，還不趕快進去謝恩？」譏諷地瞥了他一眼，逕自出去。

趙奢也曾略微聽說宣太后的風流韻事，恍然有些明白了過來，欲跟隨魏醜夫出去，又被侍衛攔住，無奈之下，只得揚聲叫道：「太后還有事麼？臣要告退了。」

卻聽見江羋嬌滴滴的聲音道：「趙君請進來。」趙奢道：「臣是趙國使臣，不敢擅入太后內室。太后既然無事，臣這就走了。」不待江羋答應，便直闖出門口。侍衛們發一聲喊，各舉兵刃，將他圍了起來。趙奢道：「這就是秦國的待客之道麼？」領頭的侍衛長道：「你冒犯了太后，還想走麼？來人，將他拿下。」

趙奢身處秦國王宮中樞之地，不敢抗拒，任憑侍衛將自己捆縛起來，只抗聲辯道：「我哪有冒犯太后？你們這是欲加之罪，何患無辭。」侍衛長卻不理睬，命人將他雙手用繩索牢牢反剪住，重新帶到堂中，強迫他跪下。

隨即有內侍出來叫道：「太后要用餔食了[10]。」

過了一刻工夫，有十餘名宮女各捧酒食，魚貫進入內室。少頃傳來濃郁的酒香，趙奢一聞便知那是楚國桂花酒的香氣。昔日趙武靈王為太子時，因追捕刑徒梁艾曾親赴楚國王城，愛極了郢都的桂花酒，回趙國後猶自念念不忘，又派人到楚國請了酒工到趙國，專門釀造桂花酒。

趙奢心道：「宣太后嫁來秦國幾十年，居然還保留著楚國的生活習俗。可惜，她對母國就沒那麼客氣了。」鼻子中聞見酒肉香，空腹中越發饑腸轆轆起來。

過了大半個時辰，才見內侍和宮女們用木案[11]托著殘羹冷炙出來，大約宣太后已用完飯食。趙奢忙道：「煩請通稟一聲，趙國使者趙奢還在這裡。」卻無人理睬。

又過了好一陣，才有兩名宮女出來，一左一右地扶起趙奢，將他攙往內室。

他雙腿早已跪得發麻，一步邁出去，幾乎跌倒在地，只得任憑宮女牽引擺布。但走出一段路程後，雙腿麻痺感漸去，等到一跨進內室門檻，便死命掙扎，無論如何都不肯再前進一步。他雙手雖被綁在背後，失去了反抗的能力，畢竟是個身強力壯的青年男子，兩名宮女根本抓不住他，只能聽任他站在門邊。

江芈斜倚在床榻上，手中正玩弄著一枚容臭，一副酒足飯飽、怡然自得的樣子。

趙奢大聲道：「臣是趙國副使，尚有使命在身，請太后放臣出去。」江芈微笑道：「你該知道本太后為什麼留下你了。怎麼，趙君在外面跪了這麼半天，還沒有想通，不肯屈身侍奉我麼？」

趙奢當年逃去燕國後已在當地娶妻生子，但回趙國時並未攜帶家眷，與家人分別已有經年。他見這王太后不顧廉恥，要讓自己學那魏醜夫一般伏在她腳下伺候她，不由得臊得滿面通紅。但他也不敢就此辱罵江芈，以免為藺相如等人和趙國帶來禍事，只得低下頭去，默不作聲。

江芈道：「趙君既是趙氏宗室子弟，身邊應該有不少漂亮女子吧？」趙奢道：「臣的妻子是燕國人。」江芈道：「聽說邯鄲之地多美女，而且個個能歌善舞，趙雍當年不就是被那個叫什麼孟姚的迷得你死我活麼？哎，我真該告訴大王這一點，只要秦國攻滅趙國，就可以將所有趙女全擄來咸陽，那樣他也不必四處廣選美女了。」

當年，趙奢隨趙武靈王來到咸陽時，還只是個懵懂無知的少年，好多事情都不大明白，但這次的秦國之行，他親眼看到了秦國的欣欣向榮和蓬勃向上——秦國自用商鞅變法後，推行耕戰政策，功賞相長，養成軍民勇於為國家打仗的風尚，即吳起所稱的「秦性強，其地險，其政嚴，其賞罰信，其人不讓，皆有鬥心」。而趙國不僅國力遠遠不及秦國，就連軍隊也遠遠不及秦軍強悍勇敢。尤其秦國以農桑衣食為國之根基，百姓好稼穡，務本業，風俗與關東諸國迥異。

昔日，齊國為誘惑楚國人口，不斷在邊關用高價購柴，楚國農民貪利，紛紛放棄耕種，改砍柴賣給齊國。等到齊國下令封關後，楚國糧價飛漲，每石高達四百錢，楚國農民無法存活，只得大批逃至糧價低廉的齊國。此即農業為國基石之明證。而秦國大肆提高農民的社會地位，又規定生產糧食布帛多的可免除徭役，以此刺激農業發展。秦國人因而家家富裕充足，路不拾遺，山中無盜賊，鄉村、城鎮秩序安定。

趙奢親眼看到了這些優勢，才明白為什麼秦國能在七國中一枝獨秀。他見江芈拿攻打趙國來威脅自己，又氣又憤，卻又無可奈何，只得單膝跪下，低聲下氣地道：「下臣是山野小民，絕不敢有心觸怒太后，有冒犯之處，還請太后原諒。」江芈見他肯下跪認錯，以為他已經屈服，很是高興，命道：「來人，解開趙君的綁繩。」

趙奢忙站起身來，退到門邊，道：「臣冒犯太后，太后要打要殺，儘管責罰便是，但若要臣學那魏醜夫，萬萬辦不到。」一語氣中淨是鄙夷之意。江芈臉色一沉，道：「你可知道跟本太后作對的下場？」聲音雖不大，卻自有一股淩人的殺氣。

趙奢道：「臣願意一死，以謝太后。」低頭，便欲往門框撞去。額頭剛磕上門角，即被一旁宮女抱住。又上來幾名內侍，七手八腳地將他扯到房中，將他按跪在地。

江芈雖然年紀已大，但風韻猶存，加上是秦國王太后之尊，天下男子無不趨相奉迎，驀然被趙奢以死相拒，以為他嫌棄自己年老色衰，心中惱怒之極，狠狠瞪著他，心中盤算要想個什麼法子來折磨得他痛不欲生。忽見趙奢掙扎著抬起頭來，道：「請太后賜臣一死。」那堅定的眼神似曾相識，登時讓她想起了一個人來。

那是她今生唯一真正愛過的男子——孟說。她最初矚目於他，自是因為他高大俊朗，武藝高強，又是王宮衛士首領，大有價值。但她也深知自己是公主身分，將來必定要成為諸侯的夫人，絕不可能嫁給一個小小的宮正做妻子。華容夫人遇刺身亡後，靠山頓失，她感到前所未有的無助，不知怎地便想要倚靠孟說。那晚月下訴說衷腸，到底是虛情假意還是真心實意，連她自己也說不清。然而，等到她發現孟說跟蹤且懷疑自己時，心活像被貓抓一般，絞痛如裂，真正體會到肝腸寸斷的滋味。她這才知道，她原只是想利用孟說，實際上卻早已不明不白地愛上了他。

後來的事情層出不窮，她和孟說都經歷了人生最嚴苛的考驗——他們一道被放逐出楚國，灰溜溜地來到秦國。她因美色而得到秦惠王的寵幸，接連生下三個兒子，但畢竟只有八子的名分，無力與魏國公主相抗。魏國公主不僅被立為王后，所生之子趙蕩也早被立為秦國太子。在一連串的宮廷爭鬥中，她處在下風，日子相當難過，連長子稷也被送去燕國做人質。

一切的轉機還是在孟說的身上，他身手了得，力大無窮，與酷好武藝的太子蕩結為好友。太子蕩即位為秦武王之後，將王宮禁軍兵權都交給孟說，拜他為內廷校尉。秦武王即位四年後，和孟說比賽舉鼎，「失手」將自己臏骨砸斷而死。孟說被王太后魏國公主下令滅族，但他所統領的禁軍由此忿忿不平，這支軍隊遂為江芈所控制，成為她登上王太后之位的決定性力量。

她最終得到了一切，但卻是以所愛男子的生命為代價換來的。她失去了唯一所愛的人，天下的男子在她眼中都成了玩物。她或許一時傾倒於他們的容貌、談吐、身材、氣度，但在她眼中，他們都只是孟說的替代。星移斗轉，物是人非，真真是年華易逝、春光易老啊！那麼多往事依然遙遠，卻依舊無比清晰。有時候，她亦會回想，如果時光倒流，她還會走同樣的道路麼？

那日，孟說當面懇求她道：「公主，你不要嫁去秦國了，我們一起走吧，去一個沒有人認識我們的地方，就跟當年的陶朱公一樣。」那是他第一次無所顧忌地表示出真實心意，但她毫不猶豫地回答：「不。我在楚國失去的一切，一定要在秦國重新拿回來。」

他雖然失望至極，但仍履行諾言留在了她身邊，不問理由地保護她。沒有他，她應該早就被魏太后迫害死了吧？若可以重新選擇一次，她還會拒絕他麼？她會選擇跟他一起退隱山林麼？

終究四十多年過去了，孟說也死去了二十四年，即便有心要重新選擇，一切也都已經太遲了呀。但她始終沒有忘記過他，時常幻想著有一天他會重新出現，與她共享這俯視天下的榮華。今日，她終於在一名陌生男子身上看到了熟悉的眼神，但他卻果斷地拒絕了她。若是孟說還活在這世上，是不是也會如趙奢一般抗拒她呢？應該會吧，一如當初在那艘赴荊臺的鳳舟上一樣。

內室中寂然無聲，江芈凝視著手中的容臭出神，內心卻如長江的波濤一般洶湧起伏著。那些故國的舊事，無論是樂事，還是恨事，彷彿走過了一段漫長而荒涼的歲月，又都重新和塵封已久的記憶重逢了。時光的無情，人世的無奈，美好的情懷一旦與光陰一道流轉，便越發令人感懷。又是悵然，又是迷離。

良久之後，江芈才將目光重新轉移到趙奢身上，歎了口氣，道：「放他去吧。」

宮人聞言無不驚詫。宣太后是出了名的爭強好勝，率性而為，凡是她看上的男子，高官厚祿也好，威逼利誘也好，總是千方百計地要弄到手。即便偶爾有不願屈服的諸侯國使臣，也被用她以各種稀奇古怪的刑罰折磨之後祕密處死，這趙奢，還是頭一個能全身而退的人。

但太后既下了命令，也無人敢多問。

內侍忙扶起趙奢，帶出內室，交給侍衛道：「這小子命好，忤逆了太后，太后居然饒過他。」侍衛長命人解開繩索，用一種極其古怪的眼光打量著趙奢。

趙奢被看得極不自在，一脫束縛，便逃也似地小跑著離開了咸陽宮。

1 醢弄之刑：古代的一種酷刑，把人殺死後，剁成肉醬。

2 武關：今陝西省商洛市境內。章臺：舊址在今陝西舊城西南角。

3 武遂：今山西垣曲東南。河東：今山西西北部。安邑：今山西夏縣西北。河內：今河南西部黃河之北。

4 此段故事乃根據邯鄲當地的民間傳說改編。事實上，某些瓜果蔬菜在當時還沒有傳入中國，譬如西瓜。雖然古埃及在四千年前已開始種植西瓜，但直到西元四、五世紀才經西域傳入中國，由此得名「西瓜」，意為西來之瓜。

5 顏師古注：「言其地高陸而饒物產，如海之無所不出，故曰陸海。」又：「財富所聚為之府。言關中之地物產饒多，可備贍給，故稱天府。」

6 古人將山的南面、水的北岸這些日照時間較長的地方，稱作「陽」。

7 大良造：秦國原以大良造（一作「大上造」）為最高官職，後模仿中原國家之制，設立相國之職，為文官之長；大上造，遂成最高武官。宣太后掌權後，依中原國家之制，設置將軍一職，為武官最高官階。魏冉因擁立秦昭襄王有功，又是宣太后之弟，因而被任為將軍，戍守國都咸陽。

8 此話原文為：「妾事先王也，先王以其髀加妾之身，妾困不疲也；盡置其身妾之上，而妾弗重也，何也？以其少有利焉。今佐韓，兵不眾，糧不多，則不足以救韓。夫救韓之危，日費千金，獨不可使妾少有利焉。」宣太后以性愛動作為喻，言國家之「利」，於史絕無僅有。清人王士禎評論道：「此等淫褻語，出於婦人之口，入於使者之耳，載於國史之筆，皆大奇。」

9 義渠：戎族部落，春秋戰國時，都於今甘肅寧縣。戰國以後，義渠也稱王，有城數十，國勢強大，與秦國爭戰不休，各有勝負。西元前三〇六年，秦昭襄王即位，因年幼無知，義渠亦從旁虎視眈眈。為除秦國的後顧之憂，宣太后江羋遂出賣自己肉體與義渠王姘居；三十年後，秦國勢力已經強大，始誘殺義渠王，滅其國。

10 餔食：申時（下午四時前後）吃的飯食。

11 木案：承托食物的木盤，盤下有三足。「舉案齊眉」中的「案」，即指這種木盤。

【卷十】振振君子，歸哉歸哉

趙國使臣始終沒有想到什麼好的法子將和氏璧偷送回趙國。驛館中的任何人出去，不管是趙國使者，還是打雜的下人，都要被秦軍衛士嚴格搜身。和氏璧連驛館大門都難以通過，更不要說出得了咸陽和一路的秦國關卡。

和趙國的邯鄲分為趙王城和大北城一樣，秦國咸陽的王城與平民居住的咸陽大城，亦各自為城。咸陽大城位於咸陽宮南面，是一座正正方方的城池，周長二十餘里。

大城中又分為許多小的閭里，如屈里、完里等，每里大約十戶人家。秦國自秦獻公以來便實行「戶籍相伍」的制度，即統一編制戶籍，五家編成一伍，十家編成一什，禁止百姓擅自遷居。商鞅變法時，又增連坐法，以伍什為基本單位，居民相互監督檢舉，一家犯法，十家連坐；不告發奸人者處以腰斬，告發奸人與斬敵首級者受同樣賞賜，而隱藏奸人與投降敵軍者受同樣懲罰。因而秦國人雖強悍勇敢，卻人情菲薄，暴戾剋核，告奸之風興起，即便是鄰里之間亦常懷警覺之心。

當時天下有四大名城，分別是——楚國王城郢都，魏國都城大梁，齊國王都臨淄，趙國王城邯鄲；咸陽城跟這四座城池相比，富麗繁華程度遠遠不及。但由於秦國律法嚴酷，即便是朝道路邊倒灰這樣的小事，也會被處以黥刑，因而城中秩序穩定，路不拾遺，百姓安分守己，勤於農桑，家家富裕，糧價低廉，一石糧食只售三十錢，僅此一點，便令關東六國難以望其項背。

秦國特意為各國使者修建了驛館，又稱公館，集中建在大城東北面的新安里中。不同諸侯國各有不同驛館，各自獨立，像是趙國驛館就位在楚國驛館的旁邊，兩館均坐北朝南，比鄰而建，僅一牆之隔。

趙奢回到趙國驛館時，驚訝地發現驛館已被秦兵重重包圍，外人難以靠近一步，就連他要進去，也被反覆盤問才予以放行。

藺相如正在堂中徘徊，同鄉的李銀也是這次出使的其中一位隨行人員，亦憂心忡忡地站在一旁。

趙奢一步跨進來，逕直問道：「大夫君認為，秦王五日之後真的會以城易璧麼？據今日在章臺大殿上的情形來看，秦王和白起都是極厲害的角色，恐怕事情沒那麼簡單。」李銀道：「藺大夫也正為此事犯愁。」

藺相如也不再似平日那般鎮定，臉上深有憂色，道：「我在趙王面前誇下海口——如果得不到十五座城，一定完璧歸趙。如今秦王雖然答應齋戒，但也只能再拖延五日，五日後他拿到玉璧後若仍不給十五座城，我還有什麼面目回國見趙王？」

趙奢道：「依我愚見，秦王根本就沒有誠意，得到和氏璧後，一定不會交出十五座城。」藺相如沉吟半晌，終於下定決心，道：「那，我們也不交出和氏璧。」

李銀道：「可是我們身在秦國，能有什麼法子？難道還要再用撞璧那一招麼？」藺相如道：「經歷今日之事，秦王必有防備，那一招已經不管用了。我想暗中派人將玉璧送回國。」

李銀聞言嚇了一跳，連聲嚷道：「那怎麼可以？秦王發現後，一定會殺了我們所有人。」趙奢也連連搖頭，道：「這計幾乎不可行。秦王派兵團團圍住了驛館，我們等於被困在這裡，寸步難行，根本不可能瞞過秦人耳目將和氏璧送回趙國。」

藺相如道：「所以得想個什麼法子才行。」又問，「宣太后單獨留下趙君，可有什麼特別的事麼？」趙奢面色一紅，道：「太后只是隨意問了幾句話。」

藺相如見天色不早，便道：「那好，大夥先各自歇息，想想有什麼法子能破秦王十五城易璧的詭計。」趙奢道：「好。」

李銀卻不肯出去，訕訕問道：「這次秦國之行凶險得緊，我們也許不能活著回去趙國了，是麼？」藺相如點點頭，道：「是不是有些後悔一定要隨我來秦國？」

李銀倒也不否認，道：「是有些後悔，不過後悔也已經遲了。」又歎了口氣，道，「你還記得小時候咱們一道求學的事麼？先生出了一道寫字的題目，要用一筆寫出一個有稜有角、四四方方的字，結果我們誰也答不出來。若寫個『一』字，沒稜沒角不四方；寫個『口』字，倒有稜有角四方了，可是筆畫太多。正束手無策時，你提起筆在竹簡上寫了一個『乙』字，一筆呵成，完全符合先生的要求。」

藺相如驀然聽到童年趣事，亦露出微笑，道：「這麼久遠的事，你居然還記得。」李銀道：「當然記得。藺兄，我相信以你的才智，一定能想出辦法的。」上前拍了拍同窗好友的肩，這才出去。

藺相如雖受鼓舞，臉上還是流露出一種無可奈何的悵然來。

如此過了四日，趙國使臣始終沒有想到什麼好法子能將和氏璧偷送回趙國。驛館中的任何人若要出去，不管是趙國使者，還是打雜的下人，都要被秦軍衛士嚴格搜身。和氏璧連驛館大門都難以通過，更不要說離開咸陽和通過一路的秦國關卡了。

藺相如請趙奢和李銀到房中密議，歎道：「秦國人防範極嚴，我反覆思量，仍想不出什麼法子可以將和氏璧安全送回趙國。」

趙奢道：「不如我們設法利用隔壁楚國驛館的通道出去。」藺相如道：「這我也考慮過。但隔壁不是普通的驛館，楚國太子熊完也住在這裡，隨侍的大臣、侍衛眾多，難以掩人耳目。況且就算是楚國人，出入驛館大門一樣要受到秦兵監視。」李銀也道：「可別指望楚國人會幫忙，和氏璧本來是楚國鎮國之寶，說不定他們也正想法子奪回玉璧呢。」

三人又計議一番，還是沒有好法子。正好楚國使者蘇代將要離開秦國，來到驛館禮節性地拜訪趙國使臣，趙奢便藉故辭出，也不帶侍從，獨自出來驛館。

秦兵仔細搜過趙奢的身，又問：「副使要去哪裡？需要派人引路麼？」趙奢道：「咸陽宮。不必麻煩了，我還認得路。」

他是趙國副使，按禮儀出門要乘坐車子，但他本是軍人出身，馬上來往慣了，顧不得許多繁文縟節，騎了一匹馬便往咸陽宮而來。到了宮門，報了姓名，請侍衛通稟，欲求見宣太后。

等了一刻工夫，有內侍出來，命他將兵刃留在大門侍衛處，引著他往太后寢宮而來。到了宮外廊簷下，趙奢將靴子脫下。

中原人習慣穿著鞋履，只有趙國人是在趙武靈王推行「胡服騎射」後改穿高筒靴子，學習了胡人風俗。引領的內侍一時好奇，問道：「這胡人的靴子到底有什麼好，很舒服麼？」趙奢道：「舒服還在其次，它最大的好處是絕不會自己脫落。另外，靴筒中還可以插置短兵刃。」內侍道：「原來如此。太后就在裡面，使者君，請。」

江芈正在倚在榻上，聽男寵魏醜夫講故事，被逗得「咯咯」嬌笑，聲音清脆嬌嫩，渾然不似年過六旬的老婦。趙奢一腳跨進門檻，便見到魏醜夫跪在臥榻前，上半身伏在江芈大腿上，笑著密密私語，君臣無狀，無所顧忌，可謂任性妄為之至，忙遠遠站在堂下行禮，道：「見過太后。」

江芈笑道：「本太后又沒有派人召趙君，你來咸陽宮做什麼？」趙奢道：「臣有要緊事要對太后說。」江芈笑道：「能有什麼要緊事？你無非是擔心趙國獻上和氏璧後，秦王毀約不給你們十五座城。你若是想求我替你向秦王說情，那可萬萬辦不到。」

趙奢道：「不是這件事。」江芈道：「哦，那會是什麼事？說出來聽聽。」趙奢道：「這件事，臣只能對太后一個人說，請太后稟退從人。」

一旁內侍喝道：「大膽趙國使臣，敢對太后提要求？」江芈道：「哎，本太后倒是很有興趣聽聽是什麼事。你們都退下吧。」又道，「魏醜夫，你也退下。」

魏醜夫應了一聲，從地上爬起來，轉頭狠狠瞪了趙奢一眼，目光甚為怨毒，這才悻悻出去。

江芈道：「到底是什麼事？」趙奢小心翼翼地道：「臣當年侍奉在主父身邊，曾聽說太后本來要立另一公子為國君，後來是因為主父的干涉，才不得不立了當今秦王。但因為有這樣一層關係在先，太后與秦王的母子關係並不十分和睦。」

江羋笑道：「你刻意說這些話，是想挑撥我們母子關係麼？」

趙奢道：「不敢，臣只是指出事實而已。這些年來，秦王曾一度想辦法排擠太后親眷出朝，好獨掌大權，但始終未能如願。可是秦王終究是秦國名義上的君主，又已年長，秦國不少人盼望太后能夠歸政給秦王，如果他當真得到了和氏璧，不就等於有了一件利器麼？得和氏璧者得天下，一旦秦國上下認定秦王是天命所歸，人心所向，太后和魏相的地位就危險了。」

江羋笑道：「你還不承認你是為了和氏璧一事麼？繞著彎子說了這麼多，無非是想讓我出面，讓秦王不再用十五座城換取和氏璧。趙奢，你很有計謀，可惜你根本不是本太后的對手。不怕告訴你，你說的都是實情，我跟秦王的確母子不和，但我倒覺得以城易璧對本太后可是一件有益的事——秦王若真的肯交出十五座城，那麼秦國上下必然認為他貪戀玩物；他若不肯交城，背信棄義的名聲亦傳遍天下。我們羋姓一派的地位反而會更加穩固，有何不好？」

趙奢一時呆住，半晌才歎道：「難怪當年秦武王死後，秦國諸公子爭立，只有太后能獨占鰲頭，果然了不起，臣心服口服。」上前兩步跪下，道，「求太后救臣一命。臣離開邯鄲時，曾向我國大王立下軍令狀，如果得不到秦國十五座城池，一定要完璧歸趙。而今臣已經明白秦王根本沒有以城易璧之心，所以想先行將和氏璧送回趙國，求太后相助。」

江羋道：「你倒是個老實的孩子，就不怕我去告訴秦王麼？」趙奢道：「臣知道太后一定不會那麼做的。」

江羋笑道：「那麼你憑什麼來求本太后？」趙奢本想說願意為她做任何事，可是一想到這婦人習慣將天下男子玩弄於胯下，又實在說不出口。

江羋悠然道：「原來你們趙國人就是這樣空口求人的。」趙奢心道：「事情到了這個地步，再無辦法可想。個人尊嚴事小，趙國國體事大，我少不得要勉為其難。」不再遲疑，叩首道，「只要太后肯助我國使者，臣願意為太后做任何事。」

江芈道：「那麼你願意留在我身邊侍奉我，做我的男寵？」趙奢略一猶豫，即應道：「臣……願意。」江芈「咯咯」笑了起來，道：「你根本就不願意！我可不願意要一個口不對心的男子跟著我。」

趙奢道：「那麼太后如何能知道那些男子就是真心的？譬如魏醜夫，他是魏國獻給太后的禮物，這對一個男人而言是何等屈辱，況且他還是魏國公子的身分。他一定日夜盼望著能夠早日離開太后，好回去魏國。」

江芈登時勃然色變，喝道：「趙奢，你好大膽子，居然敢對本太后說這些話！」趙奢道：「臣只是實話實說。太后如此精明，難道還猜不到那些男子對太后是真心還是假意麼？」江芈瞪視了他半晌，目光逐漸柔和下來，招手叫道：「你過來。」

趙奢起身走到堂首，道：「無論太后要臣做什麼，臣都會遵命照辦。」正欲學魏醜夫的樣子跪下，江芈卻搖了搖頭，道：「我只想看看你的眼神。」趙奢一愣，道：「臣的眼神？」江芈道：「你的眼神跟我的一位故人很像。」歎了口氣，道，「我可以幫你，但你必須替我做一件事。」趙奢道：「太后請吩咐。」

江芈道：「你去替我殺一個人。」趙奢愕然道：「太后威儀天下，想要誰死，誰敢不死，還輪得到臣替太后動手麼？」江芈道：「我要你出面，自然有我的理由。只要你肯應允殺死那個人，我就如你所願。但若是你失手被捉，或是事後被追查到，那只能怨你自己命苦，我絕不會承認跟這件事有關。」

趙奢心道：「宣太后何等身分，她要殺的人一定非同小可。如果對方是秦國顯貴，我殺了他，一旦事發，以我的身分，勢必牽連到趙國頭上。這不是比不能送和氏璧回趙國更糟糕麼？」他知道江芈精明無比，遮掩無用，當即將心中顧慮直接說了出來。

江芈悠然道：「你可以答應，也可以不答應，選擇權在你。」趙奢道：「那好，請太后先說出那個人的名字。臣敢以亡父的名義起誓，無論臣答不答應，都絕不會向第三人洩露此事。」

來趙國驛館拜訪的楚國使者蘇代，是齊國客卿蘇秦的弟弟。蘇秦與張儀同為衛國鬼谷子的弟子，他年紀比張儀小，成名卻在張儀之前，先後在趙國、燕國、齊國為相，最輝煌的時候一人配戴關東六國相印，給秦國下〈縱約書〉，令秦國十五年不敢出函谷關。然而六國各懷利益，蘇秦苦心經營的「合縱」，終究被同門師弟張儀以「連横」之計擊破，遂至齊國為客卿。其兄弟蘇代、蘇厲也都跟隨他學習縱橫之術，遊走於諸侯之間，頗得信用——蘇代在楚國為大夫，蘇厲則在燕國為客卿。

蘇代和其兄蘇秦一樣，主張關東六國合縱抗秦，然而畢竟身在秦國國都，言語不敢放肆，只是隨意與藺相如談論一些時事。不知不覺已兩個時辰過去，又邀請藺相如和副使趙奢晚上到楚國驛館赴宴，這才起身告辭。

藺相如剛送走蘇代，便有侍從引著一名秦兵士卒進來。那士卒道：「貴國趙副使在市集中殺了人，已被白將軍扣押，將軍命臣來請使者君過去。」藺相如大吃一驚，道：「趙副使殺的人是誰？」士卒道：「玉工汲恩。」

藺相如便不再多問，乘車跟著士卒來到市集西邊的玉肆。此時正值太陽落山，人們正四散歸家，咸陽市集的人流少了一大半。不過，玉肆門前仍舊圍了不少聞訊趕來看熱鬧的人，但都被士卒攔在外面。

大良造白起正在堂中徘徊，臉色陰鬱。趙奢被收繳兵刃，押在一旁，神色極為焦急。玉工汲恩的屍首仰天躺在堂首的桌案後，面帶驚色且容顏扭曲，想必被殺前見到什麼駭人之極的事。

趙奢一見到藺相如進來，忙道：「藺大夫來得正好，我沒有殺人，你快些向白將軍證明。」

白起冷笑道：「你沒有殺人，那麼為什麼巡視的士卒親眼看到你將匕首從汲恩的胸口拔出來？」趙奢急道：「我已經說了好多遍，我到這裡的時候，汲恩就已經死了，我看他胸口的匕首很像我丟失的兵刃，一時好奇，就拔了出來。」

白起道：「藺大夫，你相信這套說辭麼？」藺相如道：「我相信證據。」

白起道：「好，我就給你證據。幾日前在章臺大殿上的時候，我曾親眼看到趙奢對玉工汲恩怒目而視，因為你猜到是他將和氏璧重現趙國的消息稟報給我國大王，對也不對？」趙奢道：「這點我承認。」

白起道：「那麼殺死汲恩的是不是你的兵器？」趙奢道：「是。」白起道：「有殺人的動機，有凶器，又被士卒當場擒獲，這些還不是鐵證麼？」

藺相如道：「趙君，我想聽聽你的說法。」趙奢道：「是。」當即詳細說了經過。

原來，趙奢從宣太后寢宮出來時，正好遇見玉工汲恩，就叫了他一聲。誰知汲恩只古怪地看了他一眼，便像望見鬼魅般慌慌張張地跑開。趙奢遂出來咸陽宮，在宮門領回兵刃時，意外發現少了匕首。他除了身佩長劍，還習慣在長靴中插一柄匕首。但守門的秦軍士卒無論如何都不肯承認有人偷拿了匕首，甚至還驚動了正好路過的白起。趙奢心中有事，見實在找不到，也就算了。

回來咸陽城中時，忽有人在北門攔住他，稱玉工汲恩請他去一趟玉肆，有要事相告。趙奢想起之前汲恩的怪異之處，懷疑有什麼隱祕之事，遂謝了帶信人，逕直來到市集的玉肆。他進來大門時，汲恩正伏在桌案上，似在打盹。他叫了兩聲，覺得蹊蹺，上前扶起汲恩的肩頭，才發現他頭部綿軟無力，人已死去，胸口插著一柄匕首，而那匕首似乎正是他在咸陽宮門索回不得的兵器，忙拔了出來。

正好這時有一隊秦軍士卒經過，看到了這一幕，當即擁進玉肆將他抓了起來。趙奢努力解釋一番，卻無人相信，便要求滯留在玉肆中，請秦軍士卒到趙國驛館請藺相如來。他曾親耳聽到藺相如對李兌一案的分析，其人僅憑現場的觀察便能推斷案發情形，八九不離十，可謂神人，相信他一定能查明真相，還自己清白。

藺相如聽完經過，問道：「趙君到咸陽宮做什麼？」趙奢道：「我原是想請太后出面，遊說秦王放棄以城易璧，但太后沒有同意。」

藺相如點了點頭，不再說話，上前仔細查看了一番屍首，又問道：「凶器呢？」白起便命士卒奉上匕首，道：「我已讓牢隸臣驗過，傷口與匕首完全吻合，這柄帶血的匕首就是凶器。」

藺相如道：「趙君，請你伸出雙手。」趙奢便伸出手來，左手染有血跡，右手卻乾乾淨淨。藺相如又道：「脫下你的靴子。」趙奢不明所以，但仍依言將靴子脫了下來。

藺相如將兩隻靴子舉起來，拿給白起和士卒一一觀看。

白起不解地問道：「藺大夫這是要做什麼？」藺相如道：「白將軍，你應該看得很清楚——趙奢左手上有血，右手上一丁點血絲也沒有；左腳的靴子內裡有磨痕，右靴卻完好無損。可見他插刀、拔刀都習慣用左手。」白起這才恍然大悟，道：「不錯，我也留意到趙奢不似尋常人那般將劍佩在左腰處，而總是拿在右手上。」

藺相如道：「但這名殺死汲恩的凶手卻是用右手。將軍看到這血手印了麼？這上面的印跡是趙奢拔刀時留下的，虎口在左，拇指向右，顯出他用的是左手。再看這拇指印下面的殘留印跡，卻是虎口在右，拇指朝左，這分明是那凶手留下的。」

白起仔細一看，果然如此，一時沉吟不語。

藺相如道：「將軍再想看看，趙奢是趙國副使，正為和氏璧一事而日夜犯愁，去咸陽宮也是為了此事，怎麼可能節外生枝，在這個時候殺死汲恩。事已至此，殺死汲恩，對趙國、對趙奢個人，能有什麼好處？」白起道：「話雖如此，但趙奢才剛丟了匕首，匕首旋即又成為殺死汲恩的凶器，這也未免太巧了。」

藺相如道：「這不是巧合，而是有人刻意為之。趙奢的匕首在咸陽宮門丟失，有什麼人能從士卒那裡偷到匕首？又是誰有意引誘趙奢來到玉肆，好嫁禍給他？這個人的目的到底是什麼，是挑撥秦、趙相鬥，還是要破壞以城易璧一事？這些才是將軍該擔心之事。」

白起也是個精明之極的人，立即明白藺相如的暗示，道：「這件事我們秦國自會調查清楚。既然趙奢無罪，這就請藺大夫帶他回驛館歇息吧。不過，這柄匕首是凶器，我可要扣下。」趙奢道：「是，將軍請便。」

藺相如引著趙奢出來，上了車子，這才問道：「趙君到咸陽宮見宣太后到底是要做什麼？」趙奢便大致說了經過，連之前宣太后有意留他做男寵的事也沒有隱瞞，道：「我答允了太后，太后也答應出手相助。若是大夫君信得過我，同意這個計畫，我今晚就能將和氏璧送出去。」

藺相如良久才歎道：「婦人的心機，當真深不可測啊。」趙奢問道：「大夫君信不過宣太后麼？」藺相如搖了搖頭，道：「無論信不信得過，都只能冒險一試，這也是唯一的辦法。」趙奢道：「我也是這麼想。宣太后若是想玩弄我們或趙國，有的是法子，她既答應了我，應該不會食言。」

藺相如道：「既然如此，趙君便依計行事。」又道，「不巧的是，今晚楚國太子設宴為使臣蘇代餞行，邀請了你我同去赴宴。」趙奢道：「我斷然是去不得了。」藺相如道：「我就說你身子不適，替你向楚太子辭謝。」

回來趙國驛館時，天已經完全黑了下來。

藺相如回來房中，將和氏璧從盒中取出，用舊衣衫包了，交給趙奢，道：「小心行事。」趙奢自知這一走，藺相如等人多半要有性命之虞，問道：「大夫君可還有什麼要交代的麼？」

藺相如搖了搖頭，反問道：「趙君可有孩子？」趙奢道：「我有一子，名叫趙括，一直養在燕國，這次離開邯鄲前才剛剛接回趙國。」本以為藺相如也會提起家眷之類的話，哪知道他沉思許久，只道：「趙君多保重。」

趙奢本是軍人出身，果敢堅毅，雖覺傷感，還是毅然出門，回房略微收拾了行囊，吹滅燈燭，靜坐在黑暗中等候。藺相如則略做梳洗，換了衣衫，帶了李銀等侍從到隔壁楚國驛館赴宴。

李銀尚不知趙奢之計，問道：「趙副使不來麼？」藺相如也不說明真相，道：「趙副使說心中煩悶，不願出門，只好由他去了。」

楚國驛館的建制比趙國驛館大許多，還帶有一處園苑，不知是不是因為宣太后是楚國人的緣故。當年楚懷王被誘來秦國，就是被軟禁在這裡，最終也死在這裡，屍首運回楚國安葬。而今他的孫子太子熊完也被迫來到秦國做人質，前程、命運難卜。

畢竟是楚太子居住之所，驛館布置得頗為華麗，侍從眾多，不似趙國驛館那般清冷。太傅黃歇親自出迎，將藺相如等人引入堂中。楚國太子熊完正與蘇代在商議什麼，見客人到來，忙下堂迎接。

蘇代不見趙奢，頗為驚異，問道：「趙副使不肯賞光赴宴麼？」藺相如道：「趙副使身子不適，不宜出門。不過，他請我轉致謝意。」蘇代不由得轉頭看了黃歇一眼，露出了躊躇之色。黃歇忙道：「無妨，改日再請趙副使也是一樣的，只是蘇大夫明日就要啟程回楚國了。」

今晚只請了趙國使臣一行，既然賓客已至，遂命開宴。

主人熊完席地坐在堂首的方形大帳內，面前設一長方形木製大案，裝飾有豔麗的漆繪圖案。案上有一大托盤，托盤內放滿鼎、杯、盤等餐具。主人席位兩旁各有一排賓客席，諸人就坐。侍者依次奉上酒水、食物，酒是楚國特產的苞茅縮酒，食物則是米飯和炙肉。因時人烹煮肉類食物時不放任何調料，又有小碗分別盛裝著飴[1]和鹽，放在各人面前，供食用時蘸取調味。

當時，北方諸侯國如秦國、趙國均以粟為主食，很少能見到稻米。李銀坐在下首，他從未吃過楚國的食物，聞著酒肉俱香，尤其是那碗白米飯更是從所未見的稀罕物，頗有大快朵頤之心。正將手伸向炙肉時，卻發現上面有一根三寸長的頭髮，再看旁邊的米飯，混著一根半寸長的雜草，心中頗感噁心，不由自主地皺起了眉頭。

黃歇立即留意到了，問道：「怎麼，食物不合李君口味的麼？」李銀道：「當然不是，是這上面有異物。」

黃歇搶過來一看，發現了肉飯中的蹊蹺，不覺很是尷尬。

熊完雖然年幼，卻長期在秦國做人質，受盡委屈，早積壓了一腔強烈的怒氣，忽見手下人弄得在賓客面前失了面子，登時發作起來，叫道：「來人，立即將宰人[2]和為李君進食的婢女全部處死。」

侍立在李銀背後的婢女媚兒一聽，當即軟倒在地，手中酒器跌落在地上，灑了一地，一股濃郁的酒香登時彌漫開來。熊完見她當眾失禮，心中更怒，連聲喝道：「快些將這賤婢拖出去殺了。」藺相如忙止住侍衛，道：「請等一等！太子，這件事未必就是宰人和婢女的錯，人命關天，還是先弄清楚為好。」

他是客人，熊完少不得要給幾分面子，便點了點頭，示意侍衛放開媚兒，問道：「那麼藺大夫認為是誰的錯？」藺相如道：「請太子稍候。太傅君，請你陪我走一趟。」

在眾人驚愕的目光中，藺相如起身出堂，過了一刻工夫才又回來，道：「宰人無罪，婢女只是小過。」

熊完、蘇代等人均是大奇，忙問原因。

藺相如道：「我剛才和太傅君到廚房看過，砧板上切肉的刀是新磨的，非常鋒利。用這樣的利刃切肉，筋皮都能切斷。各位請看自己面前的炙肉，大小不過一寸，而這根頭髮卻有三寸，並沒有被切斷，因此這不是切肉人的過錯。我又查看了烤炙肉塊的用具，所用的炭是最好的桑炭，鐵爐也不錯，用這樣的炊具烤出的肉焦黃，但一根三寸長的頭髮卻沒烤焦，這不像是烤肉者的責任。由此可以推斷，宰人無罪。」

蘇代道：「有理。肉上的頭髮一定是婢女奉食時掉落的。」

藺相如道：「婢女髮長過尺，挽著雙髻，紋絲不亂。況且進獻食物時須得舉木案過額頭，不大可能掉頭髮到肉上。這頭髮多半是根舊髮，落在堂中什麼地方，適才人進人出，穿梭如風，帶得它飛到了肉上也說不準。」

熊完大覺新奇，問道：「那麼藺大夫又如何說婢女只是小過呢？」

藺相如道：「我到這位媚兒的臥室看過，床上鋪的草席破舊，編席的繩子都折斷了，草也碎了。她睡在這樣的臥具上，有草黏在衣服上也不足為奇。又進進出出地在堂中侍奉，偶爾有身上的雜草掉進飯裡，也是有可能的。各位請看，這是我從媚兒臥室撿來的席草，跟她衣衫背後的這根，與飯裡的雜草比照，是一模一樣的。太子，臣以為，媚兒不僅不該受罰，還該賞新臥具和新衣服。」

熊完轉頭去看黃歇，見他點點頭，只得道：「好，就依靠藺大夫所言。」

宰人和媚兒莫名經歷一場死裡逃生，慌忙上前拜謝。

蘇代哈哈笑道：「有趣，有趣。藺大夫，來，我敬你一杯。」眾人便輪番敬酒，正酣熱之時忽聽見外面有人高聲叫道：「奉太后之命，為楚國使臣蘇代君送酒餞行。」即有侍從奔進來稟告道：「秦國大夫魏醜夫到了。」熊完登時色變，脾氣和善的蘇代也明顯露出不豫之色來。宣太后執掌秦國朝政，不派別的大臣，非要派她的男寵來賜酒，分明隱有侮辱輕視楚國使臣的意思。

黃歇卻立即堆滿笑容，道：「快請，快請。」轉頭向熊完連使眼色。熊完儘管不快，還是不得不親自出堂迎接，蘇代等人均跟了出去。

藺相如心道：「想不到宣太后會派魏醜夫來接應趙奢與和氏璧。這位太后行事，當真處處出人意料。」想了一想，正欲跟著出堂，那婢女媚兒卻奔過來扯住他的衣衫，輕聲叫道：「恩人留步。」

藺相如道：「你有事麼？」媚兒臉色緋紅，眨了幾下眼睛。藺相如見她神色有異，心中一動，便道：「李兄，你代我去迎接魏大夫，我得去方便一下。」有意往茅廁方向而來，見左右無人時，便停了下來。

媚兒跟了過來，拜謝道：「媚兒多謝恩人救命之恩。」藺相如道：「不必如此。你還有別的話要對我說麼？」媚兒道：「嗯。」回頭張望了一下，確認四周沒有人，才道，「我昨夜偷聽到他們談話，太傅預備派人去你們趙國驛館盜取和氏璧，他們今晚設宴，是有意將恩人絆在這裡。恩人得趕緊回去驛館，好行防備。」

藺相如大出意外，微一沉吟，即道：「我知道了，這回可要多謝你。你先回去，免得旁人起疑，我遲些就來。」媚兒點點頭，轉身匆匆去了。

藺相如凝視她瘦小的身形消失在黑暗中，心道：「和氏璧原是楚國之物，楚國起意奪回也不奇怪。媚兒的話應該不假，天下人都在關注秦趙以城易璧一事，咸陽城中更是沸沸揚揚，但自我踏入楚國驛館以來，楚國人未有隻言片語提及和氏璧，原來是在刻意迴避，顯然是怕事發後懷疑他們。適才進堂時，蘇代不見趙奢與我同來，神色更是有異。

「楚太子因為下人的一點小過錯，便欲當著賓客殺人立威，他一個小毛孩子情有可原，黃歇身為太傅，卻不加勸阻，原來也是有意沉默，無非是想拖延時間，轉移我的視線。可是眼下秦強楚弱，連楚國太子自己也在秦國為人質，和氏璧一旦失竊，楚國必然成為首要懷疑對象，黃歇、蘇代均非凡人，難道沒有考慮到這一層干係麼？又豈能為一塊玉璧因小失大，無端為楚國引來戰火？這其中一定另有緣故，抑或黃歇等人已布下周密計畫，自有人出面當替罪羊。」

一念及此，大為焦急——他雖已將和氏璧交給趙奢，並不擔心楚國能盜走玉璧，但按照事先的約定，宣太后今晚會派人從楚國驛館接應趙奢，現在看來，接應的人就是魏醜夫，趙奢應該正等候在趙國驛館的牆下。楚國一方派去盜竊和氏璧的人肯定也是打算翻牆到趙國驛館，萬一正好撞上趙奢，那麼今晚偷運和氏璧出趙國驛館的計畫可就全泡湯了。無論如何，都須得立即阻止楚國人的計畫。最好的方法，莫過於他立即回去趙國驛館，那麼楚國人猜到計畫暴露，自會取消行動。但這樣一來，黃歇等人多半會懷疑到媚兒身上，她的下場可想而知。

略一遲疑，藺相如便急忙趕回來正堂。魏醜夫已被熊完等人迎來堂中，見到藺相如也在楚國驛館做客，極為驚異，道：「趙國使者居然還有閒心來這裡。」言外之意，無非是暗指藺相如該留在趙國驛館張羅接應事宜。但在不知情者如黃歇等人聽來，則以為是說趙國獻璧之日即到一事。

藺相如忙道：「倒讓魏大夫見笑了。相如本日夜為了以城易璧一事煩憂，幸虧楚國太子善解人意，借為蘇代君回國餞行之機設酒備宴，加以勸導撫慰，力主該將和氏璧獻給秦王，相如才放寬了心。」

熊完根本沒談到和氏璧一事，忽聽到藺相如如此說法，不覺面有詫色，轉頭去看黃歇。

黃歇忙道：「理該如此，理該如此。」魏醜夫笑道：「我倒是聽說有不少諸侯國想暗中爭奪這和氏璧。藺大夫，你這兩日可千萬要當心。」

魏醜夫不過隨口一說，說者無心，聽者有意，熊完到底還是個孩子，遇事不穩，臉色當即大變。

蘇代忙道：「這裡可是咸陽，和氏璧即將是秦國之物，誰敢在秦王眼皮底下動手，那不是活得不耐煩了麼？」魏醜夫笑道：「這話倒說的極是。」黃歇賠笑道：「各位請入席就座吧。來人，快些上酒上菜。」招手叫過一名侍從，低聲囑咐了幾句。

藺相如瞧在眼中，猜想黃歇萬萬預料不到魏醜夫今晚會來楚國驛館，又琢磨不透趙奢因何故留在趙國驛館中，心底犯了嘀咕，絕對不會再冒險盜璧，一塊石頭這才放了下來。

趙奢從藺相如那裡取到和氏璧後，便一直等在房中。到戌時摸黑出門，來到驛館的東牆下。隔壁楚國驛館內有輕微的觥籌交錯和人語聲傳來，除此之外，再無別的動靜。

又等了好一會兒，漸有車馬聲傳來，似有一大群人停在楚國驛館門前。隨即有人高聲叫道：「奉太后之命，為楚國使臣蘇代君送酒餞行。」驛館一下子騷動起來，人進人出，腳步聲不斷。

又等了一會兒，對面牆下傳來一聲咳嗽聲，趙奢便輕輕咳嗽了一聲做為回應。片刻後有一根繩索從對面扔了過來，趙奢將長劍和玉璧斜繫在背上，攀著繩子爬上牆頭，見牆下貓腰蹲著兩名內侍打扮的男子，便輕身躍下。

一名內侍收起繩索，另一人上前問道：「和氏璧呢？」趙奢道：「在我身上。」

內侍道：「你這身胡服怎麼出得了大門？幸好太后早有準備。」扔過來一個包袱，裡面卻是一套內侍的衣衫、鞋帽。趙奢只得將長劍和和氏璧解下交給內侍，換過衣衫，將和氏璧藏在長袍下，這才跟著兩人出來。

剛到大門處，忽聽見正堂中金刃聲、驚呼聲陡起，似出了什麼重大變故。守衛驛館大門的是秦軍士卒，聞聲立即封鎖大門，不准人出去。趙奢和那兩名內侍也只能乾等在一旁。

過了一會兒，宣太后的男寵魏醜夫悻悻帶著侍從出來。一名內侍忙迎上前問道：「出了什麼事？」魏醜夫道：「有刺客。」趙奢吃了一驚，忙問道：「可有人受傷？藺大夫人可還好？」魏醜夫道：「刺客已經被當場格殺了，只刺傷了楚國太子。」

內侍道：「楚國驛館守衛森嚴，哪裡來的刺客？」魏醜夫不耐煩地道：「不知道，大約是從隔壁趙國驛館翻牆過來的。」轉頭瞪了趙奢一眼，道，「事情辦妥了麼？我們走吧。」

出來楚國驛館時，魏醜夫叫過趙奢：「太后已安排好了，明日一早自會派人送你出關。你只須老老實實地等著。」叫過一輛車子，命車夫送趙奢去安置之所。

趙奢便上了車，一路馳來西城門的一處宅子。車夫道：「趙君只須安心休息，養足精神，明日一早自會有人來接你。」

趙奢滿口應了，進屋睡下。卻哪裡睡得著，一想到此行吉凶難料，即便自己能夠順利攜璧返回趙國，藺相如一行必有不測之禍，心頭越發沉重。

趙奢耿耿難寐，忍不住解開舊衣衫，一邊撫摸和氏璧，歎道：「和氏璧啊和氏璧，你到底有什麼好，給趙國惹來這麼大的風波？換作我是趙王，一定寧可犧牲你，也要換回藺大夫的性命。」歎息一番，驀然想起一件事——和氏璧號稱夜光之璧，能在黑暗中自然發光，眼下正是夜晚，為什麼不見一點光亮呢？

他心中恍然明白了過來，心道：「一定是那兩名內侍趁我換衣衫時換走了和氏璧，我終究還是上了宣太后的大當。藺大夫親手將和氏璧交給我，卻被我失落，而今不但不可能完璧歸趙，藺大夫一行人大概也活不成了。這些都是我自作聰明，一手造成的後果，我……我是趙國的罪人。」身子如墜寒窟，通體冰涼。驚悔交加，卻又無可奈何，忍不住涕淚縱橫起來。

哭了一回，他心中越想越氣，便脫下內侍的衣服，揹上那塊假和氏璧出來房中，預備連夜回趙國驛館找藺相如商議。正順路上茅廁時，忽見一名黑衣人翻過土牆，敏捷地躍入院子中。

那人四下一望，走過去開了大門，又進來三名男子，手中均舉著明晃晃的兵刃。四人相互點點頭，一齊闖入房中。只聽見「劈劈啪啪」一陣亂砍聲，隨即燈火點著，有人詫聲道：「人不在這裡！」又有人道：「趕快搜一搜。」過得片刻，四人一起出來，在庭院中搜索一番，亦無所獲。

一名男子道：「奇怪，人怎麼會不在呢？沒有太后交付的關傳，他出得了咸陽城，也出不去函谷關啊。想回去趙國，比登天還難。」另一人道：「也許他根本就不信任太后，只是要利用太后帶著和氏璧逃出趙國驛館，既然目的達到，一到這裡，他就趁機逃走了。」又有一聲音沙啞的男子道：「多半是如此。他應該還沒有發現和氏璧是假的，不然不會逃走時連假璧也帶上。現在是半夜，城門還沒有開，他人還在咸陽城裡，趕快派人去監視趙國驛館，他們一定會暗中與趙奢聯絡。」

四人計議一定，便摸黑出門去了。

趙奢一直躲在茅廁的門板後靜聽，心道：「原來宣太后不但要偷梁換柱奪取和氏璧，還要派人殺我滅口。這樣一來，藺大夫以為我帶著和氏璧回了趙國，而實際上卻沒有，天下人都會以為是我趙奢私自截留了和氏璧。如此歹毒之計，只有宣太后才能想得出來。世人盛傳她當年以美色誘惑秦國內廷校尉孟說，炮製了所謂秦武王舉鼎的『失手』，看來也是真的了。我真是愚蠢到家了，居然會主動送上門去向她求助。」

他情知無法再回趙國驛館，索性重新掩上大門，回來房中躺下，苦思對策。到天濛濛亮時，忽聽得門前有車馬聲，隨即有人拍門叫道：「趙君睡醒了麼？」

趙奢舉劍出來，開門一看，卻是昨晚送他來這裡的車夫，當即將車夫扯入院中，挺劍逼住對方胸口，喝道：「你好大膽子，居然還敢來這裡裝模作樣。」那車夫吃了一驚，道：「臣是宣太后的家奴向景，是奉太后之命來送趙君出函谷關，趙君何以如此有敵意？」

趙奢扯著向景來到房中，指著床上被砍爛的草席道：「這是昨晚太后派來的殺手做的好事，如果不是我湊巧不在房中，早就被砍成一堆肉泥了。她是因為昨晚那些人未能得手，今日又派你來查看究竟的麼？」向景滿面愕然，半晌才問道：「什麼殺手？」趙奢見他神色不似做偽，道：「你當真不知道？」

向景搖了搖頭，道：「你是太后喜歡的男子，太后要殺你，一定會親自動手。而且她也不會一刀殺死你，就這麼讓你死個痛快，她會慢慢地折磨你，讓你求生不得，求死不能。」趙奢冷笑道：「這聽起來倒是符合宣太后的行事作風。」放開向景，收起長劍，道，「帶我去見太后。」

向景道：「今日是大王吃齋的最後一天，明日就是趙國使臣獻上和氏璧的日子，你不該趕快離開咸陽麼？」趙奢道：「這是一塊假璧，我要當面問太后，真的和氏璧去了哪裡。」向景這才會意過來，「啊」了一聲，忙道：「趙君請隨我來。」匆匆領著趙奢上車，一路馳來咸陽宮求見宣太后。

江芈還尚未起床，聽到家奴向景緊急求見，便簡略穿了衣衫，命男寵魏醜夫扶自己出來。她一頭瀑布般的秀髮披散在背後，漆黑閃亮，任誰從背面看到，都不會想到這是一名六十多歲的老嫗。

江芈問道：「你不是該去送趙奢出關了麼，又進宮來做什麼？」向景為難地道：「嗯，這個……趙君人不見了。」江芈很是驚異，隨即省悟過來，道：「原來趙奢小子並不相信我。」

魏醜夫道：「臣早告訴過太后，趙國人不可信。趙奢不過是看出太后喜歡他，因此想利用太后逃出驛館，其心可誅。」向景道：「魏大夫說的極是。趙奢不識好歹，冒犯了太后，一早出城，也走不了多遠，不如立即派人前往函谷關攔截。」

魏醜夫忙請命道：「此事不能張揚，以免大王知道太后暗中襄助趙國使者一事，不如由臣領人去追。」江羋道：「也好。追到趙奢，也別殺了他，帶他回來見我。」魏醜夫道：「遵命。」行了一禮，匆忙出去。

等魏醜夫出了門，江羋這才問道：「你連使眼色，鬼鬼祟祟，到底有什麼話要說？」向景道：「臣請太后見一個人。」到隔壁帶了趙奢進來，詳細稟明了經過。

江羋臉色由紅轉白，又由白轉紅，眉目陡然變得陰森起來，問道：「你明明猜到是誰在搗鬼，剛才為什麼不說？」向景道：「臣也不能十分肯定。況且要尋到和氏璧，還得著落在他身上。」江羋冷笑幾聲，道：「嗯，你做得很好，這就持本太后符節，從白起那裡調一隊兵馬，去辦事吧。」向景道：「遵命。」

江羋招手叫過趙奢，問道：「你本來也懷疑是本太后派人殺你麼？」趙奢道：「是。因為臣實在想不到太后手下人居然敢背著太后做這種事，現下臣知道錯怪了太后，臣願意向太后認錯。」

江羋見他率直誠懇，不由得又回憶起往事來——當年母親華容夫人遇刺，她一度被孟說懷疑，她一怒之下向父王坦白了刺客是受母親指使的真相。從那時候起，她的人生就完全改變了，她從父王眼中再看不到慈愛，她嫁來秦國的命運成為定局。如果當時孟說一力站在她這一邊，自始至終地關愛她，情形又會是什麼樣子？應該不會有她今日秦國王太后的地位吧。

趙奢見她悠然神思，嘴角一度泛起微笑，雖不忍心驚擾，還是不得不催問道：「明日就是獻璧之日，太后尋回和氏璧後預備如何處置？」江羋回過神來，道：「趙君放心，我會按照約定送你出關。但你也要記得你答應我的事。」趙奢道：「是，今年之內，齊國客卿蘇秦一定會死。太后只須在咸陽等著好消息。」

江羋道：「你殺死齊國重臣，不怕齊國怪罪到趙國頭上麼？」趙奢道：「蘇秦在齊國與孟嘗君爭權已久，想殺他的人絕不只太后一個。況且臣久在燕國，知道蘇秦的一些祕事，臣可以用這些來對付他。」江羋道：「聽你口氣，好像並不怎麼喜歡蘇秦，他不是還被你們趙王拜過相國麼？與你們趙國的前任相國奉陽君李兌，關係也十分要好。」

趙奢道：「臣聽說當年蘇秦學有所成後，最早來的是秦國。但秦惠王剛剛車裂了商鞅，憎恨外國人材，故而沒有理睬他，蘇秦遂決意聯合其他六國合力攻秦。僅此一件事，便可知道此人不過是棵牆頭草，一切作為都是為他自己牟取聲名利益；當年若是秦惠王收留了他，斷然就沒有後來聲勢浩大的合縱。這些所謂的縱橫之士，不過是靠嘴皮子功夫在諸侯中遊走，蘇秦此人尤其如此。」

江羋笑道：「我本來是要出一個難題給你，看來要你殺蘇秦並不如何為難。我倒越發覺得你見識不凡，頗有幾分趙雍的氣度，興許將來會成為秦國的心腹大患，我是不是該殺了你？」趙奢道：「太后要殺臣，也須得在完成與臣之間的約定後。」頓了頓，又道，「如果太后明日肯出面在大殿上救我國使臣藺相如一命，臣完璧歸趙後，願意再回來咸陽領死。」

江羋笑道：「你倒是會算計，莫非你當真以為我捨不得殺你？」趙奢道：「臣不敢肯定。其實太后早已擁有了一切，世上多死一個人，多活一個人，對太后而言，又有什麼分別？若是太后肯如臣所請，出手相助，臣自會念念不忘，即便身在趙國，也會感激太后今日之恩情，一生一世，至死不渝。」

江羋聽了他最後一句話，心中若有所感，堂中一時沉默下來。

到正午時，向景終於回來了，風塵僕僕，臉有疲色。

江羋見他空手而回，十分錯愕，問道：「和氏璧呢？」向景道：「臣有辱使命，只在咸陽城外追到魏醜夫，沒有發現和氏璧。不過，魏大夫身邊的人都不是咸陽宮的侍衛，而是魏國人，一行人正預備逃離秦國。臣已將他們盡數擒拿，押到白將軍的軍營中拷問。有人受刑不過，招出確實是受魏醜夫指使，在楚國驛館偷換了和氏璧。昨夜去殺趙君的四名殺手，也都是魏醜夫派去的魏國人。但和氏璧的下落，只有魏大夫一人知道。」

江芈道：「魏醜夫人呢？」向景道：「臣不敢擅自對魏大夫用刑，因此將他綁來了咸陽宮，聽候太后發落。」江芈道：「帶他進來。」

向景走到門邊喊了一聲，便有兩名侍衛押著魏醜夫進來，帶到堂中，迫他跪下。他雖暫時沒有受到刑訊，模樣卻甚為狼狽，頭髮凌亂，白玉般的臉上有不少污跡。

江芈冷笑道：「魏醜夫，你背著我做的好事！我實在想不到，你居然有這樣的膽量！」

魏醜夫主動請命去追捕趙奢，原是要殺人滅口，一見到趙奢安然無事地站在一旁，便知道所有的事情全敗露了。他倒也不十分驚慌，只垂下眼簾，默不作聲。

江芈見這素來柔順的男寵忽然變得倔強起來，沒有絲毫乞憐之意，登時怒不可遏，喝道：「給我掌他的嘴。」一名侍衛上前，左右開弓，摑了魏醜夫十來個耳光。那張白玉般的俊臉登時又紅又腫，完全變了一副模樣。魏醜夫哼也不哼一聲，也不告饒。

侍衛還要繼續動手，趙奢忙道：「等一等，太后不妨先問問他和氏璧在何處。」江芈冷笑道：「你看他這副樣子，會輕易說出和氏璧的下落麼？來人，斬掉他一雙腳，看看他以後怎麼跑回魏國。」

趙奢道：「等一下！」上前勸道，「魏大夫，你久在太后身邊，早該了解秦國的實力，得罪了太后，即便你逃回魏國，魏王也不敢收留你，天下之大，再也沒有你容身之地。」魏醜夫道：「誰說我要逃回魏國的？我出咸陽，只是要去追殺你，誰想到你居然躲來了咸陽宮。」

趙奢道：「那麼和氏璧一定還在咸陽城中，你將它藏到了哪裡？」魏醜夫冷笑道：「我憑什麼要告訴你？你們趙國明日交不出和氏璧，秦王必然會殺了使者，即便僥倖逃過一命，你回去趙國也一樣是死。」

趙奢道：「這麼說，你做的一切都是為了報復我？」

魏醜夫道：「正是。太后，臣絕無背叛秦國之意，只是臣見到太后對這趙奢青眼有加，甚至一再縱容他的無禮，臣擔心就此失寵，難忍心中嫉妒，才想了這個法子對付他。」

江芈很是意外，問道：「你換走和氏璧，又派人殺他，只是因為嫉妒趙奢？」魏醜夫道：「正是。太后給了我榮華富貴，功名利祿，我又不是傻子，怎麼可能為了一塊和氏璧而背叛太后？」江芈道：「那好，你將和氏璧交出來，讓趙君先送回趙國，我自會原諒你。」魏醜夫道：「不，臣愛慕太后至深，不願意看到太后移情到趙奢身上，臣寧願自己死，也非要除去他不可。」

他稱是為了與趙奢爭奪宣太后的寵愛，而謀奪和氏璧，一旁向景等人聽得目瞪口呆，江芈卻是滿心歡喜。她已年過六旬，還有年輕男子為了她不惜布下陰謀詭計除去情敵，這無疑令她的虛榮心得到極大滿足。況且她歷來喜歡有個性的男子，忽見魏醜夫為了固寵變得傲骨錚錚，越發覺得他可愛可敬，忙命侍衛扶他起來，解開綁繩，又命宮女從藏冰的凌室取冰塊為他敷臉。

一旁的向景瞧在眼中，不由得暗暗著急。他雖是奉太后之命追捕魏醜夫，但肯定會因此與其結怨，萬一這位美男子在太后枕邊不斷吹風報復，他的處境就危險了。當即附到趙奢耳邊，低聲說了幾句。

一語驚醒夢中人，趙奢得到提醒，忙到隔壁房中將那塊假和氏璧取來，道：「太后請看，這就是昨日魏醜夫命人暗中調包的假璧。」江芈道：「嗯，這玉璧外形看起來倒是跟真的和氏璧一模一樣。」驀然會意了過來，轉頭狠狠瞪視著魏醜夫。

那玉璧雖非和氏璧，但同樣潔白無瑕，也是由上好的玉石雕琢而成，打磨這樣的玉璧費時費力，絕非短短十餘日內能夠完成。而十餘日之前，趙奢根本還沒到達咸陽，江芈還沒見過他的面，根本談不上一見傾心，那麼，魏醜夫與趙奢爭寵一事也就無從談起。

趙奢道：「是你殺了玉工汲恩，對不對？」

當初玉工汲恩從趙國逃到秦國，為了在咸陽立足，向秦昭襄王稟報了和氏璧重現趙國之事。秦昭襄王愛慕和氏璧的美名，很想見上一見，便寫信給趙王，提出以城易璧。趙國明知可能是騙局，還是不敢拒絕。而魏醜夫聽到趙國要將和氏璧送來秦國的消息後，立即動了心思，找到玉工汲恩，許以重金，以宣太后的名義請他依照和氏璧的樣子雕琢一塊玉璧。

昨日趙奢在咸陽宮中遇到汲恩，便是玉璧已雕琢完成，汲恩特來送璧。魏醜夫既是背著宣太后行事，當然要殺汲恩滅口，正好他見到趙奢呼喚汲恩，遂決意以趙奢為替罪羊，到咸陽宮門處取了趙奢的匕首，趕去玉肆刺死汲恩，又派人誆騙趙奢去到玉肆。但想不到，他回宮之後，宣太后已決定幫助趙奢，並派他晚上到楚國驛館接應。他因而十分後悔，生怕趙奢陷入汲恩命案難以脫身。幸好趙國使臣藺相如機智無比，僅憑凶器上的血指紋便替趙奢解了圍。

江羋道：「原來你早有預謀。魏醜夫，我倒真是小瞧你了。」魏醜夫深知江羋性情，本已可以靠口舌功夫脫罪，卻因假玉璧被揭破心機，又是沮喪又是憤怒。他知道事情再無轉圜之處，當即昂然道：「不錯，這幾年來，臣不過是太后腳下一條搖尾乞憐的狗，太后從來就沒有放在眼中，試問太后可有將臣當成一個人看過？」

江羋道：「你是魏國進獻給本太后的禮物，你可有想過，你做出背叛本太后的事，會為魏國惹來兵禍？」魏醜夫道：「事已至此，臣願意交代出和氏璧的下落，但我要太后保證不會因此報復魏國。」江羋笑道：「你在魏王眼中只是一件諂媚秦國的物品，想不到你居然還有忠君愛國之心。」

魏醜夫道：「忠君愛國不敢說，但臣既然生為魏國人，又是魏國公子，也該為魏國盡一分力。臣知道太后垂青趙奢是因為他身上有孟校尉的影子，臣若是不交出和氏璧，趙奢無論如何都難逃一死，只不過是死在秦國還是死在趙國的分別，太后難道忍心看到這一切發生麼？請太后速做決定，再遲可就來不及了。」

江羋微一沉吟，即笑道：「不枉你在我身邊這麼多年，倒真是我肚子裡的蛔蟲。好，我答應你，只要你交出和氏璧，我絕不會興兵報復魏國。」魏醜夫知道江羋雖恣意妄為，卻重信重義，答應了的事絕不會反悔，當即道：「一言為定。和氏璧就在楚國使者蘇代的車座下。蘇代已經離開咸陽回去楚國，太后若派出輕騎追趕，應該還來得及在函谷關截住他。」

原來魏醜夫頗有心計，他派人在楚國驛館換走和氏璧後，又就地將和氏璧放置在楚國使者蘇代車子的車座下，這樣不但可成功離間秦、趙兩國的關係，還能將盜竊和氏璧的罪名成功嫁禍到楚國頭上。事發後，秦國必然要興兵報復，同時應對南北兩面楚國和趙國，當然也無暇顧及魏國了。

向景忙道：「不如由臣帶著趙奢去追趕楚國使者，一旦取到和氏璧，臣順路就送趙君出關。」江羋點了點頭，道：「甚好。」趙奢上前深深行了一禮，道：「多謝太后。臣趙奢告辭。」江羋道：「趙奢。」趙奢道：「臣在。」江羋卻欲言又止，半晌才道：「你去吧。」等到向景和趙奢辭出，她這才將目光轉到魏醜夫身上，嬌笑道：「現在只剩下你了，本太后該如何處置你？」

魏醜夫本是魏國公子，生下來就嬌生慣養，自入咸陽宮以來，一直極得江羋寵幸，官拜大夫，錦衣玉食，享盡榮華富貴，迄今沒有吃過半分苦。但他也聽宮人議論過曾有忤逆太后的美男子被折磨得人不像人、鬼不像鬼，受盡磨難後才被殺死。雖也有所心理準備，但一想到那些難以忍受的刑罰要加至自己身上，還是不免心驚膽顫，當即哀告道：「臣背叛太后，早不存活命之念。求太后念在往日的情分，給臣一個全屍。」

江羋笑道：「你是我心愛的男寵，我不會殺你的。」魏醜夫大感意外，道：「太后要饒臣性命麼？」江羋笑道：「當然。你是魏國公子，殺了你，魏王不是要恨秦國入骨麼？不過，這件事也不能就這麼算了，我要罰你。」

魏醜夫見她笑得詭異無比，不由起了一身雞皮疙瘩，顫聲問道：「太后要如何罰臣？」江羋道：「來人，先割掉他的舌頭，再帶他去腐刑室行腐刑，傷好後發配到廚房做苦役，不准他踏出廚房一步。」

腐刑即是宮刑，透過割掉男子的性具來破壞人的生殖能力，對人身體和精神均是極大的摧殘。魏醜夫聞言大為驚恐，忍不住哀求道：「太后……求太后饒命。」江芈微笑道：「不是已經饒了你性命了麼？你先去吧，回頭我會來瞧你的。」

魏醜夫見哀告無用，便換了一副惡狠狠的口氣，怒罵道：「你這個無恥荒淫的死老太婆……」一語未畢，便被侍衛捏住下巴，強迫他張大嘴巴，一刀割下半截舌頭。血如潮水般湧了出來，腥腥鹹鹹，瞬間填滿口腔，再也說不出半個字來。

秦、趙兩國約定以城易璧的日子終於到了。

秦昭襄王一早便起床梳洗更衣，換上最莊重的冕服，擺出全副儀仗，前呼後擁地來到章臺大殿中。左右群臣、侍衛林立，凡是在咸陽的諸侯國質子、使者也都被召來觀璧，顯得隆重非凡。

然而，當藺相如在殷殷期待中步入大殿時，眾人驚訝地發現他空著雙手，並沒有攜帶玉璧。藺相如則不慌不忙地走上殿去，向秦王行禮。

秦昭襄王道：「藺大夫，寡人已如約齋戒五天，預備恭敬地接受和氏璧，並且傳令各國諸侯使者都來章臺觀璧，現在他們人都在這裡，就請你把玉璧拿出來吧。」

藺相如不疾不緩地道：「雖說秦趙同宗，但秦國自秦穆公以來，前後二十幾位君主，沒有一位是講信義的。往遠說，有杞子欺騙鄭國，孟明欺騙晉國；往近說，有商鞅欺騙魏國，張儀欺騙楚國。往事歷歷在目，臣也擔心被大王欺騙，有負我們趙國國君，所以五天前已派人帶著和氏璧從小道回趙國了。還請大王恕罪。」

秦昭襄王一聽之下便怒氣沖天，腔調完全變了樣，喝道：「藺相如，你好大的膽子！五天前你說寡人不恭敬，所以寡人齋戒五天，你卻把和氏璧送回趙國，分明是藐視寡人！來人，將藺相如拿下，推出去砍了！」

殿中的諸侯使者如楚國太傅黃歇等人均極佩服藺相如的勇氣，卻因畏懼秦國，不敢挺身站出來為他說話。

侍衛一擁而上，執住藺相如手臂。藺相如確實面不改色，道：「請大王暫息雷霆之怒，聽臣說一句話。」秦昭襄王怒猶未息，道：「寡人殺你一個趙國區區使臣，如去菜草，何須多費唇舌？」喝教，「快斬！」

侍衛正要將藺相如推出去，相國魏冉出列奏道：「大王息怒！這藺相如膽敢欺騙大王，罪不可恕。但眼下有這麼多諸侯使者在場，藺相如的身分又是趙國使臣，就請大王聽他把話說完，再殺他不遲。」秦昭襄王見母舅發了話，少不得要給幾分面子，道：「帶回來。」

藺相如從鬼門關走了一遭，依舊神色不改，從容不迫地道：「天下諸侯都知道秦是強國，趙是弱國。天下只有強國欺負弱國，絕無弱國欺壓強國的道理。大王倘若真要和氏璧，請先把那十五座城割讓給趙國，然後打發使者跟臣一起到趙國取玉璧。難道趙國得到了十五座城以後還敢留下玉璧，背負不講信義的名聲，得罪秦國大王麼？」一邊說著，一邊有意將頭轉向諸侯使者一方，似在徵詢他們的意見。

黃歇微一遲疑，即道：「不錯，是這個道理。」諸侯使者本來就深怨秦國，恨不得藺相如當場給秦王一個大大得難堪才好，既有黃歇帶了頭，便紛紛附和，連連點頭。

藺相如又道：「臣自知有欺騙秦國大王的罪行，罪該萬死，已向我國國君寫信說明我不指望活著回去。這就請大王將當眾處死，讓諸侯和天下人都知道秦國大王是因為和氏璧而殺了趙國使者，至於裡頭是非曲直，自有人去評說。」

秦昭襄王餘怒未消，有心反駁，卻一句話也說不出來。又見諸侯使者似乎也站在趙國使臣一方，雖還是想殺藺相如立威，卻不得不因為顧忌而有所猶豫。

相國魏冉道：「藺相如膽大包天，竟敢當眾戲弄秦國，還在這裡逞口舌之利，將他千刀萬剮也不為過。不過即便殺了他，也還是追不回和氏璧，還會因此傷了秦趙兩國的和氣，實在是不值得，請大王慎重考慮。」

涇陽君趙市是秦王的同母弟弟，也道：「藺相如此番完璧歸趙，回趙國後必會得到趙王重用，不如放他回去，以表示秦國的親善。」

秦昭襄王終於下定決心，強忍內心不快，咬牙切齒地道：「好。來人，放了藺相如，厚厚款待，以禮相送他回趙國。」以城易璧一事遂不了了之。

退朝後，秦昭襄王特意留下心腹大臣大夫王稽，問道：「寡人之前明明有所防範，派兵圍住了趙國驛館，趙國使臣到底是如何將和氏璧偷運出去？」王稽道：「聽說楚國太子熊完前晚曾經遇刺受傷，興許是趙國人有意製造的混亂，然後趁機從楚國驛館運出了和氏璧。」

秦昭襄王道：「難怪楚國太傅說太子身體抱恙，不能來章臺觀璧，原來是受傷了。」想到和氏璧得而復失，不免有所遺恨，有心遷怒到楚國人頭上，道，「肯定是楚國與趙國串通好了的。」

王稽小心翼翼地答道：「未必如此，那晚的事極為蹊蹺。據說，先是魏醜夫奉太后之命送禮物給楚國使臣蘇代，魏大夫進去後不久就發生了刺殺事件，刺客被當場格殺。事後，魏醜夫和楚國人都閉口不提此事，具體情形到底如何，外人不得而知。」

秦昭襄王道：「莫非你是暗示，刺客是跟著魏醜夫進去楚國驛館的，楚國人對此心知肚明，但因畏懼太后勢力，所以不敢聲張？」王稽道：「大王還不知道麼？魏醜夫昨日被太后下令割了舌頭，行了宮刑，罰去後宮做苦役。這兩件事，裡頭一定有所關聯。」

秦昭襄王露出一種奇怪的表情來，隨即像洩了氣的皮囊坐倒在地，喃喃道：「太后……又是太后。」既不敢怒，又不敢恨，只低下頭去，撫摸腰間的三尺長劍。那劍是他初登秦王王位時所鑄，劍身上有大篆書寫的銘文「誠」，因此又稱誠劍。而今二十多年過去，劍還是那柄劍，劍的主人已過了不惑之年，卻依舊還是太后手上的傀儡。一時感慨，忍不住唉聲歎氣地道，「滿朝文武都是太后的親信，寡人什麼時候才能成為真正的國君啊？」

王稽刻意壓低了聲音，道：「大王不必煩惱，太后一派雖把握秦國朝政已久，身邊卻沒有什麼傑出之士。只要大王暗中尋訪人才，為己所用，自然可以慢慢奪回大權。」秦昭襄王頗受鼓舞，道：「好，尋訪人才一事，就拜託王卿了。」王稽道：「這是自然。但大王眼下要做的，還是要竭力討得太后歡心。」

秦昭襄王歎了口氣，道：「這寡人自然知道，寡人明日就派人出宮，到各地為太后選取美男子。」天下諸侯聽到秦國之名無不震恐，而他身為秦國的國君居然說出這種話，連他自己也覺得不好意思起來，當即長歎一聲，舉袖遮住了臉。

和氏璧與使者一行先後平安回到了趙國，藺相如因不辱使命而被趙惠文王拜為上大夫。但完璧歸趙只是趙國外交上的勝利，對於秦強趙弱的局面並沒有任何實質改變。況且勝利的光環很快就被秦軍的武力入侵打破了。

為了徹底孤立趙國，秦國不惜主動與韓、魏兩國修好，結為盟國，然後藉口趙國在和氏璧一事上欺騙秦國國君，派大良造白起率兵進攻趙國，先後殺死數萬趙兵，攻取了趙國四城。趙國形勢一度危急，魏國等鄰國均不肯出兵援救。

幸好，此時楚國太子熊完逃回郢都，哭訴秦人無禮，楚頃襄王受到激勵，欲報父王楚懷王被秦國誘騙、客死於咸陽的深仇，謀畫聯合各國共同攻秦，並向秦國巴郡進攻。秦國為集中兵力反擊楚國，不得不停止攻打趙國。秦昭襄王寫信給趙惠文王，邀請他到澠池[3]相會，商討議和之事。

澠池雖是韓國之地，卻離秦國邊境極近，再加上韓國臣服於秦國，趙惠文王怕秦昭襄王又有陰謀，不想赴會。上大夫藺相如道：「這是秦國有意試探趙國。大王不去，顯得趙國軟弱膽小。」力勸趙王赴約，上卿廉頗也極力贊成。

最後商定由上大夫藺相如隨行趙王，趙奢為將軍，率五千精兵扈從；上卿廉頗率五萬軍隊在邊境戒備，趙國朝政由相國平原君趙勝主持。

到邊境時，廉頗向趙惠文王辭別，道：「大王這次出行，估計一路行程和會見的禮節完畢，直到回國，約需要三十天。如果三十天後大王還沒有回來，就請允許我立太子即位，以便斷絕秦國要挾趙國的念頭。」趙王雖心有不快，但仍點頭同意。

澠池位於黃河南岸，是韓國下屬的一座小城，因有池出產一種名叫「黽」的水蟲而得名。這個地方主要以丘陵山地為主，有「五山四嶺一分川」之稱，地勢險要，便於伏兵。

趙惠文王一行來到澠池時，秦昭襄王早已率大軍到達。這還是兩位國君執政後的第一次會盟，當即以禮相見，設置酒宴暢飲。

至飲酒酣暢時，秦昭襄王忽道：「寡人私下聽說趙王擅長音樂，我這裡有一支寶瑟，請趙王演奏一下，給大家助助酒興。」

不等趙惠文王回答，便有秦王侍從將一具趙瑟捧到面前。趙惠文王不好再推辭，只好勉強彈奏了兩支曲子。秦昭襄王擊案讚道：「妙，真是妙！寡人聽說趙國始祖烈侯非常喜歡音樂，趙王真的是得到家傳了。御史，記錄下此事。」秦國御史遂書簡寫了幾筆，大聲唸道：「某年某月某日，秦王與趙王在澠池相會，趙王為秦王鼓瑟。」

這分明是侮辱趙國，趙國君臣聞言色變。

藺相如遂拿起趙王面前酒禁上盛酒的瓦缶，上前道：「趙王聽說秦王擅長演奏秦地樂曲，請允許我獻上瓦缶，請秦王敲擊，做為娛樂。」秦昭襄王大怒，臉色十分難看，一句話也不說。

藺相如便跪在秦王面前，再次請他擊缶，秦昭襄王仍然不肯。藺相如遂起身拔劍，威脅道：「大王未免欺人太甚！雖然秦國兵力強大，可是如今五步之內，臣便可以將血濺到大王身上。」

秦王侍從一擁而上，各舉兵刃，預備殺死藺相如。藺相如大喝一聲，怒髮衝冠，做出欲擊秦王之勢，喝斥侍從退回。

秦昭襄王見藺相如毫不畏死，不願與他同歸於盡，只得隨意敲了一下瓦缶，藺相如召趙國御吏記道：「某年某月某日，秦王為趙王敲擊瓦缶。」

秦國大夫王稽道：「請趙國獻出和氏璧為秦王祝壽。」藺相如道：「禮尚往來，趙國既然獻給天下至寶和氏璧，秦國也不能不回報，請秦國將十五座城獻出來為趙王祝壽。」

一番唇槍舌劍的交鋒，秦國始終未能占上風。

秦昭襄王本有意趁此機會將趙惠文王擄回咸陽做人質，就像當年對待楚懷王那樣。然而得知趙國已在邊境部署重兵、時刻戒備後，未敢輕舉妄動，終以平等地位與趙國重修舊好。

按照慣例，兩國結成盟國後，國君要將自己的兒子或孫子做為人質抵押給對方。秦昭襄王遂以太子安國君之子異人為質子，送往趙國。後來，異人在邯鄲娶衛國商人呂不韋的侍妾趙姬為妻，生下一子名趙政，即日後大名鼎鼎的秦始皇；這是後話。

會盟完畢，秦國隊伍忽然閃出一人，上前叫住趙國將軍趙奢，笑道：「趙君可還記得下臣？」趙奢道：「當然記得，你是宣太后的家奴向景。」向景笑道：「太后命臣多謝趙君如約除掉了蘇秦。」

原來，趙奢回到趙國後不久，齊國客卿蘇秦便被刺客刺傷，齊王甚為傷痛，一面請名醫為他療傷，一面派人搜捕凶手。這時忽然有人向齊王告密，說蘇秦其實是燕國細作。原來蘇秦是雒邑[4]人，直屬於周王室，他遊走於諸侯國之間，也並不是為了六國或哪一個國家的利益，一切都是為他自己牟取功名。然而他到了燕國後，與美麗的燕文侯夫人夏姬相戀，不可自拔。燕文侯及其子燕易王雖然發現，卻佯作不知。蘇秦感激涕零，遂發誓效忠燕國，「信如尾生」，保證自己按誓約行事，守信到死。

昔日齊國攻燕，殺死燕王，燕國幾乎滅國，歷任燕國國君均有志復仇。蘇秦便來到齊國，受到齊王重用，他不斷挑唆齊國做出得罪眾諸侯國之事，利用秦、趙兩方來削弱齊國的力量，最終引發五國合縱伐齊。後來，燕將樂毅更是大破齊國，六個月攻下齊國七十餘座城，若非齊將田單用反間計令燕王猜忌樂毅，奪其兵權，齊國多半會就此亡國。但齊國亦從此失去了東方強國的地位，君臣不親，百姓離心，再無力與秦國匹敵對抗、爭奪天下，燕國終於報了昔日之仇，蘇秦可謂功不可沒。

可笑的是，齊人對蘇秦的所作所為全然不知，還一直以高官厚祿奉養他。直到蘇秦遇刺，他是燕國細作的事才被人暗中揭發出來，齊王遂將他車裂於市。這向齊國告密之舉，自然是趙奢派人所為。他在燕國為官十年，常常出入燕王宮，深知蘇秦與夏姬的風流韻事另有玄機，其實是燕文侯有意派夫人與蘇秦私通，好令他死心塌地為燕國效力。向齊王告密之舉雖未免有失光明正大，但自燕國破齊後，日益強大，一度威脅趙國，除掉蘇秦這等鬼祟的小人，既能除去燕國強援，又可履行當日與宣太后之約定，一箭雙鵰，一石二鳥，何樂而不為？至於宣太后為何想要蘇秦死，就沒有人知道具體究竟了。

趙奢見向景特意提起蘇秦之死，便道：「雖然我本人並沒有直接動手，但不管怎樣，蘇秦已死，我與太后算是兩清了。」

向景笑道：「趙君忘了麼？之前你曾懇求太后救藺相如一命，太后可是特意交代了魏相國和涇陽君出面為趙國使者說情。而今藺相如已成為你們趙國棟梁之臣，太后送給趙君的這份天大恩惠，又該怎麼清？」

趙奢道：「原來是太后在其中使了力，難怪。請向君轉告太后，趙奢心中感激這份恩情，永不相忘。」

向景道：「轉告就不必了。自從四年前咸陽一別，太后一直對趙君念念不忘，這次特命下臣來請趙君到咸陽一會。」

趙奢見對方口中說「請」，卻是一副有恃無恐的模樣，心中一凜，不知道是喜是憂。

1 春秋戰國時，調甘甜之味用飴、蜜等物。易溶的甘蔗糖，大約到唐代才從印度傳進中國。
2 宰人：掌管膳食之官。
3 澠池：今河南澠池西。
4 雒邑：今河南洛陽東。

尾聲

澠池之會後，秦國與趙國修好，開始大舉進攻楚國。大良造白起率軍突破楚軍防線，一舉消滅了楚軍主力。隨後攻克楚國王都郢都，燒毀了這座歷史名城，數以萬計的楚國百姓流離失所。

歷史可謂驚人的相似。兩百年前，楚國逃亡之臣伍子胥引吳兵攻占郢都；兩百年後，楚國貴族出身的白起再度率領秦軍占領楚國王城，並將其付之一炬。楚軍潰散，不能再戰，南至洞庭湖及附近的江南地區都被秦國控制。楚頃襄王被迫遷都於陳[1]，稱郢陳，從此楚國國力更為削弱，只能在秦國的鐵蹄下苟延殘喘。

楚國大夫屈平因直言進諫被楚頃襄王放逐多年，但愛國之心始終不渝，寫下了許多抒發崇高志節的詩篇。聽到秦軍占領郢都的消息後，他心頭的希望徹底破滅，自投汨羅江而死。楚人聞之，均哀傷流涕。楚地亦開始有「楚雖三戶，亡秦必楚」的讖語流傳，所謂「三戶」，即指楚國昭、景、屈三大家族；後來，秦王朝果然為楚國人項羽所滅。

擊垮了楚國，秦國終於能騰出手來開始對付其他諸侯國。西元前二六九年，秦國發兵攻趙，拔取趙國離石等三城。趙惠文王不得不遣送公子部到秦國為人質，請求用焦、黎、牛狐三城換回所失三城，秦昭襄王應允。但後來趙惠文王認為離石等三城地處邊裔，鄰近秦國，即便換回，也難長守，不願再換，由此背約。秦昭襄王派使者前往趙國索要，也遭拒絕。秦昭襄王大怒，遂舉兵攻打趙國的險要之邑閼與[2]。

趙惠文王急召廉頗等老將詢問對策，眾人一致認為道路過於遙遠，路狹難救。獨有趙奢力排眾議，認為閼與地勢險狹，猶如二鼠爭鬥於洞穴中，將勇者勝。趙惠文王於是任趙奢為將，率軍馳援閼與。趙奢搶先占據有利地形，擊響枹鼓[3]，趙軍居高臨下出擊，秦軍不敵，丟盔棄甲而逃，閼與之圍遂解。趙奢由此戰成為天下名將，被封為馬服君[4]，地位與廉頗、藺相如相等，從此秦國不敢輕易犯趙。

而秦國的國勢亦開始發生重大變化。西元前二六六年，秦昭襄王強行收回穰侯魏冉的相印，令其回封地養老。拜魏國人范雎為丞相，封為應侯。又將舅舅華陽君羋戎以及兩個親弟弟涇陽君趙市、高陵君趙悝驅逐到關外，將宣太后安置於深宮，不准再干預朝政。此時，秦昭襄王已經五十九歲，白髮蒼蒼，終於成為真正君臨天下的秦王。

這范雎原是魏國大夫須賈門下的舍人，跟隨須賈出使齊國時為齊王所器重，私下贈予黃金。歸國後，須賈將這件事報告給相國魏齊，魏齊懷疑范雎私通齊國，派人將范雎抓來嚴刑拷打。范雎被打得遍體鱗傷，肋折齒落，血肉模糊，慘不忍睹。他辯說無用，便屏息僵臥，佯裝死去。魏齊遂命僕人將范雎扔到茅廁中，讓眾賓客輪番朝屍首撒溺，以戒後人。范雎咬牙強挺，待身邊只剩一名看守時，悄悄哀求道：「我傷重如此，再無生理。如果你能讓我死於家中，以便殯殮，他日定當以重金酬謝。」看守見他可憐，又貪利，報過魏齊後，將范雎扔到荒郊野外，范雎這才得以脫身。他後來靠秦國大夫王稽引薦給秦昭襄王，提出「遠交近攻，強幹弱枝」之計，深合秦王心意，引為知己。

范雎勢炎日隆，在秦國一人之下、萬人之上，他難忘昔日之恨，理所當然地要報復魏國。魏國相國魏齊聽說范雎不死，還當上了秦國丞相，秦王對其言聽計從。他深知大事不妙，立即棄相印逃到趙國，投到好友平原君趙勝門下。此時趙惠文王已死，太子趙丹即位，為趙孝成王。秦昭襄王遂寫信給新趙王，索要魏齊的人頭，但平原君趙勝無論如何都不肯承認魏齊藏在自己府中。秦昭襄王無奈，遂邀請趙勝到秦國做客。相國虞卿不同意趙勝入秦，但趙孝成王新即王位，畏懼秦國，強命趙勝隨秦國使者入秦。

趙勝來到秦國後，秦昭襄王熱忱款待，酒酣之時，又提起魏齊一事。趙勝道：「人們富貴時交朋友，是為了貧賤之時；富足時交朋友，則是為了貧窮之時。魏齊是臣的朋友，如果真在臣府上，臣也不忍心將他獻出來，何況他根本就不在臣的府中。」秦昭襄王聽了之後再也忍無可忍，下令將趙勝抓起來，軟禁在趙國驛館中。又派人送信給趙孝成王，揚言要親自帶兵攻打趙國，不割下魏齊的人頭誓不罷休。

趙孝成王權衡利弊，不願因保護外人而失去本國的鎮國公子，遂派兵包圍平原君府邸。平原君的家臣怕敗壞主人聲名，半夜偷偷放走魏齊。魏齊走投無路，只得投奔趙國相國虞卿。虞卿歎道：「趙王畏秦，甚於豺虎，無論如何是勸不聽的。」索性捨棄相印，與魏齊一起逃出趙國，來到魏國王都大梁，預備依附信陵君魏無忌。

魏無忌是魏安釐王的弟弟，為人仁愛寬厚，禮賢下士，士人因而爭相前往歸附於他，門下曾有三千食客，威名遠揚。他雖是平原君趙勝的內弟，但聽到來投奔的是正被秦國追捕的魏齊，心中不免有所猶豫，怕因此禍及魏國。魏齊一氣之下拔劍自殺，待虞卿終於說服魏無忌出來接見時，卻已經遲了一步。虞卿從此隱居山林，潛心著書，再不過問政事。

此時，趙國追兵已然趕到，當場砍下魏齊的人頭，函封送往秦國。秦昭襄王卻還是不肯善罷罷休，對趙國使者冷嘲熱諷道：「得和氏璧者得天下，趙國占著和氏璧不肯放手，難道還想稱霸中原麼？」

趙孝成王無可奈何，只得又派人將和氏璧送至咸陽。秦王這才心滿意足，下令釋放平原君趙勝回國。

這一日，咸陽深宮中終於傳出宣太后病危的消息。再不可一世的人物，也敵不過時光無情的雙手，老態龍鍾的江芈也終於被歲月打倒了，走到了她人生的盡頭。

她靜靜地躺在床上，分不清是白天還是晚上。醫師來了，巫覡來了，大臣來了，秦王也來了，她卻不願見到他們的臉，趕走了所有的人。人生下來是一個人，走的時候也該是孤單的。她並不畏懼死亡，相反地，她心中其實一直在暗暗盼望這一天的到來——她早已在臨潼為自己建造了巨大陵墓，陵墓中除了布滿模仿秦軍軍陣的兵馬俑，還埋葬著她今生唯一愛過的人，一旦她的生命之火熄滅，將會被運去那裡與他合葬。

但不知為何緣故，她心中還是感到莫名的失落和惆悵。是因為被親生兒子奪走了朝政大權麼？是因為身邊沒有一個中意的男寵麼？還是因為她擔心在另一個世界與他相遇時，他已經認不出自己衰老的容顏？

肉體的痛苦似乎一下子減輕多了，現在的她只覺得非常非常的累，疲倦如排山倒海般席捲而來，無可迴避，無以抵擋，只任由眼前的一切朦朧起來。

身似浮雲，心如飛絮，氣若游絲。恍恍惚惚間，有人來到她的床邊，依稀就是孟說。高大威猛的身影在燈燭的映照中晃動著，像是一個不真實的幻影。他俯下身子，輕聲叫道：「太后。」

江芈欣然道：「終於見到你了！我生怕我會忘記你的樣子。你是特意來接我的麼？唉，我太老了，你還是這般年輕，希望不會嚇著你。」孟說道：「太后，臣是趙奢。」

江芈驚訝地「啊」了一聲，道：「是趙奢麼？你來做什麼？」趙奢道：「秦王寫信給我國大王，說太后病重，臨死前只希望看到一璧一人，璧就是和氏璧，人就是下臣。我國大王不敢違抗秦王，因此命臣來秦國獻璧。」江芈已是彌留之際，愣了好半晌，才領悟趙奢話中之意，歎道：「你被秦王騙了！而今你已經是名震天下的馬服君，你來了秦國，怕是再也回不去了。」

趙奢道：「臣知道。」

江芈道：「那麼你還是義無反顧麼？」

趙奢道：「我國大王有命，臣自當遵從。」頓了頓，又道，「況且，臣也是真心牽掛太后，就算因而死在咸陽，臣也絕不後悔。」一邊說著，一邊從木盒中取出那塊天下至寶和氏璧來。

寢宮中的燈燭陡然熄滅。片刻的黯淡後，玉璧發出溫柔的光芒，重新照亮了四周，空靈而清幽，彷若皎潔的月光徜大地。

塵世千古，月色千古。所有的故事無論悲愴，還是凝重，都會化作歲月的浪花，湮沒在歷史的長河裡；所有的情感無論淒婉，還是纏綿，都會化作天邊的流星，消散於深邃的夜空中。只有這月色，一如千年的皎潔，人沐浴在清朗的月光裡，心也沉寂。

江芈布滿皺紋的臉一下子生動了起來，兩朵紅暈升起，已然黯淡的雙眸倏地閃射出奇異的光彩，隱約能看到昔日絕代美人的芳華。

記憶的閘門譁然開啟，那些逝去的往昔如潮水般重新湧現，在四周親切地凝望著她，如此清晰，如此妍麗，就像楚國紀山上一望無際的桃花。數十年的歲月，居然沒有抹平什麼。這片記憶之海如此博大，只能用浩瀚深遠的雲夢澤加以形容。她不用閉上眼睛，就能看到那些記憶——錦團花簇，陸離斑駁，五彩繽紛，華彩奪目。

「桃葉映紅花，無風自婀娜；春花映何限，感郎獨採我。」——她終於獲得了徹底的安寧，迫不及待地要去見他了呀。

（全書完）

1 陳：今河南淮陽。楚國由強變弱，直至滅亡，「人才出走」是很重要的原因。從秦武王初置丞相到秦始皇，總共不到一百年的時間，秦國前後共有丞相二十一人，其中由楚人出任者占三分之一，即甘茂、屈蓋、向壽、魏冉、芈戎、昌平君和李斯。而這七人之中，對秦國統一貢獻最大、對楚國打擊最為沉重的，是甘茂、魏冉和李斯三人。

2 閼與（閼字讀作「育」）：今山西和順。

3 枹鼓（枹字讀作「夫」）：鼓槌與鼓。古時作戰，擊鼓是進軍的號令。春秋戰國時代，通常由主帥親掌枹鼓，後世軍中專門設置一人主掌枹鼓。

4 馬服君：今河北邯鄲西北有座馬服山，因以為號；由於趙奢受封為「馬服君」，其子孫遂以「馬服」為姓，後改單姓「馬」，是馬姓的重要來源。

5 兵馬俑：即指號稱「世界第八大奇蹟」的秦代兵馬俑。雖然公論認為兵馬俑是秦始皇的陪葬品，但因不少秦俑的頭頂梳有苗裔楚人所特有偏於一側的歪髻，秦俑的服色也是五顏六色，非常鮮豔，與秦朝「尚黑」的制度有顯著差別；此外，不少陶俑身上刻有一個「芈」字，因而有人認為兵馬俑的主人實為秦始皇高祖母宣太后；本小說採用此觀點。

事實上，宣太后與夫君秦惠王並未安葬在一處，秦惠王葬在咸陽以北的公陵，宣太后則葬在臨潼，距驪山的秦始皇陵不遠。

東胡
燕
薊
齊
臨淄
越
會稽

戰國七雄局勢圖

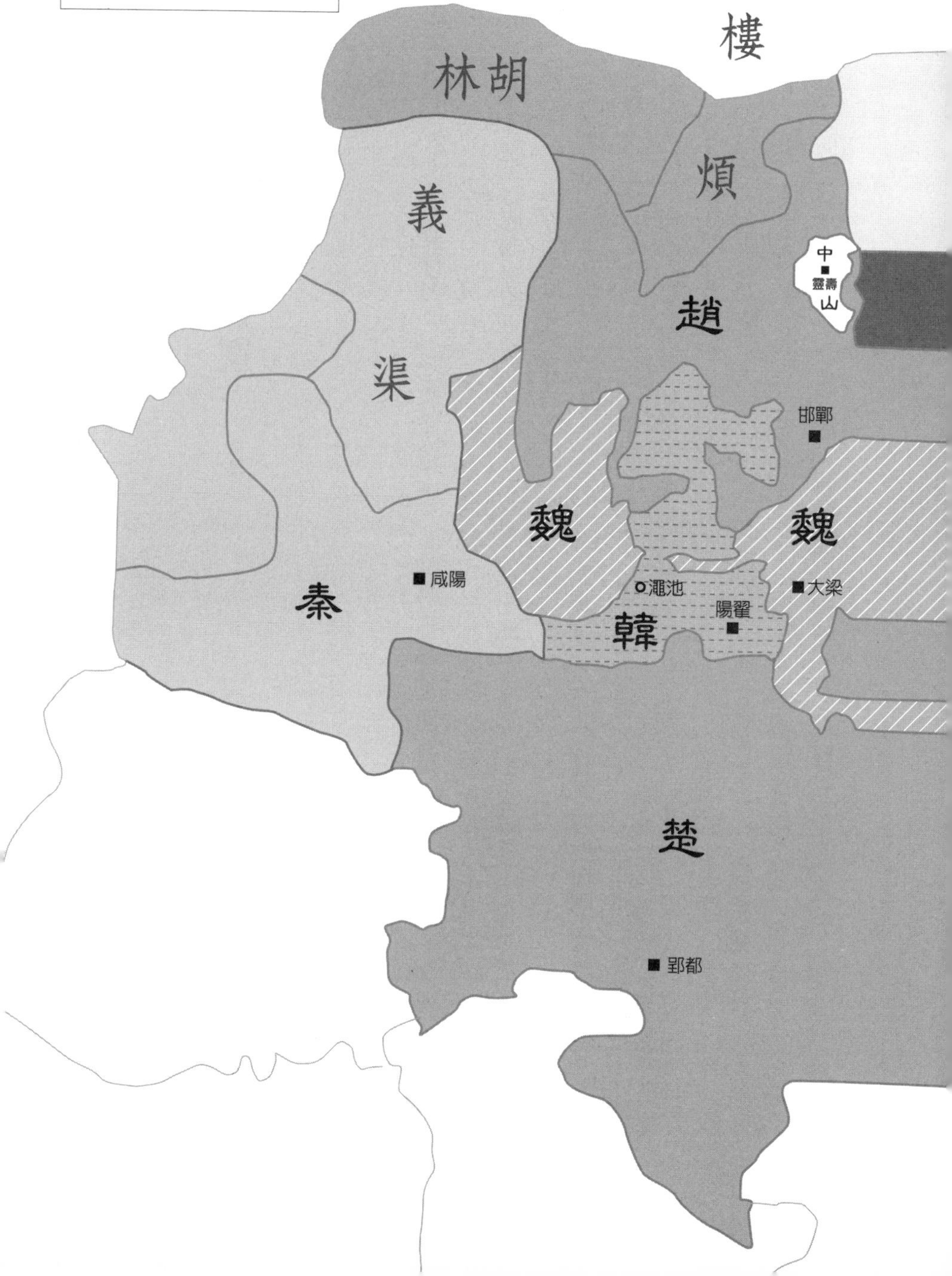
樓
林胡
煩
義
渠
趙
中
靈壽
山
邯鄲
魏
魏
秦
咸陽
澠池
陽翟
大梁
韓
楚
郢都

背景介紹

風風雨雨和氏璧

和氏璧史稱「天下所共傳寶也」，不僅價值連城，而且凝聚著豐富而深厚的歷史內涵。《和氏璧》小說中關於「卞和獻玉」、「令尹失璧」，以及後來的「完璧歸趙」等故事均為史實。秦始皇統一中國後，命人將和氏璧琢成傳國玉璽。丞相李斯親書八字小篆於上——「受命於天，既壽永昌」，形呈龍鳳鳥蟲之狀；雕刻則由咸陽著名玉工孫壽完成。

玉璽璽體方圓四寸，鈕呈五螭五虎盤踞形狀——「螭」是傳說中一種沒有角的黃色龍，是神聖之物，「虎」則是威猛的象徵；這兩樣最能體現皇帝獨尊地位和權威。這塊玉璽自雕成之日起，便做為「皇權神授、正統合法」之信物，被隆重供奉在咸陽皇宮的符節臺上，號稱傳國之寶、國之重器，成為中國至高無上皇權的象徵。

西元前二二九年，秦始皇巡幸全國，乘龍舟至洞庭湘山，驟起風浪，龍舟頓有傾覆之險。為祭神鎮濤，於是拋寶璽於湖中。八年後，有使者過華陰平舒道，遇一人持璧曰：「為吾遺滈池君。」傳國玉璽由此失而復得。

秦朝滅亡後，秦二世胡亥的姪子子嬰，將傳國玉璽奉給了最先進入咸陽的劉邦。儘管劉邦當時在各支義軍中實力最弱，但最後仍得到了天下，建立起強盛一時的漢朝。因而朝野民間開始流傳一種說法——得傳國玉璽者得天下，得之表示受命於天，失之則是氣數已盡。劉邦建漢登基時，佩此傳國玉璽，號稱「漢傳國璽」。傳國玉璽和高帝的斬白蛇劍，並稱漢代兩大國寶，長期珍藏於長樂宮中。

西漢末年，王莽篡位，派人進宮索要傳國玉璽。皇太后王政君又氣又恨，舉起玉璽朝前來討印的王尋、蘇獻扔去，由此崩掉了玉璽一角，留下瑕痕，後來用黃金鑲補在缺口之上。

此後，傳國玉璽一直是天下霸者共逐之鹿，歷代帝王皆以得此璽為符應，奉若奇珍。凡登大位而無此璽者，則會被譏為「白板皇帝」，被認為底氣不足，而遭世人輕蔑。

正因傳國玉璽是真命天子的象徵，是統治者的至寶，而引來多方苦苦爭奪。玉璽輾轉流傳，歷經滄桑——東漢光武帝劉秀得此璽於宜陽。三國孫堅得此玉璽，於洛陽城南甄宮井中打撈出的婦人死屍項下；袁紹聞之，立即扣押孫堅之妻吳氏，逼迫孫堅交出玉璽。後來，袁紹兄弟敗死，傳國玉璽復歸曹操。西元二二〇年，曹丕篡權，逼漢獻帝禪讓，漢亡，玉璽歸魏，曹丕派人在傳國璽肩部刻下隸字「大魏受漢傳國璽」字樣。西元二六五年，司馬炎同樣篡權，稱晉武帝，傳國璽歸晉。西元三一一年，前趙劉聰虜晉懷帝司馬熾，璽歸前趙。西元三二九年，後趙石勒滅前趙，得璽，在右側加刻「天命石氏」。後趙大將冉閔殺石鑒自立，奪走玉璽。到了南朝梁武帝時，降將侯景反叛，劫得傳國玉璽。不久，侯景敗死，玉璽被投入棲霞寺井中，經寺僧將璽撈出收存，後獻給陳武帝。隋朝統一華夏，傳國璽遂入隋宮。

唐代立國時，傳國玉璽被隋煬帝的皇后蕭氏帶入突厥，唐高祖、唐太宗父子只得重新自製玉璽，新的傳國璽為白玉所雕，上刻「皇帝景命，有德者昌」八個篆字。因唐高祖李淵的祖父名李虎，虎成為唐代國忌，需要避諱，因此鈕首只有五螭盤踞。不過，璽文「皇帝景命，有德者昌」則帶有典型的貞觀流風，比妄自尊大的「受命於天，既壽永昌」高明了許多。後來唐軍大破突厥，迎蕭皇后回中原，和氏璧琢成的傳國玉璽也重新落入唐太宗手中。

唐朝末年，天下大亂，群雄四起。唐天佑四年，朱溫廢唐哀帝，奪傳國玉璽，建立後梁。十六年後，李存勗滅後梁，建後唐，傳國玉璽轉歸後唐。又十三年後，石敬塘引契丹軍攻入洛陽，後唐末帝李從珂懷抱傳國玉璽登玄武樓自焚，傳國玉璽就此失蹤。關於其下落，眾說紛紜，莫衷一是。

到了明代，明太祖朱元璋聽說元人曾得到過傳國玉璽，於是不斷對蒙古諸部用兵，除了防邊的用意，也有想得到傳國玉璽的動機。洪武二十一年（西元一三八八年），大才子解縉上萬言書，即有「何必興師以取寶為名」的話。洪武二十五年十月，太學生周敬心上書，對此說得更清楚：「臣又聞陛下連年遠征，北出沙漠，臣民萬口一詞，是因為沒有得到傳國玉璽，陛下想得到它罷了。」

明成祖朱棣，子承父業，連續北征大漠，無非也是想得到傳國玉璽，但始終未能如願。

傳國玉璽，遂成千古之謎。

和氏之璧傾九州，戰國群雄逐兜鍪

吳蔚

中國擁有歷史極為悠久的玉文化。有學者認為，在新石器時代後期，存在著一個稱之為「玉器時代」的時期。在遠古先民的眼中，堅硬光潤的玉石是天地鬼神的食物，即所謂「天地鬼神，是食是饗」，而凡人佩玉則可趨吉避凶。正是這種美好的願望，激勵先民們耗費巨大的時間和心血，將玉石一點一點琢磨成精美的玉器。

到了後世，玉成為禮器。《周禮．春官．大宗伯》記載說：「以玉作六瑞，以等邦國。……以玉作六器，以禮天地四方。……以蒼璧禮天，以黃琮禮地。」可見玉器已經具備了社會功能。

此外，玉不僅是文明的標誌，更是中國傳統文化的重要組成。孔子有語云：「夫昔者君子比德於玉焉；溫潤而澤，仁也；縝密以栗，知也；廉而不劌，義也；垂之如隊，禮也；叩之其聲清越以長，其終詘然，樂也；瑕不掩瑜，瑜不掩瑕，忠也；孚尹旁達，信也；氣如白虹，天也；精神見於山川，地也；圭璋特達，德也；天下莫不貴者，道也。《詩》云：『言念君子，溫其如玉。』故君子貴之也。」

孔夫子以擬人化手法闡釋了美玉，認為玉具有仁、知、義、禮、樂、忠、信、天、地、德、道等君子之風，玉由此成為潔典雅的象徵。君子愛玉，君子佩玉，至今人們仍將謙謙君子喻為「溫潤如玉」。

「佳人遺我雲中翮，何以贈之連城璧。」——古代的藝術品中，只有玉器本身的材料即具美質，因此《說文》稱玉為「石之美者」。即便毫無雕飾，玉也以其質地顯示其能力，好的美玉則價值連城。中國歷史上最出名的美玉當數和氏璧，不僅因玉璧本身，更因裡頭凝結了豐富的歷史和文化內涵，後來更被秦始皇雕琢成傳國玉璽，成為中國至高皇權的象徵，引無數英雄競折腰。

本小說講述的，即是和氏璧的傳奇歷史——「和氏之璧傾九州，戰國群雄逐兕鍪」，從一塊玉璧的爭奪，折射出春秋戰國烽火連天的歲月。書中出現的人物均為真實歷史人物，像是極具傳奇色彩的簠簋在歷史上亦真有其人，書中說他為公子熊發幾次深入齊軍大營，在守衛環伺下盜竊齊將的私人物品，亦為真人真事。故事所涉及的歷史背景、歷史事件，如楚國王室內部爭位、墨家弟子分化、宣太后報復楚國、秦昭襄王母子失和等等均為史實。

在保持故事流暢的同時，我也刻意在小說中加入了一些歷史細節，像是城池建制、典章制度、風土人情、生活習俗等等。所有細節均取自相關典籍和考古資料，以求能夠最真實再現戰國時期的社會風貌。我本人的出生成長之地距離楚國王城郢都極近，也在古雲夢的範圍內，算是一個地地道道的楚人，因而刻意在楚文化的描寫上花了更多筆墨。

戰國時期楚國郢都，乃於西元前二七八年被秦軍攻克，焚毀後徹底荒廢，屈原因此有〈哀郢〉之作：「鳥飛返故鄉兮，狐死必首丘。」而附於書衣中的「楚國郢都城平面圖」則為考古復原圖，即在發掘勘測的遺址基礎上進行描繪。由於年代久遠，一些遺址先後被破壞殆盡，像是現代高速公路穿過郢都遺址時，便破壞了其中幾座城門，現只能考察出七門的具體位置（包括五座陸門，兩座水門）。但從文獻考據來看，郢都實際上有八座陸門、四座水門，共十二門；因而如果出現所附地圖與本小說中描述不相符的情形，則以小說為主。

本書《和氏璧》，與之前的其他小說《魚玄機》、《韓熙載夜宴》、《孔雀膽》、《大唐遊俠》、《璇璣圖》、《斧聲燭影》、《包青天》共同組成了我仍在持續構思創作的「吳蔚歷史探案系列」。寫作是一個不斷學習的過程，感謝讀者長久以來的支持，你們是我努力前行的最大動力，謹以屈原的一句名詩做為本書的結尾──「路漫漫其修遠兮，吾將上下而求索。」

國家圖書館出版品預行編目資料

和氏璧／吳蔚著；── 初版. ── 臺中市：好讀，2014.04

面：　公分，──（吳蔚作品集；09）（真小說；44）

ISBN 978-986-178-316-1（平裝）

857.7　　　　103002208

好讀出版

真小說 44

和氏璧──附・完璧歸趙

作　　者／吳　蔚
總 編 輯／鄧茵茵
文字編輯／簡伊婕、林碧瑩
地圖繪製／賴維明、尤淑瑜
內頁編排／王廷芬
發 行 所／好讀出版有限公司
臺中市 407 西屯區何厝里 19 鄰大有街 13 號
TEL:04-23157795　FAX:04-23144188
http://howdo.morningstar.com.tw
（如對本書編輯或內容有意見，請來電或上網告訴我們）
法律顧問／甘龍強律師

戶名：知己圖書股份有限公司
劃撥專線：15060393
服務專線：04-23595819 轉 230
傳真專線：04-23597123
E-mail：service@morningstar.com.tw
如需詳細出版書目、訂書、歡迎洽詢
晨星網路書店 http://www.morningstar.com.tw

印刷／上好印刷股份有限公司 TEL:04-23150280
初版／西元 2014 年 04 月 1 日
定價／350 元
如有破損或裝訂錯誤，請寄回臺中市 407 工業區 30 路 1 號更換（好讀倉儲部收）

Published by How Do Publishing Co., LTD.
2014 Printed in Taiwan
ISBN 978-986-178-316-1

讀者回函

只要寄回本回函，就能不定時收到晨星出版集團最新電子報及相關優惠活動訊息，並有機會參加抽獎，獲得贈書。因此有電子信箱的讀者，千萬別吝於寫上你的信箱地址

書名：和氏璧——附 · 完璧歸趙

姓名：______________ 性別：□男 □女 生日：____年____月____日

教育程度：________________________

職業：□學生 □教師 □一般職員 □企業主管

□家庭主婦 □自由業 □醫護 □軍警 □其他____________________

電子郵件信箱（e-mail）：______________________ 電話：________________

聯絡地址：□□□ ____

你怎麼發現這本書的？

□書店 □網路書店（哪一個？）__________________ □朋友推薦 □學校選書

□報章雜誌報導 □其他____

買這本書的原因是：____

□內容題材深得我心 □價格便宜 □封面與內頁設計很優 □其他____________

你對這本書還有其他意見麼？請通通告訴我們：

____

你買過幾本好讀的書？（不包括現在這一本）

□沒買過 □ 1 ～ 5 本 □ 6 ～ 10 本 □ 11 ～ 20 本 □太多了

你希望能如何得到更多好讀的出版訊息？

□常寄電子報 □網站常常更新 □常在報章雜誌上看到好讀新書消息

□我有更棒的想法____

最後請推薦五個閱讀同好的姓名與 E-mail，讓他們也能收到好讀的近期書訊：

1. ____

2. ____

3. ____

4. ____

5. ____

我們確實接收到你對好讀的心意了，再次感謝你抽空填寫這份回函

請有空時上網或來信與我們交換意見，好讀出版有限公司編輯部同仁感謝你！

好讀的部落格：http://howdo.morningstar.com.tw/

好讀的粉絲團：www.facebook.com/howdobooks

請填妥後對折黏貼，直接投郵即可，無須貼郵票。

廣告回函
台灣中區郵政管理局
登記證第 3877 號
免貼郵票

好讀出版有限公司　編輯部收

407 台中市西屯區何厝里大有街 13 號
電話：04-23157795-6　傳眞：04-23144188

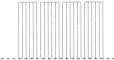

沿虛線對折

購買好讀出版書籍的方法：

一、先請你上晨星網路書店http://www.morningstar.com.tw檢索書目或直接在網上購買

二、以郵政劃撥購書：帳號15060393 戶名：知己圖書股份有限公司並在通信欄中註明你想買的書名與數量

三、大量訂購者可直接以客服專線洽詢，有專人爲您服務：客服專線：04-23595819轉230 傳眞：04-23597123

四、客服信箱：service@morningstar.com.tw